李 查 德 作 品

LEE CHILD

LEE CHILD

全面通緝

A WANTED MAN

李查德—著
黃鴻硯—譯

他們都愛浪人神探！

他就算雙手被綁在身後也能輕鬆解決掉龐德、骯髒哈利、傑森．包恩、伊森．韓特，並睡掉他們的女友（一次兩個），然後趕上最後一班出城的巴士。

——**英國太陽報**

我愛他！據說傑克．李奇系列每四秒就售出一本，他之於犯罪小說就像是克林．伊斯威特的無名客之於西部電影。李查德透過這十七本小說展現滿溢的才華，創造出讓男性嫉妒、女性仰慕的硬漢角色。

——**每日快訊報**

徹頭徹尾讓你遁入故事中的世界……他重新定義了二十一世紀的驚悚小說……李奇就跟雷蒙．錢德勒的菲力普．馬羅一樣，有俠骨仁心……優秀得叫人傻眼！

——**每日鏡報**

就算我曾是個不帶偏見的評論家，現在也不是了。我成了李查德迷，成了李奇派，欣賞那個浪人義警式角色的野蠻暴烈……下一集出版時，我也一定會快速地把它啃完。

——**獨立報**

不屈不撓的李奇帥翻了！

——**今日美國報**

動作場面生猛……李查德快速開展劇情，帶來連連驚奇……這是一個刺激滿點的系列！

——**邁阿密前鋒報**

聰穎機智，扣人心弦……李奇暗中阻撓歹徒地下活動的描寫比其他集還要巧妙！

——**紐約時報**

手法細緻，而且有魅力十足的文筆與引人入勝的劇情轉折為小說加味。

——**新聞週刊**

寫得極度迷人，傲視群雄！

——**週日泰晤士報**

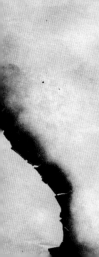

獻給珍，獻給她站在大橡樹旁的身影

1

目擊證人說他其實沒看到事發經過，但事情一定符合他的設想，哪可能有其他狀況？凌晨十二點剛過不久，一個穿綠色冬季大衣的男人走進僅有一個出入口的水泥小屋，兩個穿黑西裝的男子跟著他入內。一會兒過後，那兩個黑西裝男人出來了。

但那個穿綠色冬季大衣的男人卻再也沒有現身。

黑西裝男人步伐輕快地移動到三十英尺外的亮紅色車輛旁，坐上車。根據目擊證人的說法，那紅是消防車的紅，亮紅。車況相當新，應該是標準的四門轎車。或三門，不過絕對不是雙門小轎車。應該是豐田的車，或是本田，或是現代，也可能是起亞。

總之那兩個黑西裝男人坐上車，把車開走了。

穿綠色冬季大衣的男人還是連個影子都沒有。

接著，水泥小屋的門縫滲出血水。

目擊證人於是打九一一通報。

到場問訊的是郡警長，他深諳「催促他人的同時讓對方覺得自己耐性十足」的技巧，這是他的才華之一。最後目擊證人總算是把話說完了，警長思考了好一段時間。他人在這個國家的荒蕪地帶，方圓百里內都是曠野，黑色地平線彼方仍是空無，道路都像是寂寥、悠長的緞帶。

這裡是臨檢盛行之州。

所以他打電話向公路巡警求援，然後再請州首都派直升機。他也利用全境通告系統通緝了搭載兩名黑西裝男子的亮紅色進口車。

傑克・李奇搭了一名女駕駛的便車，那輛髒兮兮的灰色廂型車跑了九十英里（花費時間九十分鐘）後，高速公路環型匝道上的水銀燈與指出東西向的綠色大招牌就映入他眼簾了。女人減速停靠到路邊，李奇下車道謝，揮手請走她。她開上第二匝道，駛向丹佛與鹽湖城所在的西方。而他走向橋下，在東向的匝道前就定位，一腳踩在路肩，一腳踩在車道上，伸出大拇指，擠出微笑，盡可能展現出友善的態度。

這可不容易。李奇是個巨漢，身高六呎五，體格壯碩，今晚衣著一如往常：有些襤褸、邋遢。寂寞的汽車駕駛都想找和藹、無威脅性的旅伴，但長年的經驗告訴李奇，光就外表來看，他並不是他們的首選。他太嚇人了。如今他還頂著剛斷的鼻梁，殘疾感更上一層樓。他在傷口上貼了一段銀色大力膠帶，它一定使他的外貌變得更古怪。車燈黃光一照，膠帶勢必會反光。但他覺得膠帶對自己的傷勢有幫助，決定在頭一個小時內先別動它，但如果接下來的六十分鐘完全攔不到車，他就會考慮撕下。

結果他攔不到，來往的車輛太少了。這裡是內布拉斯加，此刻為冬夜，他所在的環型匝道是方圓數英里內唯一的交通樞紐，但時間一分一分流逝，四周仍然沒什麼動靜。高架道路上的車流量還算穩定，但沒什麼人打算加入它們的行列。頭一個小時內只有四十輛車往東走，有轎車、貨車、運動休旅車，廠牌、型號、顏色應有盡有。其中三十輛經過他面前時根本沒減速，另外十輛的駕駛瞄了他一眼就別過頭去，加速駛離。

不稀奇，這幾年來搭便車的難度越來越高了。

差不多該降低賠率了。

他轉過頭去，用裂開的指甲撥弄大力膠帶邊緣，撕起半英寸後，以拇指指腹和食指捏住湊合著用的填充物。他想到兩種處理方式：一、速戰速決，二、慢慢撕。不過這其實是假議題，李奇心想，它們帶來的疼痛是等量的。因此他決定無視兩者差異，選擇快刀斬亂麻。結果臉頰沒大礙，但鼻子又是另一回事了。傷口裂開，腫脹部位上抬、偏移，骨頭碎裂處發出刮磨聲，喀嚓。

另一側臉頰也沒問題。

他將染血的膠帶捲起，收進口袋，然後對自己的雙手吐口水，抹淨臉部。他聽到頭頂一千英尺處傳來直升機的聲響，抬頭看見高倍率探照燈光刺穿昏暗的天空，一下照這，一下照那，反覆停頓與移動。他重回定位，再次將一隻腳踩上車道，伸出大拇指。直升機在原地盤旋一陣子後對他失去了興趣，轟隆隆地往西飛去。噪音越來越小，最後四周恢復寂靜。高架道路上橫越美國國土的車流依舊稀疏而穩定，南北向郡道上的車子越來越少了，不過它們幾乎都會轉彎上高速公路，沒幾輛會繼續往前開，李奇仍對自己的處境感到樂觀。

今晚很冷，對他的臉部傷勢有幫助，麻木感可舒緩疼痛。一輛掛堪薩斯州車牌的皮卡車從南方一路開來，轉進東向道路，放慢車速到近乎牛步的程度。駕駛是個四肢修長的黑人，整個人縮在一件厚大衣內。車子的暖氣也許壞了。他死命盯著李奇好一段時間，幾乎決定要停車了，但最後還是作罷，別過頭去，加速駛離。

李奇口袋中有錢，要是能去林肯或奧馬哈就能搭巴士了，但他到不了，沒人載他就不可能。沒車經過時，他就把右手塞到左臂下方，以免凍傷。他也跺腳跺個不停。呼出的氣息像雲朵般繚繞他的頭部四周。一輛公路巡警的巡邏車呼嘯而過，警燈開著但沒鳴笛。裡頭坐著兩個警察，他們甚至沒瞄李奇一眼，注意力完全放在前頭，也許發生了什麼事故吧。

接下來又有兩輛車差點就停了，一輛北上，一輛南下，間隔只有幾分鐘。兩輛車都減速、躊躇、開開停停、打量他，然後加速駛離。快了，李奇心想，就快成功了。也許這個時段對他有利，大家在深夜比較容易有同情心，相較於大白天。開夜車本身就讓人有些許脫離日常的感覺，所以突然有陌生人冒出來搭便車並不是什麼太誇張的行為。

他是這麼希望的。

又有個駕駛打量了他好一陣子，但沒停車。

又一個。

李奇朝掌心吐了一口口水，抹在頭髮上梳理一下。

他繼續在臉上掛著微笑。

仍保持樂觀。

他在匝道上站了九十三分鐘後，總算有輛車停下來了。

2

那輛車在他前方三十英尺處停下。車子掛的是本地車牌，大小適中，美國車，暗色系烤漆。是雪佛蘭，李奇心想，烤漆顏色可能是深藍、灰或黑，在水銀燈下很難判斷，暗色系金屬在夜晚總是具備隱匿性。

車上有三個人，前座兩男，後座一女。兩人轉身面對後座，似乎在進行盛大的三方會談，感覺很有民主精神。**我們該不該載這個老兄一趟呢？**這讓李奇覺得這三人似乎不是很熟。如果他們是好友，應該可以靠直覺做出決定。他們也許是職場上的同事，彼此沒有上下關係，接下來要共進退一段時間，對彼此立場過度誇張地尊重，尤其重視女性的權益，她是少數派。

李奇看到女人點點頭，也解讀了她的唇語：**好**。兩個男人轉身回頭面向前方，車子前進了。它在李奇身旁停下，副駕駛座的窗戶與李奇的臀部切齊。車窗降下。李奇彎下腰去，感覺到暖氣撲面而來。這輛車的空調正常得很，他百分之百確定。

坐副駕駛座的男人問：「先生，您今晚要去哪呢？」

李奇當過十三年憲兵，接著靠臨機應變討生活，也差不多十三年了。他在這兩段時期內都是靠「保有適度的謹慎與戒心」才存活下來，五感隨時開放。先前他幾乎都是靠嗅覺決定自己要不要搭便車。有沒有聞到啤酒、大麻、波本威士忌呢？不過此刻他什麼也聞不到，因為鼻梁在不久前斷了，血塊與腫脹的組織堵住鼻腔。也許他的隔膜已產生永久性的偏移，此後再也聞不到氣味的可能性著實存在，他感覺得到。

在這種情境下，觸覺不在選項之中，味覺也不在，就算像個瞎子亂抓、亂舔一通，他也掌握不到什麼情報。如此一來，他就只剩視覺和聽覺可以倚靠了。他聽著副駕駛座上的男人以中性的口吻說話，腔調沒有方言色彩，抑揚頓挫的語調透露出他受過良好的教育，整個人散發出握有權力、有管理經驗的氣質。這三個人的手都很柔嫩、沒長繭、肌肉並不發達，頭髮修剪整齊，膚色並不黝黑。大多時間都像待在室內，坐辦公室的。不是公司中位階最高的三個人，但也遠離基層了。他們看起來四十多歲，人生可能已過了一半，不過職涯已剩不到一半。以陸軍來譬喻的話，他們就像中校，確實有一番成就，但不是超級巨星。

每個人都穿黑褲、藍色丹寧上衣，感覺像制服。上衣看起來又新又廉價，剛拿出包裝袋不久，皺皺的。李奇猜他們剛參加完凝聚團隊向心力的那種活動，大企業愛玩的鳥把戲：叫幾個中階主管離開他們服務的辦公室，飛到荒郊野外集合，給他們幾件衣服穿，再指派幾個任務。也許他們手忙腳亂後可以激發出了一點冒險精神，所以才決定載他。也許他們之後還會進行同儕評比，所以才費心地進行三方會談。團隊需要團隊工作，團隊工作需要意見一致，而意見一致不能在受迫的情況下達成，況且性別議題總是很敏感。事實上，李奇發現那名女性沒坐在副駕駛座或駕駛座時有些意外。不過，「叫三人當中的一個女性開車」有可能被視為一種貶低，就像端咖啡一樣。

他們踩在一片地雷原上。

「我要往東走。」李奇說。

「到愛荷華？」副駕駛座上的男人問。

「通過愛荷華，我要一路到維吉尼亞去。」

「上來吧，」男人說：「我們載你一段路。」

女人坐在副駕駛座後方，所以李奇必須繞過車尾，從駕駛座那一側上車。他在後座椅墊上調整好坐姿，關上門。女人有點害羞地向他點頭示好，也許是有點戒心吧。可能是因為他的鼻梁害的，或是他的外表。

駕駛座上的男人透過後照鏡瞄了他一眼，接著開上匝道。

3

郡警長名叫維多·古德曼，大多數人認為他名副其實。他個性好，打定主意去做的事往往會成功[1]。不過兩者間沒什麼關聯性就是了——他不是因為人好才成功，是因為他聰明。起碼他懂得在採取行動前先反覆確認自己的優先處理事項。這是他做事的方法，對他而言非常有效，總是會幫上大忙，如今他卻認為自己發出通報時太倉促了。

1.（本書註解全為譯註）警長名Victor Goodman，Victor 有勝利者的意思，Goodman可解釋為好人。

因為小屋內的犯罪現場根本就是見鬼。穿綠色冬季大衣的男人基本上算是被處死的，甚至可能是遭到刺殺，有些刀傷直取要害。這不是失控的爭執或扭打所致，是專業人士所為，大聯盟級的。這種人才在內布拉斯州的鄉下地方很稀少，或更精確地說，根本沒人聽過。

因此古德曼的第一步是打電話給奧瑪哈的ＦＢＩ，要他們罩子放亮點。他腦筋太靈光了，根本不會把「對方可能來搶功勞」這種觀念放在心上。第二步，他重新評估「兩個男人開紅車」這段證言。證人說是消防車的紅，亮紅，但這一點也不合理。顏色太亮了，專業好手根本不可能在犯案後駕這種車逃逸。太顯眼、太好記。也就是說，這兩位老兄可能在不遠處的方便地點預藏了一輛車，他們犯案後把紅車開過去，然後再換乘。

脫掉西裝外套只需要一秒鐘的工夫，目擊證人不確定他們外套下穿著什麼樣的上衣：基本上應該是白色的，或是米色，也許有條紋或格紋或某種圖案，沒打領帶，又或許其中一個人有打。

於是古德曼又回頭聯絡公路巡警和直升機，並更新他先前利用全境通告系統做出的通緝。他簡化了自己的敘述，以免產生缺漏：現在他要大家盯上所有乘坐兩名男子的車輛。

副駕駛座上的男人轉過頭來，以頗友善的態度說：「不介意的話，可以告訴我你的臉怎麼了嗎？」

李奇說：「我撞到門。」

「真的？」

「不，不是真的。我絆到腳跌了一跤，半點驚險刺激的成分也沒有。」

「什麼時候？」

「昨晚。」

「會痛嗎？」

「沒有阿斯匹靈解決不了的疼痛。」

那男人加大側身幅度，瞄了女人一眼，接著望向駕駛：「我們有阿斯匹靈嗎？幫他一把吧。」

李奇微笑。這是一個團隊，成員已準備好要迎向大小難題，並逐一解決。他說：「不要緊的。」

女人說：「我有。」並彎腰拿起車底的包包，手伸入其中翻找。副駕駛座上的男人盯著她，視線熱切而專注，情緒似乎有些高亢。他們設立了一個目標，而目標就要達成了。女人翻出一包拜耳阿斯匹靈，搖出一錠藥劑。

「給他兩顆吧，他看起來還撐得住，靠，給他三顆好了。」

李奇認為他的態度太咄咄逼人了，這對他的賽後表現分析不利。女人陷入了艱難的處境之中。也許她自己也需要吞個一顆，也許她有些心理無法調適的狀況，不好意思說出來。又或者坐前座的男人是想給人裝壞的印象，但也偷偷藉機使壞。他在其他地方的表現可能完美無瑕，所以才有辦法將操弄人心包裝成純真的情感迸發。

李奇說：「一顆就夠了，感謝。」

女人將掌中那顆白色小藥丸倒到他手中。副駕駛座那個男人遞了一瓶水給他，還沒開，而且還冰冰的，像是剛從冷藏庫拿出來。李奇吞下膠囊，撕掉瓶蓋上的塑膠套，灌了一大口水。

「謝謝你們，」他說：「我萬分感激。」

他將水遞還回去，副駕駛座上的男人接著遞向開車中的男人。駕駛搖搖頭，他正聚精會神地盯著道路前方，將車速維持在時速七、八十英里左右，平穩地急馳著。李奇猜他身高將近六呎，不過肩膀很窄，有些駝背，脖子細，沒長毛。頭髮最近才剪，髮型保守。手上沒戴戒指。那件便宜貨藍上衣的袖子對他來說太短了，手上那只錶滿是複雜的小刻度盤。

副駕駛座上的男人較矮、體態也較寬，不算胖，不過他現在起要是每週都吃兩個以上的漢堡可能就得正式告別「瘦」這個形容詞了。他表情緊繃，臉色紅潤，髮型比駕駛來得娘，看起來也是最近才剪的，長度差不多，而且像男學生那樣梳成旁分。藍色上衣的衣袖對他來說太長，腰太緊，肩膀太鬆。衣服剛從包裝裡拿出來，因此衣領仍像是個三角形，緊貼在他的脖子上。

近距離觀察下，女人似乎比那兩個男人年輕一、兩歲，可能是四十出頭，不至於超過四十五歲。她將她玉黑色的長髮高高盤起，梳成一個包包頭，或髮髻，或某種髮型。李奇並不知道它正確的名稱。她身高中等，穠纖合度，身上那件衣服的尺寸顯然比男人身上的小，但仍過大。她很美，凜冽、不苟言笑的那種美。臉色蒼白，大眼，妝濃，顯得疲憊且有些坐立不安。也許她對這種團隊合作活動並不投入，因此李奇認為她是這三人當中最棒的一個。

副駕駛座上的男人再度轉身，伸出他滑順的手掌：「對了，我叫艾倫・金恩。」

李奇和他握手：「傑克・李奇。」

「很高興認識你，李奇先生。」

「我也是，金恩先生。」

駕駛說：「我叫唐・麥坤。」不過他沒要跟李奇握手的意思。

「還真巧。」李奇說：「金恩和麥坤[2]。」

金恩說：「我知道好嗎？」

女人伸出她的手，它比金恩的手更小、更蒼白、更有骨感。

「我叫凱倫・杜馮索。」

「很高興認識妳，凱倫。」李奇說，並與她握手。她維持動作的時間比他預期的還長一秒。下一刻，麥坤突然鬆開油門，所有人都稍微往前晃了一下。前方有一大片紅色的煞車燈，像堵牆似的。

遠方則有一大群警車，紅藍雙色的警燈快速轉動著。

4

進兩步、退一步，確認、再確認。維多・古德曼警長重回上個階段，針對那兩個男人可能已換乘的車輛展開思考。他總是盡可能去吸收一個警長所能吸收的當代新知，這不容易，因為他所在之處可是窮鄉僻壤。不過一年多前，他曾在國土安全部網路布告欄的側邊欄位上讀到：監視攝影系統在夜間最難辨識的顏色是深藍。大衣、帽子或車子也好，凡是深藍色的物件在螢幕上看來只會比黑色孔洞清晰一些。難以看見，也難以辨識。古德曼服務的郡沒有監視系統，不過他猜電子儀器看不清楚的東西，人眼也同樣看不清楚。應該有人向那兩個傢伙提點過這事實，因為他們顯然是專家。由此可見，他們預藏的車子可能是深藍色的。

也可能不是。

好啦，他該怎麼做？

最後他什麼也沒做，他猜這是最明智的決定。如果他的推理錯誤，叫臨檢人員只注意深藍色車輛就等於是自滅。因此他沒向全境通告系統追加細節，繼續延用第二版追緝令：攔下所有搭載兩個男人的車輛。

2. King有國王的意思，而McQueen的Queen有女王的意思。

州際公路在這個路段是六線道，東向的三線道上塞滿龜速前進的轎車、貨車、運動休旅車。它們往前滑行、煞住、靜止在原地等待，接著又滑行。麥坤非常不爽，手指在方向盤上輪擊，金恩盯著擋風玻璃外的遠方，耐心、認分。杜馮索也看著窗外，顯得很焦慮，彷彿有約要赴，而現在快遲到了。

李奇打破沉默：「各位今晚要去哪裡？」

「芝加哥。」金恩說。

李奇聽了竊喜。芝加哥有非常多巴士可搭，也有很多早上出發的班次。先往南穿過伊利諾州，再往東穿過肯塔基州，維吉尼亞州就到了。這真是好消息，不過他沒大喊出口，夜深了，他覺得應該要拿出贊同的語氣。

「很遠呢。」

「六百英里。」

「你們是從哪裡來的？」

車子停住，往前滑行一小段路，又停住。

「我們從堪薩斯出發，」金恩說：「原本開得很順。一路上都沒車，沒延誤，直到現在。三個多小時以來，我們第一次放慢速度，就是因為這車陣。」

「聽起來不賴。」

「我知道好嗎？一路上平均時速都是六十英里，我想這是唐上路以來第一次踩煞車，不誇張。唐，我說得對嗎？」

麥坤說：「還有一次例外是我們停車讓李奇先生上車。」

「當然了，」金恩說：「也許魔法就這樣被破除了。」

李奇問：「你們是在出差嗎？」

「總是在路上跑。」

「你們是做哪一行的？」

「軟體業。」

「真的？」李奇努力保持有禮的態度。

「我們不是工程師，」金恩說：「那是吃披薩、溜滑板的年輕人在幹的，我們專門以企業為客戶。」

「你們很認真。」

「總是如此。」金恩說。

「這趟出差到目前為止還算成功嗎？」

「還不賴。」

「我還以為你們在參加凝聚團隊向心力的活動，或是靜修。」

「沒有，就只是普通的出差行程。」

「那你們的上衣是怎麼回事？」

金恩笑了。

「我知道這看起來怪怪的好嗎？」他說：「公司新路線，每天都走『週五休閒風』，不過衣服上有顯眼的商標，感覺就像體育競技隊伍的制服，因為這些年來混軟體業就像在比賽，非常競爭。」

「你們是內布拉斯加人嗎？」

金恩點點頭。「事實上離這裡不遠，奧馬哈現在有很多科技公司，比你想像的還多，那裡的商業環境很好。」

車子滑行、煞住、停頓，接著又前進。李奇猜這是麥坤自己的車，不是租來的，也不是公家的車。太破爛、太髒了。他一定是抽到了爛籤才成為這趟旅程的司機，又或許每趟旅程都固定由他駕車，他可能是主管當中位階最低的，又或者他只是單純愛開車，公路勇士型的人物。犧牲與家人共處時間的公路勇士。他顯然是有家室的男人，因為這是一輛家庭房車。不過組成家庭的時間不長。車內有些小孩的東西，但不多。車底有條亮晶晶的粉紅色髮帶，李奇認為沒有成人女性會使用這種飾品。中控台的其中一個托盤上有絨毛動物玩具，大部分的填充物已被壓扁，毛結塊，可見經常被放到口中嚼。李奇猜他有個女兒，八到十二歲。他無法縮小預測範圍，因為他太不了解小孩了。

不過那孩子的媽媽或繼母還在，麥坤有妻子或女友，這很明顯。女性用品散放在車內各處：有一盒衛生紙的包裝上印滿花花草草，中控台的凹槽內有條暗色系的唇膏，就放在絨毛動物玩具旁邊，車鑰匙上甚至有水晶墜飾。李奇很篤定，他的嗅覺要是能正常運作，一定會聞到坐墊上的香水味。

麥坤會想念他的家人嗎？李奇納悶著。還是說，這樣的旅程對他而言快樂得沒話說？也許他不喜歡他的家人。就在這時，他開口了：「你呢，李奇先生？你是做哪一行的？」

「哪一行都沒在做。」李奇說。

「意思是說一般性的勞力工作嗎？有什麼就做什麼？」

「連那種都沒在做。」

「意思是你沒工作？」

「不過我是自己選擇不去工作的。」

「從什麼時候開始?」

「從我退伍後開始。」

麥坤沒回答,因為他的思緒被其他事情占據了。前方所有車子都使出各種伎倆擠到右線道去,動作緩慢,才導致後方車流回堵。李奇猜有車禍,也許某輛車切換車道時撞到護欄,彈回來的過程中又跟其他車擦撞。不過目前並沒有消防車在場,也沒有救護車、拖吊車。所有閃動的光線都維持在同一高度,貼在車頂上。數量繁多,變換的速度又快,看起來就像靜止而延續不斷的紅藍色強光,不斷沐浴著觀看者的眼球。

車子一吋一吋地往前移動,走走停停。麥坤在燈光前方五十碼處打右轉方向燈,硬把車頭塞進右線道,李奇得以直視前方阻礙物。

不是車禍。

是臨檢。

最靠近他們的警車斜停在左線道上,另一台停在稍微遠一點的地方,跟第一台角度相同,堵住中線道。他們放在一起就像一根、兩根箭頭,尖端指著右線道,用路人別無選擇,只能往那個方向駛去。接著又有兩輛車停在中線道上,與行車方向平行,對面路肩上也停著兩輛。再過去又有兩輛斜停在馬路上,迫使駕駛大轉彎,拐過一個棘手的角度後一路開到左線道上,之後車子就能加速駛離,在馬路上散開,開往它們各自的目的地。

這行動規劃得很好,李奇想。交通阻塞確保所有用路人放慢速度,臨檢點盡頭設計成大左彎則確保所有車子都會慢速通過臨檢點,中線道與路肩上的四輛車夾出的軌道則允許警方進行較長時間、較仔細的觀察,某人不是第一次組織這種牛仔秀。

不過他們是想攔下什麼?八輛警車可不是鬧著玩的,而且還有警察拿著霰彈槍。這不是例行性的臨檢，不是要抓沒繫安全帶或無照駕駛。他說：「你們剛剛有沒有聽電台？有什麼壞事發生了嗎？」

「放輕鬆。」金恩說：「我們三天兩頭就會碰到這種場面，八成是有人逃獄吧。這裡以西有幾棟大監獄，一天到晚有囚犯消失。很瘋狂對吧？管好犯人有什麼難的？又不是要叫他們動腦部手術？他們的門上又不是沒鎖。」

麥坤望向後照鏡，跟李奇四目相交：「希望不是你囉。」

「我不是什麼？」李奇問。

「不是逃獄者。」他的嗓音中有笑意。

「不是我。」李奇說：「絕對不是。」

「很好。」麥坤說：「不然我們全會被拖下水的。」

他們在不耐之氣瀰漫的車陣中龜速前進。李奇望向擋風玻璃與後車窗組成的玻璃隧道的另一頭，看著工作中的州警。他們戴著帽子，霰彈槍垂在手中，另一隻手將Mag-lite的大型手電筒高舉過頭，照亮一輛又一輛通行的車子，前、後、上、下，數乘客數，檢查車底，有時候還開後車廂，最後滿意地揮手讓車子離去

轉身檢查下一批。

「別擔心，凱倫。」金恩沒轉過頭去看她：「妳很快就會回到家了。」

杜馮索沒回話。

金恩回頭瞄了一眼李奇，說：「她討厭坐車旅行。」解釋她為何這麼冷淡。

李奇沒說話。

車子持續往前滑行。前方州警的檢查流程都沒變，李奇到最後已看出模式。他們只會在車

上只有男性駕駛一人的情況下檢查後車廂，這就排除了金恩的逃犯理論。逃犯當然也可以躲到有兩名、三名或四名乘客的車上，他沒理由跳過那些選擇，就算是有五個人、六個人或塞滿乘客的巴士，他也上得去。可見州警可能已掌握一些情資，準備堵某個單獨開車的傢伙，且對方車上裝著又大又要命的玩意兒，例如毒品、槍枝、炸彈、贓物之類的。

車子緩慢移動，如今它成為隊列前方數來第三輛車了。前方兩輛車都由男人駕駛，沒有乘客。兩人都被搜了後車廂，接著警方揮手讓他們通過。麥坤慢慢往前開，然後停在州警指定的位置。有個老兄跨到引擎蓋前方，拿手電筒照了照車牌，接著又有四個老兄（左二右二）上前用手電筒照車窗，先是前座、然後是後座，清點乘車人數。擋在車前方的老兄退開來，離麥坤最近的警察則揮手示意他離開。手勢低且急切，與麥坤的視線切齊。

麥坤小心翼翼地往前開，接著大力轉動方向盤，往左急轉，再往右轉，上千英里長的曠野於是在他面前展開。他呼出一口氣，整個人在椅墊上放鬆下來，旁邊的金恩也有相同的反應。麥坤踩下油門，車子飛快加速，往東急馳，彷彿他們沒有時間可浪費。

一分鐘後，李奇注意到分隔島另一頭的對向車道上，有輛車也以同樣快的速度駛來。暗色系的福特Crown Victoria，護柵後方的藍色警燈閃啊閃的，顯然是公家單位的車，趕著要去處理某種緊急狀況。

5

那輛暗色系Crown Victoria是ＦＢＩ奧馬哈地方辦公室的巡邏車，執勤中的探員接獲古德曼警長的通報後立刻採取了行動。古德曼說「專業人士」，這詞對ＦＢＩ來說等同於組織犯罪，而組織犯罪正是FBI的菜，要打響名號、爭取榮耀、獲得提拔就得靠它了。於是執勤探員立刻派了一個隨時候傳的探員過去。她是拿過勳章、有二十年經歷的局內老鳥，能力優秀、經驗豐富、極受器重。

她叫茱莉亞・索倫森，才將近四十七歲，而且才剛在奧馬哈度過將近四十七個月的歡樂時光。奧馬哈不是紐約或華盛頓特區之類的大都市，不過也不算偏遠地區，跟西伯利亞差得遠了。基於未知的歷史性因素，犯罪總是會沿著鐵軌擴散，而內布拉斯加境內有幾個地球上數一數二大的調車場，因此索倫森的才能並沒有被浪費，她在這裡並不覺得受挫，也沒什麼不滿。

她一邊開車一邊撥了古德曼警長的手機號碼，告訴他她在路上了。她準備在犯罪現場跟他碰面，一個小時內到場。

古德曼接到那通電話時人在車上。他請其中一名員警守在犯罪現場、看顧目擊證人，然後要其他人去封鎖出郡的聯外道路。於是所有警力之中只剩他能夠自由來去，他到處亂晃，尋找那輛亮紅色的車。

他管轄的郡幅員遼闊，但地形並不複雜。一個世紀前的某人在地圖上畫了個正方形，郡的形狀就這麼定下來了。這正方形曾被橫切兩次：首先是一條東西向的二線道由左端通到右端，接著還是一條二線道，不過是南北向的，由下方開通到上方。兩條道路在接近郡中央的位置交會，形成一個十字路口，一個人口八千的小城就在路口外圍逐漸發展起來。貫穿郡的東西向道路上沒什麼行車，因為州際公路就在它五十英里外平行延伸，吃掉大部分的車流。不過北上或南下的車流量就明顯大了一些，因為州際公路不只會吸收車流，也會帶來車潮。當地的商人只花了五分鐘就搞清楚這個狀況，在城外三英里處開了一家又一家加油站、餐館、汽車旅館、酒吧、便利商店、雞尾酒吧，形成一長條歪七扭八的街道。心胸較寬大的市民認為那裡不過是另一個商業區，但上層階級市民則稱它作萬惡城市。它和郡內的其他地區使用的是同一套法律、法條、規章，不過這五十年來公權力在那裡貫徹得不是很完全，大家都心照不宣。結果就是酒吧中出現了基諾和撲克機等賭博電玩，雞尾酒吧中出現脫衣舞演出，傳言說汽車旅館內有妓女，湧泉般的稅收流入郡金庫。一來一往，就跟二線道一樣。

古德曼正往那裡去。不是因為那個地方道德淪喪，單純是因為那裡是前往遠方高速公路前最後一個有人煙的地方，而且有很多棄置的空地、老早就倒閉的商家、沒有窗戶的空心磚牆。如果你想要預藏逃亡用的車輛，並在不受阻撓的情況下完成換乘，此地是郡內唯一選擇。

他通過十字路口，離開了正派的區域。接著行經一片黃豆田，然後是四分之一英里長的路肩，上頭停放著幾台老舊的耕耘機，大概已經轉手過四次了吧，都是待售商品，不過其中大多數已經等買主等到長滿鏽斑。路肩過後是更多黃豆田，遠方浮現萬惡城市的燈火。街道兩端各有一間加油站，其中一間在西側，另一間在東側，兩者都大得像體育場停車場，可容納十八輪大貨車，也都沐浴在高聳燈柱頂端灑下的亮光之中，兩者的公司招牌高高掛起，幾英里外就看得到。餐館、汽車旅館、酒吧、便利商店、雞尾酒吧就散落在兩座加油站之間的道路兩側，建築正面與馬路切出的角度各異，有的燈火通明，有的幽暗無光，所有建築物都孤伶伶地矗立在碎石子停車場中央。有些店撐了五十年，有些早在多年前化為野草中的廢墟。

古德曼從二線道的東側開始找起。他繞過自己經常光顧的餐館，放慢車速，單手握方向盤，以空出來的那隻手扳動車內握把，操控擋風玻璃邊框上的探照燈，檢視停定的車輛。他繞過餐館後方，經過一排垃圾桶，接著繼續往前開，繞其中一家雞尾酒吧一圈，查看了一家汽車旅館，結果沒有收穫。街道盡頭那家加油站旁的機油更換站旁停了幾輛擋泥板撞凹的轎車，但烤漆都不是亮紅色的。從擋風玻璃上的油漬來判斷，它們全都在那裡停好一段時間了。

古德曼等行車通過後開到對向車道上，從這條街道的西北端開始重新搜索。他經過的第一棟建築物是空心磚砌起再塗成乳黃色的酒吧，屋齡大約是二十年。它沒窗戶，只在屋頂上裝了蘑菇似的通風扇。它附近沒有任何紅色的車。下一棟建築物是一家雞尾酒吧，環境相當整潔，據說是萬惡都市裡頭最清爽的地方。古德曼在店門前迴轉，邊框上的探照燈晚了一秒才照向前方，有了。

一輛亮紅色進口轎車在雞尾酒吧旁停得好好的。

6

李奇稍微向右側身，讓視線越過麥坤的頭，落在擋風玻璃另一頭的前方道路上。他的肩膀自然而然地侵入杜馮索的個人空間，杜馮索於是也向右傾，和他保持距離，結果重重撞上門。李奇看到平貼在地的大燈燈光，再過去除了遠處的紅色車尾燈外空無一物，黑暗不斷向他們撲來。車速儀表的指針指著八十，汽油四分之三滿，引擎溫度指針停留在「正常」區域，一動也不動。安全氣囊蓋板上有爐用螺栓形的商標，可見這輛車是雪佛蘭出產的，總里程數剛超過四千英里，不是新車，但也不是舊車，它歡欣地發出安靜的低鳴。

李奇調整好坐姿，杜馮索有樣學樣。副駕駛座上的艾倫・金恩半側身說：「我哥以前在陸軍，他叫彼得・金恩，你搞不好認識他。」

「陸軍是個非常大的組織。」

金恩微笑，感覺有些難為情。

「說得也是。」他說：「我大概說了蠢話吧。」

「不過是很普通的看法。大家都以為所有軍人彼此認識，我也不知道為什麼。該怎麼說……你住的地方人口多少？」

「可能有一百五十萬吧。」

「你認識他們所有人嗎？」

「我連我鄰居都不認識。」

「看吧，你哥待在哪個部隊？」

「砲兵隊，參加過第一次波灣戰爭。」

「我也是。」

「那你搞不好真的認識他。」

「派遣過去的砲兵多達五百萬人，所有人都去了，你絕對沒看過那麼大規模的軍事行動。」

「感覺如何？」

「你哥沒跟你說嗎？」

「我們沒在聯絡。」

「很熱。」李奇說：「我的大半記憶都跟熱有關。」

「你是哪個單位的？」

「執法人員。」李奇：「憲兵的偵查單位，一直都窩在那。」

金恩半聳肩半點頭，沒再說什麼。他回頭面向前方，盯著黑暗。

路邊閃過一塊告示牌：歡迎來到愛荷華。

古德曼警長把車開進雞尾酒吧的後方停車場，將大燈切換成遠光模式。這輛進口車不是豐田、不是本田、不是現代、不是起亞，是馬自達。更精確地說，是馬自達六。五門掀背車，不過後方線條很圓滑，所以看起來很像普通的四門轎車。頗新的型號，烤漆是消防車那種紅。裡頭沒人，不過車體沒露水，可見它在這裡沒停多久。

它的左右兩側都是一大片空地，後方五十碼內是長有雜草的石子地，再過去基本上什麼也沒有，一路連到西方七百英里外的丹佛郊區。車前方對著雞尾酒吧後門，那是一道普通的鐵門，嵌在泥土色的灰泥牆上。

好地點。無人監視，沒有目擊證人。古德曼想像那兩個男人走出馬自達，脫下西裝外套，走向他們的另一輛車，坐上去，駛離此地。

另一輛車會是什麼樣子？

他沒頭緒。

他們會開往什麼地方？

不可能往東或往西，因為他們要是不先往南開回十字路口就無法離開這個郡。沒有人會開替代車輛往犯罪現場移動，所以他們的下一步顯然是往北走，因為州際公路就在那個方向，在黑色地平線彼方，有如巨大、來路不明的磁石般將他們吸過去。

可見他們早就遠走高飛了。早在北方的郡道臨檢點完成設置前就通過那裡了，不然就是在未受檢查的情況下離開，因為當時警察仍鎖定亮紅色的車子。

這是古德曼的錯，他自己心知肚明。

他拿出無線電，要手下結束臨檢，也把原因全說了出來。他要兩名員警來看守雞尾酒吧後方的區域，然後要其他人回到自己平時的崗位上。他打電話給公路巡警的調度員，並沒有接到好消息。他看一眼手錶，盤算時間、速度、距離，吸氣，吐氣，然後打檔上路，往犯罪現場開去，準備去和特別探員茱莉亞．索倫森碰面。

是他的錯。

那兩個男人已經離開內布拉斯加州了。

他們成為FBI的燙手山芋了。

7

茱莉亞．索倫森輕而易舉地找到了那個十字路口，但這也沒什麼好奇怪的，因為那個路口在GPS上是方圓數英里內唯一的顯著目標。她根據指示右轉，向西方開了幾百碼，朝大地上的一潭光駛去，然後她就看見水泥小屋和警長的車了，一名員警的巡邏車也停在一旁。

名副其實的犯罪現場。

她對車的了解多過小屋。他們的車是Crown Victoria，就跟她自己的一樣，不過烤漆是這個郡的指定色，前後加裝了推桿，車頂裝有探照燈。小屋就比較難形容了，它是長方形的，長也許有二十英尺，深十五英尺，高十英尺。屋頂扁平，是水泥材質，沒有窗戶，金屬門彎曲、凹陷、有擦痕。整個建築物看起來很老舊、破敗但沉穩，水泥因日曬雨淋產生磨損、剝落、碎裂、破洞，上頭布滿拳頭大小的坑坑疤疤。含有燧石的棕色石材暴露在外，有些表面滑順，有些龜裂、碎開。

她把車停在員警的車後方，然後下車。她很高，顯然有斯堪地那維亞血統，與其說她美豔，用「俊俏」形容她還更適合，一頭長髮是沙金色的，有少許挑染。穿黑褲，黑外套罩在藍色上衣上。黑鞋材質堅硬，黑色梨子形肩背包裝著她所有行頭。手槍是例外，安插在她左臂上的槍套內，還有識別證皮夾是裝在她的口袋內。

她拿出皮夾，甩開，走向警長。她判斷對方比自己年長二十歲，身材壯，但不高，像是美式足球的中後衛，以一個老頭來說體格還不賴。他在制服上衣外頭罩著一件冬季厚外套，沒戴手套，儘管今晚氣溫相當低。他們握手，然後原地靜立了一會兒，盯著水泥小屋，彷彿在思考到底要從哪裡開始著手。

「第一個問題，」索倫森說：「這地方是做什麼的？」

古德曼說：「老舊的抽水站，能從含土水層中打水上來。」

「現在已經廢棄不用了嗎？」

古德曼點點頭。「地下水位下降了，我們不得不挖更深的洞，新抽水站在一英里外。」

「死者還在裡頭嗎？」

古德曼再次點頭。「我們在等妳來。」

「到目前為止有誰進過現場？」

「只有我和醫生。」

「好多血。」

「是啊，」古德曼說：「很多。」

「你有沒有踩進血泊？」

「不得不踩，我們得確認他是不是死了。」

「你們還碰了什麼地方？」

「只有他的手腕和脖子，想摸他的脈搏。」

索倫森蹲下，打開梨子形狀的肩背包，取出塑膠腳套套住鞋子，拿出一雙橡膠手套戴上，再掏出一台相機。她單腳跨入黏膩的液體中，伸手拉開小屋門。其中一個鉸鏈發出尖鳴，另一個發出哀號，合起來就像是報喪女妖的慟哭，她的另一隻腳也踩入血泊中了。

「裡頭有燈。」古德曼說。

她找到開關了。天花板上的一盞燈亮起，光線從網狀燈罩灑下。燈罩和燈泡燈很老舊，瓦數或許是兩百。光線明亮、銳利，抹去了影子。她看到地上有兩根老舊粗管線的殘餘部分伸出地面，兩者距離也許有十英尺，各自都有一英尺寬，都被漆上柔和、制式的綠，不過油漆如今已斑駁剝落、長滿痂似的鏽斑。兩者的頂端都洞開，底部都有凸緣，原本有螺栓將它們接合。這是公家機關設施，很久以前就解體了。索倫森是這樣猜測的：多年來，地下水從其中一根管子內湧出，接著被打入另一根水平的地下水管中，輸送到附近某處的水塔去。但某一天起，抽水馬達只吸得到坑坑疤疤的乾石子，大夥兒只能去挖新的洞了。抽這些水是為了灌溉、飲用、供室內管線使用。索倫森讀過手上的簡報，知道內布拉斯加州每年抽兩兆三千億加侖的地下水，僅次於德州和加州。

她繼續前進。

除了水管外，地上還鋪了一層陳年的沙子，一側牆上有個耐操的電子儀表板，已經有好幾十年的歷史了，另一面牆上則有褪色的圖表，解釋著曾連結兩條綠色水管的液壓裝置之運作原理與用途。以上，就是永久性建設的部分。

不永久性設施則是死者，以及他的血液。他躺在地上，手肘與膝蓋彎起，彷彿是隨老歌起舞的卡通人物。他滿臉是血，身體中段也滿是血，四周是個血泊。他可能四十歲，不過要正確判斷真的很困難。他身穿綠色冬季大衣，棉帆布內的保溫填充物不知是什麼材質，不舊也不新。大衣拉鍊沒拉上，釦子也沒扣上，亮出下方的灰色毛衣與乳白色格紋襯衫，兩者看起來都很破舊，原本都紮進褲子裡，但後來被人拉到胸廓的位置。

他有兩處刀傷，一處是割傷，斜斜劃在額頭上，高於眼睛一英寸，另一處是個參差不齊的穿刺傷，落在軀幹右側，差不多跟肚臍等高。大部分的血液都是從第二處刀傷流出來的，只能用泉湧來形容，他的肚臍看起來像是裝滿乾油漆的頂針。

索倫森說：「警長，你怎麼看？」

門外的古德曼說：「劃在額頭上的那刀是為了蒙蔽他的視線。傷口流出來的血像一片布般蓋上他的眼睛。這是持刀械鬥者愛用的老把戲，我也是看到這招才認為他們是職業好手。之後就很單純了：他們拉起他的衣服，把刀刺進肋骨下方，猛攪一番，不過這樣還不足以立即致命，他過了幾分鐘才斷氣。」

索倫森點點頭：所以才會有那麼多血。那老兄的心臟不斷跳動，英勇卻徒然。

她問：「你知道他是誰嗎？」

「從沒見過他。」

「為什麼他們要拉起他的上衣？」

「因為他們是專家，他們不希望刀刃卡住。」

「我也這麼想。」索倫森說：「他們用的刀子肯定很長，你說是吧？才有辦法從那裡刺到胸廓。」

「也許有八、九吋長吧。」

「目擊者有沒有看到刀？」

「他沒提，不過妳可以親自問他，他在員警的車內避寒。」

索倫森問：「他們為什麼不用槍？如果這真是專家所為，他們最典型的武器應該是上滅音器的點二二手槍。」

「那是密閉空間，槍聲還是會很響亮。」

「這附近沒有人煙啊。」

「那我就想不到他們不用槍的理由了。」古德曼說。

索倫森拿起相機拍了幾張照片，有的是遠拍照，呈現屍體周遭環境，有的是特寫照，紀錄細節。她問：「你介意我動屍體嗎？我想找找看他身上有沒有證件。」

古德曼說：「這是妳的案子了。」

「是嗎？」

「罪犯此刻已不在內布拉斯加州了。」

「如果他們是往東走就還沒出去。」

「往西也一樣，不過他們遲早會出去。他們顯然已經通過臨檢了。」

索倫森不發一語。

「他們換了一輛車。」古德曼說。

「或好幾輛車。」索倫森說：「他們搞不好還分頭行動。」

古德曼想起那輛馬自達兩側的空位，想起他自己發出的最終版通告：攔下任何搭乘兩名男人的車輛，不問車種型號。他說：「我沒想到那個可能性，我想我搞砸了。」

索倫森沒安慰他，自顧自地繞過血泊，在她所能找到的最乾燥的落腳處蹲下來。她打直左手保持平衡，伸出右手碰觸屍體。又按又拍，尋找著證件。上衣口袋沒東西，大衣外側或內側口袋裡也沒有。她的手套尖端沾上了黏膩的紅色血漬。接著搜褲子的口袋，還是沒有收穫。

她呼喚：「警長，我得請你幫忙。」

古德曼踮起腳尖，大步蟹行，彷彿走在離地一千英尺的懸崖邊。索倫森說：「抓住他的腰帶幫他翻身，我要檢查他褲子後方的口袋。」

古德曼蹲在她對面，距離屍體一隻手臂長。他抓住死者皮帶，別過頭去，用力一拉。死者翻身了，血液發出啪嗒響並緩慢流下，因為它正逐漸凝結，且與地面上的沙子混合成黏糊。索倫森的手迅速探向褲子後方，又戳又按又拍，活像個扒手。

什麼也沒有。

「沒有東西可以證明他的身分。」她說：「也就是說，目前在我們手上的是一具無名屍，人名還真是值錢呢。」

古德曼鬆手讓死者翻回來，平躺在地。

8

傑克．李奇不是法律學者，但略通法律，就跟所有執法人員一樣。主要了解的部分是法律在真實世界的施行狀況，以及相關的小把戲和託詞。

他也知道法律會在哪些地方噤聲。

比方說：法律沒規定你一定要對搭便車的人說真話。

事實上，過去經驗教會李奇一個道理，那就是沒人能抗拒無害的空想，大多數駕駛就是為了這個才讓搭便車者上車。某些人顯然是庸庸碌碌的小職員，卻對他宣稱自己是主管，主管則宣稱自己是企業家，企業家說自己事業有成，領別人薪水的人說自己在開公司，護士說自己是醫生，醫生說自己待外科。大家喜歡在這種時候稍微幫自己灌個水，喜歡在這短短的一小時內過不一樣的人生，測試它，品味它，吐出一句句台詞，沐浴在光彩之中。

無害，無傷大雅。

都是趣味的一部分。

不過艾倫・金恩的謊言不太一樣。

他的話語當中沒有自吹自擂的成分，沒把自己說得更強大、更優秀、更聰明或更性感。他說的是愚蠢、瑣碎、理論性的謊言，出於不明原因。

比方說藍色丹寧上衣。那不是企業制服，不是什麼朝氣十足又討喜的衣服，口袋上方並沒有刺繡商標。它們從來沒被穿過，也沒洗過，是一美元商店買來的便宜爛貨，從貨架取下後直接開封、穿上。李奇穿的就是這種衣服，所以他很清楚。

比方說：金恩宣稱他們已經連開三個小時的車，但油表顯示油還有四分之三滿。這就等於是說雪佛蘭加滿油可連跑十二小時，而在高速行駛的情況下，連跑十二小時等於可開一千英里，但這根本是不可能的事。

還有：金恩給他的水以及凱倫・杜馮索給他的阿斯匹靈都還涼涼的，可見原本是冰在冰箱中。這不合理，如果它們在大開暖氣的車內放了三個小時，根本不可能涼涼的。

他說謊。

還有，金恩宣稱他自己住在內布拉斯加某處，後來又說那裡人口一百五十萬。根本說不通。一百五十萬已將近是內布拉斯加全州人口了。奧馬哈大約住了四十萬人，林肯則有二十五萬。全美人口破百萬的城市只有幾個，其中八個的人口數字都遠大或遠小於一百五十萬，只有費城的人口接近那個數字。

那這些人真的是從費城來的嗎？還是說，金恩指的是一個都會區的人口？如果是那樣，費城就太大了，不過其他地方的人口數也增加一些，變成可能的選項。也許哥倫布符合條件，或拉斯維加斯、密爾瓦基、聖安東尼奧，或諾福克、維吉尼亞海灘、紐波特紐斯鄰接的那一帶。

不過內布拉斯加州境內沒有這種地方。

所有都市規模都差得遠了。

還有，凱倫・杜馮索為什麼都不說話？她只說了一句「我有」，表示她有阿斯匹靈，然後在自我介紹時說了自己的名字，沒了。李奇有連續沉默好幾個小時的本事，但就連他也努力在維持一段禮貌性的對話。杜馮索看起來像是夠社會化、會出聲參與討論的那種女人，她卻沒開口。

為什麼？

不干我的事，李奇心想。對他來說，搭上開往維吉尼亞的巴士才是正經事，而他正以時速八十英里（秒速超過一百英尺）的速度朝目標電掣風馳而去。他靠上椅墊，閉上眼。

茱莉亞・索倫森在小屋外頭一跳一跳地脫下塑膠腳套，然後連同手套一起封進某個袋子內。這可能會成為證物，而且肯定是生物性危害物。接著她掏出手機，叫了一卡車的ＦＢＩ醫學鑑識人員和犯罪現場偵查人員過來。

這是她的案子。

她打開員警那輛車的車門，坐到目擊證人旁邊，沒理由把這位可憐的老兄拖到寒風中。古德曼也坐上車，駕駛座上的員警扭了一下身體。這是很尋常的小型會談，前後座各坐兩人，中間由防彈板隔開。

目擊證人是男性，大約四十歲，蓄鬍，儀容不算整齊，身穿冬季的農夫裝，提供證言時的說話方式完全符合索倫森預期。她深知目擊證人的發言所能提供的助益有限。在寬提科受訓時，她曾被派去偵訊一個涉嫌從事非法醫療的醫生。在人滿為患的候診室等待期間，有個老兄衝進來搶藥，持手槍擊發子彈，東跑西竄。事後（當然囉）她才發現一切都是設計好的，醫生是演員，搶劫犯也是演員，手槍擊發的是空包彈，候診室內的所有人都是法務機關受訓中的執法人員。大夥兒對搶匪的長相沒有半點共識，他在所有人心中留下的印象完全不一致。矮，高，胖，瘦，黑皮膚，白皮膚，沒人真的記得很清楚。那個早晨過後，索倫森便對所有證言半信半疑。

她問：「你有沒有目睹穿綠色大衣那個男人到場？」

證人說：「沒有，我看到他的時候他在人行道上了，就這樣。他朝那邊那座老抽水站走過去。」

「你有沒有目睹紅色的車子到場？」

「沒有，我注意到時它已經在了。」

「那兩個穿黑西裝的男人在車上嗎？」

「沒有，我看到時他們也在人行道上。」

「跟著另外一個男人？」

證人點點頭。「他們距離大概十英尺，也許是二十英尺吧。」

「你能不能描述他的長相？」

「就是兩個男人，穿西裝。」

「老人？年輕人？」

「不老也不年輕，就是兩個男人。」

「矮個子？高個子？」

「中等身材。」

「黑人還是白人？」

「白人。」

「胖還是瘦？」

「中等身材。」

索倫森問：「他們身上有沒有具識別性的印記？」

證人說：「我不知道妳在說什麼。」

「他們臉上有沒有什麼特別之處？例如，鬍子、疤痕、穿環、刺青那一類的？」

「就只是兩個男人。」

「髮色呢？淺色還是深色？」

「頭髮？」證人說：「我不知道，應該就自然的髮色吧。」

索倫森問：「你有沒有看到他們帶刀進入小屋？」

「沒有。」證人說。

「他們出來時手上有沒有刀？」

「沒有。」

「他們身上有沒有血？」

「其中一個人的西裝外套看起來好像濕了幾塊，不過顏色是黑的，不是紅的。我是說，那可能是水，沾在黑色西裝上的水。」

索倫森說：「路燈燈光是黃色的。」

證人瞄了一眼窗外，彷彿是要做確認：「對。」

「血在黃光下看起來有可能偏黑。」

「應該吧。」

索倫森問：「紅車是那兩個男人的嗎？」

證人說：「小姐，他們坐上車了耶。」

「上車時給人什麼樣的感覺呢？熟門熟路，還是手忙腳亂了一陣？」

前座的古德曼露出困惑的表情。索倫森說：「死者口袋裡什麼也沒有，包括車鑰匙。那他是怎麼過去的？那台紅車搞不好是他的。」

古德曼說：「那另外兩個男人是怎麼來的？不可能是走路來的，氣溫很低，他們又沒穿大衣。」

「也許他們是一起來的。」

證人說：「我不知道啊，小姐，他們上車後就把車開走了，我只看到這些。」

古德曼於是放證人回家，然後載索倫森往北走，去看看那兩個男人拋下的紅色轎車。

9

李奇閉著眼睛，鼻子也不通，因此味覺、觸覺、聽覺變得更為靈敏，彌補其他感知能力的不足。他口中嘗到銅與鐵的味道，因為血液已滲到他喉嚨深處。他右手手指觸碰著後座的鼠毛襯料，感受它人造、稠密的質感，以及極細微的粗糙肌理。他的左手放在自己的大腿上，感受著褲子的粗棉布料，厚厚的，纖維分明，而且滑滑的，因為製造商預洗過。他聽著輪胎下的水泥發出響亮尖嘯，引擎嗡嗡作響，傳動皮帶哀號，狂風吹拂擋風玻璃架與後照鏡。行車過程中，他自己與其他人的屁股不時在椅墊中載浮載沉，上下位移個幾公分，而椅墊彈簧伸縮時的嘎吱聲，他聽得一清二楚。他聽出唐・麥坤的呼吸緩慢、克制，因為他很專心在開車。凱倫・杜馮索有些焦慮，艾倫・金恩的呼吸切換成短促、劇烈的節奏。他在盤算著某事，就快做出決定了。李奇聽到衣料擦過手腕的窸窣聲，看來這老兄看了一眼手錶。

接著金恩轉過頭來，李奇睜開眼睛。

金恩說：「我真的很想在天亮前抵達芝加哥。」

正合我意，李奇心想，芝加哥有很多早班車。先往南穿過伊利諾州，再往東穿過肯塔基州，維吉尼亞州就到了。他說：「應該可以，車速很快，現在又是冬天，天亮比較晚。」

金恩說：「原訂計畫是唐開前半段，我開後半段，現在我認為應該要分成三段，中間那段由你開。」

「不讓凱倫開嗎？」李奇問。

杜馮索沒反應。

「凱倫不會開車。」金恩說。

「好，」李奇說：「我總是樂於助人。」

「這樣分配比較安全。」

「你還不知道我是怎麼開車的。」

「這條路上沒半輛車，路又直又寬。」

「好。」李奇又說了一次。

「下次停車加油時我們就換班。」

「會是什麼時候？」

「快了。」

「為什麼？」李奇問：「你說你開了三個小時的車，油還有四分之三滿。照這比例來看，我們可以一路開到紐約和這裡的中點再加油，甚至還不止。」

金恩安靜了片刻，眨眨眼說：「李奇先生，你真是觀察入微呢。」

李奇說：「就盡量把罩子放亮囉。」

「這是我的車，」金恩說：「它哪裡怪、哪裡有缺陷我都知道，相信我是不會錯的。油表顯示的油量是錯誤的，它故障了，起先只會動一些些，接著就墜落谷底。」

李奇不發一語。

金恩說：「相信我，我們很快就得停車了。」

守著雞尾酒吧後方的兩名員警以相同的角度停放巡邏車，停車地點離那輛紅色馬自達頗遠，彷彿那輛車本身很危險似的。比方說有放射性，或可能爆炸。古德曼開著Crown Victoria挺進三角形禁區（其實沒用封鎖線標出來），在距離紅車二十碼處停下。索倫森說：「我猜先前沒有任何目擊證人吧？」

「我今天沒踩到狗屎。」古德曼說：「不走運。」

「這間雞尾酒吧也已經倒了嗎？」

「還沒，不過它在午夜打烊。正派經營的店。」

「跟什麼比？」

「跟這一帶其他雞尾酒吧比。」

「紅車會是幾點停放在這的？」

「妳是問最早幾點嗎？起碼是午夜十二點半以後的事了，這麼晚就不會有目擊證人。」

「我猜你沒在酒吧工作過對吧？」索倫森問。

「沒有，」古德曼說：「沒做過那行。為什麼問這個？」

「顧客在午夜回家不代表工作人員可以在同一個時段離開，有些可憐的蠢女服務生肯定在打烊後的店裡待了一小段時間。你認識老闆嗎？」

「當然。」

「打通電話給那位先生。」

「是小姐。」古德曼說：「蜜西‧史密斯，她在這一帶混幾百年了，是大名鼎鼎的一號人物。如果我吵醒她，她會不開心的。」

索倫森說：「如果你不叫她起床，我會不開心的。」

古德曼於是拿起手機撥號，在自己那輛車附近跺跺腳、熱熱身子，索倫森則趁這段時間打量了一下馬自達。北卡羅萊納車牌，後車窗有一小個條碼，車內看起來整齊、乾淨、新新的。她打電話回奧馬哈辦公室通報車牌號碼與車輛識別號碼，發現古德曼警長正拿原子筆在掌心寫字，手機夾在臉頰與肩膀之間。他接著放下筆，掛斷電話：「蜜西‧史密斯和最後一批客人一起離開，時間正是凌晨十二點。」

不過他的說話聲中並沒有志得意滿的成分，並不是在表達：「看吧，我就說了嘛。」

「然後呢？」索倫森問。

「其中一個女服務生留在後頭洗杯盤。她們顯然有個輪班機制，每晚都會有一個人留下來加班，可領半小時加班費。」

「你抄下的電話是女服務生的？」

「是，她的手機號碼。」

「那輛馬自達是出租車，」索倫森說：「其他州的車牌，附掃描用條碼，每週清洗兩次。」

「最近的汽車出租行在奧馬哈機場，我可以打通電話過去。」

「我已經打了，你應該要聯絡女服務生。」

古德曼於是將抄有號碼的左手掌放到大燈燈光中，以右手拇指撥號。

10

進入愛荷華州後不久，州際公路便縮減為二線道，變得細長而寂寥。出口間的距離長達數英里，每個出口都自成一個綠洲。抵達前會先經過三塊間距數百碼的藍色告示牌，上頭巨細靡遺地列出最近的加油站、食宿資訊，半公告半廣告。有些板子上一片空白，有些地方只有餐館但沒加油站，或者有加油站但沒汽車旅館，或者有旅館但沒有餐廳。李奇明白它背後的規則，美國境內的州際道路他幾乎都走過了。有些告示牌是騙人的，駕駛若循線下交流道就得連開十五或二十英里的黑暗鄉間小路，抵達那些店家時它們早就打烊了。有的出口則會通往櫛比鱗次的小聚落，提供多元的消費選擇給駕駛：艾克森、德士古、太陽等加油站，Subway、麥當勞、餅乾桶等餐廳，萬豪、紅屋頂、康福特等旅館。重點就在於遠方的燈火。騙人的出口四周一片黑暗，有搞頭的出口通往紅黃燈火點綴的地平線。

他們繼續往前開，沉默且有耐心地發著愣，最後艾倫・金恩在車子行經迪莫依不久後挑了個無名的出口。

「唐，這個一定好。」他說。

出口前方的三塊藍色告示牌上各有一個商標，都沒重複。李奇不認得它們到底是哪家公司的商標，但他讀得出它們背後的意義。他通曉這些廣告的文法。他們下交流道後會抵達一個無名加油站，馬路對面的淒涼小屋內擺著微波爐和一壺煮了老半天的咖啡，沿著馬路再開一英里則會抵達一間家族經營的汽車旅館。他已經看到加油站的燈光了，就在一英里外，夜霧中暈開的藍黃雙色。也許是個大加油站，做卡車生意兼服務一般車。

唐・麥坤大老遠就開始減速，像是在開巨無霸噴射機似的。他看了看後照鏡，還打方向燈，儘管他心裡肯定知道自己後方一英里內半輛車也沒有。匝道的柏油路面很粗糙，輪胎在上頭刮出巨響。車子轉進一條二線道郡公路，接著加油站出現在右前方一百英尺處外側路肩，在他們東南方。它在這地區算是大規模的加油站，不過設備簡陋，只有六台加油機、一條打氣軟管、一台車用吸塵器供一般尺寸的車輛使用，卡車的加油區在另一頭，地上有一片片柴油漬，沒有遮雨棚。站內還有一個小小的收費處，還有一個孤立在遠處角落的沐浴間，沒賣食物。

不過當然了，加油站正對面有一長排搖搖欲墜、狀似穀倉的建築物，斜屋頂上漆著**食物與飲料**，**日夜無休**幾個白字，字跡歪斜，離地將近六英尺。穀倉再過去有個縮小版的住宿資訊告示牌，上頭周到地畫了個箭頭，指向前方的黑暗。汽車旅館就在那個方向。夜霧飄在路面上，高度及膝，霧中還有閃亮的冰晶。

麥坤在二線道上開了一百英尺後轉進加油站，慢慢煞車，停在一台加油機旁，車頭面向來時路。他熄火，鬆開方向盤，靜靜坐在突然降臨的沉默之中。

艾倫・金恩說：「李奇先生，你去幫我們買杯咖啡，我們來加油。」

李奇說：「不，我來加油，這樣比較公平。」

金恩微笑：「油錢或屁股或藥，搭便車的代價是吧？」

「我願意付車錢。」

「在其他情況下我會讓你出。」金恩說：「但這次油錢不是我付的，而是由公司買單，出差行程嘛，我可不能讓你補貼油錢給我服務的公司。」

「那至少讓我負責加油吧，你們不該攬下所有工作。」

「你接下來得開三百英里路，已經算是為我們出很多力了。」

「外頭很冷的。」

金恩說：「我想你是打算去看油箱裡還有多少油對吧？你不相信油量表壞了？」

李奇不發一語。

金恩說：「有人載你一大段路，拉近你跟目的地之間的距離。相信這人提出的、合乎事實的簡單陳述應該是你最低限度的禮貌表現吧？」

李奇不發一語。

「咖啡。」金恩說：「兩杯加奶精，其中一杯加一匙糖，看凱倫要什麼。」

杜馮索沒說話。眾人沉默了一秒，金恩才開口說：「那凱倫就不喝了。」

李奇下車，穿越二線道馬路。

古德曼警長撥的那通電話直接進了語音信箱。他說：「女服務生關機了。」

「當然了，」索倫森說：「她很快就會睡了，長時間的晚班工作很累人。她家有市話嗎？」

「蜜西・史密斯只給了我手機號碼。」

「那就再打一通電話給她，問女服務生家地址，我們得去敲門。」

「我不能再打給她了。」

「我認為你可以。」就在這時，索倫森自己的手機響了，那是樸素的電子音，沒有旋律，不是下載的。她接起電話，聽對方說了一會兒後開口：「好。」然後就掛斷了。

「馬自達是在丹佛機場租的。」她說：「只有一個人單槍匹馬去租車，我同事說他的駕照和信用卡都是假的。」

「為什麼是丹佛？」古德曼問：「如果要來這，可以飛到奧馬哈再租車啊？」

「丹佛的城市規模大多了，要保持匿名性也就更容易，那裡的租車量肯定有奧馬哈的二十倍。」

她的手機又響了，仍舊是樸素的電子音。她接起電話，這次打直了腰桿。可見是在跟長官說話，全人類共通的肢體語言。她說：「請您再說一次。」聽了一陣子後又說：「好的，長官。」然後她掛斷了電話。「好，狀況變得有點古怪。」

古德曼問：「怎麼說？」

「我有同事去抽水站採集了死者的指紋，送進系統比對，結果出爐了。國務院的電腦對它們產生反應。」

「國務院？國務院跟你們無關，他們管的是國際事務，妳隸屬於司法部。」

「我不隸屬於任何人。」

「那為什麼會踩到國務院呢？」

「我們還不知道。死者也許是他們的一員，或是他們知道的人。」

「例如外交官？」

「或是某國外交官。」

「跑到內布拉斯加來？」

「他們又沒被綁在辦公桌前。」

「他看起來不像外國人。」

「他看起來什麼也不像，他倒在血泊中。」

「那我們該怎麼辦？」

「竭盡全力調查。」索倫森說：「這是他們的指示，那兩個人現在在哪？」

「現在？他們可能在的地方有成千上萬個。」

「可見賭一把的時間到了，我得趕在別人取代我辦案，或來監督我辦案前採取行動。這兩種假設一定會有其中一種在明早成真，這就是『竭盡全力辦案』背後的意思。假如他們還在路上的話呢？我們該怎麼做？」

「但他們在哪條路上？路有萬萬條啊。」

「也許他們一直開在州際公路上？」

「會嗎？」

「他們八成不是本地人，現在大概正趕著回家，路途千里迢迢。」

「往哪個方向？」

「東或西。」

「妳說他們有可能分頭行動。」

「有可能，但機率小。過往數據顯示，大多數共謀犯罪者會在行兇後同進退，人性使然。他們不一定信任彼此的收尾能力。」

「數據？」

「我們發現數據是很好的嚮導。」

「好，假設他們一起行動、還在州際公路上、往西走，那麼他們已經跑完回丹佛路程的四分之一了。如果他們往東走，肯定已經到愛荷華了。」

「車速？」

「八成接近時速八十英里。大多數公路巡警對於行進時速低於八十英里的車子興致缺缺，至少這一帶是這樣。除非氣候狀況不佳，不過今晚天氣很好。」

竭盡全力，賭一把。索倫森深思三十秒後再度拿起手機，撥電話給州際公路上最後兩處有可能攔到車的臨檢點，死馬當活馬醫。兩者都在車程一小時的距離內，其中一個在西邊，目標車輛推測位置以西八十英里處，另一個在東邊，另一個可能所在位置以東八十英里處。兩者都會鎖定乘有兩名男人的車輛，年齡不限，外表尋常、無特徵，衣服上可能有血漬，身上可能持有最近剛使用的刃器。

11

李奇走出小吃店，手上拿著裝有四杯咖啡的厚紙托盤，一心以為這幾飲料是白買的，以為載他過來的車子會消失無蹤。結果他預期錯誤。車子已離開加油機旁，不過它停放在打氣軟管和車用吸塵器附近等著李奇，引擎怠速，大燈亮著。艾倫・金恩坐在副駕駛座上，凱倫・杜馮索坐在他身後。唐・麥坤站在駕駛座車門附近，看起來又冷又累。李奇沒猜錯，這傢伙身高約六呎，體格纖瘦，手長腳長。

李奇帶著咖啡過馬路，把加奶精、加糖的那杯遞給麥坤，接著繞過車頭，把另一杯交給金恩，最後打開杜馮索車門，遞出第三杯：「沒加糖的黑咖啡。」

杜馮索猶豫了一下後接過咖啡，說：「謝謝，我都是這樣喝，你怎麼會知道呢？」

十五個字，比雙方見面後她說的唯一一句話多八個字。他心想：大家都知道四十出頭的瘦女人不加糖也不加奶精。接著開口說：「我只是剛好猜到，走運。」

「謝謝你。」她又說了一次。

他跨出三步來到車用吸塵器旁的垃圾桶前，扔掉厚紙托盤。唐・麥坤為他打開駕駛座門，像是在舉行一個小小的儀式。他鑽進車內，把咖啡放到杯架上。麥坤隨後上車。

李奇找到調整桿，往下一扳，將整個座位往後推，好收納他的腿。結果椅墊撞上麥坤的膝蓋。李奇看著艾倫・金恩說：「你何不跟麥坤先生換位子？身高最高的兩個人都擠在這側了。」

金恩說：「我總是坐前座。」

「總是？」

「沒有例外。」

李奇於是聳聳肩，扳動後照鏡，繫上安全帶，調整出一個舒適的姿勢，然後打D檔，輕踩油門，讓車子緩緩滑上二線道，開一百英尺後上匝道，重回州際公路。

又多了一個他們並沒有連開三小時的證據。

沒人去上廁所。

古德曼警長掛斷電話說：「蜜西・史密斯小姐的手機關機了。」

索倫森點點頭。「時間很晚了，民眾都睡了，你知道她住哪嗎？」

古德曼沒回應，沉默中帶有戒備之意。

「顯然你知道。」索倫森說：「她在這一帶混幾百年了，是大名鼎鼎的一號人物，我們得去敲她家的門，然後再去敲女服務生家門。」

古德曼說：「我們不能去敲蜜西・史密斯家的門，不能挑大半夜去。」

索倫森沒回答。她往自己的左側橫跨一小步，稍微遠離紅色馬自達的駕駛座門，斜斜望進空心磚酒吧和雞尾酒吧之間的縫隙，然後說：「我看到一家加油站了，在馬路對面。」

古德曼說：「所以呢？」

「在那裡的人也看得到我。」

「妳覺得會有目擊證人？如果兇手來停車、重新出發那一刻剛好有開長途拖車司機來加油，那我們就真的很走運了。而且他還得望向正確的方向，瞪大眼睛細看，而不是抓抓屁股放空。再說，就算真的有這個人，我們要怎麼找到他？」

「不，我是在想加油站可能會有監視器，而且也許有廣角鏡頭，魚眼效果那種，那些鏡頭搞不好會對著這個方向。」

古德曼不發一語。

「加油站有沒有監視器？」

「我不知道。」古德曼說。

「也許有。」索倫森說：「有些大卡車得加上百加侖的油。現在經濟不景氣，有些駕駛也許會禁不住內心魔鬼的誘惑，加完油就跑，不付油錢。石油公司不會樂見這種狀況，所以也許會採取防範措施。」

「我們應該要去確認一下。」

「我們會的。」索倫森說：「之後我們再去敲蜜西・史密斯的門，別以為可以省掉這步，那位太太還可以再睡一會兒，但別想永遠睡下去。」

李奇的駕駛技術差強人意，但也沒什麼可取之處了。他的身體有兩種運動方式：極慢，極快。大多數時候他都會倦怠地晃來晃去，像個典型的壯漢，看上去安靜又慵懶，有時根本呈現昏睡狀態。然而在必要時刻，他的身體又能爆發出猛烈的動作，想維持多久就能維持多久，手腳快得像一抹飛掠的影子，冷靜下來後又會再度陷入遲鈍之中。他沒有折衷的運動模式，但好駕駛需要的正是這種模式。他應該要敏捷地採取行動或進行反應，同時保持節制；機警，但懂得衡量；迅速，但深思熟慮。而李奇很能讓自己進入那種折衷狀態。當他發現兩百碼外有危險時，要不是大力一抖，就是會完全忽略它（前提是它會自動閃邊）。他不曾失手撞死或撞傷任何人，只有蓄意謀殺的經驗，不過他懂得正視現實，不會欺騙自己：他的開車技術低於一般水平。

不過金恩沒說錯，州際公路又直又寬，接下來的路段又變成三線道了。大又舒適的雪佛蘭筆直前進。晚上車流量少，他不需要主動或被動應對種種狀況。事實上，他最大的挑戰是保持清醒，而這正是他的拿手把戲。他幾乎可以永不間斷地榨出最基本的意識之流。他的雙手分別放在方向盤上十點鐘與兩點鐘的位置，規律地望向後照鏡，約二十秒左右就看一眼。先看副駕駛座那一側的，然後是車內後照鏡，最後是駕駛座那一側。他右肩後方的凱倫・杜馮索清醒地坐著，默不作聲，緊繃又焦慮。李奇聽到她身旁的唐・麥坤發出緩慢的呼吸聲，沒完全睡著，但意識也不清明。副駕駛座的艾倫・金恩醒著，看起來寡言又陰鬱，似乎想事情想出神了。他的頭微微側向一邊，因此可以同時盯著前方道路和李奇。還有車速表，李奇心想。

李奇就這樣往前開，將平均車速維持在速限內。每當車體搖晃擺盪時，車鑰匙串上的水晶墜飾就會打到他的膝蓋上。

結果加油站有四部攝影機，都是黑白的，沒半部彩色攝影機。錄下來的影像都儲存在硬碟內，而硬碟放在收費亭內的架子上，收銀機後方，香菸旁邊。四部攝影機拍到的畫面也會即時傳到現金抽屜左方的液晶螢幕上，分別占據四角。

索倫森對其中三台攝影機沒有半點興趣。第一和第二部分別架在車輛入口與出口，角度很低，是拍車牌號碼用的，鏡頭拉得很近，完全無法顯現周遭背景。第三部攝影機裝在收費亭天花板上，收銀員肩後方，以防他幹走收入。零售業的標準安排，信任員工，但也不忘防範措施。

不過第四台攝影機有好一點，好那麼一丁點。那是個黑色玻璃半球，高高架在看板柱中段的托座上，並調整成整座加油站一覽無遺的廣角模式。櫃檯人員說是為了保險起見才裝它。如果有兩輛大貨車同時倒退，拖車撞成一團，這監視器畫面就會派上用場——他們可以判斷是誰先退的。如果有人偷油或偷柴油，它也可以呈上法院，還原整件事情的經過：那個車牌號碼進來了，駕駛加油，然後把車開走，那個車牌號碼離開了。

第四台監視器拍下的畫面夠寬闊，南北向的郡級二線道、馬路對面空心磚酒吧前的石子地、酒吧本身、蜜西・史密斯那間雞尾酒吧的一角、酒吧與雞尾酒吧之間的空隙都入鏡了。魚眼效果使畫面產生變形，鏡頭彷彿水平直視著那條縫。直播畫面上有一團光，就落在畫面右側邊緣，是警車發出來的。

畫質不好，顯示出灰影拼湊出的夜晚世界。通行車輛的燈光如血液般流淌在螢幕上，暈開，熒亮，彷彿延遲了光源的水平移動速度。

但有總比沒有好。

竭盡全力，賭一把。

「好。」索倫森說：「教我倒帶的方法。」

12

加油站夜班收銀員是個配合度相當高的年輕人，頗聰明，而且年紀夠小，當然對科技產品駕輕就熟。他按下一個按鍵，全螢幕播放第四台監視器的畫面，接著又按一個鍵，時間數字旁就跳出了加號和減號。他告訴索倫森鍵盤上的哪個方向鍵對應螢幕上的哪個符號，說按住按鍵就可以十五分鐘為單位往前或往後跳，按一下則會以正常速度倒帶或播放。

索倫森首先把錄影畫面一路倒帶到午夜前，然後讓它以正常速度播放。她和古德曼肩並肩擠在螢幕前方，試圖搞清螢幕邊緣到底有什麼動靜。畫面又糊又霧，像是廉價夜視鏡下的世界。只不過顏色是灰的，而非綠的。汽車大燈燈光在畫面上非常刺眼，灼燒如火。空心磚酒吧外頭沒停車，不過蜜西・史密斯的雞尾酒吧外至少停著三輛車。

兩棟建築物的縫隙間什麼也看不到。

「這玩意兒可以快轉嗎？」索倫森問。

「按住shift鍵就可以了。」年輕人說。

索倫森快轉跳過接下來的五分鐘，時間來到十一點五十九分三十秒。她按下方向鍵，切換回正常速度，盯著螢幕看。空心磚酒吧毫無動靜，不過雞尾酒吧的客人開始移動到店外了。模糊的灰色人影彼此交疊，擺弄出數位影像特有的滑順動作，殘像流竄。他們上車，車燈大亮，掉頭，加速駛離。大多數人都往南走。跨出門外的最後一道人影矮矮胖胖的，像是女性。她坐上一台車（在索倫森看來像是凱迪拉克），揚長而去。

十二點二分。

「剛剛那是蜜西・史密斯。」古德曼說。

她身後窗內的霓虹燈熄滅了。

接下來整整十六分鐘，螢幕邊緣都沒有動靜。

接著在十二點十八分，一道亮光閃過兩棟建築物之間的縫隙，幾乎可以確定那是汽車大燈的光。它從螢幕左方，也就是南方駛來，開上空地，壓過建築物後方的碎石子。燈光行進速度減緩，最後停了下來，再急轉彎九十度，面向耐心十足的監視器攝影機。畫面瞬間白了一小段時間，因為燈光直射鏡頭。下一刻，那輛車繼續它的水平位移，消失到雞尾酒吧後方。

「是他們。」古德曼說：「肯定是。」

索倫森伸出兩根手指，交替著按倒帶與播放鍵，抓出車體嵌入細縫的短暫瞬間。沒什麼可看之處，只有亮光以及占據縫隙四分之三的模糊影子，肯定是大燈後方的引擎蓋。下一刻燈光直射鏡頭，再下一格又是一抹影子，肯定是駕駛座那一邊的車側，最後黑暗重新降臨，因為那輛車已停在監視器的視線範圍之外，關掉大燈。

螢幕中的車子烤漆顏色像是淡淡的亮灰，因此在現實中有可能是紅色。

「好。」索倫森說：「他們從犯罪現場往北開，然後繞到這條街道南端的背側空地去，一整路都開在建築物後方，最後把車停在雞尾酒吧後門，換另一部車代步。我們得查出他們預先準備的是什麼型號的車，所以我們真的得跟女服務生聊聊才行。」

「他們太早到了。」古德曼說：「女服務生還要再十二分鐘才會下班，到時候他們老早就閃了。」

「你沒在酒吧工作過對吧？我們已經有這個共識了對吧？當時老闆已經回家了。貓不在家，老鼠就能戲耍。員工領三十分鐘加班費不代表他們要工作整整三十分鐘。他們可以用最快的速度收拾完畢，然後就滾蛋。當時她還是有可能準備好要走了，就算她沒打算回家，還是有可能進進出出，把垃圾和空瓶搬出去。」

「好。」

索倫森說：「我們就來看看，他們抵達到再次出發之間的空檔有多長吧。」

她按了一下箭頭，以正常速度播放影片。螢幕下方的時間又開始動了。她在心中盤算：五秒鐘走出馬自達，五秒鐘幫新車解鎖，五秒鐘上車，五秒鐘坐定，五秒鐘發車。

她湊近螢幕，細看建築物縫隙揭露的斜角度畫面，準備迎接新車緩緩由左滑向右的畫面。它將橫越空地，繞過空心磚酒吧後方，也就是北側，回到馬路上。它的燈光將與監視器的魚眼視線呈現正切，螢幕上不會出現刺眼亮光，不會化為一片雪白。至少能捕捉到一格車頭車尾都入鏡的清晰畫面，他們有可能藉此判斷車子的廠牌型號，甚至搞不好能猜烤漆顏色。

索倫森盯著螢幕看。

結果什麼也沒看到。

沒有車子向北滑行，經過那縫隙。第一分鐘、第二分鐘沒有，三分鐘、四分鐘、五分鐘過去後還是沒動靜。她快轉畫面，提高倍速。什麼也沒有。畫面紋風不動宛如布景、靜物，完全沒有任何人類活動的跡象。整整十五分鐘過去後，一輛行駛於二線道上的皮卡車才打破寧靜。它南下，和一輛北上的轎車擦身而過。短暫的擾動平息後，畫面又徹底靜止下來了。

索倫森說：「好，他們到底跑哪去了？真是見鬼了。往南？一路沿著建築物後方開回街道另一頭？」

古德曼說：「往南開一點也不合理。」

「我衷心希望你的看法正確。」索倫森說。她在心中想像州際公路上那兩個臨檢點的模樣。那是她的最後希望，兩者相距數百英里，都很繁複、昂貴、具干擾性，都可能助她破案或是害她降級。就看它們有沒有收穫了。

賭一把。

州際公路進入愛荷華州後依舊綿延在平坦的地形上，一哩哩路都直得像是尺畫出來的。車流量少，但穩定。據說美國境內隨時都有一百萬人在移動，不分日夜，而愛荷華州顯然也分到了一些人流，不過量不大，八成和它的人口數成比例吧。駕駛雪佛蘭的李奇將車速維持在略低於時速八十英里，平穩地駛過廣袤的曠野，心情閒適。引擎那順從的隆隆聲、風的颯響、輪胎的哀鳴匯集成浪，而他乘浪疾行，一下騎在浪頭，一下被淹沒在潮水中。他在心中計算著哩程數，並在想像著芝加哥灰狗巴士站的模樣。他在灰狗巴士搭過好幾次車，地點是在靠近南區的西哈里遜街。那地方很不賴，充斥柴油引擎的低沉運轉聲，巴士車次接連不斷。也許他可以試著到聯合車站搭火車。他曾經從芝加哥搭十八個小時的火車到紐約，那是趟非常愉快的旅程。一定有車次會繼續往前開到華盛頓特區，距離他的目的地就很近了。

他繼續開，把精神貫注到手指腳趾上。

突然間，眼前又亮起了一片紅光，宛如一堵牆，再過去則有大批警車發出藍紅色光，閃動不止。他身旁艾倫・金恩發出反感的哀號，閉上眼睛。凱倫・杜馮索沒出聲，唐・麥坤仍在打盹。李奇挪開油門上的腳，車速減緩了。他早在抵達車陣前就切進右線車道，接著重踩煞車停到一輛白色道奇皮卡車後方。它的白色車尾門如懸崖般矗立在他面前。有張保險桿貼紙上寫著：不喜歡我的開車方式嗎？請打一八〇〇—咬、我、啊。李奇望向後照鏡，發現一輛大卡車緩緩停定在他後方，他感覺得到怠速引擎的隆隆節奏。旁邊中線車道上的車子慢慢減速，最後完全塞成一團，更遠處的左側車道隔了一秒後也塞住了。

道奇的白色車尾門反射雪佛蘭的大燈光，變得刺眼無比。艾倫・金恩的頭轉向他那側車窗，下巴埋向自己的肩窩。李奇聽到唐·麥坤咳嗽、打了個噴嚏，扭動身體。他又看了一眼後照鏡，發現麥坤把前臂擱到額頭上了。

凱倫·杜馮索依舊神智清明，坐得很挺，表情憔悴，臉色蒼白，她的視線和他的在後照鏡中相接。

她開始眨眼。

以非常快、非常刻意的方式眨眼，不斷反覆，接著頭往側邊點，一下往左一下往右，然後又開始眨眼了。有時眨一下，有時兩下、三下或更多，例如九下，有次眼皮還連抖十三次。

李奇訝異地盯著她看。

這時，後方大卡車長按喇叭，叭叭聲震耳欲聾。李奇的視線飄回正前方，發現道奇已經往前開了。他輕踩油門，跟著它龜速前進。愛荷華州的警察顯然設置了一個跟內布拉斯加如出一轍的臨檢點，每輛車都擠向右線道了。原本可能會是一場災難，但警方派了兩名手持紅色手電筒的員警出來指揮交通。駕駛展現著中西部人的良善或直覺，「好兄弟，您先請」的劇碼不斷上演。李奇猜他被耽擱的時間會增加到十分鐘。就這樣，沒什麼大不了的。

他瞄了一眼後照鏡。

凱倫·杜馮索又開始眨眼了。

索倫森將那關鍵的十五分鐘空檔重播兩次，一次倒帶，一次順著時間軸播，都是用高倍速。她這次也看到了馬自達抵達的那一刻，接下來二線道上果然沒有任何車輛通行，直到十五分鐘後有輛皮卡車南下，一輛轎車北上。

賭一把。

「你還是覺得往南不合理？」她問。

「一點也沒道理。」古德曼說。

「你確定？」

「那裡什麼也沒有。」

「敢拿你的退休金賭嗎？」

「加我的房子。」

「全部財產？」

「再加上我的長孫，如果妳想的話。」

「好，」索倫森說：「他們往北走了。你知道嗎？我們已經看到他們閃人了。」

「在哪？」

「就在這。」索倫森讓畫面停在兩輛車偶然經過監視器前方的那一刻，轎車往北，皮卡車往南。她說：「他們開的就是這輛車，一定是，這是唯一一輛往北走的車。他們花了十五分鐘忙某事，然後才繞過雞尾酒吧南側，不是北側，重新上路，這是唯一合理的解釋。」

「花十五分鐘做什麼？」

「我不知道。」

「毫無理由地將逃亡時間延後十五分鐘也太久了。」

「所以說，他們顯然有理由。」

年輕的收銀員開口了：「大約十二點二十分的時候，我曾經聽到汽車警報器在響。」

索倫森瞪著他說：「而你之前都沒想到要提這件事？」

「為什麼我要提？你們又沒問。你們沒解釋你們想幹啥啊，而且到現在還是沒解釋，我也只是剛好想起來。」

「十二點二十分？」

「差不多。」

「百分百確定是汽車警報器？」

「完全沒有疑慮，而且也蠻大聲的。今晚到目前為止的最大亮點，應該說在你們來之前是。」

「哪裡傳來的？」

年輕人揮揮手。

「那裡。」他說：「很有可能是蜜西・史密斯的雞尾酒吧後方。」

「好，」索倫森說：「謝謝你。」

古德曼問她：「所以我們現在做的假設是？他們花十五分鐘偷一輛車，拿來逃亡？」

「也許是，也許不是。不過不管怎麼說，汽車警報器又給了女服務生探頭看店後方的好理由。別的不說，她至少會想確認自己的車有沒有事。我們得找出她，而且是現在就行動。該去敲別人家門了。」

古德曼看了一眼手錶。

「我們最好動作快點。」他說：「那兩個傢伙就快到臨檢點了。妳當初應該要設在假想位置的一百英里外，而不是八十英里。」

索倫森沒回話。

14

九分鐘，李奇心想，不是十分鐘。他把延遲時間估得太長，不過只長一丁點而已。指揮車陣的員警手腕高明，趕牲畜似地引導來車，而臨檢點內的警察顯然動作很快，效率十足。車流通行速度非常合理。李奇看不到搜索程序的種種細節，因為道奇皮卡車的巨大車體就擋在他面前，不過他們的行動準則肯定是「先快狠，再求準」。車子走走停停，每前進一些，紅藍色光就變得更亮、更刺眼。旁邊的艾倫・金恩似乎睡著了，臉依舊別向一旁，頭低低的。唐・麥坤的手仍然擺在額頭上，凱倫・杜馮索醒著，不過她不再眨眼了。

還有一百碼，李奇心想，三百英尺。前方也許有十五輛車，再八分鐘，或七分鐘。

史密斯家將家族田地賣給農業公司時留了一小角起來，而蜜西・史密斯的家就在那裡。一條車道，一棟房子，一個充作停車場的穀倉，房屋前方與後方各有一個方形小院子，四周圍起新造的欄杆，再過去則是綿延數千畝的，別人家的田地。平坦，種黃豆。古德曼警長開上車道，把車停在屋子前方二十英尺處，打亮車頂燈。大家聽到夜半敲門聲所採取的第一個行動就是往臥室窗外看，讓燈光解釋一切比較快，省得大呼小叫，把場面搞得一片混亂。

索倫森留在車上，讓古德曼上前盤問。他的郡，他的民眾，他的工作。她看著他敲門，看到樓上窗簾動了一下，四分鐘後前門才打開。身穿睡袍的老太太站在門口，頭髮梳得很整齊，這四分鐘就是花在這上面。

索倫森看古德曼畢恭畢敬地發問，蜜西・史密斯也回答了。古德曼抄下一些資訊，並重唸一次向老太太確認，老太太點點頭。前門關上，玄關燈光熄滅了。古德曼小跑步回到車邊。

「就在幾英里外。」他說：「真是巧。」

他開車迴轉，重新上路。

白色道奇皮卡車順利通關，一點問題也沒有。警方從各個角度窺看車內，檢查貨斗，然後就揮手請他通過了。李奇搖下車窗，手肘架在門上，斜眼瞄著紅藍雙色警燈，讓雪佛蘭往前滑行。一個髮色斑白、肩膀上有幾條線的州警靠了過來，彎腰掃視車內。

尋找著某樣東西。

但沒找到。

那老兄重新挺直腰桿，實際上已將這輛雪佛蘭拋諸腦後，心思都放在下一輛車上了。不過他瞄到了李奇的臉，眼睛稍稍瞪大，彷彿感到同情，或驚奇，或欽佩。他說：「哎唷。」

「我的鼻子？」李奇說。

「那一定很痛。」

「你應該要看看另一個傢伙的傷勢。」

「他在哪？」

「不在你這州。」

「真是個好消息。」州警說：「祝你路上平安，先生。」

李奇問：「你們在找誰啊，警監？」

「過獎了先生，我只是個警司。」

「好。你們在找誰啊，警司？」

他頓了一拍。

接著微笑。

「不是在找你。」他說：「我很確定，不是你。」

接著他朝車尾方向移動一英尺，準備好迎接下一輛車。李奇搖起車窗，穿過臨時設置的雙急轉彎，再度調整出一個舒適的坐姿，重新出發。車速越來越快，一路從時速四十英里攀升到五十、六十、七十。前方除了黑暗以外空無一物，白色道奇的車尾燈已距離他們半英里之遙。

15

結果蜜西・史密斯給古德曼警長的地址就落在「某人賣家族田地給建商時保留下來的土地」上。田地本身已被併入一塊巨大、偏僻的土地中，不過道路邊緣還留有一帶淺帶，上頭蓋了四棟小農舍，屋齡大約有二十年，屋況在月光下顯得極佳，外觀折舊度合理。四棟房子的外表一模一樣，白色側面，灰色屋頂，有前草坪、短而筆直的車道，路邊石上有信箱，架在堅固的木桿上。

不過四棟房子之間有個顯著的差異。

其中三棟的屋前都有停車。

但第四棟沒有。

而第四棟正是蜜西・史密斯給古德曼警長的地址。

「不妙。」索倫森說。

「真的。」古德曼說。

四棟房子的屋內都一片漆黑，符合常理，因為現在是半夜。不過門前沒停車的房子給人更加黑暗深沉的感覺。寂靜，無人打擾，空蕩蕩的。

索倫森下車了。腳下道路不過是鋪了柏油的舊農業道路，排水效果極差。雨水與農田排水使溝渠內沉積爛泥。索倫森跨過那條溝，站到無車的車道入口等待。古德曼也跨過泥濘，來到她身旁。索倫森查看了信箱，這已是她的反射性動作。裡頭是空的。這是晚班工作者的信箱，所以很合理。他們會在上班前取信，而不是下班後。

信箱是白色的，就跟其他人的沒兩樣。上頭有姓氏，是以黏貼上去的小字母拼出來的「杜馮索」。

「她的名字是什麼？」索倫森問。

古德曼說：「凱倫。」

索倫森說：「去敲個門吧，慎重起見。」

古德曼上前。

敲了敲門。

沒人回應。

他又敲了一次，放大力道，拉長時間。

沒人回應。

索倫森跨過草坪到隔壁人家門口，按下門鈴。一響，二響，三響。她先拿出識別證，舉在面前，靜靜等待。兩分鐘後門開了，應門者是一個穿睡衣的男人。年屆中年，看起來很沉悶。她問他今晚有沒有看到鄰居回家。

睡衣男子說不，他沒看到。

她問他鄰居是否獨居。

他說是，她離婚了。

她問他鄰居有沒有車。

他說是，她有車，而且是還不錯的車，買沒幾年。順帶一提，是靠離婚官司拿到的錢買的。

她問他鄰居是不是總是開車去上班。

男人答是，她不是開車就是走路去。

她問他鄰居的車是不是通常都停在車道上。

男人答是，她的車在上工前的白天和下班後的晚上都會一直停在車道上。就在那塊油漬的位置，如果他們走過去細看就會看到。那輛車唯一的問題就是傳動系統會漏油。她早該請人看一下了，因為那容易演變成零件卡住的問題，不過大多數人傾向直接無視，這只是順帶一提啦。

索倫森問他鄰居會不會在外面過夜。

男人說不，她不會。她在雞尾酒吧工作，每天都在十二點十分到家，跟鐘一樣準，不過偶爾得加班整理店面，就會拖到十二點三十五分左右到家。杜馮索太太是個好女人，也是個好鄰居，他希望她沒碰上什麼壞事。

索倫森感謝他的配合，說他可以回去睡覺了。男人問：他提供的情報有幫助嗎？她說有。男人說如果她想了解更多，應該要去和另一頭的鄰居聊聊。他們比較熟，是真的朋友，會照料彼此。比方說，杜馮索太太工作期間，鄰居會讓她的孩子過夜。

索倫森說：「凱倫有孩子？」

「她有個女兒。」男人說：「今年十歲，跟那個鄰居的孩子一樣大。他們會在鄰居家過夜，早上就由杜馮索太太接手。她會煮早餐給他們吃，然後載他們去搭校車。」

16

李奇從沒被催眠過，不過他認為在杳無人煙的高速公路上開夜車是類似的體驗。你需要用上的基本身體能力和認知能力極少，讓一小塊腦部組織去處理就夠了。其餘部分順勢作用即可。大腦前半部無事可做，後半部沒什麼可對抗的。鬆懈指的正是這種狀態。時間與空間彷彿都停止了。道奇的車尾燈彷彿在幾百萬英里外，李奇覺得他不管開幾千小時都無法趕上。

通常數字可以填補他腦袋中的空洞。他稱不上是數學領域的專家，但他聽得到數字的呼喚。它們會扭轉、翻騰、揭露出隱藏的面向。也許他低頭瞄一眼車速表，發現此刻車速是時速七十六英里，他就會想到七十六的平方是五千七百七十六，結尾也是七六，跟它的起點無異。因此七十六是所謂的自守數，一到一百之間只有兩個這類數字。另一個是二十五，二十五的平方是六百二十五，六百二十五的平方是三十九萬零六百二十五，這點真是有趣。

又或許，他會趁方圓數英里內所有警察都在臨檢點的期間內，把車速偷偷提高到時速八十一英里，然而深思一個事實：一除以八十一等於零點零一二三四五六七九，小數點後的數字會不斷循環，零一二三四五六七九，直到時間的盡頭，那甚至比追上道奇的車尾燈所需時間更長。

不過今天晚上，字句率先浮現在他腦海中。

更具體地說，是艾倫・金恩說的六個字：**看凱倫要什麼**。點咖啡時說的。**兩杯加奶精，其中一杯加一匙糖，看凱倫要什麼**。這鬆動了他們在李奇心中的「團隊」形象。團隊成員會把其他人的咖啡喝法記在心中。他們已經在機場、休息區的星巴克或破爛的無名小店內一起排過上百次隊，也在餐館和餐廳內一起點過餐，幫彼此領取、端送。

但金恩不知道凱倫怎麼喝咖啡，可見她不是這支團隊的成員，或至少是個新成員，名冊中新增的名字。也許這就是她不怎麼說話的原因，她可能對自己的處境還沒什麼把握。也許她就只是不喜歡自己的新同事，也可能是他們不喜歡她。他很確定金恩提到她時的語氣很不耐，甚至可說是輕蔑，而且是當著她的面表現出來。彷彿她不在場似的。他說凱倫不開車；凱倫沒點咖啡，他說那凱倫就不喝了。

他們不是三人組。金恩和麥坤是搭檔，勉強容忍外來者的存在。

索倫森退回凱倫．杜馮索家那空蕩蕩、沾了油漬的車道上，和古德曼碰頭，並告訴他杜馮索有小孩。

「老天。」古德曼瞄了另一邊鄰居家：「那孩子現在就在那裡？」

「除非她夢遊跑了，不然她正等著媽媽天亮來接她。」

「我們不該告訴她，還太早。我們要等到確定再說。」

「我們不會告訴她，不會挑現在，但我們得和鄰居談談。有可能這整個狀況根本就沒什麼大不了。也許實情很單純，也許她曾向鄰居留話。」

「妳這麼覺得？」

「不，其實沒有，但我們還是得去確認。」

他們一起穿過草坪，來到另一戶鄰居家門口。索倫森試圖拿捏手勁，希望敲出吵得醒大人但不會驚動小孩的音量。難度很高。她第一次敲門沒吵醒任何人，第二次可能吵醒了所有人。至少可以肯定的是，一個大約三十歲的女人睡眼惺忪地來應門了。

她說凱倫．杜馮索沒留話給她。

17

緊接著又有一組字句竄入李奇空白腦海，出自頭髮斑白的州警警司：不是在找你（Not you）。它們最後也召喚出了幾個數字，分別是六、三、一。「六」個字母，每個字分別由「三」個字母組成，共可拆解成三個子音和三個母音。如果有人宣稱 y是一個母音，李奇可沒耐性搭理他。

三和六。

好數字。

不在直線上的任意三點都可連出一個圓。

挑一個可被三除盡的數字，將它、它的前一個和前前一個數字相加，再將所得數字的每個位數都加起來，反覆進行到最後會得到一個數字。

六。

不過「不是在找你」這句話最終帶他遠離「六」，遠離「三」，一路來到「一」的面前。原因很單純：它的語意指向一。李奇曾問：你們在找誰啊，警司？那名警司回答：**不是在找你**。他的措詞不是你們，也不是**各位**。

不是在找你。

他們在找一個落單的人，就跟稍早那個臨檢點一樣。李奇先前的視野較好，看得出落單者都會受到較緊迫的搜索。

但他說：**不是在找你**。

這代表警方大概知道歹徒長相如何（儘管他們獲取的描述可能非常粗略），而李奇並不是長那樣。為什麼？理由可能有成千上萬個。首先李奇很高，是白人，年紀不小，體格壯碩……要列還可以繼續列下去。因此他們要找的對象可能是矮個子、黑人、年輕人、瘦子……等等，具備與李奇相反的特徵。

但警司停頓、思考了片刻，還露出微笑。那句「不是在找你」帶有刻意強調，和一點點耍嘴皮子的味道，甚至還有一點懊悔。彷彿李奇的外貌與他們掌握的描述相去甚遠，甚至極端相反。不過他的身高不可能遠高過歹徒，除非警方在找侏儒或小矮人；如果他們在找侏儒，瞄一眼車內就能確認了。也不可能是膚色問題，膚色黑白早已是一般人習以為常的差異，如今沒有人會思索一個人的膚色夠不夠黑或夠不夠白，那個年代已經過去了。李奇的年紀也不可能遠比歹徒大，除非他們在找子宮內的胎兒。李奇的體重也不可能比歹徒重得多，除非他們在找一具骷髏。

不是在找你。他說這話的上一刻，李奇故意搞錯他的警銜，而他應該會明白這是形式上的恭維，是普通的招呼，甚至可能會視為是老鳥對老鳥套交情，雙方立足點平等。

不是在找你。強調語氣，耍嘴皮子，懊悔，態度溫厚，像是普通人之間的對話，甚至是老鳥間的互動。他當下就回話，而且沒採高姿態。上一個話題的餘韻飄浮其間，某種意義上算是重新把它帶回來。延續那份戲謔。他建立了共同的立足點，並加以延續。

可見歹徒的鼻梁並沒有斷掉。

不過話又說回來，大多數人的鼻梁都沒有斷掉。

也就是說，那名警司當時做了個推論：**如果你是歹徒，我很確定他們會提到你的鼻梁斷了**。

也就是說，他們接獲的指示是歹徒外貌沒有任何特別之處，沒有瞄一眼就會注意到的特異點。沒有起眼的特徵：沒疤、沒刺青、沒少一隻耳朵、眼球不混濁、沒有長一碼的鬍子，沒有古怪的髮型。

李奇當過十三年執法人員，對那個生硬的用語記憶猶新：沒有具識別性的印記。

索倫森和古德曼再度跨過泥濘水溝，坐上古德曼的車。索倫森說：「你應該要聯絡一下你們的調度員，看有沒有人發現一個孤伶伶的女人在街上晃，打電話過去通報，報案者也許還會加上『困惑』、『茫然』等描述。從此刻起，我們的辦案假設是那兩個傢伙偷走了杜馮索的車，也許他們敲了一下她的頭才得逞。」

「他們搞不好已經宰掉她了。」

「我們得往好的方面想，所以你應該也要叫你的手下到雞尾酒吧後面那一帶搜一搜，而且要仔細搜，她有可能昏迷在某個暗處。」

「如果是那樣，她已經凍到半條命都沒了。」

「所以你動作要快。」

古德曼於是拿起無線電聯絡同事，索倫森則撥打手機向遠方兩州的州警確認狀況。他們都沒攔到共乘一輛車、外表普通、沒有具識別性印記的兩名男人，也沒看到誰穿著染血的衣服，沒發現染血武器。索倫森心算了一下，得知那兩名男人八成已通過臨檢點了。時間與空間法則如此宣告。不過她要求州警再待一小時，因為那兩個傢伙的車搞不好爆胎了，或碰上什麼預料外狀況，造成延誤。她可不希望臨檢點一撤除，那兩個老兄就在五分鐘後乘車經過那個路段，暢行無阻。

之後她掛斷電話。古德曼說他的調度員沒接獲相關通報，他所有警力都已經投入搜索工作，不只找萬惡城市雞尾酒吧後方，足跡遍布全城。

18

李奇繼續往前開，艾倫・金恩在他身旁熟睡，唐・麥坤在他身後熟睡。凱倫・杜馮索依舊清醒，腰桿依舊挺得很直，非常緊繃。李奇感覺得到她一直透過後照鏡盯著他的臉，於是抬起視線與她對望。她瞪著他，目光緊咬著不放，彷彿想沉默地靠意志力令他參透某件事。

什麼事？接著數字又占據他腦海了，十三、二、三、一、九，這幾個數字明確地跳出來。那是杜馮索連續眨眼的次數，她眨了五個回合，回合之間她會搖搖頭，藉此強調著什麼。

為什麼要這樣做？

是某種溝通方式嗎？

是簡單的字母密碼嗎？第十三個字母是M，第二個是B，第三個是C，第一個是A，第九個是I。

MBCAI。

不成字，也不是羅馬數字。會是公司名稱嗎？組織名稱？還是縮寫，像SNAFU或FUBAR那樣？

李奇別開頭，重新面向眼前黑暗，把全副心力放在下一英里路上，著眼於它的四方。接著他又透過後照鏡與杜馮索四目相接，誇張地運動嘴唇、牙齒、舌頭，無聲地擠出字母，以求清晰：「M，B，C，A，I？」

杜馮索回瞪他，目光灼灼，欣喜與震怒情緒摻半。喜於他試圖解讀，怒於他沒搞懂狀況，感覺就像一個口渴的女人眼睜睜看到一杯飲料被人收走。

她搖搖頭，表示不對。她的下巴往左一點，又往右一點，瞪大雙眼死命盯著他，彷彿在說：「懂了嗎？」

李奇不懂，沒立刻反應過來。不過他領會了一件事，就是她往左點後往右點也許分別代表不同的意義，不同的類別。也許她點頭之前的眨眼代表字母，點頭後的眨眼代表數字，或相反。

M2CA9？

13B31I？

這時艾倫．金恩晃了一下，自睡夢中醒來，在椅子上調整了一下姿勢。李奇注意到杜馮索別過頭去，望向她那一側窗外。

金恩看著李奇問：「你還好嗎？」

李奇點點頭，但沒說話。

金恩說：「你需要再吃一顆阿斯匹靈嗎？」

李奇搖搖頭，表示不用。

金恩說：「凱倫，再給這位老兄一顆阿斯匹靈。」

杜馮索沒回話。

金恩說：「凱倫？」

李奇說：「我不需要再吃阿斯匹靈。」

「你看起來就需要。凱倫，再給他一些。」

「也許凱倫自己就需要吃個一顆。」

「她可以分你。」

「別費心了。」

「但你看起來快睡著了。」

「我只是把注意力都放在前方路上。」

「不，你看起來若有所思。」

「我這人隨時隨地都在想事情。」

「例如什麼樣的事？」

「目前我想的是『挑戰』。」李奇說。

「什麼樣的挑戰？」

「你有沒有辦法用正常速度說整整一分鐘的話？」

「什麼？」

「你都聽到了。」

金恩頓了一拍。

「行。」他說：「我可以。」

「你有沒有辦法用正常速度說整整一分鐘的話，過程中都不要用到含『a』的詞彙？」

「那困難多了。」金恩說：「八成是不可能的吧。含『a』詞彙多的是。」

李奇點點頭。「你現在就用了三個含『a』的字。你十秒鐘前醒來，講話講到現在總共用了十八個。」

「也就是說，這個挑戰很蠢囉。」

「不，這挑戰很簡單。」李奇說。

「怎麼說？」

「我晚點再告訴你，」李奇說：「你先睡吧。」

「不，我現在就要聽。」

「我晚點再告訴你，」李奇又說了一次：「你就稍微期待一下吧。」

金恩於是聳聳肩，心不在焉地望向窗外一分鐘，也許有點不悅，甚至有點不爽。接著他又轉過頭去，閉上了眼睛。

李奇繼續往前開，心思飄到他們剛剛經過的兩個臨檢點上。它們分別由八輛警車、八名員警坐鎮，員警帶著手電筒，花大把時間仔細端詳車內。他想像自己是個外表平凡、獨自旅行的通緝犯，突然面臨遭逮捕的風險，腹背受敵，也許沒意料到道路前方會有臨檢點，他該怎麼應對？

警方對他的外表敘述會置他於死地，他可以試著粉飾其中一處或兩處。

他可以靠化妝、油灰、假髮、假穿環、假刺青或假疤痕改變自己的外表，讓自己看起來不再平凡。

但缺乏技巧和練習的情況下，這並不容易。在事發突然的情況下也難以實現。

因此他得把腦筋動到另一個敘述上。

他得終結自己落單的狀況。

這就容易多了，就算沒技巧、沒經過練習也辦得到，事發突然的情況下也還是容易解決。

載一個搭便車的人就行了。

19

索倫森打電話報上杜馮索的姓名與住址，不到一分鐘便得知她的車子是四年前買的雪佛蘭Impala，深藍色烤漆，也記下了她的車牌號碼。她將這些資訊轉給臨檢點，兩邊人馬都說：他們登記了共乘兩名男子的車輛的車牌號碼，但索倫森提供的號碼不在名單上；他們都準備要重播行車紀錄器畫面進行核對，但這需要花上不少時間。

古德曼警長於是載索倫森回到雞尾酒吧。搜尋屍體或昏迷女子的任務已經結束，警方沒有斬獲。他們以雞尾酒吧後門為圓心，向外擴大搜索範圍，但還是沒找到什麼耐人尋味之物。暗處、荒廢屋舍的出入口、長滿雜草的圍籬邊、垃圾桶、所有水窪和坑洞他們都找了。

古德曼說：「她有可能在更外圍。有可能甦醒過來，晃了一陣後又昏過去。這種事是有可能發生的，如果她真的被打傷頭。」

其中一名員警說：「他們有可能把她綁上車，之後再趕她走。等車子抵達荒郊野外時——這樣對他們來說比較安全。所以說，她可能在任何地方，可能在五十英里外。」

索倫森說：「你再說一次。」

「她可能在五十英里外。」

「不，是前半部。」

「他們有可能把她綁上車。」

他們登記了共乘兩名男子的車輛的車牌號碼，但她的號碼不在名單上。

索倫森說：「你知道嗎？我想他們真的綁了她。而且她應該還在車上，成了人質，也成了煙霧彈。是三個人，不是兩個。他們一路暢行無阻。」

眾人無言。

「她穿什麼衣服？」

沒人回應。

「快說嘛，你們當中一定有人趁晚上沒班時來過，別裝了。」

「黑褲子。」古德曼說。

「然後呢？」

「黑色加銀色上衣。」古德曼說：「看起來滿亮的，沒什麼布料，胸前開得很低。」

「很醒目嗎？」

「除非是貨真價實的瞎子，不然一定會注意到。我說的可是大範圍的展示。」

「展示什麼？」

「呃，妳知道是什麼。」

「我不知道。」

「我的意思是，她的胸部快掉出來了。」

「這還算正派的雞尾酒吧？其他酒吧裡的小姐穿什麼？」

「丁字褲。」

「沒了？」

「還有高跟鞋。」

索倫森又撥了一次電話。嚴冬夜半的長途旅行，穿過內布拉斯加州和愛荷華，與路上的貨車司機、農夫、堅信聖經的美國中西部居民為伴。低胸又嵌亮片的雞尾酒吧制服會像燈塔一樣顯眼，無聊的州警肯定會在檢查那輛車時耗久一點。

然而，內布拉斯加州警沒看到低胸亮片雞尾酒吧制服。

愛荷華州也沒有州警看到低胸亮片雞尾酒吧制服。

李奇繼續往前開，左手扶在方向盤底部，右手放在排檔桿上。變換姿勢，他的肩膀才不會緇緊、痠痛。他的右手掌感覺到微弱的震動，汽車內部的動盪透過排檔桿傳了過來。他稍微將它往各個方向輕推，希望讓它卡到正確的位置。他低頭一瞄，發現它已對準字母D，震動仍未消失。大概不是什麼大問題吧，希望囉。他對車子不是很了解，不過陸軍的車子都震得跟什麼鬼一樣，從來沒人放在心上。

排檔桿旁的幾個字母散發出微光：P、R、N、D、L，停車（Park）、倒車（Reverse）、空檔（Neutral）、前進檔（Drive）、低速檔（Low），分別是第十六、十八、十四、四、十二個字母，如果你得用眨眼次數來表達它們，那你真是倒楣透頂，保證累死。五個字母當中有三個跨過二十四個字母的中點，比WOOZY（頭昏眼花）、ROOST（鳥巢）、RUSTY（生鏽）、TRUST（信任）好多了，但還是很要命。以眨眼、敲打、閃光次數來轉譯二十六個字母並不合效益，耗時，而且傳訊者或接收者都容易數到恍神，也可能兩邊一起陷入混亂。山謬．摩斯老兄很久以前就想通這件事了。

李奇又低頭瞄了一眼。

倒車檔。

凱倫．杜馮索的眨眼次數不曾超過十三次，也就是說她想拼出的單字不含後十三個字母。有可能，但機率不高。

外行人不懂摩斯密碼，但仍可能意識到山謬．摩斯當年所預見的問題。如果你基於某種理由陷入緊繃、焦慮的狀態，沒花什麼時間跟別人溝通，就更有機會想通了。你甚至可能創造出一個抄捷徑的系統，湊合著用。

前進檔，倒車檔。

前進，後退。

也許頭往左偏代表從A往後數，因為西方人的閱讀方向是由左往右，而頭往右點就代表從Z往前數。

也許。

有可能。

右十三，左二，右三，右一，左九。

很難說得通。NB也許是標準拉丁文nota bene的縮寫，意指「注意了」或「看過來」，但NBXZI。

XZI是什麼？

胡言亂語，什麼也不是。

李奇瞄了一眼後照鏡。

杜馮索又瞪著他看了，希望他理解她想表達的意思。

在鏡中。

她的鏡影是左右顛倒的。

也許她連這點也考量到了。也許左是右，右是左。

往前十三，倒退二，往前三，往前一，倒退九。

MYCAR。

我的車（my car）。

李奇再次盯著後照鏡，用嘴型說：「這是妳的車嗎？」

杜馮索點頭如搗蒜，熱切、激動、欣喜。

20

索倫森退回來，轉頭看著古德曼說：「他們先往南，回到路上後再往北。為什麼？」

古德曼說：「他們走原路，也許是因為他們不知道其他回大馬路的走法。」

「胡說。他們瞄了一眼北方，看到那間老舊酒吧和碎石子地了，他們知道可以往那裡走。」

「也許他們去另一家加油站加油了。為什麼？這裡就有一家加油站，就在街道的盡頭，在他們眼前，你難道以為他們會比價嗎？」

「也許他們看到監視器了。」

「這家加油站有監視器，其他家也會有，想也知道。」

「再說兩家加油站的價格是一樣的，總是如此。」

「那他們為什麼要往南繞？」

古德曼說：「我猜應該有他們的理由吧。」

索倫森開始快步行走於結凍的石子地上，往南方移動，經過一間打烊餐館的後方，一家無名酒吧後方，一家破舊汽車旅館後方，一家燈火通明的便利商店後方。

她停下腳步了。

前方是兩棟建築物之間的空地，再過去又是一家酒吧，再過去還有一家雞尾酒吧，然後就是橫在雞尾酒吧與加油站之間的空地。

她說：「我們先假設他們沒要吃吃喝喝，也沒要找地方過夜。如果他們要加油，大可在另一頭加油，那他們為什麼要往這個方向走？」

「便利商店。」古德曼說：「他們有東西要買。」

他們急忙繞到前門去，踏入日光燈投下的冰冷光線中，室內彌漫著久放的咖啡、微波食物、抗菌地板清潔劑的氣味。收銀台後方坐著一個放空的店員，他連頭都沒抬。索倫森瞄了一眼天花板，這裡沒監視器。

店內走道狹窄，兩旁堆滿垃圾食物、罐頭、麵包、餅乾、基本的盥洗用品、汽車用品，例如夸脫裝的機油、加侖裝的防凍劑、擋風玻璃清潔劑、夾式杯托、內建滅火裝置的專利菸灰缸、可折疊的雪鏟。這裡還有賣惡劣天氣可使用的橡膠鞋套、長筒襪、一美元一件的白色內衣、便宜的T恤、便宜的丹寧上衣、帆布工作服與工作褲。

索倫森仔細看了一下賣衣服那條走道，然後就直接走向收銀台，識別證已拿在手中。收銀員抬起頭來。

「您需要什麼嗎？」

「十二點二十到十二點半之間，有誰在這間店裡？」

「我。」男人說。

「沒有其他客人嗎？」

「好像有一個吧。」

「誰？」

「一個瘦瘦的高個子，穿襯衫打領帶。」

「沒穿大衣？」

「他好像是下車後跑進來的，時間很短，不會冷到。沒有人會在這一帶走動，這裡可是荒郊野外啊。」

「你有沒有看到他搭哪輛車？」

店員搖搖頭。「我想他把車停在後頭，他感覺是繞過轉角來的。不過我只是憑我的印象猜測啦。」

索倫森問：「他買了什麼？」

店員拉直收銀機吐出的一長捲結帳明細，讓拇指指甲滑過淺藍色墨水，忽停忽動，沒有節奏可言。不斷從一個時間戳印跳到另一個去，最後停在某筆十一行的結帳紀錄上。

「六樣商品。」他說：「加上金額、稅額、總額、收款、找零。」

「他付現？」

「一定是，因為我找他零錢。」

「你不記得了？」

「我沒花多少心思，這不是人人夢想的工作啊，小姐。」

「他們買了什麼？」

男人細看了那捲明細。「某樣東西買了三個，另外一樣也買了三個。」

「某樣東西是什麼東西？另外一樣又是什麼？我們談的是今晚剛發生的事，不是上古史，也不是要你回想一大段記憶。」

「水。」男人說：「這我記得，冰箱拿出來的三瓶水。」

「還有呢？」

男人再度望向那一長條明細。

他說：「還有另外三件同款商品，價格都一樣。」

「哪一款？」

「我不記得了。」

索倫森說：「你今晚有抽嗎？」

男人露出提防的表情。

他說：「抽什麼？」

「也許那是古德曼警長要問你的問題？你今晚身體無礙，方便接受檢驗嗎？」

男人沒回答，手上下晃來晃去，為勝利的彈指姿勢預作排演，等著記憶浮現。試圖叫自己回想起來。最後，他總算露出了微笑。

「衣服。」他說：「三件丹寧上衣，特價品。藍色的，S、M、L各買一件。」

索倫森和古德曼走出商店，繞回雞尾酒館後方空地。索倫森說：「凱倫．杜馮索成了他們的人質，他們打算靠她魚目混珠，所以不能讓她穿那件省布料的衣服，不然會容易讓人留下深刻印象。他們早就料到會有臨檢了，因此他們要她換裝。」

「他們全都換裝了。」古德曼說：「三個人，三件衣服。」

索倫森點點頭。

「血跡。」她說：「目擊證人提到血跡，所以至少其中一個人的西裝外套被沾濕了。」

「我們搞砸了。」古德曼說：「妳和我都失手了。我先是叫臨檢點留意穿黑色西裝的兩名男子，接著叫他們攔下任何共乘一輛車的兩名男子；妳也叫他們攔下兩個男人共乘的車。但根本不是兩個，應該攔下三人共乘的車才對。兩男一女，都穿藍色丹寧上衣。」

索倫森不發一語。就在這時，她的手機響了，愛荷華州警說他們倒帶看完了行車紀錄器影片，發現凱倫．杜馮索的車在一個多小時前通過了臨檢點。他們並沒有引起警方關注，因為車上有四個人，不是三個。

21

索倫森縮起脖子，從古德曼身旁退開，改用另一隻手拿手機：「四個人？」

愛荷華州警隊長說：「影像偏暗，但我們清楚看見前座有兩個人，後座也有兩個，我的警司對駕駛有印象。」

「我可以跟你的警司談談嗎？」

「我可以撤掉臨檢點了嗎？」

「我跟你的警司談完就可以。」

「好，等一下。」

刮擦聲傳入索倫森耳中，接著是貨車引擎空轉的隆隆響，穿過電話線路後變得悶悶的。她轉頭對古德曼說：「我們推論的誤差比我們想的還大，車上有四個人。」接著她聽到電話交到另一個人手中了，一個生硬的嗓音說：「女士您好？」

她問：「車上有哪些人？」

警司說：「我主要是對駕駛有印象。」

「男人還是女人？」

「男人，一個壯漢，鼻梁骨折，傷勢很重。很新的傷口，感覺是不久前才撞斷的，他看起來就像臉扁掉的大猩猩。」

「像是打架受的傷嗎？」

「他算是承認自己打架受傷吧，不過他說他不是在愛荷華州受傷的。」

「你跟他有聊到？」

「只聊了幾句，他對我很有禮貌。除了鼻子受傷之外，沒什麼可提之處。」

「他看起來緊張嗎？」

「不會。他很少話，感覺是個堅毅的人。一定是，因為他鼻子都傷成那樣了，應該要待在醫院才對。」

「他穿什麼？」

「一件冬季大衣。」

「乘客呢？」

「我真的不太記得了。」

「警司，你不是站在證人席上，發言前也不用發誓。你印象中的任何細節都可能對協助破案有幫助。」

「我只有一點點印象，不想誤導妳。」

「你提供的任何情報都可能有幫助。」

「呃，我覺得他們很像彼得、保羅、瑪莉。」

「像誰？」

「民謠歌手。活躍在很久很久以前，輩份也許比妳還大。他們所有人的穿著都一樣，像是歌唱團體，兩男一女。」

「藍色丹寧上衣？」

「沒錯，像是鄉村音樂三重奏。我猜他們的後車廂應該裝滿鋼弦吉他吧，可能昨晚結束演出，準備去明晚演出的地方。我們有時候會遇到這種人。那個女人妝很濃，像是剛下台。」

「但那個開車的人跟他們不一樣？」

「我想他也許是經紀人，或器材管理員。妳懂嘛，他又高大又粗壯，不過我剛剛也說了，這只是我瞄一眼的印象。」

「還有嗎？」

「別引用我的話好嗎？」

「我不會的。」

「車內有一種奇怪的氣氛。女人看起來氣呼呼的，甚至可說是恨得牙癢癢的，也不知道為什麼。我想可能是表演不太順利，她想中止巡迴，但另外兩個人不願意。二比一，甚至是三比一，如果那個經紀人也能投票的話。時間很晚了，但她非常清醒，像是在想事情，總之我的印象是這樣。」

索倫森不發一語。

警司說：「他們就是妳要找的人對吧？」

索倫森說：「對，那兩個穿藍色上衣的男人。」

「抱歉。」

「這不是你的錯。」

接著州警隊長拿回聽筒了：「女士，妳要我們留意逃犯，不是滿車歌舞雜耍人員演出的家庭心理劇。」

「這不是你們的錯。」索倫森又說了一次。

「我可以撤掉臨檢點了嗎？」

「可以。」索倫森說：「另外，我需要你用全境通告系統知會你們以東的所有據點：攔下那個車牌號碼的車。」

「再往東就沒有我的人馬了，女士，我把他們全叫過來了。面對現實吧，他們早就跑得遠遠的了。」

李奇會眨眼，不過只會眨左眼，這是從孩提時代延續至今的身體習慣。他小時候幾乎都側睡，面向左方。醒來時左眼抵著枕頭，因此會維持閉合，右眼則睜開打量他所置身的黑暗房間，那可能是任何地方。他不確定杜馮索看不看得到他的左眼。後照鏡轉成現在這個角度，人在後座的她八成是看不到。再說，目前行車速度是時速八十英里，拿視野開玩笑也不是個好主意。他於是抬起右手讓她看，再放回排檔桿上。

他伸出拇指，戳向左方。這次她不用看鏡像。兩人都面向同一個方向，左就是左。他輕敲食指三下，左，一，右，九。他蒼白的手指動得很快，但在昏黃的燈光下仍清晰可見。左，十，左，一，左，三，最後是左，十一。

他望向後照鏡，抬起眉毛，補上一個問號。

劫車（carjack）？

杜馮索點頭回應，激動無比。

對，而且是萬分肯定。

這麼一來，有很多事就說得通了。

唯一的例外是他們穿著全部相同。

李奇抬起排檔桿上的右手，以拇指和食指捏起肩膀上的大衣布料，對著後照鏡露出困惑的表情，並用嘴型說：衣服？

杜馮索的視線左飄右移，看起來很挫折，似乎想不到該怎麼快速解釋。接著她死盯著自己的左方，似乎在提防麥坤，同時開始解開上衣釦子。李奇一眼盯著前方，一眼盯著後照鏡。三個釦子解開了，四個，五個。接著杜馮索讓衣領敞開，李奇看到她下面還罩著一塊黑銀雙色的小布料，看起來像是高級內衣，也像是緊身馬甲，綁帶緊勒住她的腹部，兩個小罩杯形成的纖維支座高高托起她的雙峰，使它們顯得無比傲人。

李奇對著後照鏡點點頭，他看過類似的穿著。大多數男人以及所有軍人都看過。她是酒店女服務生，也許是酒保。剛下班，可能是在上車時或等紅綠燈時遭到那兩個男人襲擊。他們中途暫停某處，買了件衣服給她穿，因為全境通告系統一定會有這則重點描述：幾乎等於沒穿衣服的黑髮女子。他們得排除警方鎖定之物。

杜馮索重新開始扣釦子了。李奇以食指戳向艾倫・金恩的方向，拇指比向唐・麥坤，接著攤開手掌抬了抬，表達他的困惑、疑問，這就像放諸四海皆準的旗語：為什麼他們也穿？

杜馮索張嘴，闔上，然後又開始眨眼了，過程冗長而費力。

往前二，往前十二，倒退十二，倒退十二，往前四。

倒退十二，倒退十三。

BLOOD，血。

ON，在。

倒退七，倒退八，前進五，前進九，倒退九。

THEIR，他們的。

「他們的衣服上沾了血？」李奇用嘴型問。

杜馮索點點頭。

李奇繼續駕車飆向前方黑暗，經過一個個間隔數英里、安靜而孤寂的公路出口，白色道奇的車尾燈依舊在一英里外。疑問仍在他腦海中盤旋，有如雜耍演員以細棍轉動的盤子。

22

古德曼警長的背更駝了，整個人縮在大衣內抵禦寒風，並在便利商店後方空地上轉了個圈。他說：「我猜他們八成把車停在這，所以大概也在這裡換上了新的衣服。也許他們丟掉舊外套了，可能凶器也丟了。我們應該要搜一下垃圾桶。」

索倫森說：「你自願？」

「我手下員警也沒其他事好做了。」

「好。」索倫森說：「不過那大概只是浪費時間。我敢打包票，他們肯定是把外套扔進杜馮索那輛車的後車廂了，而刀子可能已扔進小屋內的某一條水管中。」

「妳要設第三個臨檢點試試嗎？」

「愛荷華州沒有人力。」

「那就在伊利諾州吧。如果他們一直開在州際公路上，那很有可能會一路開到芝加哥去，妳可以請伊利諾州州警在州界上等著。」

「他們一定知道他們的運氣已經用完了，他們已連續兩次逃過一劫，不會冒第三次險。他們接下來會走平面道路，或下公路躲到某處去。」

「所以臨檢點這招不用了？」

「我想不會有收穫的。」

「他們的思考模式會跟妳的一致嗎？」

「我是揣測他們的思考模式後才決定的。」

「那對凱倫・杜馮索來說真是個壞消息。」古德曼說：「他們不再需要煙霧彈了，他們會在荒郊野外丟她下車。」

「他們不會丟她下車。」索倫森說：「她已經看到他們的長相了，他們會殺了她。」

李奇心中浮現的第一個疑問是：警方會為了一起劫車事件分別在兩個州設置臨檢點嗎？答案是：八成會。事實上是：幾乎可以肯定他們會。因為劫車時強迫車主留在車上就等於是綁架，而綁架可是非常、非常大的案子。徹頭徹尾的聯邦罪，由FBI主導偵辦，他們是唯一能夠組織跨州行動的單位。

這一帶地形平坦，幅員遼闊，對執法單位而言封鎖道路是唯一可行的選項。

還有直升機。

李奇先前就看到一部，飛行在幾千英尺的空中，開著探照燈。

第二個問題：在同一個冬夜、同一個杳無人煙之境發生兩起重大案件的機率有多高？而且兩起事件都嚴重到警方架設臨檢點、出動直升機，還逼出FBI。答：機率極低，非常不可能。巧合偶爾會發生，不過目睹一次臨檢就算很巧了，兩起巧合同時發生實在太頻繁。

因此：這兩次臨檢都是衝著金恩和麥坤來的。

他們要堵兩個人，不是一個。

幾乎可篤定了。

難怪他起先覺得不太合理。

因為：位於內布拉斯加州的第一個臨檢點對落單駕駛非常緊迫盯人。就某個角度而言，他們的做法還是說得通。落單的人只要讓一個人上車，就可以魚目混珠，共乘一輛車的兩個人只要再讓一個人上車，就可以欺敵。以此類推，可以一直增加下去。以上是加法原則，不過減法也行得通。兩人同行的情況下，讓其中一個人躲起來就可以矇騙警方。內布拉斯加警察夠聰明，料到他們可能來這招。搜落單者的後車廂不是為了看看有沒有毒品、槍枝、炸彈、贓物，而是有沒有人蜷縮在裡頭。

問題是：內布拉斯加警察不應該鎖定兩個人，應該會盯上三個人共乘的車子才對。兩個劫車犯，加上一個受害人——幾乎等於上空的酒保。

不一致性產生了。

金恩和麥坤顯然相信全境通告系統會要求警方協尋三人，也就是他們自己加杜馮索。因為他們給了杜馮索一件衣服，要她改變外表。變裝法。接著他們還繞了幾英里路讓搭便車者，也就是李奇上車。第四人，加法。

四個人，不是三個人。煙霧彈。欺敵戰術的第一步是換上不起眼的衣服，接著甚至還讓李奇坐到駕駛座去，好應付第二次臨檢。他既是煙霧彈，也是欺敵戰術的棋子，更能令人分心。任何警察的注意力都會被他斷掉的鼻梁吸引過去。

當初他們把車停在環型匝道旁時，車上進行的不是民主式的討論，而是完全不同的對話。他們前座上的金恩與麥坤轉過身去對杜馮索說：如果她敢背叛他們，他們就會讓她死得很難看。他們把話講得很明：**閉緊妳的嘴**。然後再施壓：**我們講得夠清楚嗎？懂了嗎？**李奇親眼看到她點點頭，說好，音量肯定很小，透露出恐懼、膽怯。就在他上車前。

他們強調阿斯匹靈不是因為關心陌生人的身體狀況，艾倫·金恩早在當時就決定要讓李奇開車了。杜馮索搜找包包時，他們並沒有急切、激動地監控她，因為他們早已排除掉她身上任何可以發出求救訊號的東西。

現實是這樣的。

李奇並不是夜間用路人的首選良伴。

金恩與麥坤讓他上車的原因只有一個。

全境通告系統要警方留意乘坐三人的車輛，而他就是他們的擋箭牌。

然而，全境通告系統實際上是鎖定兩個人。

為什麼？

只有一種可能性：ＦＢＩ知道有兩個人在逃，但不知道他們劫走了一部車，而且押著一個人質。

如果真是如此，ＦＢＩ現在知道真相了嗎？

另外由此可知，臨檢點不是為了劫車案所設，不是衝著它而來。ＦＢＩ既然不知道劫車案的存在，就不可能抓劫車賊。

設臨檢點是為了逮住重大犯罪的兇手。

而且一定是窮兇惡極的重大犯罪。

他們的衣服上沾了血。

李奇繼續往前開，時速八十英里，呼吸緩慢而穩定。

古德曼和索倫森走回紅色馬自達旁邊。索倫森的ＦＢＩ犯罪現場小組已結束抽水站的偵查工作，開始往下一個地方移動，人車散見於郡內各處。他們已採集到血液、指紋、毛髮、衣物纖維，看來兩名兇手並沒有做防範工作，避免這些證物遭到採集，明眼人都看得出來。

索倫森說：「他們很沒有組織。」

古德曼說：「大部分的案子都沒有。」

「撇開這點不算，這兩個傢伙跟其他大多數罪犯很不一樣。這不是失控的劫財、強盜案，他們穿著西裝，而且國務院跟這件事有牽扯。他們卻完全沒為犯罪預作準備，一點計畫也沒有，從頭到尾都靠臨機應變。老天，他們甚至還得搶一輛車來逃亡，為什麼會這樣？」

「也許他們沒料到事情會這樣演變，以為不需做準備，就沒做準備了。」

「他們大老遠跑來內布拉斯加殺人，當然知道做準備的必要性。」

「也許他們不是來殺那個傢伙的，又或許本來沒打算這麼快下手。也許突然間有什麼事情失控了，大多數他殺案都是臨時起意的犯行。」

「我同意。」索倫森說：「不過這件案子的其他細節都沒給人臨時起意感。」

古德曼派一名員警去搜查便利商店後方的垃圾桶。就在這時，上半身探入紅色馬自達車內，屁股露在外頭的犯罪現場調查小組組長倒退出來了。他走向索倫森，手中拿著兩張照片。第一張是彩色拍立得照，拍的是死者臉孔，汙垢和血跡已清除乾淨，眼睛睜著。現場人員竭盡所能讓他看起來像個活人。他的眼珠子是黑色的，狀似杏仁，眼角略微上勾，右臉頰位置偏低處有顆圓形小痣，落在他嘴巴的西南角。長在女人身上叫美人痣，長在男人身上就沒有別名了。

第二張照片是放大的黑白照片，拍的是同一張臉。翻攝自影片的暫停畫面，而且幾乎可確定是監視錄影畫面。畫質很差，布滿顆粒，還有快速運動留下的幾抹殘影，因為監視鏡頭是便宜貨、光源是日光燈、錄影畫質低。不過那雙眼睛清晰可辨，痣也在，位置完全一樣，識別度就跟條碼、指紋一樣高，而且跟ＤＮＡ樣本一樣具決定性。

「哪來的？」索倫森問。

「丹佛機場的出租中心。」鑑識人員說：「受害者單獨於今天早上九點租了這輛馬自達，應該說昨天早上九點比較精準。里程表顯示他是直接開過來的，途中沒繞到其他地方去。」

「他還開真遠一段路啊。」

「七百多英里，大概開了十或十一小時。」

「他一個人開車開那麼遠嗎？」

「我不知道。」鑑識人員說：「我又不在車上。」

這位老兄性格謹慎，老派，有幾分證據說幾分話，而且脾氣可能很差。值夜班，冬夜出勤，來到鳥不生蛋的地方。

索倫森說：「你會猜他一個人還是不是？」

「我是科學家，」那個老兄說：「我不做猜測。」

「那你就預測吧。」

他皺起臉。

「後座沒有微物證據。」他說：「但前座兩個坐墊都有被坐過的跡象，所以他從丹佛開車過來時可能有人同行。也可能沒有，那麼那些微物證據就是歹徒開車離開犯罪現場、來到此地時留下的。」

「有還是沒有？」

「我看他八成一個人過來的，駕駛座上的微物證據比副駕駛座多。」

「七百英里的份對上三英里的份？」

「我沒有辦法給一個比例，多寡跟時間無關。大多數微物證據都是在頭一、兩分鐘留下的。」

「到底是還是不是？我是在談論現實。」

「八成是。駕駛座有很多使用痕跡，副駕駛座沒有。」

「那另外兩個傢伙是怎麼過來的？他們只穿西裝外套，沒穿大衣。」

「女士，我不知道。」鑑識人員開始往車子走回去。

「我也沒頭緒。」古德曼說：「我的手下沒發現被人遺棄的車輛，那是我囑咐他們留意的東西之一。」

索倫森說：「他們顯然沒拋下車子，如果他們有車就不需要綁架雞尾酒吧女服務生了。我們也得釐清第四個人是從哪裡冒出來的，查明他的同伴在小屋內東忙西忙時，他人在哪裡。」

「他感覺很顯眼。」

索倫森點點頭。「臉扁掉的大猩猩，任誰看了都難以忘記。」

就在這時，她的電話響了。古德曼發現她的背再次打直，表情變了。她聽了三十秒，然後說：「好。」接著又一次：「好。」最後說：「不，包在我身上。」然後掛斷了電話。

腰桿打直，但她說「好」，而不是「是的，長官。」

因此不是分部辦公室的長官打來的，也不是華盛頓特區的人來電。

古德曼問：「誰打來的？」

索倫森說：「維吉尼亞州蘭利的值班人員打電話來的。」

「蘭利？」

索倫森點點頭。

「現在中情局也開始打探了，他們要我提供今晚一整晚的行動報告。」

23

理論上，一名用路人要在時速八十英里的車上幹掉副駕駛座上的傢伙是極具挑戰性的事。他得同時做出許多動作，並保持安定性。駕駛的腳得穩穩踩在油門上，所以他的腳得靜止不動，軀幹也得靜止不動。最關鍵的是，他的左肩得穩住，只能運動右臂，也就只能對副駕駛座上的人使出反手手刀。

但那樣攻擊方的力道較弱。伸手到身體左側假裝慵懶地抓癢，再揮右拳畫出一個半圓（等於是反向的右鉤拳）並不困難，但雪佛蘭的中控台偏高，後照鏡的底部位置算低，所以揮拳時一定要精準穿過那個空隙，並在最後一刻抬升。

而且李奇的手很長，手肘要是不縮起，指節就會敲上擋風玻璃。換句話說，他得讓拳頭軌道上偏，同時在距離終點幾英寸時夾緊手肘。力道很難拿捏，作用力與反作用力很容易導致左肩一抖。而左肩在那個時間點產生任何動作都只會帶來壞結果。理論上，以時速八十英里行駛於寬闊直線道路上的車子若只是稍微打滑，要修正路徑是很容易的，但表明敵意後下五秒鐘雙手又放回方向盤上試圖穩住車子，攻擊就失去了意義。這只會把主動權直接交還給副駕駛座上的人，不用懷疑。

因此綜合種種細節來看，輕敲勝過重擊是可以確定的。也就是說，攻擊目標的選擇非常關鍵，而喉頭在候選名單上名列第一。水平攤開手掌，擺成空手道手刀的姿勢，朝喉嚨一甩就搞定了。能封住對方行動，但不至於致命。不過現在的問題是艾倫・金恩睡著了，臉側向一旁，頭垂到胸前，擋住了喉嚨。所以得先叫醒他，大概可以輕點他肩膀吧。他會挺起上半身，面向前方，眨眨眼，打呵欠，瞪著車外。

簡單俐落。戳、抓、甩、啵。理論上有難度，但可行，他可以解決掉艾倫・金恩。但拿唐・麥坤沒轍。科學家尚未發現駕駛幹掉自己正後方乘客的方法，至少在時速八十英里下就甭說了。不可能辦到，可行性零。任何將四維納入考量的計畫都不可能成功。

李奇繼續往前開，時速八十英里。他看了一眼後照鏡，後方沒有來車。麥坤睡著了。一分鐘後他又看了一次後照鏡，發現杜馮索盯著他看。他瞄了一英里外的路況後再看後照鏡，點點頭，彷彿在說：好啦，開始傳訊吧。

她開始了。

往前九。

I，我。

往前八，往前一，倒退五，往前五。

HAVE，有。

往前一。

A，一個。

往前三，往前八，往前九，往前十二，往前四。

CHILD，孩子。

我有一個孩子。

李奇點點頭，抓起中控台上的填充玩具，彷彿在說：我知道。沾在玩具上的口水乾掉後讓絨毛變得硬硬的，形狀像是被一個小小的下顎咬到歪掉。他放下玩具，杜馮索熱淚盈眶，別過頭去。

李奇傾身戳戳艾倫・金恩的肩膀。

金恩稍微扭動身體，醒來，坐正，面向前方眨眨眼，打了個呵欠，瞪著車外。

他說：「怎麼了？」

李奇說：「油量表已經跑一小格了，我要你告訴我什麼時候該停車。」

負責搜索便利商店那一帶的員警回來了，他告訴古德曼垃圾桶裡沒有沾血大衣或刀子。索倫森再度把馬自達上的鑑識小組長叫過來：「我要受害人的情報。」

「我幫不上忙。」他說：「死者身上沒有身分證件，驗屍報告要到明天才會出爐。」

「我需要你的印象。」

「我是科學家，超感視覺課我請病假沒去。」

「你可以進行一些有知識基礎的猜測。」

「妳到底在急什麼？」

「有兩個單位分別在煩我。」

「誰？」

「首先是國務院，現在是中情局。」

「他們不是兩個單位，國務院是中情局的政治側翼。」

「而我們是FBI，我們才是高手，不能讓他們覺得我們動作慢或無能，或缺乏想像力，後果我們承擔不起。所以我才希望你提供一些印象，或有所本的意見，或你們的超幹視覺課稱呼的那些情報。」

「什麼樣的『有所本的意見』？」

「年齡？」

「可能四十幾。」他說。

「國籍？」

「大概是美國人。」他說。

「因為？」

「他的齒列看起來像是美國人的，衣服也幾乎都是美國貨。」

「幾乎？」

「我想他的上衣應該是外國貨，不過內衣是美國貨。大多數人選購內衣時還是會堅持買自己國家的品牌。」

「是嗎？」

「這是一般法則，舒適度問題，用國貨身體上和精神上都舒服。這也是親密度問題，穿上外國品牌的內衣等於是跨出一大步，感覺就像叛國或移民。」

「這是科學嗎？」

「心理學是科學。」

「他穿的是哪一國的衣服？」

「很難判斷，上頭沒有標籤。」

「但看起來像外國的衣服？」

「呃，基本上現在所有的棉製衣物都是外國貨，幾乎全是在亞洲的某個角落生產的，質感、剪裁、顏色都會為不同市場量身打造。」

「那他的是哪個市場？」

「纖維薄，顏色偏乳色而非白色，領尖長而窄，格紋只是平面圖像，不是模仿傳統織法。依我看這件衣服是在巴基斯坦，或中東買的。」

24

艾倫・金恩坐挺身，拉長脖子望向他左方的油量計，打量了好一會兒後說：「我想還能再撐一陣子，等指針指到四分之三滿的時候再告訴我。」

「很快就會到了。」李奇說：「它下降的速度快得要命。」

「那是因為你的車速快得要命。」

「沒比麥坤快。」

「那也許故障自己排除了，也許只是時好時壞。」

「我們可不能在這裡拋錨，太荒涼了。不能指望道路救援，因為所有警察都被調到剛剛那個臨檢點了。」

「再開三十分鐘吧。」金恩說：「然後我們可能就得考慮找個地方加油了。」

「好。」李奇說。

「告訴我不用含『a』詞彙的挑戰哪裡簡單。」

「晚點再說。」

「不，現在就說。」

「我說晚點，有哪個字很難懂嗎？」

「你不喜歡別人逼你對吧，李奇先生。」

「我不知道，沒人逼過我。你要是成為第一個逼我的人就會知道我喜不喜歡了。」

金恩轉過頭去，盯著面前的黑暗整整一分鐘，徹底沉默，接著往椅背一靠，低下頭去，再次閉上眼睛。李奇看了一眼後照鏡。麥坤依舊睡得很熟，杜馮索依舊清醒。

而且又開始眨眼了。

倒退七，往前八，往前五，倒退二。

THEY，**他們**。

往前八，往前一，倒退五，前進五。

HAVE，**有**。

往前七，倒退六，倒退十三，前進八。

GUNS，**槍**。

他們有槍。

李奇對著後照鏡點點頭，繼續往前開。

雞尾酒吧後方沉寂了整整五分鐘。鑑識人員花了很長的時間拍攝一系列馬自達車內特寫照，鎂光燈閃了又閃，頻率不定，由車內側照亮起霧的窗戶，宛如遠方翻騰的雷雲，或是山丘另一頭的戰事。古德曼手下員警負責搜索地面，沒發現什麼重要證物。索倫森利用電話查詢聯邦與州級資料庫，看最近有沒有臉部受傷的巨漢，結果一無所獲。

就在這時，她聽到V-8引擎的低鳴聲以及輪胎壓過碎石子的聲音，看到大燈燈光如柱，擺盪於霧氣之中，一輛北上的深色烤漆轎車朝他們駛來。海軍藍Crown Victoria，就跟她自己那部一樣，規格相同，後座平台上一樣有幾根天線，不過掛的是密蘇里州車牌。它停在一段距離外，兩個男人下車了。他們身穿黑色西裝，站在敞開車門的背面，費力地套上一件沉甸甸的防寒大衣。接著他們關上車門，開始走近，同時打量整個現場。他們注意到古德曼警長，略過不管，接著注意到鑑識人員，略過不管，最後把注意力移到索倫森身上。他們在距離她六英尺處止步，掏出口袋裡的識別證。

長得和她的一樣。

FBI。

右邊的探員說：「我們是中部反恐小組，從堪薩斯市過來的。」

索倫森說：「我沒打電話叫你們過來。」

「你們分區辦公室的值勤紀錄觸發自動警示系統。」

「為什麼？」

「因為犯罪現場很敏感。」

「是嗎？那是廢棄的抽水站。」

「不，那是敞開、未封閉的水井，直接通往美國最大的地下水層。」

「那個洞是乾的。」

對方點點頭：「那只是因為水位低於井底。乾枯也好，有水也好，倒任何物質進那條水管都會流到蓄水層，這是無可避免的，單考慮重力就知道它是必然結果，就像滴墨水到海綿上。」

「倒什麼？」

「我們不樂見的傾倒物有好幾樣。」

「但那只等於是水桶裡多了一滴液體，不誇張。液體極少量，桶子大得不得了。我的意思是，下面的水可多了，他們每年抽五千億加侖的水，而最大的油罐車能運多少液體？五千加侖？根本沒得比。」

對方再次點頭：「但恐怖主義打的是不對稱戰爭。事實上妳說得沒錯，五千加侖的有毒化學物質、病毒、細菌或其他玩意兒都無法造成重大傷亡，從科學的角度來看是如此。但妳想得到使大眾信服的方法嗎？消息傳出一定會引起大規模恐慌，民眾四處逃竄，全國陷入混亂，這正合恐怖分子的意。此外，農業耕作將受阻好幾年，而且這裡也有一些軍事設施。」

「你是認真的嗎？」

「百分之百認真。」

「那之前為什麼沒把水管封起來？」

「國內有成千上萬個類似的洞，我們只能盡快反應，沒辦法在第一時間處理。」

索倫森說：「這是謀殺案，我沒聞到恐怖主義的味道。」

「真的嗎？妳有沒有接到國務院的電話，說受害者身分敏感？」

「有。」

「中情局有打電話嗎？」

「有。」

「可見這涉及海外事務，不覺得嗎？」

鑑識人員的嗓音在索倫森的腦海中重播：**依我看這件衣服是在巴基斯坦，或中東買的。**

她說：「所以你們要接手這個案子？」

右方的探員搖搖頭：「不，這案子還是由妳來辦，但我們會黏在妳屁股後面，日日夜夜。直到我們掌握狀況為止。公事公辦，不是衝著妳個人而來，請多包涵。」

李奇聽到麥坤在他身後醒來。他望向後照鏡，發現麥坤盯著窗外空蕩蕩的馬路。接著視線又飄到杜馮索那一側的路肩。

車子行經一個出口告示牌了，接著又經過三個藍色公布欄，其中一個上頭什麼也沒有。有加油站和住宿處，但沒有餐廳。地平線上沒有燈火，沒有微光迎賓，因此是李奇心目中的陷阱出口。下交流道後通往十五或二十英里長的黑暗鄉間道路，抵達店家時他們都打烊了。

「從這裡下。」麥坤說。

「什麼？」李奇問。

「從這個出口下公路。」

「確定？這裡看起來鑾沒有生氣的。」

「照辦就是了。」

李奇瞄了一眼身旁的艾倫・金恩，麥坤注意到了：「別看他，他說的話不算數，負責發號施令的人是我，我要你走這個出口下公路。」

25

堪薩斯市來的兩個反恐探員並沒有黏在索倫森屁股後面，沒照字面意思那樣做。他們就只是站在她旁邊，有時分別站在她兩側，有時和她緊密地排成一個三角形，氣氛融洽，沒有地位高低之別。他們自我介紹時報上的名字是羅伯特・道森和安德魯・米契爾，兩人職等相同，資歷都超過十五年。道森比米契爾高一些，米契爾比道森胖一些，除此之外兩人外表很相像。金髮，臉色紅潤，年紀四十出頭，防寒大衣下穿著海軍藍色西裝外套、白襯衫、藍領帶，看起來不怎麼累、不怎麼緊繃。索倫森因此對他們刮目相看，因為時間已經晚了，這任務又是個重擔。

不過兩人都沒針對接下來的偵查行動提供什麼建議。到了這個節骨眼，案情基本上已等於陷入膠著了。兇手已移動到迪莫依以東某處，人質要不是死了就是快沒命了，因此那個十歲小女孩已經失去，或快失去母親了。

接下來要靠運氣或法醫鑑識報告才能有進展，破案過程將緩慢、充滿不確定性，叫人痛苦萬分。沒辦法放進生涯代表作品集。

不會放在任何人的履歷表上的顯著位置。

索倫森說：「我猜我們應該要發送警訊給芝加哥。」

道森說：「或密爾瓦基、麥迪遜、印第安納波利斯、辛辛那提、路易維爾。」

米契爾說：「也許還應該要通報國際刑警組織、NASA，因為他們此刻可能在宇宙中的任何一個地方。」

「米契爾探員，我樂於接納任何意見。」

「我沒要損妳。」道森說。

同樣的畫面又上演了，伴隨著一模一樣的聲響：V-8引擎低鳴，輪胎壓過碎石子，大燈燈光閃動於霧氣中，又一輛外觀樸素的轎車北上朝他們駛來。一樣是福特Crown Victoria，一樣是政府的車，但外觀跟索倫森、道森和米契爾的車不太一樣。規格相同，不過後車蓋上的天線款式不同，烤漆顏色較淡，不是深色系，掛著政府機關車牌。

它停在三十英尺外，身穿卡其褲、毛衣、大衣的駕駛下車了。他開始走近，同時打量整個現場。他注意到古德曼警長，略過不管，接著注意到鑑識人員，略過不管，最後筆直地朝索倫森、道森、米契爾走去。近距離觀察下，他看起來像是穿三件式西裝才會感到舒適的人，但在大半夜接到別人驚慌打來的電話，只好隨手抓起身邊最近的衣褲套上，像是被臥室門邊哀鳴老狗吵醒的銀行職員。

他在六英尺外止步，掏出口袋裡的識別證。

長得和他們的不一樣。

國務院。

識別證上的名字是列斯特·L·小列斯特，照片中的他頭髮梳得很整齊，釦子翻領端正，索倫森敢打賭那件衣服一定是布克兄弟牌的。

她問：「列斯特先生，需要什麼幫忙嗎？」

米契爾問：「你的中間名也是列斯特嗎？」

名叫列斯特的男人望著他說：「事實上你說對了。」

「需要什麼嗎？」索倫森又問了一次。

「我來這裡看個幾眼。」

「因為你認識受害人？」

「我個人和他不認識。」

「但國務院知道他是誰？」

「說到重點了。」

「他是誰？」

「我無權奉告。」

「那就轉過身去，滾回你原本待的地方，因為你在這裡幫不上忙。」

列斯特說：「我得待在這裡。」

索倫森問：「你有手機嗎？」

「有。」

「那就撥通電話回總部解決權限問題，把我該知道的事情都告訴我。」

列斯特看起來完全沒要照辦的意思。

米契爾問：「你們的中情局夥伴也在這嗎？」

列斯特煞有其事地東張西望了一下，仔細檢視在場所有人。

「我沒看到，」他問：「你們呢？」

米契爾說：「也許他們躲在遠遠的暗處，那就是他們的拿手好戲嘛，對吧？」

列斯特沒回話，這時索倫森的手機開始響了。毫無特色的電子音。她接聽，然後說：「好，收到了，謝謝你長官。」她掛斷電話，直盯著列斯特，微笑說：「你一定是一路飆過來的吧？」

列斯特說：「是嗎？」

索倫森點點頭：「我剛剛在跟主管探員講電話，他說你在路上了。線報管道顯然還是暢通的，他說你會在十幾分鐘內到。」

列斯特說：「路上沒什麼車。」

「我的主管探員也告訴我死者身分了。」

列斯特沒回話。

道森問索倫森：「死者是誰？」

「顯然是個使館人員。」

「我們的？」

「對。」

「外交官？」

「比較像是某種隨行人員。」

「資深人員？」

「感覺不像，不過八成也不是小角色，就我主管的說話腔調來判斷的話。」

「年齡？」

「四十二。」

「重要人物？」

「我主管沒明講。」

米契爾說：「主管探員在大半夜醒著講電話，就代表那傢伙很重要，不覺得嗎？」

道森說：「他在哪個單位服務？哪個區域？負責什麼？」

「我的主管探員沒講那麼細，我想消息來源大概也沒告訴他。可見他可能是在敏感的區域做敏感性的工作。」

依我看這件衣服是在巴基斯坦，或中東買的。

道森問：「他為什麼會在這？」

「我不知道。」

道森看著列斯特問了同樣的問題。

列斯特說：「我不知道他為什麼在這。」

「真的？」

「對，真的，所以我才來這裡，因為我們不知道。」

就在這時，二十英尺外，古德曼警長的手機響了。鈴聲悶在口袋內，但音量還是很大。碰巧聚集於此的四人組一齊轉頭面向聲音的源頭。古德曼接起電話，視線飄向索倫森，與她四目相接，然後開始朝她走去，彷彿是本能地採取行動，也像接收到什麼驅力。他在十英尺外說完電話，折起手機，接著又拉近五英尺距離才開口。

「我的調度員打來的。」他說：「證人，就是妳問話的那個人失蹤了，他沒回家。」

李奇和麥坤的短暫對話占去了些許反應時間，吃掉車子與出口間的距離，因此他得迅速切換車道，駛向匝道，然後稍微用力重踩煞車，好過急轉彎。他在那一瞬間考慮揍艾倫・金恩的喉嚨一拳。他穩坐駕駛座上，右腳重踩油門，左手緊握方向盤。金恩醒了，因為車子突然轉彎又減速。他的脖子有可能在適當的時間轉向正確的角度。

但麥坤仍會是個問題，車速降到每小時二十英里也沒差。李奇理論上可以找出控制桿位置，將座椅往後推，然後也許再賞他一記肘擊吧。但頭靠墊擋住了他的路，而且他的攻擊會造成連帶性的傷害，後座還有第二個人。

與自己孩子失散的母親。

坐在麥坤右手邊，距離兩英尺。麥坤八成是右撇子，大多數人都是。

他們有槍。

李奇於是讓車子繼續滑行，通過彎道，最後在匝道盡頭轉彎。和先前一樣的加油站、旅館廣告立在狹窄二線道的對面，兩者都有箭頭。

艾倫・金恩打了個呵欠：「我們要在這裡下州際公路嗎？」

唐・麥坤說：「這裡不賴，跟其他地方比也沒比較差。」

「怎麼個不賴法？」李奇問。

「在這裡加油很不賴。」麥坤說：「不然呢？右轉，跟著路標走。」

26

李奇右轉，跟隨路標前進。那條路很窄，四周昏暗。直得要命，就跟愛荷華州多數道路一樣。他看不到這一帶地形如何，但似乎非常平坦。左右兩側是休眠的冬季田野夾道，至少直覺是這麼告訴他的。前方什麼也沒有，只有無邊黑暗。再過去大概是密蘇里吧，再開一百英里可能就到了。也許會先過河。迪莫依，李奇心想。他在學校學過地理，知道迪莫依河在迪莫依東南方數百英里處匯入強勁的密西西比河。

他說：「我們徹頭徹尾是在浪費時間，兩位。我們開二十英里路後會抵達無鉛汽油發明前就歇業的加油站。」

麥坤說：「那裡有路標，路標有它的意義。」

「它代表加油站在你念小學時就蓋好了，當時加一加侖油三十分錢，一包Lucky Stirke香菸也是。」

「我敢說這些廣告招牌一定翻新過。」

「你真容易相信別人。」

李奇繼續往前開。路面坑坑疤疤，車子又震又晃，這對車子來說不是自然狀況，對司機李奇來說也是，兩者在公路上的表現都比現在好。

麥坤問：「你的頭還好嗎？」

李奇說：「我的頭很好。撞爛的是我的鼻梁，不是頭骨。」

「你需要再吃一顆阿斯匹靈嗎？」

「你睡著的時候我已經跟金恩先生討論過這件事了。」

金恩說：「他鐵了心要硬撐，好像很不想消耗凱倫手邊的藥。」

「阿斯匹靈不是處方藥。」麥坤說：「她可以在加油站多買一些，或去弄一些撲熱息痛或布洛芬。」

「或水蛭。」李奇說：「我們撬開銀行在三十年前安上的大鎖後，或許會在一堆舊內胎和馬車鞭裡頭找到一些。」

「繼續往前開就是了。」麥坤說：「耐住性子。」

李奇於是繼續往前開，沿著崎嶇的道路南下。前進兩英里後，眼前景象證明李奇的想法錯了，麥坤才是對的。他們全都看到夜霧中的模糊黃光了，源頭非常遙遠，落在地平線上，宛如燈塔。距離逐漸拉近，燈火也越來越明亮，最後分解成全新殼牌加油站的刺眼霓虹燈光，清爽的白黃橘三色，看起來就像海市蜃樓，或飛碟降落在休耕玉米田的一角，占地四分之一英畝。兩座加油站中島上有高科技加油機、機油更換站、玻璃隔起的商店，裡頭燈光之亮，肯定從外太空就看得到了。

而且營業中。

「你應該要信我才對。」他說。

李奇將車速放到跟步行差不多，轉進站內，停到離商店最遠、離道路最近的那台加油機旁，慢慢停定。他打P檔，關掉引擎，拔鑰匙放進口袋，輕鬆自若，彷彿是身體已熟記的習慣。

艾倫．金恩看到了，但沒說什麼。

李奇說：「跟上次一樣嗎？我去買咖啡，你們加油？」

他於是打開駕駛座門，下車，站在原地伸了個懶腰，背往後弓，接著繞過加油機，往明亮的光線走去。收銀台後方有個年輕人坐在凳子上，注意到他，目不轉睛地盯著他的臉。他斷掉的鼻梁，顯然可以吸引任何人的注意力。他肯定才滿二十歲不久，看起來非常疲倦，反應遲緩。

李奇在門口暫停片刻，觀察來時方向，沒直接進去。艾倫・金恩將信用卡插入加油機，準備開始加油。麥坤仍在後座，杜馮索仍坐在他旁邊。

他走進店內。站收銀台的年輕人抬起頭來，點頭打了個招呼，防心很重。李奇等到門關緊才說：「有付費電話嗎？」

年輕人眨了眨眼，張嘴又閉上，簡直像金魚。

「這不是什麼困難的問題，」李奇說：「回答我『有』或『沒有』就行了。」

「有，」年輕人說：「我們有付費電話。」

「在哪？」

「廁所旁邊。」

「廁所在哪？」

年輕人伸手一指。「在後面。」

李奇別過頭去，望向窗外。

唐・麥坤那一側的車門打開了。

但他還是坐在車上，面向前方。

李奇回頭，發現店後方有一道門，上頭有兩個火柴人，一個穿裙子，一個穿褲子。他走過去，拉開門。門後有個小空間，裡頭還有兩道門，其中一道貼著穿褲子的火柴人，另一道是穿裙子的火柴人。兩道門之間的牆面上有一台付費電話，還很新，閃閃發亮，上頭架著隔音罩。

李奇回頭看。金恩正在加油，麥坤側坐在椅子上，兩隻腳都伸出車外，踩在地上。就這樣。他只是在伸展雙腿，讓自己舒服一點，並沒有要動起來。

至少目前沒有。

李奇瞄了一眼女廁。沒有窗戶，也就沒有其他出口。

他瞄了一眼男廁。沒有窗戶，也就沒有其他出口。他進廁所抽了一大堆紙巾，回到小空間內，然後將它們對折兩次、塞到房門與門框之間（鉸鏈那一側）。如此一來，房門只能打開一點點。更精準地說，是不到四英寸。他透過那條細縫看得到商店，也看得到一小部分的商店大門。範圍不大，不過大門開啟時他看得到。

希望囉。

他拿起聽筒，撥九一一。

調度員幾乎是立刻就接起了電話：「請問你現在的所在位置？」

李奇說：「把我轉給ＦＢＩ。」

「先生，請問你現在在哪裡？」

「別浪費時間。」

「你需要消防車、救護車，還是需要警方到場？」

「我需要ＦＢＩ。」

「先生，你撥打的是九一一緊急救助電話。」

「二〇〇一年九月十一日後你們就增設了一個按鈕，一按就能把電話轉給ＦＢＩ。」

「你怎麼知道？」

「猜的，運氣好。按下按鈕吧，立刻按。」

李奇透過房門門縫盯著那一丁點大的商店入口。沒狀況，還沒有。他耳畔的聲音產生了變化。先是一片死寂，接著是新的撥號音。

新嗓音。

「這是FBI，請問你的緊急狀況是？」

李奇說：「我有情報要提供，你們的內布拉斯加奧瑪哈地區辦公室八成很需要。」

「情報內容是？」

「把我的電話轉過去就是了，現在就轉。」

「先生貴姓大名？」

夜勤人員有哪些類型，李奇都知道。他在服役期間跟成千上萬個夜勤人員互動過。他們要不是即將面臨降職，就是準備要升遷了。前者容易感到不安，後者野心勃勃。他知道這些人吃哪套，不吃哪套。他已經知道要怎麼跟他們打心理戰了。

他說：「現在就幫我轉，不然你會砸掉自己的飯碗。」

對方安靜片刻。

接著是一片死寂。

新的撥號音。

就在這時，商店大門旋開了。李奇聽到它的橡膠封條發出巨大的「咻」聲，耀眼的白色門框從縫隙間閃過，接著瞥到藍色的肩膀，聽到鞋跟急促踩在瓷磚上。

他掛斷電話。

走向門邊，單手抓起對摺的紙巾，另一隻手推開門，再將紙巾扔向身後，正好和唐・麥坤碰個正著。

27

李奇和麥坤安靜地繞過彼此，胸口對胸口擦身而過，就跟其他在男廁門口碰上的男人沒兩樣。麥坤進廁所，李奇則朝咖啡供應處走去。那裡的咖啡機上有許多複雜的按鈕，一次只能製作一杯飲料，機身寬一英尺，裝滿鉻和鋁製零件，是全新的，八成來自義大利。或法國，肯定是歐洲貨。似乎每按一個按鈕只會磨一小批豆子，速度極慢，麥坤走出廁所時，他還在裝最後一杯。這是好事，因為麥坤等於有義務幫忙他拿兩杯咖啡回車上，兩手都得拿東西。「兩手都拿著東西且佩帶武器的男人」比「兩手空空且佩帶武器的男人」好搞多了，這是李奇深思熟慮所得的想法。

李奇手拿兩杯不加糖黑咖啡，一杯自己喝，一杯是要給凱倫・杜馮索的。金恩仍在車外，車子仍停放在加油機旁邊。儀表顯示它注入油槽的汽油不到四加侖。金恩說：「李奇先生，接下來由我開車。」

李奇說：「真的？我還沒開滿三百英里。」

「計畫改變了，我們要去汽車旅館窩個一晚。」

「我還以為你們會想一路開到芝加哥。」

「我說計畫改變了，你有哪個字聽不懂？」

「你說了算。」李奇說。

「沒錯。」金恩說：「所以你得給我車鑰匙。」

將四維納入考量的計畫。李奇在車子的這一側，金恩和麥坤在另一頭。杜馮索仍在車內，她那側車門大開，頭部距離金恩右手只有幾英寸。金恩和麥坤得花一眨眼的工夫拋下咖啡杯，再花一眨眼的工夫拔槍。李奇可以把他的杯子當成手榴彈砸向其中一個人，但無法砸向兩人。他可以拔腿繞過後車廂，或翻過它到另一頭去，但速度一定不夠快。

沒機會。

幾何學與時間問題。

他把杯子放到雪佛蘭的車頂上，翻找口袋內的鑰匙。

他掏出它。

來拿啊。

不過金恩不是蠢蛋，他說：「放到座位上就好，我等等就過去。」

唐・麥坤坐進前座，身體往左側一扭，友善地確認自己的夥伴是否已坐定，是否坐得舒適。不過那個姿勢確保了他右手的活動空間。他的右手放在右邊褲子口袋附近，也很靠近皮帶的右側。

金恩也還在加油口附近，右手空空、活動自如，距離凱倫・杜馮索頭部仍只有數英寸。

幾何學與時間問題。

李奇坐到駕駛座後方，手伸到椅墊另一側，丟下車鑰匙。

麥坤對他微笑。

金恩幫杜馮索關上車門，繞過後車廂，然後幫李奇關上車門。撿起車鑰匙，坐進駕駛座，將座椅往前調六英寸，發動引擎，緩緩開回馬路上，朝黑暗的南方以及前方的汽車旅館前進，遠離州際公路。

ＦＢＩ緊急應變接線員持續監聽轉往奧馬哈的電話，發現對方掛斷了。他聽完鈴聲，也聽到話筒被掛回去的聲音。他是個菜鳥，因此負責值夜班。不過他很快就掌握了要訣，才被分發到華盛頓特區，待在重要崗位上。他能快速上手是因為他聰明。

還懂得做後續追蹤。

他打電話到奧馬哈分區辦公室問值班探員：「你們今晚有沒有什麼案子？」

內布拉斯加的探員打了個呵欠：「算有吧，有一起持刀謀殺案，發生在方圓幾英里內什麼玩意兒都沒有的地方，聽起來不像是什麼重要案件，但不知為何主管探員會跳下來管事，中情局和國務院都在打探消息，我們還在州際公路上設了好幾個路障。」

「那我應該要告訴你一件事。我轉了一通電話給你，但打電話的人在你接電話前就掛斷了。」

「地點在？」

「電話識別和電信公司說那是一個荒郊野外的加油站，位在愛荷華州迪莫依東南方。」

「你有沒有問到名字？」

「沒有。他是男人，很著急，感覺像是頭著涼了，鼻音很重。」

「他有沒有提到他要什麼？」

「講得不清楚。他說他有情報要提供，內布拉斯加奧馬哈八成需要。」

「八成？」

「那是他的用字。」

內布拉斯加的探員說：「好，謝謝。」掛斷了電話。

黑暗的愛荷華筆直延伸了八英里，來到四周景象毫無特徵的三岔路口。左右兩邊是廣袤的田地，正前方則是兩倍大的廣袤田地。車子在此刻遵照指示轉彎——附有箭頭的旅館路標再次出現，指向左方。他們又開了八英里路，來到四周景象毫無獨到處的十字路口，這裡立著一個要他們右轉的路標。金恩繼續前進，穿梭在龐大棋盤般的愛荷華農田矩陣間。唐坐在他旁邊，身體微側，斜倚在窗邊，清醒，戒備著。凱倫・杜馮索坐在麥坤身後，僵硬地盯著前方，不肯看李奇，似乎對他很失望。

李奇自己靜靜坐著，緩慢呼吸。吸氣，吐氣，等待行事良機。

內布拉斯加的夜班人員在筆記簿上寫下：男人，很著急，頭著涼，鼻音，加油站，愛荷華**迪莫依東南方**等字句，然後捲動電話控制台上的快速撥號清單，停在J單位，索倫森上。思考片刻。

按下撥號。

還是謹慎為上，它有可能是大案子。

此時，茱莉亞・索倫森正在聽古德曼警長談證人失蹤一事。他跟他女朋友住在犯罪現場西北方的農舍，租來的房子。他要回家只有一個路線可走，但他沒回去。途中也沒發現他本人或他的貨車。他不在萬惡城市的任何一家酒吧或雞尾酒吧裡頭，古德曼的手下也沒在城裡看見他。

這時，索倫森的電話響了。她向古德曼警長道歉，轉身接起電話。是分區辦公室夜勤人員打來的，她起先聽得心不在焉，因為執法單位很容易接到打來又掛斷的電話，可能是來自小孩、惡作劇者、喝醉的人，或者打錯電話，應有盡有。但對方提到撥電話者理論上的所在位置時，她開始把全副注意力都放到他的說話內容上。因為她先前才陰鬱地做出已敗戰的結論：**兇手現在在迪莫依以東的某處**。

「你說什麼？」她問。

對方說：「他是用荒郊野外加油站的付費電話打來的，位置是愛荷華迪莫依東南方。」

「確定嗎？」

「話機識別碼和電信公司都證實了。」

「電話是誰打的？」

「沒留下名字，不過緊急應變接線員說對方是個男人。」

「還有呢？」

「他似乎很著急，講話有鼻音。」

「鼻音？」

「感覺像是頭著涼了。」

「有沒有電話錄音？」

「原本那通電話嗎？肯定有。」

「寄到我電子郵件信箱。打電話給那家加油站，看有沒有監視器畫面可調。如果沒有就問出所有人的外貌、抵達後與離開前發生過什麼事。」

值班探員說：「妳得打電話給中情局。」

索倫森說：「別對我下指導棋。」

「我會這麼說是因為他們不斷打電話給我，要我回報最新情況。」

「什麼都別告訴他們。」索倫森說：「先別說。」

接著她掛斷電話，轉身看著古德曼的眼睛說：「抱歉，警長，我得去愛荷華一趟。」

28

古德曼聽索倫森重述要點後說：「那失蹤的證人該怎麼辦？」

索倫森說：「你自己一個人可以撐過今晚。別擔心，你之後會得到很多助力。等明天辦公室的人插手後，會有人來頂替我的位置，而你會被一大票探員團團圍住。人數多到你調一些人去指揮交通都不成問題，還可以抓亂吐口香糖到人行道上的傢伙。」

「妳的主管探員已經插手了，妳還沒被替換。」

「他還沒呈報上級。因為現在是大半夜，不能吵醒他們。不過他最終會的，然後他會撇清責任。我敢打賭他現在正在寫報告，太陽升起後他就會把它寄到四面八方去，寄給每一個電郵信箱。那份報告的最後一行寫著：建議撤換掉我，派華盛頓特區的重砲打手過來。這絕對會成真，你等著瞧吧。」

「他不信任妳嗎？」

「他還算信任我，但這起案子看來很要命，他絕對不會把它擺在手邊，他不想被搞得灰頭土臉。」

「那妳為什麼要去愛荷華？」

「因為它目前仍是我的案子。」

「妳真的覺得是那票人？」

「位置正確，他們差不多該到那裡了。」

「那只是瞎猜罷了。」

「還有誰會從迪莫依東方打電話到奧馬哈去？」

「他們到底為什麼要打電話？而且還用可追蹤定位的付費電話打？」

「也許是突然間感到過意不去吧。我是指那個司機，聽說打電話的人鼻音很重。有可能是因為他鼻梁斷了，而不是感冒。付費電話可能是他唯一能用的聯絡手段。」

「但他掛斷了電話。」

索倫森點點頭。「他反悔了，這是有可能的。」

古德曼說：「凱倫・杜馮索的女兒要怎麼辦？」

「你得告訴她事實，反正遲早都是要做的。這是你的郡，她是郡內民眾。」

「我該挑什麼時候說？」

「她醒來後。」

「一定會很難熬。」

「總是如此。」

「妳抵達愛荷華東南角時，那些傢伙已經跑得遠遠的了。再說，從這裡過去的路程真的很遠。」

「我可以開得比他們快。接下來不會有臨檢了，我也不會收到罰單。」

「就算這樣還是一大段路。」

「管他的，總比待在這什麼也不做來得好。」索倫森說。

索倫森向道森和米契爾報備接下來的行程，但沒要載他們同行的意思。她猜他們會開自己的車跟上，認為大牌的反恐小組探員應該會很享受飛車追逐。結果他們說要留在原地待命，不離開內布拉斯加的荒郊野外。不離開潛在攻擊地點附近。他們說愛荷華州沒什麼好擔心的。他們沒有冒犯的意思，但那裡不是恐怖分子的主要鎖定對象。

索倫森說：「他們在那裡搞不好有個基地，藏身處之類的地方。」

米契爾說：「妳真的這麼想？」

「並沒有。」

道森點點頭：「我們會打通電話到聖路易去，愛荷華東南角理論上是他們管轄範圍。如果有必要，他們會參與行動。」

索倫森並沒有向國務院的列斯特・L・小列斯特報告自己接下來的行動，選擇完全無視他。她坐古德曼的車回到舊抽水站，坐上自己的車，靠導航系統回到州際公路上，一路都開時速七十英里，警燈閃動，手機充電。

果然是騙人上鉤的出口，李奇心想。黑暗的鄉間道路，抵達門口時已打烊的店家。他針對加油站所做的臆測不正確，但那不代表汽車旅館存在的機率會隨之變高。合理的機率是百分之五十，考慮到廣告招牌提供的資訊並不假。他在旅途中見過許多廢棄的汽車旅館，它們散布在美國各個角落，時空膠囊般維持著上個時代的樣貌，有的外觀平凡、有的大膽。經營者的精力與野心逐漸耗盡的過程既冗長又哀傷，大眾的口味一變再變；它們就是見證者。如今在爬滿蟲子的湖濱小屋住一個禮拜已無法滿足美國人了，拉斯維加斯和美屬維京群島的巡航行程當道。李奇看過旅行社櫥窗，知道美國人會去哪些地方度假，也知道他們不去哪些地方。愛荷華州荒郊野外的汽車旅館在過去三十年內收得到客人嗎？憑什麼收得到？他想不透。

可惜了，因為要是能停車過夜，事情就會有很多新的變數。

金恩一再左轉、右轉，左轉、右轉，不斷沿著棋盤狀的黑暗道路開往東南方。離開殼牌加油站後，他們已開了三十英里路。每個轉彎處都有一個旅館路標鼓勵他們繼續前進，平淡無味的箭頭同時透露出堅定與猶豫、希望與絕望的氣息。麥坤看起來一點也不憂心，清醒且維持著警覺性，自信滿滿的模樣。他很相信路標。

事實證明他的想法是對的。車子又開了一英里後，李奇發現自己今晚的預測二度失準。左前方霧中出現了昏暗的光芒，它慢慢分解成一串米黃色的珍珠。原來矮長的汽車旅館的外牆上設置了燈座，高度及膝，光線微弱。它的外觀設計很一般，側牆漆成深棕色，北側有個大廳、辦公室、可樂販賣機、停車門廊。接著建築物往南延伸，配置非常有規律：窗、門、窗、門……總共有十二個房間，每道門旁邊都放了兩張白色塑膠草地椅。低矮的燈座是為了照亮建築物前方那條走道而設置的。其中兩間房間的門前停有車輛，其中一輛是老舊的轎車，鏽斑如蕾絲般爬滿車身，另一輛是大噸位的皮卡車，漆成某機車製造商的配色。第三輛車緊鄰辦公室牆邊，是一輛三門進口車，沒比高爾夫球車大到哪去。大概是夜班人員的車吧。

艾倫・金恩減速停在汽車旅館入口前方二十英尺處，讓引擎怠速，然後將這個地方徹頭徹尾打量了一遍：「及格了吧？」

唐・麥坤說：「行。」

金恩沒詢問凱倫・杜馮索的意見，沒進行民主風度十足的三方大會談，直接緩慢地往前開，轉進汽車旅館內。停車門廊在另一頭，他開過去，停到下方。面北，背對旅館房間。完成住房手續後要倒車或掉頭都很麻煩，但這也是無法避免的。美國是靠右通行，因此得逆時針方向繞圈。

大廳亮著一盞夜燈。裡頭有個接待櫃檯，後方有道門，它肯定通往辦公室，不會錯的。夜班人員也許就在裡頭，睡在椅子上。櫃檯上有個花瓶，插的八成是假花。

艾倫・金恩說：「李奇先生，能請你去問問有沒有空房嗎？」

李奇說：「當然有，這裡有十二道門，兩輛車。」

「那能請你去辦住房手續嗎？」

「我不是最佳人選。」

「為什麼？」

李奇心想：因為我不想下車，現在還不是時候。因為車鑰匙不在我手上。

他說：「因為我沒有信用卡。」

「真的？」

「也沒有證件。只有一張舊護照，但那很多年前就過期了。有些店家不喜歡客人出示過期證件。」

「你一定有駕照。」

「但你剛剛開了一段路。」

「可別告訴警察啊。」

「無照駕駛是重罪。」

「八成只是輕罪吧。」

「你有沒有拿過駕駛？」

「沒拿過平民駕照。」

「你有沒有通過路考？」

「應該吧，可能有。可能在軍中考過。」

「你不記得了？」

「我記得學開車的過程，不記得到底有沒有考試。」

麥坤說：「我跟你一起去，我有信用卡。」

正中李奇下懷。他不想單獨下車，也同樣不想把選房間的工作完全交給金恩或麥坤。不管是誰去選房間，他都想試圖左右對方的決定。他打開車門，麥坤也打開車門。兩人一起下車。麥坤距離大廳十英尺，李奇則在車子的另一側。麥坤等李奇繞過後車廂、來到身旁。李奇頓了一拍後攤開右掌，往前方一比：你先請，我殿後。這是基於防心，而不是想表達禮貌。他不想走在持槍男人的前方，不過不是因為他覺得自己中槍的風險極高。對方不會挑這個時間和地點動手。夜班人員，還有至少兩名旅客在，他們都會聽到槍聲。

麥坤走在碎石塊拼鋪以求美觀的小徑上，李奇跟在後方。麥坤拉開大廳門，李奇也上前拉住它，又比了一次手勢：你先請。

麥坤進門，李奇跟進。大廳鋪的是塑膠地板，四張俗豔的柳條扶手椅簇擁在一張矮桌旁。另外還有一張較高的桌子，放著保溫咖啡瓶和一疊紙杯。牆上有個小層架，裡頭有幾小疊介紹當地名勝的小冊子，但大部分的格子裡頭都是空的。接待櫃檯位於右側牆壁盡頭，和左側牆面（擺著咖啡的桌子就在那一帶）之間距離六英尺。辦公室門後有依稀可聞的聲音，是電視發出來的，門板四周則有一圈微光。麥坤湊到右方的櫃檯前，李奇則站到他左側去。

「你好？」麥坤說。

沒人回應。

「你好？」他再次呼喚。

麥坤用指節敲敲櫃檯。

還是沒人回應。

「服務業。」麥坤說：「拿他們沒辦法。」

他又敲了櫃檯一次，力道稍微加大。

「你好？」說話音量也稍微加大。

沒人回應。

他瞥了站在左側的李奇一眼：「你最好去敲敲那扇門。」

李奇若照做，這就是他首度站到持槍者前方了。不過此時他想不到合理的拒絕理由。他們得往左繞才能站到門前，而李奇靠近左方。事情就這麼單純。戲就該這麼編，物理學原則，他避不掉。

李奇於是往左繞，鑽過櫃檯盡頭與放咖啡那張桌子之間的縫隙，跨進櫃檯後方的小空間。他回頭望向大廳窗外。雪佛蘭仍停放在停車門廊下方，沒離開，等待著他們折返。引擎耐心十足地空轉，車尾噴出一陣陣白色廢氣。

不過麥坤的車門沒關上。

這是第一個警訊。

第二個警訊是塑膠地板上的腳步聲。快速的碎步。

神似某人退後再轉向側面時發出的聲音。

第三個警訊是皮膚、棉布、羊毛、金屬混合而成的快節奏窸窣。神似某人從口袋中掏出重物的聲音。

李奇轉頭面對麥坤所在的方向，結果除了不鏽鋼小手槍的槍口外什麼都看不到。它指著他的臉中央。

29

那把槍是史密斯威森二二一三，是該公司為數龐大的槍枝種類中最小的一款。槍管長三英寸，使用點二二長來福槍緣發式子彈，彈匣內有八發子彈。輕巧但威力十足的武器。麥坤動作極快，而且是不尋常地快，像魔術師、幻術士。上一刻還不在，下一刻就變出來了。

不誇張。

李奇一動也不動。

那把槍也許在八英尺外，握住它的麥坤的長臂打得筆直，槍口略高於水平位置。他側身站立，頭偏向李奇，單眼閉上。

按在扳機上的指節發白。

不妙。

點二二長來福子彈是世界上最早期發明的子彈之一，也是相當普及的彈藥，一八八七年起的年產量超過二十億。這是有原因的：它便宜，安靜，產生的後座力小，效能佳，裝進來福槍適合拿來打四百五十英尺外的老鼠、松鼠，二百五十英尺外的狗和狐狸，一百五十英尺外的土狼野獸。朝八英尺外的人類頭顱開槍會造成毀滅性傷害。

就算使用的是槍管短的手槍也一樣。

不妙。

非常不妙。

李奇看不到雪佛蘭了，麥坤擋住了他的視線。這不是壞事，至少杜馮索看不到事發經過。

不幸中的大幸。

但這時他想：往好的一面看嘛。

這是李奇信奉的教條。

一如他知悉的原則：短槍管手槍槍擊失準的基本可能性有四種，就算子彈飛行距離只有八英尺、目標物跟人頭一樣大也不例外——飛太高，飛太低，太偏左，太偏遠。

飛太高的機率總是最大。

所有槍枝開火時，槍口都會上飄。有作用力就有反作用力，基本的物理法則。擊發機關槍的射擊新手肯定會釘出一排不斷垂直向上的彈孔，這是免不了的經典失誤。射擊訓練百分之九十的內容都跟下壓槍口有關。消音器有助於壓低槍口，因為它能加重槍口重量。

他沒理由假設麥坤是射擊新手。

但麥坤若失手，肯定是以「射太高」的形式失手。

物理法則。

有四件事在同一時間發生：李奇突然發出口齒不清的咆哮，麥坤嚇得往後踩了一步，李奇整個身子垂直往下垮，麥坤扣下扳機。

子彈沒射中李奇。

射太高了。一方面是因為子彈飛過去時，李奇的頭已不在原位，重力拉了他一把。李奇耳邊呼嘯的槍響沒比某些槍發出的大，但在密閉空間內仍顯得震耳欲聾。他同時還聽到頭後方的牆板爆裂聲，下一秒膝蓋著地，接著是臀部、身體側面，最後整個人大字形倒在櫃檯後方，消失在對方視線範圍外。他手邊沒有計畫，眼下採取走一步算一步模式。先求活命，再掌握下一瞬間的局勢。倒地過程中，心中有個模糊念頭逐漸成形：他可以抬起櫃檯往外扔，砸向麥坤（前提是它沒被鎖死在地上），也可以往後一滾，撞開辦公室門。辦公室內一定有窗戶，氣候嚴寒，所以它一定關著，但他可以靠手肘破窗而出。割傷、瘀青總比腦袋中彈好多了。

戰或逃。

不過這兩個選項都沒必要了。

槍響拔尖後，四周開始恢復平靜。李奇聽到鞋子刮磨塑膠地板的聲響，於是高舉雙手過肩抓住櫃檯底部，瞬間爆出肌力，將自己往右方一拉，頭探出櫃檯與牆面的縫隙，發現麥坤有點踉蹌地衝出大廳門，全速奔跑在平滑的小徑上，竄回車上。那輛車接著呼嘯而去，輪胎疾轉，磨出藍色的煙霧。李奇手忙腳亂地跪起身，剛好看到麥坤用力關上車門，金恩兇狠地甩車尾完成一百八十度迴轉，重回來時路，且再次向南加速駛離。車頭高起，車尾壓低，輪胎打旋、刮磨地面，準備重新抓地，掀起一陣煙霧。朦朧中閃過李奇眼前的最後一個畫面，是雪佛蘭後車窗框起的杜馮索的臉。她驚恐地轉頭回望，嘴巴大開。

李奇繼續跪在原地，寂靜再次降臨。白色石膏粉飄落到他肩膀與頭髮上，緩慢、輕盈，宛如爽身粉。青煙懸浮在停車門廊下方的夜晚空氣中，以逐漸消散的鬼魅雲朵之姿徐徐往前翻騰，依循著剛剛那輛車一百八十度迴轉的軌跡，像是在描述、解釋、證明著什麼。最後它徹底消散，彷彿從來不曾存在過。

下一刻，辦公室門開了一小縫，一個又矮又胖的男人探出頭來環顧四周，然後說：「我還是先說一聲吧，我已經叫警察來抓你了。」

座車狂飆，茱莉亞・索倫森的耳邊滿是轟然颯響，但她還是聽到自己的手機發出叮的一聲。她打開電子郵件信箱，發現華盛頓特區的緊急應變接線員寄了信過來，信中附加了一個音訊檔。她的手機座跟車內音響系統相連通。音響系統只是福特車提供的基本款式，不怎麼高檔，但音量和清晰度相當夠。她轉大音量，按下播放鍵，聽完十五秒鐘長的電話錄音檔。其中一個通話者人在胡佛大樓，另一個據說在愛荷華州。

這是FBI，請問你的緊急狀況是？

我有情報要提供，你們的內布拉斯加奧瑪哈地區辦公室八成很需要。

情報內容是？

把我的電話轉過去就是了，現在就轉。

先生貴姓大名？

對方停頓了一下，真的就只有那麼一拍，然後接話：現在就幫我轉，不然你會砸掉自己的飯碗。

接著又是一小段的沉默，切換成一片死寂，再切換成新的撥號音。

然後就沒了。

她又播了一次，專心聽通報者的部分，不去管接線員。

我有情報要提供，你們的內布拉斯加奧瑪哈地區辦公室八成很需要。

把我的電話轉過去就是了，現在就轉。

現在就幫我轉，不然你會砸掉自己的飯碗。

六秒鐘，二十三個字，語氣帶有迫切性，卻又散發出某種詭異的氣定神閒感。鼻音非常重，呼吸聲很大，完全就是鼻子受重傷者會有的特徵。M唸起來有點B的味道，所以「資訊」聽起來像「資敘」，「奧馬哈」聽起來像「奧把哈」。

她又播了一次，把目標縮得更小。

把我的電話轉過去就是了，現在就轉。

就幫我轉，不然你會砸掉自己的飯碗。

他十萬火急又氣定神閒的古怪態度顯然解釋了一件事：他習慣打電話進行重要通報，或進行相關指示。他明白一個道理，那就是警覺性高又聰明的聆聽者也需要一些時間提高大腦轉速。但他不只是一個普通的商人。習慣靠電話進行百萬美元等級交易的企業大亨若在大半夜打電話給

FBI，還是會膽怯。但那個老兄似乎覺得這是家常便飯。那句「你們的分區辦公室」不代表他也是FBI成員（至少現在不是），但他似乎對FBI的運作瞭若指掌。就某個角度來看，那句**你們的**顯示他自認是FBI的同行，或跟FBI生活在同一個世界裡。**你們的分區辦公室**，**我的分區辦公室**。

那個八成很耐人尋味。算計與熟慮下的產物，聰明的一步棋。那個老兄實際上幾乎已百分之百確定自己該聯絡奧馬哈，但日後的狀況演變仍可能證實他最先的假定有誤，這不難設想到，而他不希望害偵辦程序脫軌。又或許，他希望把緊急應變接線員納為自己的夥伴，給他做最終決定的一些權力。潤滑溝通，加速流程。

直覺再度告訴她：他習慣打電話進行重要通報，因為他懂官僚遊戲的一些基本動作。**不然你會砸掉自己的飯碗**就是一例。他說這句話前的停頓時間很短，沒什麼思考。他完全知道該怎麼施壓，可見他應付過值班人員，也許他自己就**值過班**。

那他為什麼要開車載兩個殺人犯和一個人質？

他又為什麼要打電話通報，然後貿然掛斷？

她沒想出什麼答案，因為電話的來電鈴聲響了，儀表板上、車門上的喇叭以及後行李架上的次低音喇叭爆出響亮、厚重的單調電子音。她調低一格音量，按下接聽。是她的值班探員從奧馬哈分區辦公室打來的，就是他沒及時接到那個男人的電話。

他說：「主管探員找妳。」

索倫森放慢車速到時速八十英里，看了一眼前方路況，再看看後照鏡，接著說：「轉給我吧。」

電話另一頭傳來靜電干擾似的喀一聲，被擴音系統放得又大又響。接著有個嗓音說：「索倫森？」

索倫森說：「是，長官。」

那是她的主管探員，她的督導者，她的上司。姓裴瑞，今年五十四歲，幹了大半輩子的探員，野心十足。名字叫安東尼，大家當著他的面叫他東尼，背地裡稱他凍尼，因為他冷血至極。

他說：「我打電話到愛荷華的加油站去了。」

「您親自打的嗎？」

「我醒著，我也可以做點有用的事。」

「然後呢？」

「他們沒監視器。」

「可是？」

「值夜班的那個年輕人腦袋似乎蠻靈光的，他交代了他們抵達到離開之間發生的事情，條理很清楚。」

「什麼事情？」

「那輛車是深藍色的雪佛蘭Impala，車牌號碼他沒記。車上有四個人，三男一女。起先一男一女待在車上，第二個男人在加油。第一個有趣的點是，他用的是偽造的信用卡。」

「是丹佛機場那張卡嗎？」

「我們不那麼認為，幾乎可以確定兩者來源不同。第二個有趣的點是，那輛車只加了三點多加侖，這讓那個收銀員覺得很奇怪。當地人平均每次加油量是十一加侖，只有拿罐子裝油要給割草機用的人例外。」

「也就是說，這可能代表他們只想加一點點油，因為目的地快到了，或是他們只打算補充先前的耗油，他們已經在其他地方加過油了。」

「我們正在了解那張卡是否今晚之內還在其他地方使用過，目前還沒有結果。總之第二個男人加油時，第三個男人單獨進入商店內，等到門關上後才問有沒有付費電話。」

「他就是那個駕駛對吧？」

「對，那個年輕人說他人高馬大，頂著斷掉的鼻梁。傷口完全沒處理，血塊凝結在上面。年輕人承認自己起先有點怕他，因為他看起來像是殺人恐怖電影裡跑出來的野人。衣服髒到不行，頭髮蓬亂。不過他說起話來的感覺跟一般人沒差別，最後給人相當和善的印象。那個年輕人於是為他指出付費電話的所在位置。它在廁所附近，不在年輕人的視線範圍內，所以無法確定他到底有沒有用電話。就在這時，待在車上的男人進來上廁所，恐怖電影男則走出廁所去裝咖啡，之後和上完廁所的男人一起離開，那輛車最後安穩地開往南方。」

「氣氛如何？有沒有什麼古怪之處？」

「沒什麼特別奇怪的地方。當時已經三更半夜了，每個人看起來都有點疲倦、面無表情，但他們並沒有對彼此口出惡言，感覺彼此關係並不緊張，看起來也不會很匆忙，以上是我掌握到的部分。」

「長官，您聽過緊急應變電話的對話錄音了嗎？」

「聽完了，他們顯然也把檔案轉給了我。」

「您有沒有發現什麼亮點？」

「他說八成，這一點也不合理，如果他是他們的一分子，他就會知道犯罪地點的位置。在這情況下，他只會說：『我有情報要提供給內布拉斯加奧瑪哈地區辦公室。』句號。」

「您認為他不是他們的一分子？」

「我認為他是低階人員。他開車，還負責端咖啡，他不知道詳細案情。」

凍尼，少鬼扯了，索倫森心想，他給人的感覺根本不像低階人員，腦袋似乎比你還靈光呢。

她說：「感謝您，長官，這些情報對我幫助很大。」

「保持聯絡。」主任探員說完掛斷了電話。

索倫森沉思了一英里路，接著和緩地將車速推回時速九十英里，並回頭點開電子郵件信箱，將音響音量調大一格，重播一次錄音檔。

現在就幫我轉。

那個巨漢的第一句話很理性，耐心十足地解釋狀況：**我有情報要提供，你們的內布拉斯加奧瑪哈地區辦公室八成很需要。**建立情境，作為序曲，但這句話沒收到他想要的效果。緊急應變接線生並沒有立刻上軌道，因此巨漢失去了耐性：**現在就轉。**急迫，伴隨著響亮的呼吸聲，內心挫敗。嗓音當中還挾帶著一丁點納悶與不解，並在句首的「現在」稍微加重語氣。略有孤注一擲的味道。彷彿在說：**我已經完成了儀式之舞的頭一步，但我真的、真的沒有時間接下去跳，我也真的、真的不懂你為何搞不清楚狀況。**

他不是反悔，而是因為時間耗盡才掛電話，另一個傢伙跑進去上廁所了。

那個巨漢是他們的一分子，但是個叛徒。

30

原本採跪姿的李奇雙掌貼地一按，站了起來，轉身看著辦公室門邊的胖男人說：「我需要借你的車。」

胖男人瞪著李奇的臉說：「什麼？」

「你的車，我現在就要。」

「門都沒有。」那傢伙大約三十歲，年紀輕輕就開始禿頭了，身高約五呎四，身體寬度約五呎三，身穿白色襯衫和紅色無袖V領毛衣。「我說我報警了，他們已經在路上了，別想幹什麼蠢事。」

李奇問：「警察多久後會到？」

「頂多兩分鐘，他們已經在路上了。」

「從哪裡出發？」

胖男人沒接話。

李奇說：「從郡警局過來？」

胖男人說：「我們晚上都靠州警。」

「他們全去忙臨檢了，部署在州際公路上。離這裡有好一段距離。你的通報來得很突然，他們沒時間調度人員。我敢說他們至少兩個小時後才會到，不是頂多兩分鐘，前提是他們真的有過來的打算，又沒出人命。」

「有人開槍。」

「很糟對吧？」

「當然糟。」

「可見他們是壞人，因為他們是開槍的人。我是他們開火的對象，所以我是好人。」

「或比他們更壞的人。」

「不管我是哪一種人，結果都一樣。」李奇說：「如果我是好人，你就會幫我，因為你我站在同一陣線。如果我是比他們更壞的壞人，你還是會幫我，因為你會怕我。反正你最後都會幫我，就省省工夫直接給我鑰匙吧。」

「你拿到鑰匙也不會有什麼幫助的。」

「為什麼？」

「因為我懂得保護自己。」

「誰會傷害你？」

「像你這樣的人。」

「用的是什麼樣的保護手段？」

「我的車沒油。」

「你的車一定有油，加油站在三十英里外。」

「有一加侖左右，可以開四十英里左右，但什麼地方都到不了。」

「認真的？」

「這是本地最棒的防盜機制，比警報器、追蹤器、精良的門鎖都好。」

「你還蠻聰明的，」李奇說：「不然就是徹頭徹尾瘋了。天才與白癡只有一線之隔。你的客人呢？他們是什麼來歷？也許我可以借那部皮卡車。」

胖男人只說了一句：「喔，老兄，拜託別這樣。」

不過李奇沒窮追猛打。他站在原地，心中舉起白旗。因為有幾個數字浮現在他腦海中，分別是四、三、二。車子駛離已將近是四分鐘前的事了，金恩與麥坤已差不多開到第二個岔路了。T字路提供兩個轉彎選項，十字路提供三個。他們在愛荷華，棋盤狀道路，農田矩陣。落後逃亡兇嫌的距離若大於田地邊長，轉錯彎的機率只會無限攀升。就李奇所見，T字路與十字路口的比例大約是二比三，平均間距為八英里。胖男人的那一加侖汽油大概可以讓車子跑一小時，而一小時過後車子仍行駛於正確道路上的機率只有六百五十分之一。

沒望了。

時間與幾何學問題。

索倫森的電子郵件信箱再度發出叮一聲，原來是愛荷華州的九一一電話錄音。那個巨漢就是先打了這通電話，才被轉到FBI接線員那裡。

請問你現在的所在位置？

把我轉給FBI。

先生，請問你現在在哪裡？

別浪費時間。

你需要消防車、救護車，還是需要警方到場？

我需要FBI。

先生，你撥打的是九一一緊急救助電話。

二〇〇一年九月十一日後你們就增設了一個按鈕，一按就能把電話轉給FBI。

你怎麼知道？

猜的，運氣好。按下按鈕吧，立刻按。

同一個鼻音重的嗓音，態度同樣是急迫中帶有自制。並不驚慌，但也沒多少耐性。事實上，九一一調度員並沒有在二〇〇一年九月十二日獲得一個轉電話給FBI的按鈕，那是一個多禮拜後的事。不過原則上那個傢伙的想法沒錯，他有消息來源。

但為什麼呢？

她又重播了一次，但播到「把我轉給FBI」時，鈴聲打斷了錄音。又一通電話，汽車音響爆出平凡無奇的電子音，響亮又刺耳。又是她的主管探員，從奧馬哈辦公室打來的：「我不知道這有沒有幫助，總之愛荷華州警接到九一一通報，說加油站東南方三十多英里處的汽車旅館傳出槍響。」

胖男人緊張地在接待櫃檯後方晃來晃去，而李奇看了一眼牆上的彈孔。它落在辦公室門上方，偏離門中央約九英寸，靠近天花板位置，大約位在天花線板下方一點五英寸。子彈似乎擊中了某個鉚釘或螺絲，衝擊力轟掉了一大片灰泥，露出杯碟大的破口，破口中央有點二二子彈鑽出的洞，工整無比，比鉛筆細一點。

李奇往後退，站到麥坤原本所在的位置，側身，往下蹲五英寸，讓自己的身高跟麥坤差不多高。他舉手，打直，以食指指著彈孔。

閉上一隻眼睛。

搖搖頭。

他認為麥坤的失誤非常嚴重，嚴重到他就算沒趴倒在地也不會中槍。踮起腳尖，或跳到空中也不會。子彈可能會擦過七呎五高的ＮＢＡ球星的身體，但無論如何都不會傷到身高六呎五的李奇。

但他若失手，肯定是以「射太高」的形式失手。

這國家的人民捧著槍枝不放，平民槍法水準倒是低得要命。

李奇重新打直身體，轉身對胖男人說：「我要用你的電話。」

31

茱莉亞・索倫森在未受打擾的情況下開了幾分鐘快車，接著電話又響了，喇叭爆出大音量的鈴聲。是她的值班人員從奧馬哈打來的：「我想今晚是妳的幸運夜。」

「怎麼說？」

「同一位老兄又打電話來了。」

「鼻音重的那個？」

「現在就在線上。」

「他在哪？」

「愛荷華，用的那支電話正是剛剛向九一一報案那支。」

「汽車旅館大廳那個案子？」

「答對了。」

「愛荷華警察離現場多遠？」

「非常遠，臨檢搞得他們一塌糊塗。」

「好，轉他的電話給我。」

「妳確定？凍尼會想跟他談談的。」

「這是我的案子。」索倫森說：「轉過來，我晚點再應付凍尼。」

她聽到一串喀噠聲，窸窣窸窣，接著是新的環境音。對方在一個房間裡講電話，空間不大，牆面堅硬。八成是辦公室。夾板桌，金屬櫃。她聽到那個鼻音了。「喂？」

她說：「我是ＦＢＩ探員茱莉亞．索倫森。請問先生大名？」

李奇把單手手肘架到胖男人的夾板桌上，以肩膀夾住話筒：「我不打算報上名字，至少沒這麼快。我們得先聊聊。」

叫索倫森的女人問：「聊什麼？」

她是明尼蘇達人，李奇心想，在當地出生。她講話有點斯堪地那維亞口音，名字也有北歐味。她似乎走就事論事路線，有話直說，不多費唇舌。他說：「我要先了解我個人的處境。」

「凱倫・杜馮索還活著嗎？」

「就我所知還活著。」

「那我們要考慮的應該是她的處境才對。」

「我已經在考慮了。」李奇說：「這正是重點所在，妳要拖慢我的速度還是要幫我？」

「幫你什麼？」

「找到她。」

「你沒跟她一起行動了？」

「沒，他們朝我開了一槍，然後開車跑了，杜馮索還在車上。」

「你是誰？」

「我沒打算報上名字。」

「不，我需要了解你的涉案程度。」

「完全沒涉案。」

「有人看到你開那輛車。」

「他們要求我開。」

「也就是說你是他們的車手？」

「我沒見過他們。」

「什麼意思？你對他們來說是什麼？隨機挑選的陌生人？路人？他們停下車，然後要求你開車？」

「我原本在攔便車，結果他們讓我上車。」

「在哪？」

「內布拉斯加。」

「然後他們就要求你開車？這合理嗎？」

「就我的經驗而言，不合理。」

索倫森沒接話。

李奇說：「我猜他們知道接下來會碰到臨檢，所以想魚目混珠。他們認為全境通告系統會要警方留意三人共乘的車，所以希望第四個人上車。我想他們也同時希望讓外人開車，不要自己上。他們想要警方過目難忘的人，而我斷掉的鼻梁為我加分。我敢打賭你們收到的九成描述都跟我的鼻子有關，說我的臉扁掉之類的。」

「大猩猩。」

「什麼？」

「臉扁掉的大猩猩，我知道不怎麼好聽。」

「大猩猩會覺得有點刺耳。」李奇說：「總之我發揮了作用，不過後來他們下州際公路就不需要我了。」

「所以他們就朝你開槍？你有受傷嗎？」

「我說『開槍』，中了可不是受傷可以了事的，不過他們失手了。」

「你知道你們他們往哪去了嗎？」

「完全沒頭緒。」

「那你要怎麼去找杜馮索？」

「我會想辦法。」

「他們不需要你了，代表她也沒用處了，他們只需要她的車。」

「所以我們最好動作快一點。」

「我還要再開一小時才會到你那。」

「州警會來嗎？」

「他們落後我。」

李奇說：「反正我已經不知道他們何去何從了。這裡的路長這樣，根本不可能追人。我得從不同的角度切入思考。」

「你原本在內布拉斯加做什麼？」

「不關妳的事。」

「你的鼻梁是在那裡弄斷的嗎？」

「我不記得了。」

「臨檢點的警司說你承認跟人幹過架。」

「並沒有，我的措詞是：你應該要看看另一個傢伙的傷勢。就這樣，不過是典型的玩笑話。」

「他說另一個傢伙不在愛荷華。」

「我沒辦法發表什麼看法，他向妳報告時我又不在場。」

「另一個傢伙在內布拉斯加嗎？」

「妳在浪費時間。」

「我沒有，我已經用容許範圍內最快的速度在開車了，我現在還能做啥？」

「再開快一點。」

索倫森說：「你原本打算去哪？」

李奇問：「妳是問什麼時候？」

「他們讓你上車時。」

「維吉尼亞。」

「為什麼？」

「不干妳的事。」

「維吉尼亞有什麼？」

「有很多東西，是個重要的州。共和國中人口第十二多，GDP排行第十三。妳可以去查查。」

「你沒讓我服氣，無助於改善你的個人處境。」

「那妳覺得我為什麼要打電話給妳？」

「也許你想談交易。」

「不，我不需要談交易。情況若允許，我需要幫杜馮索一把，之後我需要去維吉尼亞。」

「你為什麼需要幫她？」

「為什麼我不需要？我是人類。」

索倫森沒回話。

李奇問：「我是說，那兩個傢伙做了什麼事？」

「我想我不會跟你討論這個，沒那麼快。」

「我知道他們劫走了杜馮索的車，還知道他們的衣服沾了血。」

「你怎麼會知道？他們已經換上了新買的衣服。」

「杜馮索告訴我的。」

「你們交談過？」

「她偷偷眨眼告訴我的，利用單純的字母密碼系統。」

「聰明的女人，也很勇敢。」

「我知道。」李奇說：「她也警告過我，說他們有槍，我讓她失望了。」

「顯然是。」

「妳也沒好到哪裡去，竟然用全境通告系統叫大家鎖定兩人共乘的車。」

「一般人都會認為『ＢＯＬＯ[3]兩人』蘊含『ＢＯＬＯ兩人以上』的意思，很簡單的推論。」

「州警從來不推論，他們沒什麼主動性，十次有九次因此惹禍。」

索倫森問：「杜馮索還好嗎？」

「過得不怎麼開心。」

「她家有個孩子。」

「我知道，」李奇說：「她告訴我了。」

索倫森問：「你有沒有車可用？」

李奇說：「並沒有。這裡是有幾輛車可借，但反正借了也沒意義。他們現在可能在州內的任何一個角落。」

「你叫什麼名字？」

「還沒必要告訴妳。」

「好，待在原地，我們待會見。」

「可能見得到，」李奇說：「也可能見不到。」

鼻音男說：**再開快一點**。而索倫森拚了命地照做，車速推到將近時速一百英里，跨出她個人會感到舒適的範圍。不過道路筆直又寬，路上一輛車也沒有。**我從沒見過他們**，那個男人說，**我原本是要攔便車**。她信嗎？也許信，也許不信。這個解釋將所有事實串聯起來，乾脆又易懂，因此更應該要對它抱持懷疑。就一般狀況而言，真實人生並不乾脆，也不易懂。再說，現在還有誰會搭便車？而且現在可是冬天。感覺上，那個男人教育程度頗高，而且不算年輕，不是統計學上「常搭便車」的樣本。ＦＢＩ明白數據是很有用的指標。

還有那句：**他們朝我開槍，可是失手了**。他要不是運氣好到不行，就是非常會演戲。說罪證確鑿之人朝自己開槍有助於提升自己的可信度。也許涉案人士老早就想好這套說詞了。

下一刻，油量不足警示聲響起了，一個黃色小燈隨之亮起。該死，真會挑時機，也很會選地點。愛荷華是個人煙稀少的州，公路出口之間相距數英里，每個都自有其重要性。她轉進下一個無名出口，位於迪莫依東方不遠處。加油站的藍、白色燈光浮現在她眼前霧中了。匝道連向一條郡級二線道，她看到加油站就在一南方一百英尺外，規模頗大，服務卡車也服務一般車輛，供汽車使用的加油機共有六台。站內還有一個小小的收費處，以及一個孤立在遠處角落的沐浴間。馬路對面有一長排狀似穀倉的建築物，斜屋頂上漆著食物與飲料，日夜無休幾個白字。

加油時，她腦海中浮現鼻音男的嗓音：**反正我已經不知道他們何去何從了。這裡的路長這樣，根本不可能追人，我得從不同的角度切入思考**。四十一個字，字跡歪斜，離地將近六英尺。穀倉再過去有個縮小版的住宿資訊告示牌，上頭周到地畫了個箭頭，指向前方的黑暗。汽車旅館就在那個方向。夜霧飄在路面上，高度及膝，霧中還有閃亮的冰晶。放棄，懊悔，做出新的

3. Be-on-the-lookout的縮寫，意指留意、保持警戒。

決定。第一人稱單數主詞用了兩次，直覺認定自己應為他人的命運負責。果斷，且具備執法人員的知識。她剛剛說：一般人都會認為「BOLO兩人」蘊含「BOLO兩人以上」的意思。BOLO，留意警戒。他沒問那是什麼意思，他原本就知道了。接著他還說：州警從來不推論，**他們沒什麼主動性，十次有九次因此惹禍。**相當有洞察力的評論，另一句話也不相上下：**我猜他們知道接下來會碰到臨檢，所以想魚目混珠。**跟她自己的想法完全一致。

有決心，負責，果斷，具備相關知識，很有洞察力。

卻開贓車載著兩名謀殺犯。

外加一名人質。

那妳覺得我為什麼要打電話給妳？

媽的，那傢伙到底是何方神聖？

32

李奇將旅館大廳架子上的旅遊情報手冊一本一本抓起，隨手亂扔，直到他發現近似地圖的冊子。那不是什麼製圖師的精心傑作，不過已經是這裡最好的地圖了。基本上就是一個手繪的長方形，堪薩斯市在左下角，聖路易在右下角，迪莫依在左上角，錫達拉皮茲在右上角。做為定位點的四個都市之間有一大片空白，幾個小圖示散布其間，介紹的都是李奇不感興趣的事物。

他感興趣的是空白本身，尤其是上半部，愛荷華州那一半。五十個州當中人口排行第十三多，面積排行第二十六大，不過它獨占了全美最肥沃的表層土，因此成為玉米、大豆、豬牛產量第一的州。這也代表州內人口稀疏，聚落彼此間隔數英里，用途不明的建築物孤伶伶地散布在境內，居民似乎秉持「隨它去」的生活原則，因此對他人的所作所為並不感到好奇，也不在乎別人在何時何地、為了什麼原因從事何等行為。

最難找人的兩大地點是地狹人稠的都市，以及地廣人稀的鄉間。李奇曾經在這兩個環境中多次成功找到目標人物，但也失敗過，失敗過許多次。

他身後的胖男人問：「我牆上那個洞的修理費用要找誰討？」

李奇說：「別找我。」

「呃，總得有人來付啊。」

「怎麼，你是社會主義者啊？自己付，不然就自己修。沒什麼難的，又不是要你幫誰動腦部手術，拿補土補個兩分鐘就解決了。」

「沒有人可以直接衝進來做那種事，這是不對的。」

「我很忙。」

「忙什麼？」

「忙著思考。」

「你看著一張白紙。」

「你有地圖嗎？」

「他那樣真的很不對。」

「人生在世就是會遇到屎事，熬過去吧。」

「那顆子彈原本有可能穿過牆壁，打中我。」

「你在開玩笑嗎？看看它的位置。」

「但開槍的人不知道我是個矮子，不可能事先知道。他們怎麼可以這樣？太亂來了，太不負責了。」

「你真的這樣想？」

「我有可能會受傷的。」

「但你沒受傷，所以就別再想了。」

「我有可能會死的。」

「看看它的位置。」李奇又說了一次：「你就算站在自己的肩膀上也不會中彈。」

就在這時，辦公室的電話響了，矮男人跑回去接電話，接著又立刻跑出來說：「是ＦＢＩ，找鼻梁斷掉的男人，應該就是你吧。」

李奇說：「再繼續鬼扯，你就會加入我的行列。」

他帶著地圖來到桌邊，拿起話筒。又是那個斯堪地那維亞血統、明尼蘇達出身的女人，茱莉亞・索倫森。她說：「你還在啊。」

「顯然是。」

「為什麼？」

「我告訴妳為什麼。這裡的路長得像方格紙，落後超過兩分鐘還去追人是沒意義的。」

「他們實際上走什麼路線重要嗎？他們正往南方移動，我們應該要假設他們有個目的地，他們不會待在愛荷華。」

李奇說：「我持不同看法。」

「為什麼？」

「天快亮了，早上七、八點左右鎮警與郡警就會回到工作崗位，而那兩傢伙肯定已假設全天下都知道他們的車牌號碼，也知道他們本人與車輛長什麼樣子。他們不會再冒險了，冒險不得。因此他們會找個地方躲到天色暗為止，就在愛荷華境內。」

「他們可以在天亮前溜到密蘇里州。」

「不會的，他們會假設密蘇里的郡警正在守株待兔。郡警偏好這招，迎賓兼下馬威，新的一天收到的新的ＢＯＬＯ就貼在儀表板上。」

「他們也不能待在愛荷華。」索倫森說：「他們根本無法待在任何地方。他們如果認定全天下都知道他們的車牌號碼，那同時也會預期所有汽車旅館老闆都會接到通知。」

「他們不會躲到汽車旅館去，我認為他們有一個特定的目的地，自己的地盤。因為他們不是隨便選一個出口下州際公路。當初如果是我開車，我才不會挑這個出口，任何有理智的人都不會。它通往無名小徑，但他們對它瞭若指掌，知道自己正往哪裡去。知道路上有間加油站，還有這家汽車旅館。他們要是沒來過這裡，絕對不可能知道。」

「你說得可能沒錯。」

「也可能錯。」

「對還是錯？」

「我不知道。」

「他們會躲一整天嗎？」

「換作是我，我就會。」

「風險很大，等於坐以待斃。」

「確實是坐在那裡，但沒什麼風險。離開這裡九十分鐘後，他們就等於進入了一個五萬平方英里大的空箱子裡。妳難道打算挨家挨戶敲門，碰碰運氣嗎？」

「那你會怎麼做？」

「妳針對我的個人處境做出判定了嗎？」

「還沒。」

「那妳可能永遠不會知道我的想法了。」

「你是誰？」

「就是個路人。」

「什麼樣的路人？」

「妳為什麼要回電給我？」

「想試著搞清楚你是何方神聖。」

「目前為止的結論是？」

「沒結論。」

「我是個無辜的路人，就這樣，沒什麼特別之處。」

「每個人都說自己無辜的。」

「有些人說的是真話。」

「留在原地。」索倫森說：「我一小時內到。」

索倫森繼續飆車，車速維持在時速九十到一百英里之間，一眼盯著前方道路，一眼看著導航系統的地圖。那個無名出口快到了，她也明白了鼻音男那番話的意思。任何有理智的人都不會挑這個出口，前方大地是一片無垠的黑暗，完全沒有燈火，沒有可辨識物，沒有勾得起興趣的景致。

他們知道自己正往哪裡去。

她的電話又響了，是她的主管探員裴瑞，她的上司凍尼。他說：「我又掌握到一些死者背景了。」

「很好。」索倫森說：「國務院派來的人什麼也不肯說。」

「列斯特先生？我已經跟他上級談過了，國務院那裡也沒什麼情報可隱瞞就是了。原來那個受害者是個商務處專員，基本上等於是業務員，交易人。真的就這麼單純，他負責讓美國出口商的外銷案跑得更順暢。」

「他在哪裡工作？」

「他們沒說，但不小心說溜嘴一件事：他會講阿拉伯文，結論妳自己下吧。」

「他為什麼跑到內布拉斯加來？」

「沒人知道。」

「來工作還是來找樂子？」

「就我所知，他不是來工作的。他正在休假，收假後就會到新單位去。」

「你知道有兩個反恐小組的探員從堪薩斯市跑過來嗎？」

「是，我聽說了，可能代表事有玄機，也可能沒什麼大不了。他們總是在找理由嚇自己，他們手中握有大筆預算，要正當化自己的行為並不困難。」

索倫森不發一語。

裴瑞說：「我們也有正當化自己行為的本錢，聽說妳跟贓車駕駛聯絡上了？」

索倫森說：「他宣稱自己是搭便車搭到那部車，還說他們朝他開了一槍後丟下他，一小時內我就會跟他碰面。」

「很好，即刻逮捕他。謀殺、綁架、汽車竊盜、超速，把妳想得到的所有罪名都搬出來，立刻把他抓回來，記得上手銬。」

33

維多・古德曼警長採取最平淡無奇、最謹慎的辦案手法，那就是親自把舊抽水站到目擊證人住處（位於小鎮西北方十一英里外的農舍）之間那段路走一遍。他開得很慢，全副精神都投注到右側路肩。到處都是冰霜。宏觀而言，這一帶地形相當平坦，但細看就會發現到處都有突起的小土丘，弧度險惡，邊緣崎嶇。認識目擊證人的員警說他開的是一輛老舊的福特Rander皮卡車，年份久遠，向全境通告系統發布訊息也沒意義。如果它沒載貨，後側就會變得很輕、易打滑。車輪有可能失去抓地，甚至可說機率相當高，因為時間很晚了，那老兄又在趕路。若在高速行駛下打滑，車子有可能衝入田裡，輕輕鬆鬆就跑個五十英尺。如果輪胎滑入車轍或犁溝中，車身甚至可能翻覆。因此古德曼打開了擋風玻璃邊框上的探照燈，反覆切換近光與遠光模式，來回照射，遇到過彎處就減緩速度，再三確認。

他一無所獲。

他住的房子外觀相當樸素，八十年前有可能是坐落在某人獨有的五十英畝土地中央，如今只是歷經兩輪農地整併後的剩餘物，這年頭只會租給別人，或充當工人宿舍。屋脊凹陷，窗玻璃泛白。屋內一片黑暗，毫無動靜。古德曼走出巡邏車，用力敲門、大吼、咆哮。

接著他開始等待。三分鐘過後，一個穿睡衣的邋遢女人來應門了。他名義上的妻子。不，他還沒回家。不，他沒有在外面過夜的習慣。是，他如果要晚歸都會打電話報備。不，她不知道他現在在哪。

古德曼於是回到車上，走原路回抽水站。他開得又慢又謹慎，一路上都開著探照燈，這次聚精會神地搜索另一側路肩，盯著路肩後方十五英尺範圍內的脆弱殘株。

什麼也沒發現。

他於是走其他路線，從路況相近的開始走起。這個郡的地理配置並不複雜，郡中央的十字路口將它切成四個象限：西北、東北、東南、西南，其中街道的發展程度各異。如果那個證人走不規則的路線繞路回家也不奇怪，但機率不高。汽油很貴，沒理由白白繞路，也沒理由假設他有第二個女情人願意接受他深夜造訪。不過古德曼辦事周到，他還是去查了一下。

結果在西北象限完全沒發現老舊的福特Ranger皮卡車。東北象限沒有，西南象限也沒有。

車子停在東南象限的可能性最低，因為他得遠離家園才能抵達，午夜過後跑去那有什麼事好做？再說，那是商業最發達的一區，通往南方的二線道兩側都有小商城，往東延伸的路也一樣，有種子商、乾貨店、食品雜貨店、槍店、當舖。有銀行、藥局、經銷商。它們全都在傍晚五點鐘打烊，店前方有斜斜畫出的停車格，到了晚上全沒停車，後方有更大的停車格，大多是空的，還有幾個儲物用的舊穀倉，全都上鎖，萬無一失。

古德曼警長還是巡了一遍，因為他做事周到。他慢慢開車南下，望進建築物之間的小巷，接著繞到右側房屋後方北上，然後再南下一次，這次把注意力放到馬路另一側，準備在到路底後繞到左側房屋背面北上。

一無所獲。他移動到東向馬路上如法炮製，一路開到曠野再折回來，看看道路兩側，看看巷子，看看商店前方和後方。

有了。

一輛老舊的福特Ranger皮卡車在葛斯・班特利的五金行後方停得好好的。

李奇折起不怎麼堪用的地圖，塞到褲子後方口袋內。他看了一眼辦公室窗外，天色仍是黑的，不過黎明的腳步已經近了。他看著胖男人說：「可以給我一個房間住嗎？」

胖男人沒接話。

李奇說：「我給你錢，你給我房間鑰匙，這就叫做生意。」

對方的回應是：跨出櫃檯後方，拿下牆上的告示。那是一張護貝卡，裡頭的紙上頭印著電腦列印出的淺色草寫字母，揭示出的訊息非常單純：管理人員有拒絕提供服務的權力，卡上沾了一些彈孔飄下的石灰粉。

李奇說：「我是好人，我和聯邦執法人員講電話時你都在，我們聊得很融洽。」

胖男人說：「我不能再招惹麻煩了，我承擔不起。」

「你一晚之內有可能碰上的麻煩事已經全發生了，接下來就等偵查工作展開。可能會有十個探員來你這住一個禮拜，也許不只十個，也許不只來一個禮拜。相較之下，你這冬季的平均住房率如何啊？」

男人愣了一下。

李奇說：「好吧，我們就去其他地方住。」

男人說：「四十元。」

「二十。」

「三十。」

「別逼這麼緊，這些傢伙有預算責任辦公室，裡頭的人一看到不順眼的東西就會打電話去國稅局，這是他們找樂子的方法。」

「二十五元。」

「成交。」李奇的手伸進另一個褲後方口袋，掏出一疊皺巴巴的鈔票，點了一張十元鈔票、兩張五元鈔票、五個一元硬幣。

胖男人說：「預付一個禮拜。」

「別逼這麼緊。」李奇又說了一次。

「好，兩晚。」

李奇又加碼二十五元，然後說：「排中間的房間給我，左右兩側空下來。」

「為什麼？」

「因為我性格孤僻。」

胖男人的手伸到抽屜內撈來撈去，掏出一把銅鑰匙，真皮鑰匙圈其中一側印著褪色的金色數字「五」，另一側印著郵寄指示。他說：「你得寫住房登記表。」

「為什麼？」

「愛荷華州法律規定。」

李奇留下的名字是比爾．史柯榮，洋基隊球員，他在李奇出生前幾週參加世界大賽，打擊率三成七五。李奇從胖男人手中接過鑰匙，朝房間走去。

古德曼警長打了一通電話到茱莉亞．索倫森的手機，告訴她目擊證人的貨車找到了。

索倫森問：「有遭人撬開的跡象嗎？」

古德曼說：「沒有，很平常地停放在一家五金行後面，整輛車真的很完好，就跟雞尾酒吧那台馬自達一樣。」

「是上鎖的？」

「對，老實說在這一帶並不尋常。大家通常不鎖車，尤其不會幫車齡二十年的破車上鎖。」

「沒有證人的影子？」

「完全沒有，他像是蒸發了。」

「附近有沒有穀倉或公寓？」

「沒有，這裡只有一排小商城。」

「我會請鑑識人員過去看看。」

「天快亮了。」

「天亮更好。」索倫森說：「陽光總是對辦案有幫助。」

「不，我的意思是凱倫・杜馮索的孩子快醒了，有任何消息嗎？」

「剛剛那個駕駛又打了一次電話給我，他被他們拋下了。他最後看到她時，她還活著。」

「那是多久之前的事？」

「蠻久的，久到可能產生變數，很遺憾。」

「所以我得告訴她她媽出事了。」

「說事實就好，不確定的事先不要提。然後打電話給她學校校長，她今天不適合去上學，也許該把鄰居的小孩也留下，當她的伴。鄰居白天上班嗎？」

「我相當確定她上日班。」

「試著請她待在家裡，杜馮索的女兒會需要熟人陪伴。」

「妳現在在哪？」

「快到了，我準備和那個駕駛在一家汽車旅館碰頭。」

「為什麼？」

「他說他是個無辜的路人。」

「妳相信嗎？」

「我不確定。」

索倫森此時剛經過殼牌加油站，她循著小小的藍色旅館路標不斷右轉、左轉、右轉、左轉，穿過空無的黑暗，一路朝東南方疾馳。導航系統顯示汽車旅館在三十英里外，再半個小時就到了。她的Crown Victoria在鄉間道路上跑得還不錯。她在直線上不斷催它的油門，過彎時重踩煞車，猛撇方向盤，彷彿在開快艇。FBI轄下所有車輛都有「警用攔截者」車款的懸吊系統，比原廠貨優良，雖然並非賽車級零件，但效果已經很好了。不過還是防不了輪胎磨損。它們不斷尖叫、號叫、大聲抱怨。之後得換新的了，凍尼到時一定會很激動。

李奇打開五號房的門鎖，進門，發現裡頭就是典型的汽車旅館房間配置。左側放著一張六十乘八十英寸的床，床腳對面有個書櫥。衣櫃背抵書櫥，與它切齊。木紋薄牆板的顏色比自然界任何樹木都還要橘得多，地上鋪著棕色地毯，床罩顏色介於兩者之間。李奇很確定這房間稱不上典雅美觀，但他一點也不在乎，他沒打算住。

他打開廁所燈，半開廁所門，打開另一頭的床邊桌燈，拉上窗簾，但留一英寸寬的裂縫。接著他回到寒冷的戶外，鎖上房門。

他穿過汽車旅館前方空地，過馬路，走入結凍的田地之中，深入五十碼、一百碼。他縮起脖子，轉身，蹲下回望。五號房看起來就像有人在，像有人坐在裡頭打發時間。李奇是靠「保有適度的謹慎與戒心」才熬過漫長的苦日子，存活下來的，他不會讓那個斯堪地那維亞血統的女人攻其不備。他打算躲得遠遠的，直到他搞清楚她是誰、帶了什麼樣的人馬一起來。如果有支援人力或特警隊現身，他就會直接閃人，永遠不再回來。如果她是單槍匹馬來，他也許就會晃過去自我介紹。

也可能不會。

他盯著馬路，等待對方現身。

34

蹲踞了將近三十分鐘後，李奇看到他左手邊遠方浮現了大燈與藍紅色警燈，它們如外星光球般迅速劃破破曉前的寧靜晨霧。大約在兩英里外，他心想，若維持現在的車速，兩分鐘後就會抵達這裡。大燈燈光探入前方黑暗，上下晃動著，警燈燈光緊跟在後。只有一輛車，車身低而寬。十萬火急，前後無車，沒有後援，沒有特警隊。

目前為止還不賴。

車子越來越近，光線也越來越刺眼。距離剩半英里時，他發現那是一輛Crown Victoria，政府的車。剩四分之一英里時，他看出烤漆顏色是深藍。剩兩百碼時，他發現那輛車就是在幾個小時前奔馳在州際公路西向車道上、與他們擦身而過的車子，來自奧馬哈。他猜自己能藉由外觀氣息與行駛起來的感覺辨識出每一輛車，就像認指紋那樣。

他看著它緊急煞車轉入停車門廊，逆時針繞行，把一連串房間拋在後頭，跟艾倫．金恩剛剛的開法完全相同。駕駛打P檔，倒車燈亮起。一個女人下車了。

她大概就是FBI探員茱莉亞．索倫森吧，有斯堪地那維亞血統的女人。看起來就很幹練，無庸置疑。她很高，金髮留得長長的，穿黑鞋、黑褲、黑外套，外套下穿著一件藍色上衣。她在原地站了一秒，伸個懶腰，接著身子探入車內拿出一個梨子形的包包，甩到肩上，並從口袋中拿出一個小皮夾。八成是她的身分識別證。她繞過車頭，走向辦公室門。

她抽出屁股後方的一把槍。

李奇盯著左方的黑暗看。沒有車子跟來。二段式攻擊是合理的戰術，甚至可說是很容易想到的一招。先派出誘餌，援軍隨後就到，但事情並沒有這樣發展。

目前還沒。

女人踏上鋪石小徑，腳程很快，但還不算是用跑的。她拉開大廳門，走入室內。

索倫森置身在典型的鄉下汽車旅館內。塑膠地板上放著四張難看的柳條扶手椅、供自助式早餐用的桌子，上頭有咖啡壺和紙杯。接待櫃檯高度及腰，左側有個缺口，讓人可以繞進裡頭，右側則沒有。櫃檯後方有扇門，門上方有個剛轟出來的彈孔，位置相當高。

辦公室門後房間有電視機的聲音，門四周有一圈微光。索倫森站在房間中央呼喚：「你好？」響亮，咬字清楚，自信滿滿。

辦公室門開了，一個矮胖子走了出來。他在稀疏的頭髮上塗了髮膠，使其服貼在頭殼上。他身穿紅色毛線背心，視線在索倫森的識別證和槍之間飄來飄去，游移不定。

她說：「鼻梁斷掉的男人跑哪裡去了？」

他說：「我要先知道牆壁修理費用由誰來付。」

她說：「我不知道，反正不會是我。」

「沒有聯邦級的制度能處理嗎？例如受害者國賠之類的？」

「這個我們晚點再討論。」

「史柯榮先生嗎？在五號房。這人很粗魯，竟然叫我社會主義者。」

「我要借你的萬能鑰匙。」

「我原本有可能沒命的。」

「事發經過你都看到了嗎？」

胖男人搖搖頭：「我原本在後面的房間裡休息，聽到槍聲就報警了。我打開門時，事情已經落幕了。」

「我需要你的萬能鑰匙。」索倫森又說了一次。

胖男人的手伸進鼓起的口袋內，挖出無標示房號的銅鑰匙。索倫森放下識別證，拿走他手中的鑰匙，然後問：「你的其他房客是什麼來歷？」

「來釣魚的，這附近有湖。不過他們大多時間都在喝酒，槍響甚至沒吵醒他們。」

「回辦公室吧。」索倫森說：「我確定外頭安全了再叫你出來。」

左方還是沒動靜。沒燈光，沒車，沒後援。李奇謹慎地看看大廳，再望向馬路，再瞄一眼大廳，再瞥向馬路，彷彿是網球裁判。女人出來了，她穿過大廳門，踏上鋪石小徑，槍仍拿在手中。她並沒有朝胖男人開槍，顯然非常有耐性。她走在大廳與車子之間，經過可樂販賣機，踏上低矮燈座照亮的走道，朝一間間住房移動過去。邊走邊掃視房門，一，二，三，四。

她在第五道門前駐足。

望入窗簾縫。就只是探個頭，馬上就縮了回去，沒什麼停留。接著又看了一次，花的時間較長一些，仔細審視細縫內的房間狀況。床尾沒腳。他在廁所內，她心想。李奇又看了一眼左方，北邊還是沒有光，沒有聲音，沒有動靜。保險起見，他也瞄了一眼右方，援兵有可能繞棋盤格的另一頭過來，採取聰明的戰術。不過南方也沒有光，沒有聲音，沒有動靜。那個女人沒在講電話，沒在對外溝通，沒在協調行動，如果有援軍，他們不會讓她花這麼長的時間暴露在遇襲風險中。

她一個人行動。

沒有援兵，也沒有特警隊跟來。

她敲門，等待，接著又敲得更用力些，然後把耳朵貼到門縫上。李奇都看在眼裡。

他起身，開始朝她走去，穿過結凍的田地。她將一把鑰匙插入鎖孔中，一轉。她走進房間，槍舉在手中。二十秒後，她又退了出來。李奇都看在眼裡。

她站到步道上，草地椅旁，東張西望，盯著正前方看。槍仍握在手中，但持槍的手已垂下。李奇繼續前進，踩得結霜的作物殘株嘎吱響。跨出田地，走上馬路。

她聽到他發出的聲音了。她的臉轉向他的所在位置，盲目地定位聲音來源。

「妳好。」他說。

她雙手舉槍，腳步站得很穩。他與她四目相交，走出黑暗，朝她逼近。他說：「我們講過電話，我沒武器。」

她還是沒放下槍。

他過馬路，跨入汽車旅館前方空地，燈座的昏暗燈光照到他了。

女人說：「停在原地。」

他照辦。

她拿的是葛拉克十七手槍，槍身黑而方正，帶有聚碳酸酯的黯淡光澤。再望過去就是她的頭，微微側偏，彷彿在表示疑惑不解。一綹頭髮垂在她眼前。她長得比唐・麥坤美多了，這點無庸置疑。

她說：「趴到地上。」

他雙手抬向兩旁，手掌向她攤開。「別激動，我們是同一國的。」

「我會開槍。」

「妳不會。」

「為什麼不會？」

李奇望向自己的左側。她的車仍停在停車門廊下方，發出耀眼光線。行李架上有個不起眼的鼠灰色小框框，紅、藍雙色的光芒從中不斷閃現，再過去除了黑暗之外什麼也沒有。另一側的地平線上則新透出一道光芒，遠在天邊，沒在移動，不是車燈燈光。光芒是淡橘色的，像是遠方的營火。

他說：「妳不想寫報告，所以不會朝我開槍。」

她沒接話。

「妳也缺乏開槍的正當性。我沒武器，也沒造成立即性的威脅。妳會丟掉工作，吃牢飯。」

她沒接話。

「而且妳想找到凱倫・杜馮索。妳不知道他們的外觀敘述，不知道他們目前使用什麼名字，不知道他們無意中洩漏了哪些訊息，但我知道，所以妳至少得讓我活到問完話那一刻。」

槍仍在原位。不過她開始朝自己的左方移動，腳在地上拖呀拖的，不斷側身，保持身體正面面對他。接著她後退二十英尺，擋在五號房門前，但沒把進門的路封死。起先他以為她要他進門，結果她說：「坐下，坐到草地椅上。」

他往前走，遠在二十英尺外的葛拉克手槍槍口一路跟著他。那女人對自己的槍法真有信心，麥坤站在八英尺外就失手了。他在左手邊那張草地椅前停下腳步，轉身，彎腰倒退，坐下。

她說：「靠上椅背，腳打直，雙手垂在兩側。」

他照辦了，結果就是：他的身體反應能力下降到跟午覺醒來的曾曾曾祖父沒兩樣。她顯然是個聰明的女人，很懂得臨機應變。他大腿下方的椅面感覺好冰，白色塑膠凍得很透徹。

她站在原地，但垂下了握槍的手。

他本人跟索倫森的想像不符，不完全相同。他不是大猩猩，也不像殺人恐怖電影裡跑出來的人物，不過她可以理解州警為何要那樣描述他。首先，他很高大，是她見過最高大的非美式足球員之一。非常高，軀幹非常寬，手長腳長。草地椅的尺寸一般，但在他屁股下顯得像迷你版的，而且彎曲變形了。他的指關節幾乎觸地，脖子粗，手掌大如晚餐盤，衣服又皺又髒，頭髮結塊，臉部傷勢嚴重。鼻梁裂開、腫脹，瘀血擴散到他眼睛下方。

看似野人，但實際上又不是。撇開所有外表不談，他給人一種古怪的文質彬彬感，舉手投足都帶有衡量過的優雅，冷靜又從容。說話的調調也類似。他的頭腦跑在嘴巴前面，利用句子與句子的短暫空檔就能組織出一整個段落、一大段論述。**妳不想寫報告，所以不會朝我開槍**。切中要害，了解內情，信心滿滿。他的視線既聰穎又具吸引力，既友善又嚴峻，既坦率又犬儒到不行。他的注意力瘋狂地在內在世界與外在世界之間切換，眉毛微微挑起又垂下，嘴型不斷變動，彷彿隨時在思考，彷彿他眼睛後方有一台電腦，不斷運算著。

她再度舉槍。

她說：「抱歉，根據上級命令，我要即刻將你逮捕歸案，送回內布拉斯加。」

35

索倫森的字句懸浮在冰冷的夜晚空氣中。根據上級命令，我要即刻將你逮捕歸案，送回內布拉斯加。巨漢愣了一下，接著露出有禮、寬厚的微笑，彷彿對方講了他已聽過好幾次的笑話，他還裝出津津有味的樣子。他說：「那就祝妳好運囉。」

他沒移動，背仍倚著那張搖搖欲墜椅子，雙腳打直，雙手垂在兩旁。

索倫森說：「我是認真的。」

他說：「他們的行動非常沒有組織，對嗎？」

她說：「他們是指誰？」

「那兩個傢伙，我猜你們已蒐集到相當大量的微物證據。」

「你是誰？」

「我的意思是，劫車是走投無路的跡象，這點永遠不會改變，對吧？它不是可靠的選項，因為你可能會找不到車，也可能會惹錯人，被反將一軍。」

「重點是？」

「他們報了名字給我，我認為那是真名。聽起來不像是預先想好的假名，我也覺得不是，因為他們其他方面也沒給人『準備萬全』的感覺。」

「他們報了什麼名字？」

「艾倫・金恩，唐・麥坤。」

「國王和皇后？聽起來就像是編的。」

「正是。如果他們真的想編個假名，一定會挑個更好的。而且讓我知道真名也沒差，他們沒要留我活口。」

「重點是？」索倫森又問了一次。

「自稱艾倫．金恩的傢伙說他有個哥哥以前待過陸軍，叫彼得．金恩。也許這是條好線索，適合起頭。」

「什麼工作的頭？」

「追蹤工作。」

「你是誰？」索倫森又問了一次。

「跟我聊聊妳的上司。」

「為什麼？」

「他很想做一番大事對吧？希望上級摸摸他的頭。他覺得在天亮前就逮捕兇嫌可以給人好的觀感，這想法也許沒錯，觀感真的會很好，但維持靈活性才是更好的戰術。」

「你是在跟我討價還價嗎？」

「我只是要說趕回內布拉斯加沒什麼意義，因為我最後目擊的場面顯示凱倫．杜馮索正在往相反方向移動。妳的上司最終會想通的，延遲享樂是個好玩意兒，中產階級就是靠它打造出來的。」

「理論上你正在反抗我的逮捕行動，我現在開槍就站得住腳了。」

「那就開啊，妳以為我想活一百萬年不成？」

她沒接話。

他說：「我就報上自己的名字吧。」

她說：「我已經知道你的名字了，你在汽車旅館旅客登記簿上簽了名。你姓史柯榮。」

他說：「看吧，這就是有說服力的假名，妳買單了。穆斯．史柯榮，一九六〇年代效忠洋基隊時的打擊率是三成零九，季後賽打擊率三成七五。」

「你不姓史柯榮？」

「承擔不起，大聯盟投手的球我根本打不中。不過妳應該要關注一下一九六〇年的棒球史，尤其是世界大賽的部分。當時洋基隊即將贏得十二年內的第十面冠軍旗，累計得分五十五，海盜隊只有二十七；打擊率三成三八，海盜隊只有兩成五六；全壘打有十支，海盜隊只有四支。懷提・福特投出兩場完投完封，結果他們還是輸掉冠軍寶座。」

「棒球干我們什麼事？」

「這是個教訓，隱喻，歷久彌新。到手的肥羊總是可能跑掉，妳現在要是把我帶回內布拉斯加，就會嚐到那滋味了。」

索倫森沉默了一秒，然後放下手槍。

那把槍在李奇眼前垂下，動作緩慢而堅定。他心想：手到擒來了，就要變成我的囊中物了。說話時間二分二十秒。當然了，拖得有點久，帶來一些挫折，但比鬼吼鬼叫和戰鬥快多了，也比較安全。情勢就跟面臨麥坤的點二二長來福子彈一樣嚴峻。索倫森的九毫米帕拉貝倫彈的殺傷力更強，強得多了。他說：「我姓李奇，名傑克，沒有中間名。以前是憲兵。」

索倫森問：「現在呢？」

「無業。」

「你住哪？」

「沒住哪。」

「什麼意思？」

「就字面上的意思，我居無定所。」

「為什麼？」

「有什麼不好？」

「你當初真的是在攔便車？」

「真的是。」

「你為什麼要去維吉尼亞？」

「私人理由。」

「這答案不夠好。」

「我只能告訴妳這麼多。」

「我需要更多，我可是在走鋼索啊。」

「我要去維吉尼亞找一個女人。」

「是女人都行？」

「特定對象。」

「誰？」

「我跟她通過電話，聽起來是個不錯的人，我想我可以去見見她。」

「你跟她通過電話，沒見過她本人？」

「還沒見過。」

「你要移動到這個國家的另一頭，花時間在從沒見過面的女人身上？」

「有什麼不好？我總是得找個地方去，我也沒有非待不可的地方，維吉尼亞沒比其他地方差。」

「你認為這個女人會願意花時間陪你？」

「也許不會，但不賭一把就不會有收穫。」

「她一定見鬼地有魅力。」

又過了三十五秒，總時間二分五十五秒，快成了。比戰鬥快，也比較安全。他說：「還有什麼妳需要知道的？」

「你的鼻梁是怎麼斷的？」

「有人用霰彈槍的鈍端扁我。」

「在內布拉斯加？」

「對。」

「為什麼？」

「誰知道？有些人天性兇殘。」

「如果你捏造身分來唬我，我可能會丟掉飯碗，進監獄。」

「我知道，但我的身分是真的，妳也是本尊。妳認為救出凱倫・杜馮索是當下最重要的事，而不是顧慮妳上司。」

索倫森愣了一下。

然後點點頭。

賓果，三分二十一秒。但就在這時，索倫森的電話響了，事情還沒開始就結束了。

36

索倫森起先認為鈴聲是個干擾、阻礙，它打破了魔咒。這巨漢原本已準備要全盤托出了，差一點就可以得知他的身分、職業、來此地的原因了。每次偵訊的狀況皆不相同，有時假裝配合對方是有利的。假裝相信他的說詞、表達合作意願、表現出心悅誠服的模樣，對方就會卸下心防，真相手到擒來，再幾分鐘可能就會搞定了。

她掏出手機，溫暖的機身震動著她的掌心。她早就知道來電者不會是凍尼，因為他正在寫報告、改稿、檢查拼音。一定是奧瑪哈的值班人員打來的，準備提供高重要性情報。也許他用「臉部受傷者」這個關鍵字查到了一些消息，也許那個巨漢……那個史柯榮或李奇或管他叫什麼鬼的傢伙已遭到十幾個州通緝。如果是這樣，這通電話就不是干擾、阻礙了，反而提供她捷徑。

她接起電話。

是夜班探員，他說：「愛荷華州警又接到九一一通報了，有個農夫說某輛車在他的田地邊緣起火。」

「位置在？」

「你們南方五英里處。」

「什麼車？」

「他看不出來，車子在好一段距離外，他的田地很大。不過他認為是一般轎車。」

「哪個單位在處理？」

「沒人，最近的消防隊在五十英里外，他們會隨它燒。我的意思是，現在是冬天，那裡是愛荷華州，火哪會延燒到什麼地方去？」

她掛斷手機，看著巨漢說：「有車子著火，在南方五英里處。」

巨漢彈起身，動作快又流暢。他穿過汽車旅館前的空地，走到路中央。他說：「在肉眼看得到的範圍內，我剛剛就看到了。」

她沒把槍收起來，站到他身旁的柏油路面上。她看到地平線上有光，在幾英里外。光芒是淡橘色的，像是遠方的營火。

他說：「不妙。」

她說：「你認為是那輛Impala。」

「不是的話才叫巧。」

「如果他們再次換車，我們就玩完了。」

他點點頭。「那會是一大失敗。」

她說：「你打算說真話了嗎？」

「關於什麼？」

「比方說你的名字。」

「傑克・李奇，無中間名。」他說：「很高興認識妳。」

「你身上有證件嗎？」

「有張舊護照。」

「上面的名字是？」

「傑克・李奇，無中間名。」

「照片裡的人長得像你嗎？」

「看起來比較年輕，比較蠢。」

「上車。」

「前座還是後座？」

「前座。」她說：「之後要坐哪就再說吧。」

這輛Crown Victoria只是一輛普通的車子，沒有運輸以外的功能。它不是行動辦公室，不是指揮中心。李奇坐進前座後並沒有看到筆電、強力無線電、成排收納套內武器，只有一個手機座裝在儀表板上。還有一個額外加裝的開關，大概是警燈的。

索倫森滑進他身旁的駕駛座，使勁打檔，搖得排檔桿隆隆響，接著就上路了。車子開出停車門廊，走逆時針方向回到馬路上。開法跟金恩相同，但速度比較慢。車子顛簸、左右晃動了一陣，最後平穩下來，索倫森於是重踩油門。道路直得像是尺畫出來的，起火現場就在正前方，車子朝它直衝而去。李奇想起一首老歌的歌詞：**操縱控制器，朝太陽之心前進**。

他們在半路上就看出有汽油隨車體燃燒，橘焰中有藍光，火焰中心的燃燒相當猛烈。上方應該有黑煙，但南方的天色仍然黑暗，所以看不見。東方地平線上已浮現第一道晨曦，位置相當低矮。芝加哥、西哈里遜街灰狗巴士站、早班巴士閃過李奇腦海，他隨即驅散那些影像。彼時，他方，他看著開車的索倫森。她的腳重踩油門，右大腿的纖細肌肉繃出明顯的形狀。

她問：「你在軍中待了多久？」

他說：「十三年。」

「軍階？」

「退伍前幹到少校。」

「鼻子痛嗎？」

「痛。」

「真遺憾。」

「妳應該要看看另一個傢伙的傷勢。」

「你在軍中是個好憲兵嗎？」

「夠好了。」

「夠好是多好？」

「大概就跟穆斯・史柯榮老爹一樣好吧，我猜。年度打擊率幾乎年年超過三成，面對重大案件，我的打擊率更高達三成七五。」

「領過動章嗎？」

「所有人都領過。」

「你為什麼不找個地方定居？」

「妳有房子嗎？」

「當然。」

「擁有房子的快樂是純粹無瑕的嗎？」

「不算是。」

「那就是妳要的答案囉。」

「如果他們再度換車，我們要怎麼找到人？」

「有很多方法。」李奇說。

一英里外，火焰的輪廓顯現出來了，底寬頂窄。距離剩下半英里時，李奇看到火焰詭異地流射著，如扇如葉，是淺到幾乎看不見的淺藍色，熊熊肆虐著。他猜燃料管線正在漏油，可能是從接縫處，或從金屬管摺疊、轉彎因而易受迫處流出來的。油槽本身應該沒怎樣，但水蒸氣正從小裂縫、細紋中沸騰湧出，衝向四方，像是胡亂噴發暴烈火焰的焊槍。火舌剛硬筆直如金屬棒，有些長二、三十英尺。火球內的車體形影模糊、燒成了櫻桃紅色，在滾燙的空氣中抽搐、蠕動。

李奇搖下車窗，聽著遠方的聲響，手放到冰涼的氣流中，掌心感受到隱約的溫暖。

「別靠太近。」他說。

索倫森放輕油門，減慢車速，然後說：「你認為油槽會爆炸嗎？」

「大概不會，汽油沸騰了，也漏出了車外。油槽內的壓力並沒有逐漸累積，燃燒旺盛，因此不可能導致任何形式的回爆。」

「你覺得目前還剩多少汽油？」

「現在嗎？我不確定，上次加滿油後只跑了四十英里。」

「那我們該怎麼辦？」

「等待，等到油箱爆炸，或火勢小到我們有辦法辨識車款為止。」

索倫森在火場的三百碼外停下。她就跟所有好警察一樣，選擇把車開上路肩（至少深入一碼左右），然後再倒車開進草叢內，與馬路間的距離又多拉開了一英尺。這女人很謹慎。根本不可能遭後方追撞，因為路上根本沒車。李奇望向前方火焰，靜觀其變。他認為他們很快就會有定論。汽油不會燒太久的，路途中已消耗不少，而且只轉換成一丁點馬力。要在完全平坦的公路上推動一輛中等尺寸的轎車頂多只需一百馬力。如今換作猛烈如磷彈的火焰在消耗同一個油槽內的剩餘燃料，速率快上千倍，根本就跟噴射機引擎吃油的速度一樣快了。

他問：「他們最先是在哪裡劫車的？紅綠燈旁？」

他身旁的索倫森搖搖頭。「是在杜馮索工作的雞尾酒吧後方。我猜他們原本是想偷她的車，結果她正好出來。可能是因為警報器響了，或是她正好準備要回家。」

「她帶著包包。」李奇說。

「那就代表她正好要離開。他們中途停車買了幾件上衣，然後就上路了。」

「還有水。」
「你怎麼知道？」
「我喝了一些，水還是冰的。他們為什麼要逃？」
「他們捅死了一個人。」
「在雞尾酒吧內？」
「不，是在三英里外的廢棄抽水站內，詭異的碰面地點。」
「那他們是怎麼移動到三英里外的雞尾酒吧？走路？」
「他們開走了被害人的車。」
「為什麼不繼續開那輛車？」
「那是亮紅色的進口車，有目擊證人看到他們。」
「看到他們行兇？」
「算是吧，可以肯定逃亡過程都被他看到了。」
「目擊證人是什麼背景？」
「農夫，大約五十歲。」
「他的情報對妳有幫助嗎？」
「沒特別有幫助也沒特別糟，跟沒磨的刀一樣鈍——請原諒我講雙關笑話。他看到死者進入抽水站，另外有兩個人跟進去，接著他們退回戶外，開車離開。」
「那不是他們自己的車嗎？他們自己沒車？」
「沒人知道。」
「如果他們自己有車，就一定會開自己車。所以他們肯定是跟受害者一起開車過去的。」

「我的鑑識人員認為他們沒一起開車過去。」

「受害者是誰？」

「一個商務處專員，類似派駐海外人員，在海外的美國大使館工作。聽說會說阿拉伯文。」

「他們拿什麼捅他？」

「不確定，總之是大傢伙，刀刃長八或九英寸，八成是獵刀。」

「海外派遣人員為什麼會跑到內布拉斯加？」

「沒人知道，他們說他正準備到下一個工作崗位赴任。紅車是在丹佛機場附近租來的，因此他可能是從某地飛到丹佛機場再一路開車過來。沒人提到他這麼做的理由，也沒說他是從哪裡過來的。不過國務院很在意這件事，派了個人過來。」

「已經到了？」

「我的鑑識小組開始採死者指紋後，莫名其妙的事情接二連三地發生。先是我們的反恐小組無預警地現身，接著國務院的人到場，我的主管探員整夜沒睡，之後目擊證人就失蹤了。」

「真怪。」李奇說。

結果，火焰熄滅的速度就跟太陽升起的速度相等。左方的東邊天際迸出紫、金、粉紅三色，正前方那輛車內的剩餘汽油也燒完了。小火焰逐漸熄滅，大火焰竄上地平線，冰冷日光照亮眼前場面，賦予形體與重量給焦黑的車殼。那輛車朝南停在路肩上，跟索倫森的車子一樣稍微遠離路面。輪胎已燒融，所有玻璃都消失了。烤漆蒸發，金屬板上烤出灰色與紫色的奇妙螺紋。方圓二十碼內的所有冬季殘株都燒得焦黑，一小弧柏油路面冒泡冒煙。殘火散布各處，比先前低矮、膽怯、游移。

他們乘坐的車在索倫森駕駛下晃回馬路上，移動到更接近車體殘骸的位置。李奇看了一眼車殼。塵歸塵，土歸土。它在工廠內的最初模樣也是如此，赤裸而閃亮，最後的下場也相同，所有內裝都融解了，變得空空如也。

那是一輛Imapla，不會錯的。李奇知道它的後車廂長什麼樣子，知道它的側面有多平，車頂與引擎蓋以什麼樣的角度隆起。他只看到車尾的四分之三，但他萬分確定那是杜馮索的雪佛蘭。

內裝融解，空空如也。

我的車。

李奇又瞪視了一會兒。

發現裡頭不是空的。

37

李奇率先下車，關上車門，站到Crown Victoria的引擎蓋前方，背部受寒，面迎高溫。他和車體殘骸之間的距離拉近了五英尺，視野也有了相應的改善。

所有玻璃、橡膠、塑膠、乙烯基、太空年代的高科技材料全都燒光了，只剩金屬健在，原始設計上就裸露在外的零件仍維持著弧度與鑄造出的形狀，設計上被隱藏起來的零件則全部現形了，個個銳利如刀。後行李架就是個特別顯著的例子，軟墊、音響、隔音墊、鼠色罩子全都不見了，只剩模造金屬支架，好幾個地方塑成波狀以增加強度，還有一些零件上鑽了孔，其他桿子看起來就非常普通，冷酷如刃，前端呈現完美的直線。

不對。

李奇又往前走了三步，高溫非常駭人。行李架前端的右側看起來跟左側不太一樣，右側有個小拱起，破壞了線條的筆直程度。從工程學的角度來看，那個部位也缺乏存在的必要性。它的形狀非常有機，古怪又無規律，跟四周的模造稜角沒有相似性。

那是人類的頭顱，被火燒到縮水，表面平整。

索倫森下車了。

李奇說：「待在原地，好嗎？」

他轉身面向空氣寒冷的那一側，吸一口氣，再一口氣，直到肺部完全鼓脹。他回過頭來，邁開腳步，與燒焦的車體保持距離繞了一段路，最後與自己車子的側面形成一直線。他開始往前衝，衝到腳下的柏油變熱、開始黏靴子鞋跟為止。

雪佛蘭的後座燒得一乾二淨，不過裡頭的乘客並沒有。沒到一乾二淨的程度。車內右方、燒得剩焦黑支架的副駕駛座正後方有個形體，椅墊已經消失了，所以它倒臥在凹凸不平的彈簧上，看起來像海中生物，例如海豹、海豚、鼠海豚。顏色漆黑，表面平滑，滲出液體又冒著煙，燒剩原本一半的大小，雙臂退化縮水，像樹枝一樣蜷起。它沒有表情，因為五官都不見了。

不過它死時正放聲慘叫。

這點無庸置疑。

他們退回車體殘骸北方五十碼處，不發一語地站在那，大口呼吸空氣，茫然地盯著遠方地平線的後方，一千英里外的一個點。他們站了整整一分鐘，然後又一分鐘，雕像似的。

之後索倫森開口了：「他們現在在哪？」

李奇說：「我不知道。」

「他們開什麼車？」

「什麼也沒開，他們坐別人的車，有人來接他們。」

「誰？」

李奇沒回話，但他終於採取了行動。他瞄了一眼上空，觀察天色。還很早，但周遭夠亮了。他輕輕鬆鬆就找到了雪佛蘭的輪胎痕，路邊有一片寬一英尺的淺薄泥濘，車子壓過它才開上路肩。泥濘不濕也不乾，感覺就像上等灰泥，因此捕捉到完美的輪胎痕。由路面切上路肩的路徑很長，帶有謹慎感。雪佛蘭就像巨無霸客機般降落滑行，開車的人應該是麥坤，而非金恩。

李奇走向冬眠的田野中，索倫森跟進。他們一起繞過殘骸，走在過熱區的邊緣，越過它後繞回馬路上，找到了更多輪胎痕。

另外還有一輛車開到路肩上，這位駕駛轉方向盤的手勁就比較猛了。薄薄的泥濘也捕捉到它的輪胎痕了。是一般道路用的輪胎，堅固、可靠，不誇張也不花俏，應該是裝在大轎車上。不過駕駛顯然開車開得很猛，一會兒過後，他們又暴衝回馬路上，南下離去，兩道車轍合起來像是一個大圓當中的一段弧。

索倫森說：「你到達後、我到達前沒有其他人來過對吧？可見這傢伙一定在好幾個小時前就到了。」

「不對，他是北上過來的。」李奇說：「不是南下，他沒經過旅館。他在這裡掉頭，接人，折回他們的出發點，看輪胎痕就知道了。」

「你確定嗎？」

「不然還能怎麼發展？他們決定沒劫第二輛車，這點可以確定。這一帶根本沒有車子通行，一等就會等上幾百年。我認為他們步行離開的可能性也很低，所以一定是被人接走的。這是他們的會面點，他們早就知道這個地方了，先一步來待命，所以他們在州際公路上才知道要走哪個出口。」

「接走他們的人是誰？」

「我不知道。」李奇說：「但這在我看來越來越像一個大規模作戰了，至少有三組人馬同步行動。」

「為什麼是三組？這裡只有兩組人馬，金恩和麥坤，以及接走他們的人。」

「再加上遠在內布拉斯加的一組人馬，他們讓妳的證人消失了，所以我才說這是同步行動。他們正在清場，所有看過金恩和麥坤的人都被收拾了。」

破曉曙光帶來寒冷而微弱的北風。雨意濃厚，水氣很快就會降下來了。李奇縮起脖子，索倫森的褲管像船帆一樣拍動著。她朝田中央走了二十碼，李奇猜她是為了遠離風中的異味。他跟著她前進，踩得葉莖嘎吱響。不為什麼，只是為了陪伴她。他沒有移動的必要，因為他現在什麼都聞不到。不過他過去嗅覺還正常時聞過一次又一次類似的氣味，在職場上。汽油、瓦斯、塑膠、焦黑的肉，像是刺鼻的化學藥劑加上腐爛、遭人遺忘的烤肉。不對，還更糟。任何神智清楚的人都會想閃遠一點。

索倫森打電話向愛荷華州警通報，主張此案應由FBI主導偵辦，要他們別派任何人靠近、別碰任何東西、別動任何東西。接著她又打電話給自己的鑑識小組，要他們準備長途跋涉，並交出有史以來最精密的犯罪現場鑑識報告，還要法醫拿出生涯最佳表現。

她掛斷電話後，李奇說：「浪費時間。火燒成這樣，根本沒什麼好搜查的。」

「我就是得知道。」

「知道什麼？」

「她的死亡時間是在起火前還是起火後，我知道後也許就能繼續撐下去了。」

他們又兜了一大圈路，回頭走向索倫森的座車。繞過起火殘骸，遠離高溫和異味。距離車子還剩二十英尺時，她不得不採取份內的行動：清喉嚨，深吸一口氣，抽槍逮捕傑克．李奇，罪名是同謀、一級謀殺、綁架。

38

索倫森再度以雙手握住葛拉克手槍，手勢安定、筆直、水平，雙腳穩立，身體重量分配得當。她距離李奇不到四碼。她的頭再度像先前那樣微側，就那麼一些些，彷彿在表達困惑。同一綹頭髮垂到同一隻眼睛上方。

她說：「請你站在我的立場思考。我還有什麼選擇？還有什麼是我該做的？我們失去了人質，所以遊戲規則改變了，提升到另一個關卡了。我們得從逮捕嫌犯開始，不然我們就會被釘死，你明白我在說什麼對吧？」

李奇說：「妳是在向我道歉嗎？」

「對，我想我是。我很抱歉，但你也明白事情是怎麼運作的，我是說，如果你的身分真的如你宣稱。」

「我就是我，妳的疑心病還真重，這種話別人聽了可能會受傷的。」

「我就是得保持懷疑，不過我也為此感到抱歉。」

李奇臉上閃過一抹微笑：「我得說這逮捕行動真是文雅，可能是史上最有禮貌的一次。我是說，撇開那把槍不談的話，我是能逃到哪去？」

「但我就是需要槍，請見諒。你是個正派的嫌犯，還掌握了價值連城的情報。我敢說我的主管探員一定比較想把這個案子整個掃到奧馬哈辦公室門外，但現在時機已經太遲了，辦不到了。因此他得拿出今晚的行動成果，得抓到嫌犯或找到一個關鍵證人。而你可能是嫌犯或證人，或兼具兩個身分。」

「要是我不想去奧馬哈呢？」

「她會等的。」

「誰？」

「維吉尼亞州的那個女人。她也可能不會等，或許她早就忘記你了。不管怎麼說，你都只能晚點再去處理了。」

「我沒在想維吉尼亞。我同意妳的說法，那件事得先緩緩。我想的是愛荷華，此時，此地。這就是追捕他們的起點，這些輪胎痕。」

輪胎痕。

李奇瞄了一眼身後，視線落在馬路邊緣那片寬一碼的淺泥濘上。但他沒看到他想看的東西。

索倫森說：「你以為你是怎樣？在拍電影嗎？你是普通公民，追捕兇嫌不干你的事，這個案子甚至也不干我的事。我們失去了一個人質，記得嗎？一個無辜的女人，無辜的人民，劫車案受害者。老天，她還是個母親啊。你懂我的意思嗎？接下來一定會出動大陣仗特遣隊，會有幾十，甚至幾百個人冒出來。至少會由副主管探員來指揮。媒體會出動，會上有線新聞台，案子將被交由遠高於我職等的人來處理，而這些人會把我當成弱智兒童、藏到沒人看得到的地方。所以我們在愛荷華沒搞頭，已經玩完了。接受事實吧。」

李奇說：「特遣隊到場前蹤跡就會失效了。」

「我們無能為力。」

「有我們可以做的事，那就是停止浪費時間，開始動手。」

「你有沒有失業保險？」

「沒有。」

「我也沒有，所以別想要我加入你的草率計畫。」

「好，那我自己可以起個頭。」

「怎麼起頭？你是一般市民，單槍匹馬，沒有資源，能成什麼事？」

「我可以找到他們。」

「因為？」

「因為我以前找到過。」

「然後呢？」

「我可以讓他們牢記一件事：他們的所作所為大錯特錯。」

「以眼還眼？」

「我對他們的眼睛不感興趣。」

「我不能讓你去做，那行為本身就是犯罪。一定要按照既定程序來，由執法人員動手，這就是文明世界的代價。」

「文明世界去撞牆吧。我欣賞杜馮索，她是個好女人，而且勇敢、聰明、強悍。她每天晚上都在幹一份鳥差事，腦袋卻非常靈光，到最後一刻也還是轉個不停。」

「我沒要跟你爭這個。」

「他們惹錯人了，茱莉亞。他們會食惡果。」

「你要餵他們？怎麼做？世界之王掛了，指定你為繼位者？」

「總是要有人動手，你們會動手嗎？」

索倫森沒接話。

李奇說：「沒說話等於是『不會』囉？我該這樣解釋嗎？」

索倫森聳聳肩，接著不情不願地點了點頭，似乎本來並不想承認。她說：「我還有一通電話得打。」

「打給誰？」

「內布拉斯加州的一位郡警長，杜馮索的女兒差不多要醒了。」

「真遺憾。」

「所以我得幫你上手銬，讓你坐到後座去。」

「那是不可能發生的。」

「我們不是在玩遊戲。」

「快下雨了。」李奇說：「輪胎痕可能會消失。」

「轉過身去。」索倫森說：「雙手伸到背後。」

「妳有沒有相機？」

「什麼？」

「相機。」李奇說：「妳有嗎？」

「為什麼要問這個？」

「我們得拍下輪胎痕，趕在下雨之前。」

「轉身。」索倫森說。

「我們打個商量吧。」

「什麼樣的商量？」

「妳借我相機，讓我去拍輪胎痕，妳就趁這段時間打電話去給郡警長。」

「然後呢？」

「然後我們再聊聊。」

「聊什麼？」

「我個人的處境。」

「我還有什麼選項？」

「妳沒有其他選項。」

「手中有槍的人可是我。」

「可是妳不會開槍，妳我心知肚明。我在此也向妳保證，我絕對不會逃跑。妳可以相信我。我在軍中發過誓，比你們還嚴謹的誓。」

「我得讓你坐後座，你明白吧？奧馬哈今晚得有業績。」

「妳可以說妳根本沒找到我。」

「汽車旅館老闆知道我已經找到你了。」

「妳可以朝他腦袋開一槍。」

「我頗想。」

「一言為定？」

「你之後得跟我一起回去。」

「我沒開這個條件。還沒開，沒正式承諾，這得等到之後再決定。我剛剛是說，拍完照之後我們再談。」

「如果你沒說半句謊，就沒什麼好擔心的。」

「妳還相信這一套？」

索倫森說：「對，我信。」

李奇沒說話。

「斟酌一下。」索倫森說：「好好想想，做個選擇。你沒車，沒手機，沒聯絡人，沒援軍，沒人支持你、幫助你，這裡沒任何設施、沒實驗室、沒電腦，你絕對不知道那兩個傢伙往哪去了。你需要食物，需要休息，需要治療臉部。但我可以直接把你丟在這裡，現在就棄你於不顧，讓你一個人待在荒郊野外等雨。我會因此被開除，然後你猜之後會怎樣？你還是會被當成野狗追捕。」

李奇說：「我還有什麼選項？」

「跟我一起回奧馬哈，協助我們辦案，也許在過程中就會得到一些情報，稱你意的消息。」

「來自哪裡的情報？」

「來自誰，不是來自哪裡。」

「好，來自誰？」

「來自我。」

「為什麼是妳？」

「因為我正在發揮即興，想辦法把你弄上車。」

「所以妳現在在跟我商量了。」

「這是門好生意，你應該要接受。」

李奇去拍照了，索倫森則在同一時間打電話回內布拉斯加。那是一台數位相機。他隱約記得自己曾經用手機拍過照，但如果略過那模糊的可能性不算，他上次操作相機是底片時代的事了。他猜差別大概沒那麼大。傳統和數位相機都有一個小按鈕可按，還有一個小窗子可以望進去。不過這台沒有，沒觀景窗。操作者得透過一個小電視螢幕取景，也就是說，他得伸長手臂往前走、往後退，彷彿是穿生化防護裝、手持蓋革計數器的男人。

最後他拍到他要的兩張照片，走回車邊。索倫森已經講完電話了，似乎講得不怎麼愉快，看她的表情就知道，沒接收到什麼笑料。她說：「好，走吧，你坐前座吧。」

他說：「先看照片。」

雨開始下了。水滴肥厚，其中一些垂直落地，另一些被狂風吹得斜飛。兩人上車，他把相機遞給她。她知道使用方式，扳動撥鈕跳到下一張照片，又跳回來。

「你只拍了兩張？」

「我只需要兩張。」

「同一道痕跡拍了兩張？」

雨點重重打在Crown Victoria的車頂上。索倫森盯著第一張照片細看，接著來到第二張，態度同樣審慎。兩者都是泥濘中的輪胎痕的特寫照，顯然是同一個輪胎壓過同一片泥濘。她來回切換照片，一次，兩次，三次。她說：「好，它們長得一樣。是掉頭的那輛車留下的，對吧？它們是怎樣？一前一後？一左一右？」

「都不是。」李奇說。

「那它們是什麼？」

「只有其中一道是掉頭的那輛車留下的。」

「另一道呢？」

「是妳的車留下的。」

39

索倫森又把照片看了一次。先看第一張，接著又切到第二張，反覆數次。一樣的輪胎，一樣的泥濘。她說：「這不一定代表什麼。」

「我同意。」李奇說：「不一定。」

「我沒來過這裡。」

「我相信妳。」

「FBI用的輪胎也不是專屬品。我確定我們也是用買的，就跟外面的人一樣，八成是在西爾斯挑的。我們肯定會找便宜又可靠的輪胎，非名牌貨，就跟所有人一樣。所以說，所有大型轎車都有可能用這種輪胎。而不同車廠出產的大型車款肯定有五十多種之多，車隊用車、出租車、老人開的龐然大物等等。我敢說世界上有一百萬個相似的輪胎。」

「也許更多。」李奇說。

「所以我們討論的要點是什麼？」

「要點是，我們已經確定歹徒車輛用的是什麼輪胎了。是跟妳的車一樣的輪胎，所以他們開的車八成是大型國產轎車，這是個起點。」

「就這樣？」

「除此之外的想法都只是猜測。」

「我們有猜測的權利。」

「那我會猜他們是從鬧區，或至少是從郊區來的。大轎車在農業郡很少見，這裡到處是皮卡車和四輪傳動車。」

「多熱鬧的地方？」

「有計程車行、汽車維修廠、企業辦公室的地方，也許還有機場。地方市場得正確應對地方需求。比方說，我很確定這裡就沒在賣這輛車的輪胎，準備庫存有什麼意義？」

「所以說，你不認為ＦＢＩ牽涉此案？」

「我確定沒有。」

「可是？」

「沒有可是。」

「可是？」

「可是我這個人講究明確的分類，喜歡直說有或沒有，對於合理的臆測不感興趣。」

「那答案就是『沒有』，我們現在就能確定。消息可靠，百分之百篤定，完全不需要懷疑。ＦＢＩ不可能跟這起事件有所牽扯，根本無法想像他們有任何關聯性。」

「好。」李奇說：「我們走吧。如果妳要我開車開個一段路就儘管開口，我認得路。」

索倫森自己駕車大迴轉掉頭，然後重踩油門，車子便在雨中急馳北上。他們差不多以時速六十英里的速度經過汽車旅館前。它白天的模樣跟晚上不太一樣，位置低矮的照明燈都關掉了，牆壁更顯蒼白。

李奇說：「我付了兩晚的住宿費，結果只在房間裡待三十秒。」

索倫森說：「你何必付錢？」

「他的旅館牆壁受損了，我感到內疚。」

「不是你的錯。」

「這也是我的第一印象。」

「那你就不該內疚，至少不該為了他內疚，我不喜歡他。」

「嗯，房間鑰匙還在我這，裝在我口袋裡，也許我會寄回去給他，也許不會。」

就在這時，他們來到了第一個路口。索倫森踩煞車的時機晚了，左轉時車子發出各種嘰嘰聲，還在潮濕的路面上一度打滑。她鬆開油門，拉正車頭，再次加速。

「抱歉。」她說。

李奇沒說話，因為沒什麼好抱怨的。他們畢竟還在路上，原本有可能衝到田裡。

「輪胎磨損了。」她說：「我開到這一帶才注意到。」

李奇不發一語。

她說：「也就是說，歹徒的輪胎也磨損了。既然照片上的輪胎痕相同，就代表另一道痕跡也是磨損後的輪胎留下的。我們又前進了一步。我們知道輪胎的種類，也知道它們大致上的磨損程度。也許那輛車車齡更老，也許駕駛是老人。有可能是這一帶開舊款大車的老人載走了他們。」

「我認為可能性很低。」李奇說：「我不覺得老人會喜歡半夜外出，跑來看女人被活活燒死。妳應該已經想到了吧？火開始延燒時，他們還在原地。他們並沒有使用導火線，車子不是在一瞬間陷入火海。他們對其中一個部位放火後站在旁邊圍觀，等到火勢穩定下來才離開。」

「好。」索倫森說：「不是當地的老人，是某個都會區來的某人接走了兇嫌。」

「而且是有計程車行、汽車維修廠、企業辦公室、機場的地方。」李奇說：「也許它的都會圈人口有一百五十萬左右。這是艾倫・金恩說溜嘴的事，他說他住在人口一百五十萬的地方。」

「那可能是值得關注的情報，不過也可能是他的誤導。」

「我認為不是，我覺得他們沒預寫劇本。大致來說，他們反應迅速、腦袋靈光。不過那個問題是我隨意拋出來的，他立刻就回答了，沒有思考時間。他的回答也流暢得不像是謊言。他們撒其他謊時蹩腳多了，反應速度也比較慢。」

「你還注意到什麼？」

「麥坤一度使用了一個我個人認為很古怪的字眼。我懷疑公路上的加油站路標只會誤導駕駛，但我們實際上真的抵達加油站時麥坤說：『你應該要信我才對。』我想大部分人都會說『相信』，不覺得嗎？你應該要相信我才對。」

「這代表什麼？」

「我不確定，不過我在軍中受的訓練要我們留意怪用字。俄國有語言學校，能教出完美的口音、傳授學生俚語等等，因此有時我們只能憑古怪的用字遣詞識破他們的身分，先前我曾短暫懷疑麥坤是外國人。」

索倫森繼續開車，不發一語。

她正在回想那句話：這件衣服是在巴基斯坦，或中東買的。她說：「麥坤說話有口音嗎？」

李奇說：「完全沒有，很普通的美國口音。」

「看起來像外國人嗎？」

「一點也不。高加索人，六英尺高，體重也許有一百六十磅，金髮，淺藍色眼珠，身形修長，手長腳長，有點乾乾瘦瘦的感覺，不過抽出口袋中的手槍、跑步、跳回車上這一連串動作又展現了他的運動細胞，甚至可說是帶有體操技巧。」

「好，」索倫森說：「所以說他的古怪措詞可能不是露出馬腳。」

「但妳得把受害者納入考量，他會跟外國人做生意。」

「以商務處專員的身分？我認為那正是他們的工作內容。」

「妳有沒有見過商務處專員？」

「沒有。」

「我也沒有。」李奇說：「不過我見過自稱商務處專員的傢伙。」

「什麼意思？」

「可口可樂需要多大的助力才能把商品販賣到全世界去？不怎麼大對吧？一般而言，美國製造本身就是一個品牌了，但每個大使館都還是有商務處專員。」

「你想說什麼？」

「妳有沒有進過商務處專員的辦公室？我進去過兩間。兩間都有後院窗，沒有臨街道的窗，裡頭都排滿鉛籠和法拉第籠，一天進行四次監聽器偵測。我知道可樂配方是機密，但做到這程度實在太荒謬了。」

「名稱是幌子？」

「正是。」李奇說：「這星球上每個中情局工作站的主管都自稱是商務處專員。」

古德曼警長累得像狗一樣。他不確定向杜馮索女兒的學校請假一天是不是一個好決定，一請可能不只一天，也可能是好幾天、好幾週、好幾個月，就看索倫森探員心裡怎麼安排了。他個人持相反看法，認為工作、組織、熟悉感是面對壓力的一大輔助。自己人碰上災厄時，他總是會鼓勵他們照常作息。喪親、離婚、家族中有人重病都一樣，按照原本的步調過活就是了。在他的經驗中，例行公事有助於克服哀慟。當然了，他必須先向他們表達同情，說「你需要休息多久都無妨」之類的話，但最後還是會補上一句：「如果你繼續堅守崗位也不會有人看輕你」。大多數人聽了似乎都會露出感激的神情，並選擇繼續工作。長遠來看，這安排對他們來說似乎是最有助益的。

不過這套說法的適用對象是成人，杜馮索的女兒不過是個小孩。

他緩慢、不甘願地開車駛出低矮成排的農舍。他職業生涯中曾向四對父母報喪，說他們的孩子已死亡，但他從未向小孩宣告其至親的死訊。至少絕對不曾以十歲孩童為對象，他真的不知道要怎麼開口。索倫森在稍早的對話中曾這麼說：說事實就好，不確定的事先不要提。沒什麼幫助，因為事實太殘酷了。嘿，小朋友，妳知道嗎？妳媽媽被人燒死在車上了。根本沒有較簡易的傳達方法，因為那個孩子沒有處理哀傷的捷徑。昨晚她一夜安眠，醒來後世界卻變了個樣。

雖然她說：說事實就好，不確定的事先不要提。

但事實到底是什麼？他們確切掌握的消息有哪些？他見過死於火場的屍體，在民宅或穀倉內。警方得取得牙科就醫紀錄，或DNA，才能開立死亡證明，然後才能請領保險金。至少得花個幾天時間。醫療人員的見解得經過簽署和公證，因此沒人真的確定杜馮索的狀況如何，還沒那麼快。大家只知道她失蹤了，車子顯然也被劫走了。

面對十歲孩童，分成兩階段進行告知也許會比較好。首先是：很遺憾，妳媽媽失蹤了。等幾天過後，所有事情都塵埃落定後再說：很遺憾，妳媽媽過世了。一點一滴灌輸，也許比一次全潑出來還要好。還是說，他只是自己儒弱不敢直說？

他把車停在鄰居家門口，做出定論。對，是他自己儒弱不敢直說，沒什麼好懷疑的，但這八成也是最好的辦法了。對方是十歲小孩，面對小孩跟成人是不一樣的。說事實就好，不確定的事先不要提。

他緩慢、不甘願地下車，關上車門，原地站了一秒，然後才繞過車頭，跨過充滿泥濘的水溝，走向鄰居家那條短車道的盡頭。

40

索倫森接下來通行無阻地穿過棋盤狀的道路，開回州際公路。車子還在路上跑，雨下個不停。今天天氣陰鬱，鉛色的天幕低垂。車流量比昨天李奇在路上時大一些，每輛車後方都拖著又灰又長的水花，看上去彷彿是齊柏林飛船。索倫森把雨刷擺動的頻率調得很快，車速維持在時速七十英里。她問：「從陸軍那裡找出艾倫・金恩哥哥最快的方法是什麼？」

「金恩宣稱他是紅腿。」李奇說：「也許只是個呆砲。打過第一次波灣戰爭，錫爾老媽那裡會有資料。」

「我一個字也聽不懂。」

「紅腿就是砲兵，因為古早年代他們的褲子上有紅條紋，分隊色也還是紅色。呆砲就是13B MOS，也就是砲兵的軍事職階代號。換句話說，呆砲等於呆頭砲兵。錫爾老媽是錫爾堡壘，砲兵總部所在。那裡的某人一定會有兵役紀錄。第一次波灣戰爭的主要討伐對象是薩達姆・海珊，時間是一九九一年。」

「那部分我知道。」

「很好。」

「他哥叫彼得對吧？」

「對。」

「你還是認為金恩是他的真實姓氏？」

「『是』的機率高過『不是』，反正值得一試。」

「呆頭砲兵不是很有禮貌的用語。」

「但很有存在必要。」李奇說：「很不幸的是，腓特烈二世曾說過一句話：野地砲兵賜與戰爭尊榮，若沒有他們，士兵就只能粗鄙地扭打成一團。他們把這句話牢記在心，開始自稱是戰爭之王，認為自己是陸軍當中最重要的一分子，但他們當然不是。」

「為什麼？」

「因為憲兵才是陸軍當中最重要的一分子。」

「他們怎麼稱呼憲兵？」

「通常叫『長官』。」

「還有呢？」

「無腦、猴子巡邏員，還有黑猩猩（chimp），但那其實是縮寫。」

「什麼的縮寫？」

「進行大多數維安任務時都很無能（completely hopless in most policing situation）。」

「錫爾堡在哪裡？」

「奧克拉荷馬州勞頓。」

她點了一下台座上的手機，快捷撥號。鈴聲從汽車喇叭中傳出，大聲又清晰。有個低沉的男性嗓音應答了，說話速度很快，開門見山。八成是值班人員，面前的來電顯示欄位上有索倫森的電話號碼，無比顯眼，因此立刻就上緊發條，準備講正事。很有可能就是跟李奇講過電話的那名人員，他仍在崗位上，就快下班了。他說起話來不像是剛起床的人。索倫森對他說：「我需要你打電話到奧克拉荷馬州勞頓的陸軍錫爾堡去，調出一名砲兵的所有資料。他叫彼得•金恩，一九九一年仍在服役。尤其需要他的現況和家族組成的詳情，要是能查到我會萬分感激。把我的手機號碼給他們，請他們查到後直接回電給我。好嗎？」

「了解。」對方說。

「凍尼在辦公室裡了嗎？」

「剛到。」

「他還好嗎？」

「沒怎樣，頗詭異。」

「沒像小丑一樣同時講三通電話？」

「電話都沒響，還沒人調閱昨晚的對話紀錄。」

「真詭異。」

「我也覺得。」

證人並沒有在接待櫃檯前方久候，因為根本沒人。對方給了他一杯咖啡，他還吃了一塊早點馬芬蛋糕。女性櫃檯人員記下他的名字，問他要什麼尺寸的床。她矮矮胖胖的，給人老媽子的感覺，似乎非常有耐心且幹練，證人聽不太懂她在問什麼。

他說：「床？」

女人說：「我們有特大號床、大床、兩張單人床拼在一起的房間。」

「應該都可以啦。」

「你沒有偏好嗎？」

「妳有什麼建議？」

「老實說，我認為大床房是最理想的，整體而言會給人較為寬敞的感覺，而且還有扶手椅等等有的沒的家具，大部分人最喜歡大床房。」

「好，那我就住那種房間。」

「好。」女人愉快地在登記簿上做了個記號，然後取下某鉤子上的鑰匙：「十四號房，很好找。」

證人手拿鑰匙，離開大廳。他在冷風中站了片刻，仰望天空。快下雨了，北方可能早就泡在雨水中了。他沿著走道前進，看到一個高度及膝的小路標，指向十一號到十四號房的所在位置。他走了過去。小徑蜿蜒於憂鬱的冬日花圃間，最後通到一排低矮長屋，五間房間都在那裡。十四號房是最尾端的一間，離它不遠處有個沒放水的游泳池，裡頭堆滿落葉。證人心想，它在夏天應該會是很棒的設施，裡頭注滿藍色池水，周遭花朵盛開。他不曾泡在泳池中，他浸過湖水、河水，但不曾碰過泳池的水。

泳池再過去有一道裝飾性矮牆，高度及大腿，水泥磚上加漆灰泥而成。再往後十英尺則有一道防人攀爬的圍牆，又高又黑、有稜有角，頂端有一道往內斜的尖刺網。證人猜那一定很貴。他是農夫，知道各種圍籬的造價，人力費和材料費可以貴死人。

他打開十四號房房門，走進裡頭。床比他自家的還要寬一點，上頭有兩套衣褲，摺得整整齊齊。兩套衣褲長得一模一樣，都是藍色牛仔褲、藍上衣、藍毛衣、白色內衣褲、藍襪。枕頭上放著睡衣，廁所內有盥洗用具、肥皂、洗髮精、刮鬍膏，還有某種乳液、消臭劑。有刮鬍刀、牙膏、裝在透明包裝裡的牙刷。還有梳子、浴袍、許多毛巾。

他看了一眼床，但坐到扶手椅上。櫃檯人員說十二點過後才會供午餐，在那之前他無事可做，因此他大概會以片刻小睡來為今天揭開序幕，就瞇那麼一下下。畢竟昨晚實在很漫長。

李奇等到索倫森平安超過一輛引擎狂嘯的大卡車後才說：「死者的指紋是怎麼採的？」

「標準作業程序。」索倫森說：「鑑識人員到場後就先採指紋，不然屍體開始腐爛後作業就會變得很困難。採集指紋，然後上傳到資料庫去。」

「用衛星？」

「不，透過普通的手機網路。」

「真方便。」

「這還用說。我們愛手機，愛死了，愛它的理由很多。你能想像嗎？要是二十年前國會頒布一項法令，規定所有國民不分日夜都要在脖子上掛一個電子訊號發射器以便政府追蹤動向，那會有什麼後果？你能想像國民會暴怒到什麼程度嗎？結果現代人主動擁抱那個訊號發射器，把它放到口袋和包包裡。不是掛在脖子上，但效果是一樣的。」

「亮紅色那輛車上有指紋嗎？」

「很多，那兩個人完全沒做防範工作。」

「那些指紋也上傳了嗎？」

「當然。」

「有什麼結果嗎？」索倫森說：「因此我們幾乎可以確定資料庫當中沒有他們的檔案。那套軟體會花好幾個小時進行搜尋，直到尋獲確切資料，但它從來沒花這麼久的時間，他們一定沒被採過指紋。」

「因此他們不是外國人。」李奇說：「沒被採過指紋的外國人是不存在的，對吧？所有人都會在入境或申請簽證時接受指紋採集。除非他們非法入境，比方說從美加國境那裡混進來，聽說那裡的管制很鬆散。」

「可是他們要怎麼去加拿大？再說，我們也有連到那個資料庫的權限。美加之間的國境線就只有那麼一條，除非他們健行穿過北極，或游過白令海峽。」

「可以從阿拉斯加過來。」

「但從海外入境阿拉斯加還是得接受指紋採集。」

「那資料庫絕對不會出錯或失靈嗎？」

「這十年內沒出過差錯。」

「好，他們不是外國人。」

索倫森繼續往前開。她幾個小時前才開在對向車道上，但此刻已不認得周遭地景。公路的模樣跟稍早之前不太一樣，日光下呈現一片黯淡的灰，左右兩側都沒有景觀可看，前後都沒有地平線。雨勢變小了，不過路面上仍有水流，到處綻放水花。

她身旁的李奇說：「國務院的人馬是從哪裡過來的？」

她說：「我不知道，他們直接就冒了出來，開車過來的。不過他們是正牌貨，我看過識別證了。」

「國務院跟你們一樣有分區辦公室嗎？」

「我不知道，我覺得沒有。」

「那他們是從哪裡來的？顯然不是華盛頓特區，因為他們一下子就到場了。」

「好問題，我會問問我的主管探員。對方過來之前曾經知會他，我也知道他今晚跟國務院談過，所以我們才會知道死者是商務處專員。」

「也可能不是。我總覺得國務院一直留意著某樣東西，一直守在附近伺機而動。前提是那傢伙真的是國務院的人，他也可能是中情局的人馬。」

索倫森不發一語，沒提起可能產自巴基斯坦或中東的格紋襯衫，沒提起中情局半夜來電，不斷要求他們做即時報告。她不知道自己為什麼要這麼做，唯一的根據是基本的迷信心理：有些事情不該大聲說出口。對她個人而言，中情局半夜在美國中心地帶晃來晃去就屬於那類事情。

41

杜馮索的女兒叫露西，古德曼警長在鄰居家的門廊與她初次見面。她很瘦，黑髮，氣色不太好，身上仍罩著睡衣，散發出淡淡的被窩味以及忙碌家庭特有的味道。古德曼要她坐到水泥台階上，接著坐到她身旁，手肘壓上膝蓋，前臂垂向前方。看起來就像兩個普通人在聊天，但並不是那麼一回事。他先是向她問好，結果沒得到太多回應。她寡言而困惑，不過他說的話她都聽進去了。他說她媽媽下班後沒回家，沒人知道她的去向，但現在有很多人在找她。

那孩子並沒有任何實質上的反應，彷彿他給她的是難解又沒用處的異世界資訊，例如木星的表面溫度、調頻跟調幅廣播有何不同。她禮貌性地點點頭，在寒風中坐立不安、不斷發抖，很想回到室內。

接著古德曼找上鄰居本人談這件事，同樣給她不完整的情報：杜馮索失蹤了，沒人知道她的下落，搜索工作持續進行中。他還告訴鄰居：有人建議他今天先讓露西在家休息，也許她的小孩也留下來陪伴露西會是個好主意？然後又問：她能不能也請假在家照料她們？在這類情況下，有熟悉的臉孔陪伴也許是件好事。

鄰居支支吾吾，抱怨了幾句，但最後她說她會搞定一切。她會盡全力應對，會去打個幾通電話。古德曼把她留在門邊，逕自離去。兩個孩子在她身後的暗處精神飽滿地戲耍，鄰居本人則愣在原地，心煩意亂，彷彿同時為十幾件事傷神。

雨停了，雲層也變得稀薄了。短短十英里內，州際公路的路面從雨水流竄轉變為表面潮濕，再變成完全乾燥。李奇開始認得某些路段了，它們白天的風景跟晚上完全不同。周遭不再像是一條黑暗中的隧道了，如今顯得像無盡延伸的公路，略高於四周的平原。他穩穩坐在座位上，耐心十足地看著閃過身旁的出口。有些是欺騙駕駛的出口，有些則潛力十足。就在這時，他發現三、四英里前方有一個非常有指望的出口，它通往遠方灰白天光下的建築群以及林立的招牌——艾克森、德士古、太陽等加油站，Subway、麥當勞、餅乾桶等餐廳，萬豪、紅屋頂、康福特等旅館。外加一個購物廣場的廣告招牌，昨晚他並沒有看到，因為它就只是一面紙，不是霓虹招牌。

他說：「我們去吃早餐吧。」

索倫森沒回話。他感覺到她神經緊繃，也覺得她變得戒心十足。他說：「我餓了，妳一定也餓了。反正我們一定要加油，這是確定的。」

沒回應。

他說：「我不會溜走。我要是不想上車，當初根本就不會上車。我們打了個商量，還記得吧？」

她說：「奧馬哈辦公室需要今晚的業績。」

「我明白，我會一路跟著妳。」

「我必須確保你沒有逃跑的可能，所以我們吃得來速。」

「不，」他說：「我們要表現得像信任彼此的文明人，走進餐廳，坐在桌邊吃飯。我還需要洗個澡，買幾件衣服。」

「在哪買？」

「購物廣場。」

「為什麼？」

「我才有衣服換。」

「你為什麼需要換衣服？」

「才能給別人一個好印象。」

「你的包包還在Impala上嗎？」

「我沒有包包。」

「為什麼？」

「我要放什麼東西進去？」

「例如乾淨的衣物。」

「然後呢？三天後怎麼辦？」

索倫森點點頭。「這觀點很好。」她沉默了半英里路，接著放慢車速，打右轉方向燈駛向出口。「好，我信任你，李奇。別害我出糗，我已經在冒險了。」

李奇不發一語。車子在匝道盡頭左轉，開進一家德士古加油站。索倫森下車，李奇也下車了。她不怎麼喜歡他跟著下來，而他聳聳肩。他猜想：如果她會信任他，那麼打從一開始應該就會放下心防才對。他將一張普通的美國運通卡插入加油機內，開始加油。他說：「我要去商店一趟，妳需要什麼嗎？」

她搖搖頭。她內心憂慮，而且憂慮也是合理的。加油中的油槍就像鐵球與鐵鍊，把她拴在原地，而他卻可以自由行動。

「我會回來。」他說完便邁開步伐。這間商店跟迪莫依東南方那間殼牌加油站的商店有點像，但是是簡陋版的。走道感覺類似，賣的東西類似，但蕭條又髒兮兮的。收銀員的調調也很類似，他盯著李奇的鼻子看。李奇在走道之間晃來晃去，最後找到旅行用品的商品架，取下一條消炎藥膏、一小盒ＯＫ繃、一小條牙膏、一瓶阿斯匹靈。他到收銀台付現時，收銀員還是盯著他的鼻子看。李奇說：「蚊子咬，就這樣，沒什麼好擔心的。」

他發現索倫森在加油機和商店的途中等他，還是憂心忡忡的。他說：「妳要去哪吃早餐？」

她說：「麥當勞可以嗎？」

他點點頭。他需要蛋白質、脂肪和糖分，但不介意來源是什麼。他對速食並沒有偏見。對旅人來說，速食比慢食好。他們上車，往前開一百碼後再度停住，停好車，走進室內，迎向日光燈、冷氣、堅硬的塑膠座椅。他點了兩個起司漢堡、兩個蘋果派、一杯二十盎司咖啡。索倫森說：「這是午餐，不是早餐。」

李奇說：「我不確定這是哪一餐，我上次起床是昨天早上。」

「我也是。」索倫森說，但她點了普通的早餐。主餐長得像某種肉腸堡，有蛋夾在小麵包裡，還附一杯咖啡。他們面對面坐在一張潮濕的層板桌旁用餐。索倫森問：「你要去哪裡沖澡？」

「汽車旅館。」李奇說。

「你要付一晚的住宿費，然後沖個澡就走人？」

「不，我要付一小時的錢。」

「這裡全是連鎖店，不是以小時計費的熱門地點分店。」

「但經營者全是人類。現在還早，所以女服務員都還在。櫃檯人員會收二十美元，十美元請女服務員重新整理一次房間，另外十美元放進自己口袋，事情通常會這樣發展。」

「你做過？」

「要是沒做過，我早就奄奄一息了。」

「但很花錢，你還買了衣服和其他有的沒的。」

「妳每個月房貸繳多少錢？保險金、油錢、維護費、維修費、庭院整理費、稅金又花了多少？」

索倫森微笑。

「這觀點很好。」她又說了一次。

李奇辦完第一件事，接著走向男廁。廁所外牆上有一支付費電話，但他忽略不管。廁所內沒有窗戶，沒有防火逃生門。他上完廁所、洗完手回到車邊，發現有兩個男人擠在索倫森身後。她仍坐在椅子上，兩個男人分別站在她後方兩側，肉肉的大腿湊得離她的肩膀很近，但沒有碰上。她完全沒有轉身離開座位的空間。他們自顧自地談論著她，嘴巴在她頭上空張闔，鄙俗又粗魯，說什麼：真不知這位美麗的小姐為什麼不邀他們一起坐。他們八成是貨車司機，誤以為她是準備回家的旅客。一名女主管，黑色褲裝，藍色上衣，在這就像條擱淺的魚，他們似乎很喜歡她的頭髮。

李奇在十英尺外停下腳步觀察場面，心想：不知道她會先拿出識別證還是先抽出葛拉克手槍。他猜答案是識別證，但比較想看到她拔槍。結果她什麼也沒做，坐在那裡默默忍受他們的行徑。她耐心十足，也可能是因為一出手就得寫報告。李奇並不清楚ＦＢＩ規章的細節。

就在這時，其中一個傢伙似乎察覺到李奇的存在了。他安靜下來，側首，視線鎖定在李奇身上。另一個傢伙也跟進。兩人都是巨漢，身材壯碩，肌肉不算結實也不算鬆弛。眼如豆，目光渙散，滿臉鬍碴，一口爛牙，油膩的頭髮黏成一撮一撮的。李奇有個醫生朋友會在這種人的診斷書上記下PPP三個字母。這是一個診斷，一個訊息，醫界專業人士之間使用的秘密代碼，方便指涉。

意思是廢渣原生質（piss-poor protoplasm）。

該做決定了，孩子們，李奇心想。要不就別開視線、閃邊去，要不就繼續瞪我。

他們沒別開視線，繼續瞪著他。不只是看他的鼻子看到出神，也帶有挑釁意味，這是荷爾蒙向他們下達的無腦指令。李奇覺得自己的內分泌也產生了變化。無關意志，但也無法避免，腎上腺素激增，還加了一些料：某種黑暗、溫暖、原始的物質，史前級地古老又具侵略性，它抹去所有緊張不安，留下滿盈的力量、冷靜的自信、勝券在握的自信。感覺不像持槍加入刀械交戰，而是像帶原子彈上陣。

那兩個傢伙還在瞪，李奇瞪了回去。就在這時，站左邊的傢伙說：「你在看啥？」

完全就是在挑釁，激動程度在預期範圍內。不知為何，大多數人被這麼一嗆就會退縮，變得侷促不安、防心十足、表露歉意。但李奇不會，他的本能反應是變本加厲，不是退縮。

「我在看一塊屎。」

對方沒回應。

李奇說：「不過那塊屎有兩個選項。選項一，回他的貨車上，到五十英里外吃早餐。選項二，搭救護車離開，用鼻胃管攝取早餐。」

對方沒回應。

「這是有時間限制的選擇題。」李奇說：「所以你們要快點選，不然我就幫你們選了。我老老實實地告訴你們吧，我現在比較想選救護車加鼻胃管。」

他們的嘴唇蠕動，視線游移。他們在原地多待了一會兒，保住自己的面子，接著選擇了選項一，一如李奇預期。他們轉過身去，拖著腳步離開。速度很慢，慢到給人漫不經心又蔑視一切的感覺，但他們確實移動著，速度穩定。他們推開大門，走進停車場，沒再回頭看。他們的身影消失了，李奇呼出一口氣，再次坐下。

索倫森說：「我不需要你護著我。」

李奇說：「我知道，我沒護著妳。他們當時是衝著我來，我是在顧自己的屁股。」

「如果他們沒離開，你會怎麼做？」

「這假設毫無意義，因為那種人總是會選擇離開。」

「你的語氣好像很失望。」

「我隨時都很失望，因為這世界很令人失望。比方說，妳為什麼要坐在那裡聽他們鬼扯？」

「我不想寫報告。」她說：「逮捕嫌犯會把我折騰個半死。」

她拿出手機，按了個鍵，螢幕亮起。她瞄了一眼顯示訊號和電池電力的格子，然後又收起手機。

「在等電話？」李奇問。

「你明知故問。」她說：「我在等偵辦工作交接的通知。」

「也許這案子不會被交給其他人。」

「兩個小時前就該交出去了。」

「那妳猜為什麼沒交接？最有可能的答案是？」

她沒機會回答問題，因為她的手機就挑這個時間響了。

42

手機又抖又震，鈴聲單薄而刺耳，是樸素的電子音。索倫森接起電話，先聽對方說。李奇看她的表情就知道這不是她預期的電話。她並沒有遭到撤換，至少目前還沒，她反而收到跟案情有關的情報。由表情來看，她聽到的並不一定是壞消息，但也不是好消息。可能是有趣的消息，也可能是費解的消息。

她掛斷手機，望向層板桌另一頭說：「我們的法醫鑑識人員總算設法把死者弄出舊抽水站了。」

「然後呢？」

「有個先前沒注意到的狀況變得顯而易見。」

「什麼狀況？」

「他們先打斷他的手才刺死他。」

索倫森說ＦＢＩ的法醫鑑識人員用輪床推死者一小段路，然後把他送上救護車。沒用屍袋，但這其實是很尋常的處理方式，因為他曾經浸泡在乾血泊中。把袋子內外都弄得黏答答也沒什麼意義，他們打算上車再處理。

但輪床在途中撞上路面突起，死者手臂因而甩起，垂到床邊，旁人發現他的手肘關節竟然向著身體內側。他們立刻在路邊用攜帶型裝置幫他照X光，認為他的關節已碎裂。他們無法設想關節在他斷氣前碎裂的狀況，因為那種疼痛無人能忍受。肘關節碎裂的人不可能走路，連一分鐘都走不了。更不可能從丹佛開車過來，完全是天方夜譚。不過他的關節也不是在斷氣後才碎裂的。皮膚上有些肉眼可見的滲血，還有輕微的腫脹，但程度不大。骨折後他的血液中仍有血壓，但沒維持多久。

「某種程度上，」李奇說：「這等於是關鍵傷勢。雖然跟真正意義的關鍵傷勢還是有點差距。死者也亮出了武器，可能是槍，也可能是他自己的刀，以求自衛。而他們使出了一定程度的暴力手段卸除他的武器，我猜他是右撇子。」

「大多數人都是。」索倫森說：「卸除武器後劃傷他、刺傷他，導致他失血過度死亡。」

「目擊證人有沒有聽到慘叫？」

「他說沒有。」

「手肘碎裂是很痛的，他一定會聽到一些聲響。至少會哀號個一聲，而且應該很大聲。」

「嗯，我們現在問不了他了。」

「現場有沒有找到他的或他們的兇器？」

索倫森搖搖頭。「他們八成把所有東西都丟到頂端敞開的水管裡頭了。」

「妳還是認為他是商務處專員？口袋裡裝著刀或槍，跑到千里之外？」

索倫森又搖了搖頭。

「有件事我還沒告訴你。」她說：「中情局整個晚上都在刺探案情，案發後沒多久就打電話來了，當時ＦＢＩ反恐小組還沒到場，國務院的人馬更是在好一段時間後才抵達。」

「他們要什麼？」

「更新案情和情報。」

「看吧，」李奇說：「死者是他們的人。」

「那這個案子為什麼現在還由我偵辦？它早就該引起軒然大波了。」她又看了一眼手機，有訊號也有電，但它固執地保持沉默。

他們接著抵達購物廣場。那是一棟廉價又淒涼的建築，裡頭賣著便宜貨，男裝約占室內三分之一。李奇認得其中一些品牌，看到折扣幅度並不怎麼驚訝。他認為這些大降價只不過是把定價調降到符合商品價值的價格罷了。

一如往常，他挑選商品時備受限制。某款式的衣服若沒有高大壯漢能穿的尺寸，就不在他的選項之內。不過他還是在其中一間店內設法挑選了一件沒牌子的藍色牛仔褲，然後在另一間店挑了三件搭配成套的上衣：T恤、襯衫、棉質毛衣，全都是藍色的。他在第三間店加買了藍襪、白色內衣，然後在第四家店買了藍色短防風外套。他猜他會繼續穿腳上這雙靴子，可以再穿個幾天，它們沒什麼問題。

「你喜歡藍色？」索倫森問。

「我喜歡所有東西都能搭配在一起。」

「為什麼？」

「有人說我應該要這樣配。」

總共損失七十七美元現金，安然落在可接受範圍內。至少可穿三天，也許能撐到四天，每日平均費用是二十到二十五美元，比定居某處的花費少，也比洗衣、熨衣、摺衣服、收納容易多了，這他媽的是不會錯的。

索倫森問：「你的錢是哪來的？」

李奇說：「東拿一點西拿一點。」

「東是什麼西是什麼？」

「一部分是靠存款。」

「其餘的呢？」

「我偶爾會工作。」

「做什麼？」

「臨時性的勞力工作，需要我做什麼就做什麼。」

「多常做？」

「偶爾。」

「那些工作的薪水不會太好。」

「還不夠就從其他管道弄錢。」

「什麼意思？」

「通常是戰利品。」

「什麼樣的戰爭？」

李奇說：「我會從壞蛋那裡偷錢。」

「你向我承認這件事？」

「我只是有樣學樣。聯邦探員一天到晚扣押別人的財物不是嗎？你們要是在某人的棒球手套盒裡發現古柯鹼，就會將它沒收。還有BMW，房子，船。」

「那不一樣，這些東西能夠減少我們的支出，納稅人的錢可以倖免。」

「同理，」李奇說：「我要是不這麼做就得領食物券了。」

他選擇去紅屋頂旅館沖澡。那是一間特許加盟店，老闆親自坐櫃檯，他就像其他櫃檯人員一樣，樂於塞一些額外進帳到口袋裡。一如預期，他接受二十美元的開價，十美元給自己，另外十美元給第一個來幫忙的女服務生。李奇帶著加油站買來的那袋東西和分別在四間店買的四袋衣物進房間。索倫森跟著他進房間，打量整個環境。她一語不發，但他看得出她對浴室窗戶不太滿意。它不大，但也夠大了。房間在一樓，窗戶外有一條鋪石巷道。

「如果妳想留在這裡，請自便。」李奇說：「我不會拉上浴室簾子，妳可以進入一個心靈綠洲。」

她微笑，但沒回應。沒切題地回話。她說：「你會花多久時間？」

「二十分鐘沖澡，三分鐘弄乾身體，預留五分鐘處理意料外的狀況。總共三十三分鐘。」

「非常具體。」

「精準是一種美德。」

她離開了，而他脫下身上的衣服。它們已變得萬分襤褸，因為他穿在身上已經穿了好一陣子，是在南達科他州的波爾頓買的。它們在某些地方沾到泥巴，又在其他地方沾上血液。有自己的血，也有別人的血。他把所有破爛衣物用力揉成一團，塞到廁所垃圾桶。接著他徹底地刷了一次牙，任蓮蓬頭水沖個不停。

他洗了頭，並用肥皂抹遍全身上下，搓揉一陣後沖洗乾淨。八分鐘過了。他走出淋浴間，靠一條毛巾、洗手台裡的熱水、熱水上方的鏡子來處理臉部傷勢。他抹去凝結的血塊，然後小心翼翼地沾濕破裂的傷口。他在上唇上方抹了抹肥皂，使勁全力一吸，接著開始不停打噴嚏，大如豌豆的血塊飛了出來。

接著他又回去沖了一次澡，將全身上下搓揉乾淨。他擦乾身體，穿上衣服，以手指梳梳頭髮。他將舊護照和提款卡放到一邊褲子口袋，牙刷放到另一邊口袋，矮胖櫃檯人員給他的汽車旅館鑰匙放到外套口袋。他含了幾顆阿斯匹靈，直接配自來水吞下，然後翻出他的消炎藥膏、OK繃，打開窗戶讓水蒸氣飄散出去，擦擦鏡子。

茱莉亞・索倫森站在後巷望著窗戶。

她正在講電話，而且講得不怎麼開心。她一面跟對方爭論，一面保持有禮的態度。李奇猜對方就是她的主管，所以她才這麼壓抑。雙方的說話內容他都聽不到，但他猜對方總算要她交出偵查指揮權了，而她拚命想說服對方讓她留在崗位上。她似乎提出了各式各樣的好觀點，手在空中上下擺動，推開反對意見，把說服對方的理由擺到他正前方。她使用這些肢體動作來增進說話的熱切度。李奇認為電話是一種粗劣的溝通手段，肢體語言與細膩語意沒有存在空間。

他回過頭來照鏡子，用衛生紙擦乾傷口，擠出一小段消炎膏，抹掉過多的部分，擦乾皮膚破裂處，並將OK繃貼在最大的一條傷口上，然後在第二嚴重的傷口上再貼一條。他把垃圾扔到自己的舊衣物上頭，關上窗戶，走回房間，看了一眼衣櫃旁的鏡子。頭髮還可以，臉一團糟，絕對毫無魅力。不過他的長相本來就不英俊，現在的模樣肯定已經比一個小時前來得好。好多了，看起來有五分人味。

他走出旅館進入停車場，索倫森的巡邏車就停在門邊，她倚著前護板。李奇猜她在他關窗後離開小巷，用兩倍快的速度趕到前門去。不是為了迎接他，而是怕他逃跑。

她說：「你很會打點自己，乾淨多了。」

她的表情不太對勁，語氣有蹊蹺。不是內心受傷，不是憤怒，甚至不一定是失望，更像是困惑不解。

李奇說：「怎麼了？」

「我接到了一通電話。」

「我都看到了。」

「我的主管探員打來的。」

「我猜他把案子的偵辦權收回去了？」

她搖搖頭，接著又點頭。「我是說，我確實不用再辦案了，但不是因為他找了人來接替我。」

「不然是為什麼？」

「因為沒案子了，不再有了。」

「什麼意思？」

「意思是，二十分鐘前所有偵辦行動就中止了。這很合理，因為對ＦＢＩ來說，內布拉斯加州昨晚什麼也沒發生。風平浪靜。」

43

索倫森說：「他們換了個方式處理。沒把它當成軒然大波，而是當成一個黑洞，從歷史上抹除掉它的存在。八成是根據中情局的要求吧？不然就是國務院，或某個古怪的單位，嘴裡塞滿『國安』那套狗屎。」她的電話在李奇回話前又響了。她看了一下來電號碼然後問：「四〇五是哪裡的區域代碼？」

「奧克拉荷馬州西南角。」李奇說：「八成是勞頓吧，陸軍打來的。」

她接起電話聽了一會兒，最後感謝對方，掛掉電話。「錫爾老媽證實他們那裡有個彼得‧詹姆斯‧金恩一九九一年時還在服役，是個火援，但我想它真正的意思一定跟我想的不一樣。」

「火力支援部隊。」李奇說：「不是個普通的呆砲，我狗眼看人低了。八成是個前線觀測員，他們大多數都很精明。代號十三Ｆ ＭＯＳ，也就是說他會和低階步兵或裝備簡陋的部隊一起行動，不是自稱戰爭之王那些人，他們有沒有證實他弟叫艾倫？」

「不，但他們也沒否定，不過需要一些文書作業才能調資料。」

「彼得後來怎麼了？」

「他在一九九七年退伍，當時位階是槍砲上士。」

「跟我同一年離開。他現在在哪裡？」

「錫爾老媽不確定，那裡掌握的最後消息是他在科羅拉多州丹佛當保全，正好是死者搭機到的地方。」

「真巧。」李奇說：「艾倫‧金恩說他們不往來。」

「你相信他嗎？」

「彼得的名字和他當過兵顯然都是真話，那艾倫有什麼理由騙我說他們不往來？」

「丹佛人口多少？」

「大約六十萬。」李奇說：「把都會區算進來的話大約是兩百五十萬到三百萬，視區域劃分方式而定。前一個數字比金恩說的一百五十萬小太多，後者大太多。」

「你怎麼會知道這些事？例如區碼、人口數之類的。」

「我喜歡情報，喜歡事實。土地測量員拉利瑪為了拍馬屁，就把當年堪薩斯地區行政長官詹姆斯‧W‧丹佛的名字拿來幫丹佛命名，希望對方會讓他治理一個郡，給他致富的機會。但他不知道那個行政長官已經辭職了，當時信件寄送效率非常差。而且後來那片新發現的土地成了科羅拉多州的一部分，不是堪薩斯州，區碼是三〇三。」

「上車吧。」索倫森說。

「剩下的路程要由我來開嗎？」

「不，我不要，我不能讓你開車到那裡去，我沒讓你坐後座就已經夠糟了。」

「我不要坐後座。」

索倫森沒回話。兩人上車，坐到老位子上。索倫森倒車退出汽車旅館停車場，左拐右轉回到州際公路上。她駛上匝道後開始加速。東方有雨雲，壞天候一路緊追在後。索倫森手忙腳亂地將手機安插到手機座上，手機嗶了一聲，代表充電開始，下一秒鈴聲又響了，從汽車喇叭傳出的聲音變得嘹亮、生猛，不再單薄而刺耳。索倫森接聽電話，李奇聽到一個男人說他正依照指示前往愛荷華迪莫依東南方的案發現場。

索倫森掛掉電話說：「那是我的法醫鑑識團隊，他們正要前往杜馮索陳屍地點。」

李奇說：「她正是我們現在該談論的話題，一個無辜的路人被捲入案件中喪命，ＦＢＩ怎麼能結案呢？」

「類似的事也發生過。」

「但事實無法抹滅。」

「杜馮索已死的事實沒什麼好爭辯的，每天都有很多人死去。」

「她是怎麼死的？」

「沒人知道。她自己開車到隔壁州去，車子後來就著火了。也許是自殺，她可能吃了一些安眠藥後抽最後一根菸，然後丟菸蒂到地上。我們永遠無法確定，因為安眠藥罐等等的證物都被火燒光了。」

「妳主管寫的劇本？」

「這案子降回地方層級了，古德曼警長會處理它。不過他也不用動腦，因為一定會有人騎在他頭上。」

「失蹤的證人怎麼辦？他的存在也被消抹了嗎？」

方向盤後方的索倫森聳聳肩。「你是說那個一無是處、曾酗酒、在外租屋、沒穩定關係的鄉下農夫嗎？那種人總是會到處晃來晃去，有時會回來，有時不會。」

「全都在劇本裡了？」

「所有事情都會獲得一個說得通的解釋，不會太巨細靡遺，也不會太曖昧不清。」

李奇說：「如果二十分鐘前已結案，妳為什麼還會接到電話？例如剛剛妳就接到錫爾老媽和法醫鑑識人員的電話。」

索倫森頓了一拍才說：「因為他們都有我的電話，直接打來找我，沒透過分區辦公室，他們還沒收到備忘錄。」

「什麼時候會收到？」

「希望不會太快，尤其希望我的法醫鑑識人員慢點收到。我一定要知道金恩如何把杜馮索固定在後座。我是想說，有誰會靜靜坐在那裡？他們對車子縱火，你會靜靜坐在那裡承受嗎？為什麼要承受？為什麼不反抗？」

「他們顯然先朝她開了一槍，她已經死了。」

「希望如此。」

「他們可能永遠無法查證了。」

「我只需要一個跡象，我要知道衡量後哪種可能性偏高。我可能會得到這個情報，因為我的人馬很優秀。」

「妳的主管當然也會把他們叫回去。」

「他不知道他們出動了，我也不打算告訴他。」

「他們不會向辦公室回報嗎？」

「他們只向我回報。」索倫森說：「我是他們的優先聯絡點。」

她繼續往前開，又飆了一英里，李奇途中沉默不語。太陽仍遠遠落在他們身後，為萬物拉出影子。天空的雨雲仍低垂，但正在逼近。遠方地平線是明亮的。李奇說：「既然案子不存在了，奧馬哈辦公室就不需要展示今晚的業績。因為今晚他們根本沒工作，內布拉斯加州什麼事也沒發生。」

索倫森沒回話。

李奇說：「如果案子已經不存在，誰還會需要嫌犯或關鍵證人呢？沒人行兇，沒人目擊。我的意思是，冒出這兩種人就說不通了啊。」

沒回應。

李奇說：「如果偵查工作沒繼續進行，妳就沒有任何新情報可以給我了。」

索倫森沒說話。

李奇說：「那我何必待在這輛車上？」

沒回應。

李奇問：「我也在劇本內嗎？一個微不足道、不務正業又居無定所的老兵？我沒穩定的關係，甚至沒租房子。像我這樣的人總是到處會晃來晃去對吧？就整體而言，這樣安排對你們很方便。因為我是最後一個能告訴外界『你們在放屁』的活人。我知道發生過什麼事，我見過金恩和麥坤，還看到杜馮索跟他們在一起。我知道她不是自己開車到隔壁州去，我知道她沒吞安眠藥，所以他們也要把我消滅掉？」

索倫森沒說話。

李奇問：「茱莉亞，妳趁我沖澡的時候跟主管討論如何處置我了？」

索倫森說：「對，沒錯。」

「妳接到什麼樣的命令？」

「我還是得帶你過去。」

「為什麼？他們的計畫是什麼？」

「我不知道。」索倫森說：「他只提到我得帶你進停車場。」

44

李奇回想先前遭遇的問題，花了一小段時間修正細節：此時車子以時速八十英里行駛於公路上，坐副駕駛的人要解決駕駛基本上是極具挑戰性的一件事。不只是極具挑戰性，幾乎可說是不可能了。有安全帶和安全氣囊也無濟於事。風險太高了，四周有太多無辜民眾。有些人正在通勤途中，有些老人要去拜訪家人。

索倫森說：「抱歉。」

李奇說：「我媽總是說我不該把自己擺在第一位，但我這次恐怕得破例了。妳要是不送我過去會有多大的麻煩？」

「很大。」她說。

這不是他想聽的答案。他說：「那我需要妳向我發誓，舉起妳的右手。」

她照做了。她的右手離開方向盤，舉到肩膀附近，手掌朝外，速度不快也不慢，因為這是公職人員熟悉的動作。李奇在座位上側身，左手抓住她的右手，一。接著他前傾身體，右手溜到她外套下方，探向她臀部上方的槍套，取走葛拉克手槍，二。接著他轉身回來面向前方，把槍放到他大腿與門之間的縫隙去。

索倫森說：「這太卑鄙了。」

「抱歉。」李奇說：「我對不起妳和我媽。」

「這同時也是犯罪行為。」

「大概吧。」

「你打算對我開槍嗎？」

「大概不會。」

「那這狀況要怎麼收尾？」

「妳讓我在分區辦公室的一條街外下車，但妳要說妳在二十英里外就被我給跑了，讓他們從錯誤的地點開始搜索。也許妳可以說我們在加油站停靠，我上完廁所就逃了。」

「我可以拿回我的槍嗎？」

「可以，我會在你們辦公室的一條街外還妳。」

索倫森繼續往前開，一語不發。李奇也安靜地坐在她身旁，回想她手腕的觸感，腹部與臀部的溫度。他的手伸向槍套時曾拂過那兩個地方，感覺到衣服的棉料，以及下方的肉體，介於柔軟與堅硬之間。

車子持續奔馳在州際公路上，穿過愛荷華州康瑟爾崖南角，開上橫越密西西比河的橋樑，回到內布拉斯加州的奧瑪哈市區。公路穿過市區的中心地帶，帶他們經過一塊動物園的路標、一塊公園的路標。北方是住宅區，南方則有工業企業櫛比鱗次的紛亂街道。公路最後往左轉，索倫森下匝道接上一條貫穿商業區的東西向道路，不過這一路段的風景已跟商業區不同，變得比較像購物中心，或商業區公園。草坪寬闊，有林木有地景，白色建築物低矮，彼此相隔好幾百碼，中間有大又平整的停車格。李奇以為自己會看到更接近市中心、更有鬧區感覺的景致：狹窄的街道、磚牆、轉角、巷弄、一扇扇門，以為迎接他的是一如往常的城中迷宮。

他問：「你們的辦公室到底在哪？」

索倫森指著下一個紅綠燈的斜前方，方位是西偏北。

「就在那，」她說：「那棟就是了。」

李奇看到兩百碼外一棟白色建築物的背面，感覺蓋好沒幾年，四或五層樓高。它的後方、左側、右側都有一大片草坪，再過去是另一頭的大公司坐擁的巨無霸停車場。地形平坦而空曠，無處可逃，無處可躲。

「繼續走，」他說：「這裡不好。」

索倫森已經放慢車速了：「你不是說一條街外？」

「這裡不是街區，根本是足球場。」

她緩慢前進過紅綠燈。李奇看到白色建築物正後方有個小停車場，整齊排放著ＦＢＩ專屬用車與無標誌車輛。不過有輛海軍藍Crown Victoria單獨停放在車陣的幾碼外，角度並沒有跟其他車平行，旁邊還停著一台黑色廂型車。兩輛車之間有四個男人縮起脖子不斷跺腳，邊啜飲咖啡邊閒扯，為某人待命著。

大概就是在等他吧。

他問：「妳認識他們嗎？」

「認識其中兩個。」索倫森說：「他們是昨晚從堪薩斯過來的反恐小組成員，一個叫道森，一個叫米契爾。」

「另外兩個人呢？」

「沒見過。」

「你不能至少跟他們談談嗎？」

「繼續往前開。」

「這不是個好主意。」

「他們又不能真的動你。」

「妳有沒有讀過愛國者法案？」

「沒有。」索倫森說。

「妳上司呢？」

「我覺得不太可能讀過。」

「所以他們可以對我為所欲為，因為他媽的沒有人可以告訴他們哪些行為違法。」

索倫森又放慢了一些車速。

李奇說：「茱莉亞，別開過去，繼續走。」

「我給過他們預計抵達時間，他們很快就會上路找我了。」

「打電話說妳在某處路肩拋錨，爆胎了。說我們還在愛荷華，不然就說我們轉錯彎去了威斯康辛。」

「他們會追蹤我的手機訊號，也許已經在追蹤了。」

「繼續走。」李奇說。

索倫森稍微加快車速，經過白色建築側面。它大約距離他們一百碼，前門有寬敞的圓弧形車道，建築物正面使用大量的玻璃片，摩登感十足，過目難忘。裡頭沒有顯著的人為活動跡象，無比平靜。李奇轉過頭去，目送它逐漸遠去。

「謝啦。」他說。

「你現在要去哪？」索倫森問。

「再往前一英里就可以了。」

「然後呢？」

「然後我們就說再見。」

然而車子並沒有往前一英里，他們也沒有向彼此道別。因為索倫森安在手機座上的電話響了，她一接起電話，一個慌張的男人便爆出成串的急促話語：「索倫森小姐？我是維多・古德曼警長。凱倫・杜馮索的女兒失蹤了，有幾個男人帶走了她。」

45

索倫森立刻踩煞車，將方向盤轉到底，車子便大迴轉往州際公路所在方向駛去，飛快地經過FBI分區辦公室的正面、側面、後停車場，然後繼續前進，就像他們幾分鐘前那樣氣勢萬千。電話另一頭的男人向他們一五一十交代事情的來龍去脈。李奇猜他應該是郡警長，人在八英里外，索倫森所謂的地方人員，昨晚第一個趕到案發現場。從講話的語氣來判斷，他應該很能幹，但承受著龐大的疲倦感和壓力，案子的棘手程度也讓他無法負荷。他說：「我今天早上只告訴那孩子她媽媽失蹤了，因為我覺得循序漸進應該比較好。就那個嘛，先跨出第一步，再走下一步。我請鄰居幫兩個孩子請假，也要她留下來陪她們，結果她還是擔心工作不保，出門上班，把兩個孩子丟在家裡。她認為這沒什麼，結果就出事了。我後來繞過去想跟鄰居談談，發現只有鄰居的孩子一個人在家，她說有幾個男人過來帶走了杜馮索的小孩。」

索倫森問：「什麼時候的事？」

古德曼說：「我們在討論的證人可是個十歲小女孩，她講話不清不楚，但我猜最有可能在一個小時前。」

「有幾個人？」

「她不知道。」

「一個？兩個？十來個？」

「不只一個，她說好幾個。」

「外表形容？」

「她只提到『男人』。」

「黑人？白人？年輕人？老人？」

「我確定是白人，不然她就會提到他們的膚色，這裡畢竟是內布拉斯加。她對年紀沒有概念，所有大人對十歲小孩來說都很老。」

「服裝？」

「她不記得了。」

「車子？」

「她無法描述，我甚至不確定她有沒有看到車子。她說她看到了，也稱它是車子，但那可能是任何一種車，皮卡車或運動休旅車都有可能。」

「顏色？」

「就算她真的看到車子，她也想不起來了。她搞不好是自以為看到了，這不無可能。她這輩子八成還沒看過戶外的行人，那一帶不太可能有人走動。」

「她記得他們說了些什麼嗎？」

「她沒認真聽。門鈴響了之後，露西．杜馮索前去應門。鄰居的小孩說她看到幾個男人站在門邊，聽到他們說話的聲音，但她基本上一直待在裡頭的房間內，忙著玩某樣東西，所有的注意力都放在上面，五分鐘後才想到露西沒有回來。」

「為什麼杜馮索的孩子在別人家還去應門？」

「那兩個孩子不會那樣想，她們都把兩戶人家當作自己家，一天到晚進出這兩個地方。」

「你搜索過那一帶了嗎？杜馮索家搜了嗎？」

「我已經派所有人馬出去找了，到處都沒有露西的影子。」

「你有沒有去找另一個鄰居問話？就是那個灰頭髮男人。」

「他不在家，早上六點就出門工作了，第四間房子的居民也沒注意到什麼異狀。」

「打電話給州警了嗎？」

「當然，但我沒有情報可提供。」

「聽到孩童失蹤案他們立刻就會動起來了對吧？」

「但他們能有什麼作為？州警是個小單位，這個州卻很大，不可能封住所有地方、封鎖所有人的行動。」

「好，我們會想出辦法的。」索倫森說：「我在路上了，不過在我抵達前你應該要繼續搜索。」

「我當然會，不過他們現在可能已經在六十英里外了。」

索倫森沒接話就掛斷電話，繞著匝道狂飆，接著以將近時速一百英里的車速西行。

開了十分鐘快車後，李奇將索倫森的葛拉克手槍還給她，並問：「現在有小孩子失蹤了，妳主管還是會忽略不管嗎？」

索倫森把手槍放回屁股上的槍套內：「我主管很有野心，夢想是爬到更高位去，希望有天能成為副局長，因此胡佛大樓要他做什麼他都會照辦，無論那是好事還是壞事，有些主管探員就是這個調調。而胡佛大樓會乖乖聽從中情局、國務院、國土安全部或白宮西廂的命令，誰握有決策權就聽誰的。」

「太瘋狂了。」

「當代執法單位就是這麼一回事，你要去習慣。」

「妳之後會有多少自主查案的空間？」

「等他們找到我之後，我就得事事聽他們的。」

「那就別接電話。」

「我不打算接，反正也不是第一次了。」

「之後呢？」

「他們會留語音訊息，會傳簡訊、寄電子郵件，我不能拒絕執行他們直接下達的命令。」

李奇不發一語。

索倫森說：「換作是你，你會拒絕嗎？你以前拒絕過嗎？」

「偶爾會。」李奇說。

「而你現在成了居無定所、沒有工作的退休老兵，沒在經營穩定的關係。」

「完全正確。衡量這些事從來就不簡單，不過妳可以先跨出第一步，可以在他們撤換妳之前完成一些事。」

「怎麼做？」

「動機。」李奇說：「妳應該要思考歹徒的動機。見鬼了，到底是誰會擄走女性死者的小孩？為什麼要抓她？她明明就還不知道自己的母親碰上了什麼事。」

「但這當然不可能跟杜馮索一案無關，巧合不可能巧到這種地步。不是打了一陣子監護權爭奪戰的父親現身帶走小孩，也不是戀童變態亂挑人下手剛好挑到她。」

「也許他們想抓的是鄰居小孩，但搞錯人了。那畢竟是杜馮索鄰居家，女主人也離婚了嗎？」

「李奇，這不是巧合。」

「不然是什麼？」

「我不知道。」

「我也不知道。」李奇說：「這沒有道理可言。」

古德曼警長已經十三小時沒睡了，又暈又無力，站得很勉強，但他還是繼續辦案。綁匪沒理由停留在他們的轄區內，但他還是讓屬下把無人使用的建築物、穀倉、臨時小屋、避難空間、住宅全巡了一遍，他自己則去跑手下沒預定要去的地方，提供一些助力。他一無所獲，屬下也是。無線電不斷傳遞著疲倦、氣餒的負面氣氛。

他最後還是回到杜馮索鄰居家門前，停好車，坐在駕駛座上力抗睡魔，強迫自己動腦。他回想那孩子在門前階梯上的反應，應對她今天面臨的第一個狀況。寡言而困惑，禮貌性地點點頭，坐立不安。她是生活於這個郡的小女孩，十歲大，不是什麼天才兒童。稍微體面一點的大人說的話，她都會相信。任何人向她展現知識與權威，她都會全盤接受。她也會相信任何承諾。

跟我們來吧，小女孩。我們找到妳媽媽了，我們帶妳去找她。

首先，誰會知道杜馮索失蹤了？他的整個部門、鄰近地區的分局，大概還有幾個當地人，以及歹徒。不過他們何必殺死母親後又回來接小孩？

為什麼？

他下車吹冷風醒腦。跺腳一分鐘後靠到副駕駛座那一側的前護板上，讓引擎室內的溫度溫暖他。東方在下雨，旺盛的雲氣朝他急湧而來。他盯著正前方的兩棟房子（杜馮索與鄰居家）尋找靈感，結果毫無收穫。他低頭看著滿是淤泥的排水溝，發現他的車輪胎在泥濘上留下兩道痕跡，十字交叉，彷彿是橡膠、土、水合力紀錄下他的徒然。短短數小時之內，他曾四度停車於此。第一次是半夜從蜜西・史密斯家飆車過來，索倫森也跟著他。接著是早上他自己過來報告新消息，第三次是為了展現好警長的風範過來巡視，結果發現露西失蹤了。如今警方在本地的搜索毫無成果，以失敗收場，他於是又跑了過來。泥濘上有許多胎痕，在他看來不只四次停車的份。有進有出，有前進有倒車，有些筆直有些彎曲。部分地方的路面嚴重受損，湧出的泥濘形成六英尺寬的泥坑，看起來像是瀝青湖。他的車子顯然曾壓過泥溝與泥坑。

但沒有其他人通過它們。

他又檢查了一次，以掌握事實。這次他來回走動，步伐謹慎、細碎，以保持證物的清晰度。或者該說，去保持泥坑的完好無缺。就他觀察，泥溝與泥坑內只有他的胎痕，沒有其他人的。杜馮索家和鄰居家門口都沒有其他印記，只有他的Crown Victoria留下的米其林輪胎胎痕，眼熟又缺乏戲劇性的車轍，用藥物來比喻就是沒牌子的阿斯匹靈。他很清楚自己的輪胎胎痕長什麼樣子，因為掌管部門預算的人是他，輪胎是他上網向密西根一家警察用品量販店買的。低價，免稅，完全保固。郵務車送來輪胎後，他再帶到隔壁郡請菲爾・阿伯森輪胎店組裝。菲爾跟他打了個商量：他可以提供低廉的收費，但警局要當他的長期客戶，菲爾是個精明的傢伙。

古德曼回到車上，把原本停放在路邊的車子開到路中央的隆起處停定。這裡的柏油路面乾燥、一塵不染。他再次下車，在全然無障礙物的情況下重新檢視了一次。

他確定了。

泥濘中沒有其他輪胎痕跡，所有車轍都來自他的米其林輪胎——可靠而低廉的商品，型號P225／60R16s，每個售價九十九美元，安裝加調整的費用是五元。

鄰居小孩沒看到車，是因為根本就沒車過來。

露西・杜馮索是遭到步行者綁架。

但這怎麼說得通呢？這裡可是內布拉斯加的荒野啊。

46

索倫森下州際公路了。十二小時前，李奇正是從這裡上州際公路的，他先前就站在眼前的坡道上，受著寒風，置身於黑暗之中。他想起空中的直升機，停在他前方三十英尺處的Impala，轉過身去恫嚇凱倫・杜馮索的艾倫・金恩與唐・麥坤。他想起艾倫・金恩問他要去哪裡。**一路往東**，他說，**到維吉尼亞去**。

根本就不是。

任務尚未完成。

索倫森繼續往南，進入李奇沒到過的地區。這條路就跟愛荷華州的其他道路一樣筆直，但左右兩旁的景色有微妙的差異：較粗獷、冷酷，沒有詩情畫意。東方二十英里外的雨雲壓境，雲下方飄著雨，狂風大作，景色潮濕地暈染開來。是落在愛荷華州的那一陣雨，曾打濕燒毀的Impala，以及那個胖子的汽車旅館。它緩慢但固執地緊追而來，像是一個訊息，一個無法忽視的壞消息。

索倫森顯然也看到東向的匝道了，她做出一個理所當然的結論：「他們就是在那裡讓你上車的吧？」

李奇點點頭。「我等待的時間超過一個半小時，總共有五十六輛車從我面前經過，他們是第五十七輛。」

「你當初要是不是在那裡會怎樣？要是完全沒任何人在那裡會怎樣？他們就沒辦法魚目混珠了。」

「杜馮索本人就是煙霧彈。」

「要是我更快反應呢？要是我對全境通告系統發布的敘述自始至終是『三個人』的話呢？也許我還能給他們車牌號碼，錦上添花。」

「他們有槍。」李奇說：「可以硬闖臨檢點，也可以拿槍指著杜馮索的頭，這樣應該還是逃得掉。我不認為內布拉斯加州或愛荷華州警的訓練中有這種情境。」

「風險很大。」

「妳要說什麼？」

「他們從州際公路南方出發，最後也在州際公路以南達成目的。沒人能保證他們遇得到搭便車者，現在可是嚴冬。他們也知道警方設立臨檢點的候選位置，那為什麼不乾脆走鄉間道路往東去？為什麼打從一開始就要冒險？」

「他們一度想去芝加哥。」

「芝加哥人口多少？」

「市區內大約三百萬，都會區八百萬，區碼是三一二和七七三。」

「你相信他們真的有去芝加哥的打算？」

「不信，他們不是反射性地說出這個答案。而且芝加哥太遠了，一個晚上就要開到芝加哥未免太有野心。」

「那他們為什麼要上州際公路？」

如今雨雲越來越近了，像是一堵移動的黑牆。日光湮滅，李奇感覺到強風撼動著車體。前方道路筆直、平整，鋪得很完善，只有兩線道，但不狹窄。左右兩旁很少出現岔路，而東西向道路只比農路稍微像樣點，看上去非常荒涼，彷彿不通往任何地方。

他問：「妳有沒有地圖？」

索倫森說：「只有電子版的。」

她打開衛星導航系統，它成功與衛星連線了。小螢幕切換到另一個畫面，他們的車子化為上頭不斷閃爍的箭頭，沿著一條灰色粗線移動，左右兩側的小岔路顯示為淺灰色線段。

索倫森說：「需要的話，可以將地圖比例縮小或放大。」

李奇找到了對應的按鈕，將比例尺縮小。箭頭大小沒變，但灰色線段變得更小了。南北向道路變成主幹線道路，不過地圖上顯現出來的東西向道路變少了，最近一條位於車子現行地點南方三十英里處。

「那就是我們要去的地方。」索倫森說：「舊抽水站就在那裡。」

另一個方向都沒有稍微大一點的岔路，最近的一條位於公路北方的一段距離外。李奇說：「我猜速度是他們考量的重點之一。如果他們有必要在天亮前抵達目的地，州際公路可能是他們唯一的選項。但我也同意妳的看法，走公路會提高行蹤曝光的風險。而且我也想不透速度為何會成為他們的重要考量，畢竟他們找了人來接應，當初也可以把會面地點選在更近的地方。因此考慮種種因素，走那條岔路直接往東、不要北上往州際公路前進才是比較有邏輯的做法。那條路的路況看起來跟這條差不多，我相信它一定可以一路通到愛荷華。」

頭幾滴肥厚的雨珠打在擋風玻璃上了，索倫森打開大燈和雨刷，東方一英里外下著傾盆大雨。

古德曼警長看到雨雲了。他的車子仍停在路中央，他再次倚上前護板，做出判定：步行擄拐孩童這想法實在太荒謬了，在內布拉斯加州走上整整一天的路也到不了什麼鬼地方。因此他現在心想，綁匪會不會是把車停在他現在停靠的無泥濘處？也許他們有潔癖，又或許他們預料到行蹤曝光的危險性，決定打從一開始就不要留下輪胎痕。他們也可能擔心車子遭人目擊，因此停放在居民的視線範圍外，也就是此處的幾百碼外，但這樣還是得拋頭露面個幾分鐘。兩個或兩個以上身分不明的路人得先走進屋內，接著還得走出來，並帶著一個小孩離開，她臉上的表情可能不怎麼甘願。

就在這時，斗大的頭幾顆雨滴落下了，古德曼目睹它們飛濺於泥濘之上。他瞄了一眼天空，猜測傾盆陣雨就要來了，這不是什麼異常狀況，這個州的豐富地下水含量當然是其來有自。他最後又看了水溝內的泥濘一眼，它很快就會化為液體了，之後從原野流過來的物質（例如淤泥）將會掠過它的表面，將它砌得平平整整、細緻如爽身粉。他並不憂心，因為調查工作不會受阻。這裡沒有證物，他不會失去什麼。

接著雨勢變大了一些。他朝前護板一推，撐起身體。或者說，他試圖那麼做。他的肩膀突然感受到劇痛，還有他的手臂，野蠻而鈍重的痛覺襲向他的胸口，感覺好像胃灼熱，但並不是那麼一回事，他什麼都還沒吃。

他無法呼吸，無法動彈，胸口鎖得死緊。腿軟了，身體沿著前護板那光滑的烤漆下滑，以蹲踞的姿勢歇了一會兒。他感覺到輪拱陷入自己的背部，聞到了輪胎的味道，雨的味道。他的手臂動彈不得。

他往側面一倒，癱成大字形，看著雨滴落下。他的胸膛感覺到巨大的壓迫感，彷彿有什麼重物壓著。像是很久以前，他在健身房的訓練夥伴往一旁退開後，那重達兩百磅的槓鈴就壓在他脖子下方，讓他連叫出聲都沒辦法。他現在也叫不出聲，肺部裡沒空氣。他動彈不得，掙扎一分鐘後就放棄了。莫名的篤定感突然降臨，告訴他他再也動不了了。

他放鬆身體。

手腳都失去了觸覺，彷彿它們沒接在身上。他覺得這現象很有趣。他的生命從四肢開始流逝，由外而內。他的身體迅速檢閱一份清單，刪去一個又一個非必要項目。經過大幅度進化的動物有機體已內建一個設定：盡可能維持核心機能的運作，讓它撐越久越好，而且要毫不留情、分分秒秒地重新定義核心機能。腿？誰需要那種東西？手臂？幹啥用的？只有大腦才算數，腦是最慢死去的部位。

四分鐘，他心想。四這數字浮現在他腦海。他還記得自己的受訓內容：若有人掉入池塘溺水或有小孩誤吞異物窒息，我們必須要在心跳後的四分鐘內完成搶救。他感覺到自己的生命往上、往內萎縮，蜷入自己的腦袋中。他現在就只是一顆頭、一顆腦，別無是處。過去也是，所有人類都是。Cogito ergo sum，**我思故我在**。他感覺不到痛，痛覺早已消退了。他是一顆腦，沒有身體支持，就像科幻小說裡的情節，就像火星人、太空人。他仍能見物，但視野周圍已暗去，像是老舊的電視機畫面。這就是死亡的過程，他總算明白了，疑問獲得解答，謎團解開。他的視野將會像老舊黑白電視畫面那樣，在切斷電源的瞬間崩解成一個灼燒螢幕中央的亮點，最後漸漸暗去，永遠熄滅。

47

雨刷猛烈地來回擺動。雨水重擊車頂，落地後又彈了一英尺遠。李奇看到朦朧的窗外景色中有個加油站的招牌高掛在曠野上空，大放光明，就在不到半英里外。他心想。索倫森瞄了他一眼：「好，注意了，這裡是當地居民口中的萬惡城市，事件的起點。」

她放慢車速了。加油站在左手邊，但她右轉開上無名空心磚酒吧後方的那凹凸不停的碎石子地上，一路往南開，最後停在一棟低矮的米黃色建築後方，有輛紅色馬自達停在它後門旁。她說：「這就是杜馮索工作的地方，是家雞尾酒吧。金恩和麥坤開著那輛紅車從十字路那裡過來。」

她驅車緩緩穿過雨幕，車身顛簸不已，不時壓過水窪濺起水花，最後又停在另一棟低矮建築後方。她說：「這是便利商店，他們的上衣和水就是從這裡買的。」接著她又在碎石子地上顛簸了一段路，切回馬路上，並在轉彎前稍停片刻：「他們從這裡開始北上，之後的事情你都知道。」然而她開上另一條路南下。冬眠的豆子田映入李奇眼簾，雨水聚積於犁溝中，一旁四分之一英里長的土地上停放著待售的老舊農耕機械，濕漉漉的，散發出哀傷的氣息。接著是更多的豆子田，一會兒後才接上一排低矮的建築（它們的雨水槽不斷吐出水柱）和淒涼的小商城。這就是城鎮了，你沒看錯。衛星導航系統上的箭頭不斷朝十字路口移動，就快來到南北向線段與東西向線段的交會處了，這地圖相當可靠。若要前往住宅區商店以外的遙遠目的地，就只有這兩條路可走了。

索倫森在十字路口右轉往西走，前進一百碼後停在一個低矮的水泥小屋外。它長約二十英尺，寬約十五英尺，高約十英尺。屋頂平坦，沒有窗戶，上頭有道金屬門。經雨水濡濕後，它突然呈現出潔淨的深褐色。李奇說：「這就是那個舊抽水站？」

索倫森點點頭：「死者就倒臥在裡頭的地板上，目擊者說金恩和麥坤乘著紅色馬自達離開。」

李奇環顧四周，接著撥弄了幾下衛星導航系統，叫出方圓二十英里內的地圖。在如此小的比例尺下，螢幕上只會顯示南北向與東西向兩條道路，其餘的都不被視為幹道，消失無蹤。他說：「我認為金恩和麥坤不是當地人，很可能根本沒來過這裡。他們八成是下州際公路後一路開過來的，就跟我們一樣。途中看到那幾間酒吧和雞尾酒吧，後來他們想擺脫那輛紅車，就開回那裡，因為只有那個地方有可能找到新的代步工具。」

「好，那他們回到十字路口後為什麼不繼續往東走？」

「有兩個原因。」李奇說：「他們不是當地人，不知道那條路會通往什麼地方。我猜杜馮索的那輛車的前座雜物箱內並沒有衛星導航系統。更重要的是，他們預料那個十字路口會成為第一個臨檢點，封鎖那裡可達到一石四鳥的效果，攔下東、西、南、北向的車流。不通過那個地方就去不了他處，警長當初沒在那裡設臨檢點嗎？」

「沒有，」索倫森說：「我想應該沒有。」

「他應該要設的，這是他的第一個失誤。不過也沒什麼大不了，反正他們溜走了。他們一路北上，州際公路於是成為他們發現的第一條較為醒目的東向道路。在黑夜當中，其他的小岔路看起來一定很令人心生退卻。這就是他們開上州際公路的原因，他們別無選擇。」

「好，」索倫森說：「這說法我信。」

「更大的問題是，他們當初到底是怎麼到這裡的？如果他們不是搭死者的車從丹佛過來，又沒準備自己的車，那就表示他們是搭別人的車過來。後來他們又被其他人接走，接送者可能是同一幫人。不過不管怎麼說，載他們過來的人為什麼不等他們辦完事就好？為什麼要丟下他們，讓他們去面對漫長又危險的過場時間？唯一的答案是，抽水站發生的事不在他們預期中。也許金恩與麥坤原本應該要搭死者的車，結果基於不明原因殺了他，所以他們後來得瘋狂地擬定臨時性計畫。」

索倫森的電話響了，從喇叭傳出的鈴聲響亮又激烈。她看了一眼來電顯示。「奧馬哈，」她說：「分區辦公室打來的。」

「別接。」李奇說。

她沒接，置之不理，它響了許久才斷掉。李奇說：「我們應該要去杜馮索家看看，或至少去她鄰居家一趟。親自巡個一次，然後跟鄰居的小孩聊聊。也許她還記得那些男人的部分特徵。證人失蹤很可能是同一批人馬搞的鬼，甚至當初載金恩和麥坤過來的人也可能是他們。」

索倫森說：「我不記得杜馮索家在哪裡了，我是大半夜過去的。」

她的電話震動了一下，是語音留言。

「別聽。」李奇說。

她沒聽。她拉動通訊錄卷軸，找出古德曼警長的電話號碼，按下「撥號」。汽車音響發出的鈴聲緩慢而單調，耐心十足，毫不急促。

鈴聲響了許久。

無人接聽。

「怪了。」索倫森說。

她倒車離開抽水站，掉頭往十字路口的方向開，在抵達前便轉進一條岔路。李奇知道她想做什麼。警長服務的部門不可能設在大街上，而是會在大街後方地價較便宜的地點，設立一個大停車場才不會榨乾公部門的經費。她一再繞過轉角，經過許多房子，不過都沒看到警局。她開回十字路口南方路段，準備到另一區試試。

「在那。」李奇說，他看到一棟低矮的棕色建築，屋頂上裝有短波天線，旁邊有個圍欄圍起的停車場，大小足以容納好幾輛巡邏車。目前裡頭空空如也，經年累月磨損出的柏油路面坑洞內盛滿雨水。整個地方看起來破破舊舊的，但似乎仍遵照合理的準軍事規範進行維護，看起來不像軍事設施，但也不像一般公民所有的建築物。

索倫森把車停入停車場，兩人急忙穿過雨勢進入警局，發現有個女人在大廳櫃檯後方身兼二職：調度員兼櫃檯接待人員。索倫森出示證件，詢問古德曼警長的去處。女人試著呼叫他車上的無線電，結果沒有回應。她接著又用市話撥打他手機，結果還是沒人接聽。她說：「也許他回家小睡片刻。他年紀大了，又長時間沒睡。」

「我們需要凱倫．杜馮索家的住址，」索倫森說：「還需要妳報個路。」

女性櫃檯人員提供了他們需要的資訊。杜馮索家位在十字路口的東北方，在一片休耕的農地邊緣，距離這裡大約八英里。基本上不斷重複左轉右轉就會到了，這裡的道路也是棋盤狀的。他們開車緩慢地朝那裡移動。東方地平線非常耀眼，雨雲就快過境了，不過離開的速度比來時慢。李奇萬分疲倦，感到意識恍惚，每個細胞都因勞累而震顫著。他幾乎整整兩天沒睡了，沒破他個人紀錄，但也接近了。他猜索倫森的身體也很不適，首先她臉色就很蒼白，眼眶四周皮膚發青。

最後一次右轉後，李奇看到曠野中矗立著一排小農舍，共有四間，一輛警車停在馬路中央。索倫森說：「他果然在這，那是古德曼警長的車，從右邊數來第二間是杜馮索家。」

她把車停在二十英尺外的路邊，和李奇一起下車。

48

他們發現古德曼仰臥在地，身體緊貼車子前輪，眼窩盛滿雨水。新的水珠打下入那小小的水窪中，旋即溢出，淚水般沿著他的臉頰滑下。他張著嘴巴，喉嚨積水，衣服濕透，看起來像是溺水的人。他的皮膚已冰冷，沒有脈搏。整個人看起來徹底鬆垮、癱軟、空洞，進入死者才到得了的境界。活人身上有肉眼無法察知的上千股肌肉張力，但他身上蕩然無存。

他年紀大了，又長時間沒睡。

現在他睡了，李奇心想。

「他幾歲？」他問。

「六十好幾，」索倫森說：「也許七十出頭了，總之他離開得太早了。他是個好人，人如其名，是心臟病發嗎？」

「八成是。」李奇說：「壓力、疲勞、擔憂或類似的情緒所致，對健康有害。警察應該要領更多薪水才是。」

「我不反對。」

「我們應該知道的情報，他都告訴妳了嗎？」

「我不認為他有那種情報。」

「我猜我們應該要通報警局。」

他們於是回到索倫森的車上，她用手機撥打分局總機電話。剛剛那個女櫃檯人員接起電話，索倫森便向她報告壞消息，她哭了。索倫森掛斷電話，靜靜等待。又濕又冷又疲倦的兩人盯著擋風玻璃外，沒看到什麼景色，無話可說。

接著，一個三十五歲的壯漢開著副局長座車現身了。金髮，身材高大，滿臉通紅，制服上罩著一件尼龍料子的羽絨外套，拉鍊沒拉。外套的衣袖處有代表警司的折槓。他走到索倫森窗邊，彎下腰去。夾克正面敞開了，李奇看到他一邊的上衣口袋有個黑色名牌，上頭寫著**普勒**。另一邊口袋上方則有該分局的星型徽章。他用又胖又紅的指節敲了敲玻璃，但索倫森沒放下車窗，直接指向前方。他緊張地邁出短幅的步伐，朝警長的車子走去，彷彿是準備迎接敵襲的士兵。他繞到副駕駛座那一側，停下腳步，低頭一看，接著蹣跚地退到路肩，彎低身子對著泥巴嘔吐。

李奇發現雨停了。

過了許久，那個叫普勒的警察才稍微打直身體，望向曠野。他臉色發青，不是因為老警長的死令他感傷，而是因為看到屍體反胃。李奇下車了，路面上仍有水流，不過空氣突然變得新鮮又乾燥了。索倫森也下車了，叫普勒的傢伙回頭朝他們走來，三人在車子間的空地站成一個三角形。

索倫森問：「你是你們部門的第二把交椅嗎？」

普勒說：「我猜是吧。」

「那你就猜錯了，你現在是老大，雖然只是代理性質的。但有些事情等著你做，比方說你應該要協助我們掌握現況。」

「我主要負責交通。你們知道的，就是拿測速槍對著往來於州際公路之間的車輛，一路管到萬惡城市再過去。」

「你昨晚沒聽取案情簡報嗎？」

「我們都聽了。」

「但你沒跟上進度？」

「我主要負責交通。」

「古德曼警長沒有免除你們的常務性工作嗎？」

「我們都不用做。」

「那你為什麼沒關注案情？」

「他沒向我下達確切的指示。」

李奇問：「你小時候撞到頭了是不是？」

叫普勒的傢伙沒回答。

索倫森說：「打電話給調度員，安排一輛救護車來運走遺體。」

「好。」

「接著打電話給古德曼的家人。」

「好。」

「什麼現況？」

「有個小孩失蹤了。」

「我並不清楚案情。」

「為什麼？」

「電話聯絡得上的那一家。你愛用哪一支電話就用，反正別在我附近講電話就對了。」

叫普勒的傢伙回頭走向巡邏車，李奇和索倫森走上鄰居家車道。

「哪一家？」

「然後打給葬儀社。」

杜馮索的鄰居大約三十出頭歲，她十歲的女兒跟她極為神似，差別在於小女孩身材仍纖細、無女人的曲線。她叫寶拉，窩在屋內深處的房間內，根本看不到屋子前方的馬路，除了泥巴外什麼也看不到。她的電視機上掛著一個盒狀的電子儀器，螢幕上不斷有各種狀況上演，主要是爆炸場面。比高爾夫球還小的煙霧突然冒出，只有一丁點大的卡通人物遭到蒸發了。

鄰居說：「我早先必須去上班，抱歉。」

索倫森說：「我明白妳的處境。」她似乎真的能體會。李奇也能，因為他會看報紙，也會聽別人的聊天內容。他知道現在飯碗很容易不保，要找新工作很難。

鄰居說：「我交代過她們，要她們別去應門。」

索倫森看著小女孩問：「寶拉，妳們為什麼要去應門？」

小女孩回答：「我沒去。」

「那為什麼露西會去？」

「因為那個人叫了她的名字。」

「他叫她露西？」

「對，他說露西、露西。」

「他還說了什麼？」

「我沒聽到。」

「妳確定嗎？妳一定有聽到一些對話。」

小女孩沒回話。

索倫森等待著。

小女孩問：「我惹出麻煩了嗎？」

索倫森猶豫了片刻。

李奇說：「是的，小朋友，老實說妳的麻煩挺大的，但妳只要告訴我們妳今天早上聽到哪些對話、看到哪些畫面，妳就可以擺脫所有麻煩。乖乖說，問題就通通不見了。」

辯訴交易，給她動機，獎懲並進是擁有光榮歷史的機制。李奇過去經常搬出這招，十年刑期縮短成三年半，緩刑取代坐牢，提供情報就撤銷告訴。這招對二十幾歲和三十幾歲的人都有效，成績斐然，李奇認為它沒道理碰到十幾歲的小女孩就失靈。

小女孩沒說話。

李奇說：「我還會給妳一美元買糖果，我朋友會在妳額頭親一下。」

賄賂也很有效。

小女孩說：「那個男人說他知道露西的媽媽在哪裡。」

「是嗎？」

小女孩懇切地點點頭：「他說他要帶露西去找媽媽。」

「那個男人長什麼樣子？」

小女孩揉捏著自己的手指，彷彿想從手中搓出一個答案。

她說：「我不知道。」

「但妳瞄到一眼了對吧？」

小女孩點點頭。

李奇問：「當時門邊有幾個男人？」

「兩個。」

「他們長什麼樣子？」

「就像電視上的樣子。」

「妳有沒有看到他們的車？」

「又大又扁。」

「普通轎車？不是皮卡車也不是四輪驅動車？」

「普通車。」

「沾滿泥巴嗎？」

「沒有，閃亮亮的。」

「什麼顏色？」

那孩子又開始揉捏手指了。

她說：「我不知道。」

索倫森手機響了，她看了一眼來電顯示，用嘴型說：「奧馬哈。」

李奇搖搖頭。索倫森見狀點了點頭，但看起來並不開心。她任手機響個不停，最後鈴聲自己中斷了。李奇回頭對著小女孩說：「謝啦，寶拉，妳的表現很棒。妳沒事了，所有問題都解決了。」他的手伸進口袋，從一捲鈔票中抽出一美元遞給對方。索倫森的手機震動了一下，是語音留言。李奇說：「現在這位美麗的小姐要親妳的額頭一下。」

小女孩咯咯笑著。索倫森似乎有些難為情，但她還是走上前去，彎腰親了女孩的額頭。女孩回去看電視螢幕上演的爆炸場面了，李奇望向女孩的母親，說：「我們要向妳借凱倫家的鑰匙。」

女人從玄關的一個抽屜中拿出鑰匙。那是一般家用門的鑰匙，連著一個水晶墜飾，跟車鑰匙用的那個一樣。李奇心想，不知道人造水晶會在幾度高溫下融解？融點八成低於一般玻璃，因為裡頭加了一些讓成品閃閃發光的物質。可見那個鑰匙圈已經永遠消失了，成了Impala焦黑地板上的一抹微量元素，或是水蒸氣凝結成的一小朵雲，乘風飄往奧瑞岡。

他接過鑰匙並說：「謝啦。」然後就跟索倫森一起走出門外。古德曼的車仍停在原位，不過救護車已經把遺體送走了，普勒的車也不在了。雨雲遠去，天色明亮，濕潤的冬陽高掛頭頂。

索倫森在車道上止步，查看語音留言清單。李奇說：「不用聽了，妳已經知道對方會說什麼了。」

「我得打電話回報。」她說：「情勢已經改變了。失蹤兒童還沒尋回，如今這裡也沒有人可以辦案，我們行動的正當性已經蕩然無存了。就算本來有，現在也沒了。」

「晚點再打。」李奇說：「先別這麼快。」他繞過潮濕的草地，走上杜馮索家的車道，鑰匙握在手心。

索倫森說：「你認為我們會有什麼發現？」

「會發現床。」李奇說：「或至少會有沙發。我們需要小睡片刻，目前我們幫不上任何人的忙，我們也不會想步上古德曼的後塵。」

49

杜馮索家跟鄰居家長得一模一樣，不誇張。格局相同，廚房、窗戶、地板、房門都長得一樣，門把、球形把手、廁所也如出一轍，就像同一個模子印出來的。屋內有三個小臥房，其中一間顯然是杜馮索的，另一間顯然是她女兒的，最後一間顯然是客房。

「妳挑吧，」李奇說：「看妳要睡客房的床還是客廳沙發。」

「這太瘋狂了。」索倫森說：「我的分區辦公室打了兩通電話來，而我略過不接，打電話的人搞不好是我主管本人啊。我現在等於是個逃犯，你還要我睡覺？」

「我談的是效率問題。就像妳說的，有個小孩失蹤了，你們部門不會處理這件事，而地方員警一無是處，因此我們得自己處理。如果我們累到掛，就解決不了問題了。」

「他們會來追捕我。而我卻睡在床上，坐以待斃。」

「他們要開兩小時的車才會到，補眠兩小時總比沒睡好。」

「我們根本無法處理。我們沒掌握案情發展狀況，沒有資源。」

「我知道，」李奇說：「妳先前也說過類似的話，我都聽到了。沒聯絡人，沒援軍，沒人支持、幫助，沒任何設施、沒實驗室、沒電腦，什麼都沒有。但除了繼續查之外，妳還有什麼打算？擁有資源的人打算無視這整件事，我們只好在沒有資源的情況下試圖應對。」

「怎麼繼續？我們要從哪裡開始？」

「從凱倫・杜馮索的驗屍報告開始，最初的偵查成果。拿到報告後我們就能掌握更多。」

「驗屍報告為什麼會有幫助？」

「等著瞧吧。如果妳想的話，可以不斷催促他們。」

「不需要催，我了解這些人，他們總是用最快的速度工作。」

「他們在哪？」

「八成在迪莫依，最近且夠體面的停屍間在那裡。他們得親自跑一趟，請領遺體，這是流程規定。」

「我們什麼時候會收到消息？」

「你有一些發現對吧？」

「睡一下吧。」李奇說：「鑑識人員打電話來就接，不是的話就不要接。」

李奇睡到客廳沙發上。杜馮索家放的是三人座小沙發，扶手很低，黃色沙發布套上有花朵圖案。比床還差，但比地板還好。他躺到沙發上，塞滿所有空間，調整出舒適的頭部姿勢，接著縮起腳放好，將鬧鐘設在兩小時後，放到頭旁邊。深吸一口氣，接著又呼出一口氣，他幾乎是瞬間就睡著了。

他醒來時也只花了一眨眼的工夫。電話響了，但不是索倫森的手機。鈴聲來自廚房，是杜馮索家的市話。傳統的金屬鈴聲，頻率緩慢、悠哉，耐心十足，還帶著不經意的感覺。響六次後切換到電話答錄機了，杜馮索用爽朗、歡樂、有活力、有朝氣的嗓音招呼來電者：「你好，這是凱倫與露西家。我們現在無法接聽來電，但歡迎你在嗶聲後留言。」

嗶聲響起，另一個女人開始說話了。她表示想要安排一個時間讓自己的小孩和露西一起玩耍，之後就掛斷了電話，李奇再度入睡。

他在整整兩小時後醒來，雙腳痠麻，背好像被鐵鎚搥過。他坐起身，把雙腳甩到地面上。

屋內毫無聲響，空氣凝滯，這裡是嚴冬的荒野中央。

他起身伸了個懶腰，手掌貼上天花板。接著他找到浴室，進去洗了把臉，並用有恐龍圖案的牙膏（他猜是露西的）刷了刷牙。走出浴室，他到客房瞄了一眼。

床上的索倫森睡得很熟，臉偏向他這一側，一綹頭髮垂在眼前，就跟她拔槍時一樣。一隻手枕在頭上，另一隻手縮起，防衛式地擺在自己身上。安心的同時也帶有戒心——無意識的動作將她內在的矛盾表露無遺。當他思忖該怎麼叫醒她比較好時，她的手機幫他完成了任務。毫不花俏、單薄又刺耳的電子鈴聲響了一次，兩次。她稍微翻身，眼睛大睜，整個人彈坐起身。她慌忙地以睡到有些麻木的手拿起手機，確認來電顯示。

「是奧馬哈。」

鈴聲響了第三次。

她說：「我不能再忽略他們了。」

第四次。

她說：「我正在向我的飯碗吻別。」

第五次。

李奇走向床邊，一把抓走手機，按下綠色按鈕，將手機舉到耳邊：「哪位？」

有個男人的嗓音在他耳邊說：「你是誰？」

「是我先問的。」

「你是怎麼拿到這支手機的？」

「放膽猜猜看啊。」

「索倫森探員在哪？」

「你是哪位？」

對方停頓了好一段時間，也許是在設定錄音設備，或啟動某種衛星定位裝置，也可能只是在思考。他說：「我姓裴瑞，是FBI探員，負責管理內布拉斯加奧馬哈分區辦公室。換句話說，我是非常資深的聯邦執法人員，同時也是索倫森的上司，你是哪位？」

李奇說：「我是愛荷華州那個車手，索倫森探員現在被我限制了人身自由，她是我的人質。」

50

床上的索倫森無聲地陷入瘋狂狀態，和李奇講電話的男人則深吸了一口氣。李奇說：「我的要求非常有節制，裴瑞先生。如果你希望索倫森探員平安無事地歸去，你該做的事情就是『什麼也別做』。別打電話給我，別試圖追蹤我，別試圖跑來找我，別催促我，完全不要干涉我的所作所為。」

那個男人說：「告訴我你要什麼。」

「我剛剛說了。」

「我可以幫你，我們可以一起解決這個狀況。」

李奇問：「你有沒有修過人質協商課？」

「有，我修過。」

「我感覺得出來，你根本沒在聽別人說話，離我遠一點就是了。」

「你打算做什麼？」

「我打算做你們的工作。」

「我們的工作？」

李奇說：「你們面對的是有人喪命、有孩童失蹤的狀況，應該要叫中情局和國務院閃邊、閉嘴，但你卻沒那麼做，反而選擇屈服，所以說我在幫你擦屁股時別擋路。」

「你他媽的到底是誰？」

李奇沒回話。他掛掉電話，把手機丟回床上。

「你瘋了。」索倫森說。

「並沒有。」他說：「如此一來沒有人會怪他，也沒有人會怪妳，該做的工作還是有人會搞定，大家都是贏家。」

「但他不會照你的話做。我知道那個人的個性，李奇，他不會低頭，不會讓你當著中情局的面糗他。他一定會來追捕你，他會策劃大規模緝捕行動。」

「就各憑本事囉。」李奇說：「我之前已被追捕過，而且是好幾次，從來沒有人找到我。」

「你不懂，要找我們很簡單，他可以追蹤我的手機訊號。」

「我們得把手機留在床上，再去買一支。」

「老天，他可以追蹤我的車啊。」

「我們接下來不會開妳的車。」

「怎麼？我們要用走的？」

「不，我們要開古德曼警長的車，他已經用不上了對吧？」

古德曼的車仍停在路中央，鑰匙也還插在車上，一如李奇預料。都市的警察一下車通常就會帶走鑰匙，地方警察沒幾個有相同習慣。對都市警察來說，沒什麼比「警車被鬥毆現場的混混幹走」還要尷尬，但鄉下地區很少有這種風險，因此大家養成的習慣不同。

車上還有額外紅利，他們沒必要買新手機了。古德曼的手機就放在儀表板上的手機座（長得跟ＦＢＩ車上的那一個一模一樣）內充電，螢幕顯示兩通未接來電，一通是索倫森的手機打的，另一通是警局的調度員打的，來電時他已斷氣。

李奇將駕駛座往後推，發動引擎。這輛車是警方版的Crown Victoria，骨子裡跟索倫森的車毫無分別，只是後者外觀較樸素。不過它的內裝較老舊、骯髒，椅墊經過長時間使用後，已被烙下古德曼的身形，李奇覺得自己彷彿穿著死者的衣服。

索倫森問：「我們要去哪裡？」

李奇說：「都可以，只要有手機訊號就好。我們要先等妳的法醫鑑識人員報告驗屍結果，之後再說，妳得打電話給他們新號碼。」

「基本上我們等於是竊車賊，你懂我意思吧。」

「不然除了我們還有誰可以辦好事？那個蠢普勒嗎？」

李奇利用杜馮索家那條空蕩蕩的車道迴轉，南下再轉往西方，朝十字路口前進。距離只剩不到半英里時，古德曼的手機響了，爆出一串嘹亮、粗礪的電子音。頻率急促，一點也不花俏。

來電顯示框內的號碼是四〇二開頭。

「奧馬哈。」李奇說。

索倫森探出身子把剩餘的號碼讀完。

「該死，」她說：「是我主管探員的私人電話號碼。」

「他打電話給古德曼？為什麼？」

「你綁架了我，所以他要通報內布拉斯加東半邊的所有執法人員。」

「他不知道古德曼已經死了嗎？」

「我認為知道的機率很低，我想不到消息會如何傳到他那裡，沒那麼快。」

「他怎麼會有古德曼的電話？」

「資料庫，我們有很多電話號碼。」

「他跟古德曼講過電話嗎？」

「我認為沒有。夜班探員接過一通古德曼的電話，就這樣而已，那就是整件事的開端。」

「我要怎麼操作手機？」

「你不會是要接他電話吧？」

「我們不能讓所有人都無視他，他會很難過的。」

「但他認得你的聲音，你才剛跟他講過電話。」

「古德曼的嗓音是什麼感覺。」

「內布拉斯加州七十歲老人的感覺。」

「我要怎麼操作手機？」

「你確定要接？」

「快點，別讓電話轉進語音信箱。」

「擋風玻璃邊框上有麥克風，按下綠色鈕就行了。」

李奇按下綠色按鈕，聽到汽車喇叭發出電話線另一頭的聲響，不自然的嘈雜、清晰、細節繁多。所有窸窣、喀啦聲都被忠實地傳遞了過來。他聽到主管探員裴瑞的嗓音了，生氣勃勃又有點緊繃：「是古德曼警長嗎？」

李奇抬起方向盤上的右手，以小指勾住嘴角，彷彿把它當成牙科的侵入式儀器。他說：「是的，我就是。」

響徹車內的嗓音說：「警長，我叫安東尼・裴瑞，是FBI奧瑪哈辦公室的主管探員。FBI目前關注的狀況似乎發生你們後院，局勢還在變化。」

「什麼狀況呢，先生？」

「我相信你可能已經見過我們辦公室的索倫森探員了。」

「昨晚有幸見了她一面，一位非常能幹、優秀的年輕女性，這屬下想必是您的驕傲吧？」

索倫森的頭仰靠到椅墊上，閉上眼睛。

裴瑞說：「呃，是的，不過我現在不是要談這個。今天早上我們接獲內布拉斯加州警通報，說有個小孩失蹤了。」

「很遺憾，但千真萬確，先生。」

「我相信索倫森探員就是為了此案才直奔你那裡。」

「太好了，」李奇說：「目前我樂見更多助力投入此案，越多越好。」

他吞下流經他手指的口水。

裴瑞說：「你還好嗎，警長？」

「我累了。」李奇說：「我是個老頭，清醒時間已經超過我所能負荷的範圍了。」

「你今天還沒和索倫森探員打照面嗎？」

「還沒，不過我一定會留意她的動向。」

「這可不容易，警長。我認為她可能跟一名男性嫌犯繞到其他地方去了，男性嫌犯可能設法制服了她，挾持她做為人質。」

「呃，先生，您視此為緊急狀況的心情我完全可以體會。是，這確實很緊急，不過您要找她不需要經過我的同意，我想你有權庇護自己的人馬，我隨時歡迎您派人過來搜索。」

「我目前無法分散人力，」裴瑞說：「不可能把人派到四面八方去。我想要請你和你的屬下充當我的眼耳，幫忙我留意她的動向，可以嗎？」

「具體而言要我們做什麼？」

「一看到索倫森探員或她的車就立刻回報我。如果情況允許，就逮捕她的同行者。」

「能不能給我歹徒的外觀描述？」

「他是個壯漢，鼻梁斷了。」

「威脅性高嗎？」

「應該要視他為高度危險人物，別冒沒必要的風險。」

「意思是說，我應該要先開槍再問訊嗎？」

「在目前情勢下，我認為這是非常合理的辦案準則。」

「好，我會照辦，裴瑞先生。你現在起可以不用擔心我這個州的狀況了，如果他跑到這裡來，我會料理他。」

「謝謝你，警長，非常感謝你的合作。」

「隨時為您效勞，先生。」李奇挪開小指，按下紅色按鈕。

索倫森不說話。

李奇說：「怎麼？這結果很好啊，現在整個州都是我們的了，我們可以自由來去。」

「我們要是晃出這個州又該怎麼辦？你不懂嗎？你現在成了通緝犯了，他準備找人幹掉你。」

「其他人做過同樣的嘗試。」李奇說：「我人還在這，但那些人已經不在了。」

車子前進一英里後，索倫森打電話給鑑識人員，想告訴他們新手機號碼。對方沒接聽，她於是留了語音留言。李奇認為這是個好徵兆，代表他們可能正站在某停屍間的不鏽鋼桌前方埋頭苦幹。他並不欽羨他們的工作。所有執法人員都到過驗屍現場，李奇也不例外。這是一種過度儀式，證明你有骨氣，有時也有助於串聯證據。腐爛的溺水者屍體是最駭人的，嚴重燒燙傷死者則緊追在後，解剖他們就像是在切烤肉排，但還是有些不同。

他在十字路口的幾英里外停車。他不希望當地人看到他開著死去警長的車，尤其不希望普勒或其他員警目擊那場面。他不想惹出爭議，也不想用無線電跟他們聊天，至少目前還不行，目前保持匿名對他有利。他找到了一塊田地的入口，倒車開入拖拉機的車轍當中，然後讓引擎怠速，才有暖氣可吹。他還有半個油槽的汽油。他直盯著擋風玻璃外那一大片平坦、一路延伸到地平線的棕色土壤。六個月後，植物ＤＮＡ、雨水、泥土中的礦物質將會滋養出幾千、幾萬噸的農作物，而這輛車將會隱身在其綠葉之中。

索倫森說：「你怎麼看？」

「妳說我現在在看什麼？」

「不，我是指杜馮索的驗屍報告。」

「聽完報告我就會得到一個肯定的答案，『是』或『不是』。」他說：「兩者其一，沒有模糊地帶。」

「可以再說詳細一點嗎？」

「不，」他說：「我的推論可能是錯的，到時就尷尬了。」

「如果我做出重大宣告，結果事實證明我說錯了，我會覺得自己有點蠢。」

「你很容易出糗嗎？」

「這常發生嗎？」

「比我期望的還常，妳有小孩嗎？」

索倫森搖搖頭。「沒有。」

「妳會想要自己的孩子嗎？」

「我不確定，你呢？」

「完全不想，妳會動不動就覺得自己很糗嗎？」

「不太會。」索倫森說：「至少職場上不太會，私下偶爾會吧，我想。例如現在我就很希望沖個澡、換衣服。我昨天起床後穿上這套衣服，一直穿到現在。」

李奇說：「我一件衣服至少穿三天。而且我鼻梁斷了，什麼也聞不到。」

她微笑。

他說：「妳可以去買個東西，也可以在杜馮索家沖個澡，妳在這個郡暢行無阻。」

「在杜馮索家沖澡感覺毛毛的，死者的浴室耶。」

「我們現在就在開死者的車。」

「再說我能去哪裡買東西？」

「鎮上一定有商店，妳可以去買件吊帶長褲。」

「你不想進城，不然你就不會把車停在這裡了。」

「我們可以到萬惡城市去，我們至少知道那裡的便利商店買得到上衣。」

「那衣服不怎麼好看。」

「妳穿什麼都好看。」

「你這句話我就當作沒聽到。」她頓了一下又說：「好，我們去萬惡城市吧。我會學你剛剛的做法。我先去買件衣服，你再讓我進汽車旅館待一個小時。」

「那招下午沒用，因為女服務生都回家了，妳得付一晚的住宿費。」

「沒問題，對我來說也值得。」

「妳真講究。」

「大多數人都很講究。」

「我們也可以吃個午餐。」

古德曼的電話又響了，汽車喇叭再度送出急促、粗礪的電子音，無比嘹亮。

「堪薩斯市。」李奇說。

區碼是八一六。

「別接。」索倫森說。

粗礪的鈴聲響了六次，七次，八次，戛然而止。車內又安靜了下來，只剩引擎的低沉顫動與暖氣的颼颼聲。

李奇說：「妳的反恐小組是從堪薩斯市來的對吧？」

「他們不是我的人馬。」索倫森說。

「道森和米契爾是吧？」

「對。」

「還有誰可能會從堪薩斯市打電話給古德曼？」

「任何人都有可能。兄弟姊妹、兒女、大學老同學、釣友。」

「在上班時間打？」

「為什麼不能？」

「古德曼真的上過大學嗎？」

「我不知道。」

「我認為他的副手沒上過。」

手機嗶了一聲，是語言留言通知。索倫森探過去撥弄了一下手機，頭髮拂過李奇的手臂。潮濕、扭曲的聲音充斥車內。

「對方是用手機打來的。」索倫森說：「訊號很弱，八成是在室內打的，或是在移動的車輛上。」

接著有個人聲突破雜訊：「古德曼警長，我是堪薩斯市ＦＢＩ反恐小組的道森，我們昨晚碰過面，我需要你立刻回電給我。在那之前我要先請你提防一個男人，他正和ＦＢＩ奧馬哈辦公室的索倫森探員一起行動，是個危險的逃犯，一發現他就要即刻逮捕他。我和我的搭檔已經在過去的路上了，到場後我們會處理他。不過在那之前請提高警覺，我們再三十分鐘左右就會抵達貴郡，也會去您的警局一趟，希望能在那裡碰面。」

接著是更多潮濕的雜訊，最後接上一片沉默。

車內只剩引擎的低沉顫動與暖氣的颼颼聲。

索倫森說：「我們在這個郡終究無法暢行無阻。」

51

李奇並沒有把車開走，這地點並沒有比其他地方差。他說：「奧馬哈顯然沒跟堪薩斯市談過。妳上司要是知道道森和米契爾在路上，就不會請古德曼充當他的耳目。」

「顛倒過來可能才符合事實。」索倫森說：「也許是堪薩斯市沒找奧馬哈談，獨立行動，他們自命不凡，總是愛這樣搞。」

「他們認為我是恐怖分子嗎？」

「他們知道你幫金恩和麥坤開車，而他們殺害的人幾乎可確定是中情局的人，你自然會被視為恐怖分子相關人馬，不是嗎？」

「有個開皮卡車的黑人老兄差點就要停車讓我上車了，就在金恩和麥坤現身的不久前。我當時沒搭到那輛車還蠻慶幸的，因為我冷得要命，而那輛車的暖氣看起來像是壞了。現在我真希望當初順利上車，如果他願意載我，我此刻大概已經到維吉尼亞了。」

「而且也得肺炎了。」

「該去讓妳買衣服和沖澡了。」

「但我們只有半小時的時間，甚至不到。」

「半小時後會怎樣？沒人會找妳碴，而他們連我的影子都看不到。」

「他們認為我遭到綁架，所以會來救我，這樣我跟遭到囚禁沒兩樣。」

「妳主管沒跟他們聊過，他們根本不知道歹徒宣稱綁架了妳。他們說我和妳一起行動，不是說我挾持妳當人質。他們看到妳會說嗨，妳也回他們一句嗨，他們接著會問妳鼻梁斷掉的老兄跑哪去了，妳就說妳不知道。他們還得先找到妳才會有這些對話，但他們實際上辦不到。他們不會去汽車旅館住宿，就算會，櫃檯人員也不會安排你們住同一間房，他們基本上是這樣作業的。」

「好。」索倫森說：「走吧。」

古德曼那輛車的儀表板上沒有衛星導航系統，前座雜物箱內也沒有地圖。他對這兩樣東西都沒有迫切需求，因為他對這個郡大概已瞭若指掌。他八成在這裡長大成人，住了一輩子。因此李奇只能讓記憶、常理性思考、臆測來為他導航。他的位置大約在十字路口東北方兩英里外，而他必須前往十字路口正北方三英里處。因此他基本上以西方為目標，不斷穿行於棋盤狀道路上，最後開回主要幹道上。馬路對面是一整排叫人哀傷的待售農耕機具，看起來跟廢鐵沒兩樣。他停在岔路上左顧右盼，沒發現什麼應當提防的東西。沒有FBI的轎車，沒有特警隊，沒有裝甲車，沒有當地警員，沒有臨檢點，空中沒有直升機。因此他轉彎北上，緩慢開完最後一英里路，然後繞到便利商店後方。

索倫森從手機座上取下古德曼的電話，放進自己的包包內。她走進商店內，五分鐘後又出來，手拿跟杜馮索同款、同尺寸的衣服，還有一個較小、較軟的袋子，李奇猜是免洗內衣褲和襪子。看起來最順眼的汽車旅館在馬路另一頭，因此李奇切到對向車道，停在一段距離之外。他猜讓索倫森自己走路過去比較好，根據他過去的經驗，旅館經營者都有聊八卦的習慣，他可不希望郡告示牌上寫著「有陌生人開警長的車」幾個大字。他看著索倫森進入工作人員的辦公室，五分鐘後帶著房間鑰匙出來，目送她沿著建築物旁的走道前進，最後進入某間房間。

他猜她沖澡要花三十分鐘，因為她個性一絲不苟，而且上次洗澡已是三十小時以前的事了。也可能要到四十分鐘，如果她習慣用吹風機吹乾頭髮的話。

他把車停到一家白天不營業的酒吧後方。整體而言，萬惡城市相當安靜。所有餐館都掛著「再過去就是州際公路了，沒有餐館」的標語，加油站掛的是「再過去就是州際公路了，沒有加油站」。他猜商會可以直接掛一個標語：「再過去就是州際公路了，什麼店也沒有」。半個字都不假，不過把握最後機會的駕駛並不多。

他下車，幫車門上鎖，過馬路後繞到杜馮索工作的雞尾酒吧去。紅色馬自達還在。五門車，四個座位，車鎖曾被撬開，大概是索倫森的鑑識人員動手的吧。內裝低調、乾淨，駕駛座的位置沒特別前面也沒特別後面，適合身高一般者。從各方面來看，這就是一輛典型的出租車。

李奇的作業守則是：**有疑慮就喝杯咖啡**。因此他原路折返，過馬路走到汽車旅館附近的餐廳去，挑了個椅墊高、靠角落、後方有道白牆的座位，點了滿滿一陶杯、差點就要滿出來的濃咖啡。容器很爛，但咖啡很棒，也占到了一個很棒的戰術位置，看得到整間餐廳，也看得到街上。通往廁所的走廊在他左肩的三英尺外，盡頭有個防火逃生口。他望向窗外，看著路上來去的車輛，有輛十八輪大貨車北上，另外還有輛外型相似的貨車南下。一輛破爛的皮卡車駛過，還有形狀方正、沾滿泥濘的四輪驅動車、長了點點鏽斑的廂式貨車。

還有一輛北上的深藍色福特Crown Victoria。

廠牌、型號、顏色都跟索倫森的車一樣。

後車廂蓋上的細針狀天線也長得跟索倫森的一樣。

FBI。

車上有兩個男人。

車子行進的速度很慢，太慢了。顯然比一般留意路況、小心駕駛的速度慢上許多，是找人的速度。駕駛掃視左側，副駕駛座上的人掃視右側，李奇看著它龜速開過餐廳前方。稍早奧馬哈辦公室後方空地上守著四個人，李奇認為其中兩個人就是他們。也許吧，他們可能就是道森和米契爾。

他啜飲一口咖啡，在心中計算時間、速度、距離。Crown Victoria正好在他算出的那個時間點再次露面，緩慢地開在南下車道上，車上兩人轉過頭來，兩雙眼睛掃視著路肩、建築物、人車。車子走走停停，拖拉一陣後就稍微加速前進。

接著車子又把速度放得更慢了。

它轉過彎來。

壓過破碎的路邊石，開上餐廳前方的碎石空地，慢慢逼近，最後停在距離李奇那扇窗一碼處。那兩個老兄靜靜地坐在裡頭。不急迫，沒有行動目標。可見只是要喝杯咖啡休息一下，畢竟他們搜索了好一段時間，苦無成果。僅只如此。李奇相當確定自己看過他們，相當確定他們就是道森和米契爾。他們眨眼眨個不停，打呵欠，扭動脖子舒緩緊繃的肌肉。他們身穿深藍色西裝、白襯衫，繫藍色領帶，看起來有點衣裝不整，有點累。其中一個人比另一個高一點、瘦一點，除此之外都很相像，都是金髮、臉色紅潤、四十出頭。

他們認為我是恐怖分子嗎？

他們知道你幫金恩和麥坤開車。

兩人一同下車，在寒風中站了一會兒。司機彎腰打直雙手，舒展身體，副駕駛座的那個人則高舉肘關節，拳頭垂到自己耳朵附近。李奇猜他們的肩槍套內有一把葛拉克手槍，皮帶上有手銬。還有愛國者法案、無限制權威和其他國安狗屎律令當後盾。

他們瞥了左方一眼，瞅了右方一眼，最後視線鎖定在餐館大門。

李奇喝乾最後一口咖啡，壓了兩美元鈔票在馬克杯下方，溜出座位，進入廁所走廊。他聽到前門開啟的聲音，聽到兩雙鞋的鞋跟敲在磁磚上，聽到女服務生從一個長孔中抽了兩張菜單出來。他走向走廊盡頭，推開安全門，來到餐館後方空地。

他穿過建築物之間的縫隙，擠到汽車旅館後方，沿著後牆前進，停在唯一一個冒出水蒸氣的窗邊。他敲敲窗戶，等待回應。窗戶開了一小縫，他聽到吹風機關掉的聲音。索倫森說：「李奇？」

他問：「打點好了嗎？」

她說：「比較有人樣了。」

他上前一步，望進窗縫內。她身上緊纏著一條浴巾，上緣夾在胳肢窩，下緣蓋到小腿上，遠超過膝蓋。她的頭髮以分線為界，一邊濕一邊乾。熱氣蒸騰下，她的皮膚白中透紅。看起來挺美的。

他說：「妳那兩個堪薩斯市的同事在餐廳裡。」

她說：「他們不是我的同事。」

「妳的鑑識人員打電話了嗎？」

「還沒。」

「怎麼會拖這麼久？」

「八成是因為程序複雜。」

「希望他們的表現夠好。」

「夠好是怎麼個好法？」

「提供我需要的資訊就夠好了。」

「那問題是出在你到底需要知道什麼，不是嗎？」

「我在車上等妳。」李奇說：「車子停在一家酒吧後面，酒吧和另一棟建築物相鄰，旁邊沒有其他房子。」

她說：「好。」

窗戶關上了，他聽到窗閂發出喀的一聲，吹風機再度開始狂嘯。他往北走，穿過餐館後方空地，經過一排垃圾桶，經過一疊廢棄床墊、一個爛掉的空紙盒（外側的印刷字樣：兩千個保麗龍杯）。他穿過無人地帶，溜到下一棟建築物後方，這似乎也是一家雞尾酒吧，他跨過一支無牌香檳的空瓶。

然後止步。

古德曼的車停在他正前方三十碼外，酒吧後方，完全沒有偏離原位。不過另外有一輛車停在它後方，夾成一個T字，車尾朝著他。是一輛沙金色的福特Crown Victoria，肯定是政府機關的車，但不是FBI的。跟索倫森的車不一樣，也跟道森、米契爾那輛車不同，掛著政府機關車牌。引擎怠速中，白色廢氣飄散在排氣管周圍。

它擋住了古德曼那輛車的去路。

李奇不確定它是故意的還是不小心的。

車內有一個人，坐在駕駛座上，李奇看得到他的後腦勺。他的頭髮是沙金色的，跟烤漆顏色一模一樣。他身穿毛衣，正在講電話。

穿毛衣代表他身上沒肩槍套，沒肩槍套代表他沒槍，沒槍代表他不是便衣或有任務在身的探員，不是司法部或緝毒局、菸酒槍砲及爆裂物管理局、國防情報局或其他名字可縮寫為三個字母的單位。

追根究柢，穿毛衣就代表那個傢伙完全不構成威脅。

八成是個文官。

人靠衣裝。

李奇繼續前進，停在那老兄窗邊，敲了敲玻璃。那傢伙嚇了一跳，水汪汪的藍色眼睛望向他的斜上方，手慌亂地扳動控制鈕，窗戶放了下來。

李奇說：「老兄，把你的車移走吧，擋到我了。」

男人挪開他的手機，然後說：「你是誰？」

李奇說：「我是警長。」

「不，你不是，我昨晚見過他一次，而且他已經死了，他們說他是在今天早上斷氣的。」

「我是新任警長，我升官了。」

「你叫什麼名字？」

「你呢？」

那男人似乎吃了一驚，傻了一會兒，彷彿突然意識到自己極度失禮。他說：「我叫列斯特・列斯特，來自國務院。」

李奇說：「你爸媽非常講究節制是吧？」

「這是家族命名傳統。」

「總之呢，列斯特，我現在要上路了。」

對方還是不動。

李奇說：「你有兩個選項，列斯特。往前開一些，往後開一些。」

他並沒有採取任何行動。李奇看著他，感覺到他腦袋裡的電路緩慢地接通，靈光最終還是亮起了。他瞪著李奇看：**巨漢，斷掉的鼻梁**。他大吼：「你就是我們在找的人對吧？」

「問我也沒意義，我不知道你在找誰。」

「上車。」

「為什麼？」

「我要逮捕你。」

「你在開玩笑嗎？」

「你認為國家安全是個笑話？」

「我認為讓你這種人進場攪和很好笑。」

他說話非常大聲。

李奇突然意識到對方手中仍拿著手機。

他在跟誰講電話？

那家餐館？

也許他並沒有真的那麼笨。

52

李奇猛力拉開車門，一把搶過手機，用力往高空一扔。它掉到酒吧的屋頂上了。他接著抓住男人的毛衣衣領，將對方拖出座位，半拉半趕地逼對方往自己來時方向移動，十英尺、二十英尺，接著把對方當鐵餅似地擲向雞尾酒館的後牆，自己回頭衝向Crown Victoria，鑽進駕駛座，甩動排檔桿，重踩油門。地上的碎石四處飛濺，車子向前射了一小段距離後他便重踩煞車，有些跌跌撞撞奪車門而出，繞過古德曼那輛車的後車廂後來到駕駛座門邊。他按了一下遙控器解鎖，扯開門，發動引擎，倒車遠離酒吧後牆，快手轉動方向盤。

那輛沙金色Crown Victoria還在動，因為他下車時沒打停車檔。他無視這一幕，急轉彎繞過它的車頭，結果車尾一角遭到緩慢的擦撞。他轉動方向盤擺脫那輛車，開向酒吧與同一排建築物之間的縫隙。他瞥了一眼左方，發現那個沙金髮色的男子正用最快的速度跛行追逐著某物——可能是在追古德曼的車，也可能是在追自己的車，他不確定是何者。瞄完這最後一眼，他便把注意力放回前方路況上，穿過建築物前方空地、壓過拱起的主要道路路面，鑽入小巷來到馬路對側的建築物後方空地上。

接著他放慢車速，深呼吸，坐挺，一路往南滑行，最後來到最近的建築物之間的縫隙，從那位置可以遙望汽車旅館和餐館。

沒有索倫森的影子。

餐館內沒有動靜。

藍色Crown Victoria仍安安靜靜地停在原地，沒有人急忙奔向它。餐館大門仍緊閉著，窗戶另一頭的室內並沒有顯而易見的騷動。

李奇盯了整整一分鐘，盯到百分之百確定為止。

國務院的傢伙並不是在跟餐館內的人通話。

他於是轉而觀察起汽車旅館。三分鐘後，索倫森的房門打開了，她本人走了出來。她仍穿著同一套褲裝，外套罩在新上衣上，揉成一團的舊衣服塞在新衣服的塑膠封袋內。她準備把衣服帶回家洗，他們應對方法不同，因為她有家可歸。

她在房門外走道上站了幾秒，下巴高抬，東張西望一番，彷彿是在都市人行道上準備攔計程車。接著她開始往北朝酒吧走去，前往他告訴她的停車處。他轉動方向盤，緩慢駛出建築物間隙，壓過前方空地，重回馬路，加速直衝，然後把車停在她身旁。他探出身子打開她那一側車門，而她鑽入車內，一切自然得像是他們日常生活的一部分。

他說：「我不得不移動，我跟你們那個國務院來的列斯特先生起了一點衝突。」

她說：「列斯特先生不是我們的人。」

這時他才發現，自己惹出的麻煩比原本預期的還大。後照鏡中的餐館大門已落在好一段距離之外，道森和米契爾從中衝出來，進入停車場。兩人都在講電話。空出來的一隻手快速擺動，西裝外套翻飛。可見列斯特還是以手機知會了餐館內的兩人，只不過不是有意、直接的告知，而是走非常迂迴的路線。他原本可能在跟華盛頓區霧谷的某人通話，突然間大吼：「你就是我們要找的人。」接著通話又無預警地中斷。和他講電話的那個聰明鬼腦筋轉了一下，立刻打電話給胡佛大樓，胡佛大樓又打電話給堪薩斯市，堪薩斯市則撥了道森和米契爾的手機號碼，現在八成還在對他們說：你們要找的那個人在你們的二十碼外揍了列斯特•列斯特一頓。

他們看到他了，也可能是看到索倫森。他們愣在原地，指指點點，接著衝向自己的座車。

李奇踩下油門，突如其來的加速將索倫森甩向副駕駛座，車身在碎石子地上側滑、甩尾。李奇跟方向盤搏鬥了一陣子後，順利抓到一個角度壓過路邊石，重回北上車道。他伸長脖子看後照鏡，倒車中的FBI專用車剛好在這時煞住，轉彎直奔而來。

「抓好了。」他說：「我開車技術很爛。」

「你現在才說。」索倫森摸找了一陣後順利為自己扣上安全帶，並將它調緊。李奇持續重踩油門。警用規格的大V-8引擎馬力十足，力矩大，還不賴。問題是道森與米契爾開的是同款車，一樣的V-8引擎，一樣的規格，一樣的馬力與力矩。也許重量輕一些，因為車頂沒裝探照燈，車頭車尾也沒裝推桿。風阻肯定會比較小。

李奇知道州際公路就在五十英里外，也知道抵達公路之前根本不會經過什麼像樣的地方。道路兩旁有些岔路，低矮樹木散布四周，田裡偶爾還會冒出孤零零的農舍，屋況奇差、無人聞問、來歷不明。除此之外就只有結凍的冬季土地了，地形平坦無比。沒有隆起，沒有凹陷。沒有小丘，沒有地脊。

有得逃。

沒得躲。

路面磨損嚴重，因為經年累月的冬季霜雪與夏季地下水位使路床不斷上下升降。在上面開一般速度並不會有什麼問題，但開快車就很危險了。古德曼的巡邏車像是大浪中的快艇。引擎咆哮，方向盤在李奇手中扭動不止。道森和米契爾的車仍在幾百碼外，但距離正在拉近。李奇將油門踩得更深，**踏板觸底**，時速一百英里。

有得逃。

沒得躲。

普勒，他想到了一個名字。

他說：「妳知道無線電的操作方式嗎？」

索倫森說：「我可以試試。」

「找出拿測速槍的那個普勒的所在位置，跟他說有輛北上的車子超速行駛，是深藍色轎車。」

李奇繼續往前開。道路筆直，他根本不用操控方向盤。車子輕盈地掠過下傾路段與坑洞。並沒有騰空移動，但也快了。索倫森拿起無線電對講機，撥弄了一下按鈕，清清喉嚨後說：「普勒副警長，請問你在哪裡？」

普勒回覆了，他的嗓音壓過靜音的沙沙聲：「妳是誰？」

「我是FBI探員索倫森，你在哪裡？」

「郡級道路的一英里外，女士。」

「靠北？靠南？靠東？靠西？」

「北。」

「好，很好，有一輛超速行駛的轎車正朝你開過去，是深藍色的福特Crown Victoria。請你攔下它，告誡駕駛一番，他這樣開車太魯莽不顧安全了。」

「我會的，女士。」

「通話結束。」索倫森將無線電放回原位，接著說：「要怎麼攔下時速一百英里的車子？我們可能會害死普勒的。」

「如此一來美國人的基因庫品質就會提升。」李奇繼續往前狂飆，道森和米契爾現在只落後他們三百碼了。那是時速一百英里的車子花六秒就能跑完的距離，不過距離仍在拉近。李奇掃視著遙遠前方，道路筆直，地平線極接近視野邊緣，沒有普勒的影子。

他問：「妳的鑑識人員打電話來了嗎？」

索倫森說：「還沒，你在想什麼？」

「我在思考動機。」李奇說：「誰會想綁走一個女性死者的小孩？尤其這小孩什麼都沒看到，一無所知啊。」

「那是解剖報告能夠回答的問題嗎？」

「可能回答不了。」李奇說：「以上就是我現在在思考的事。」他的腳重壓車底，彷彿要將油門壓碎似的，但那輛車已使盡所有馬力，車速無法再提升了，時速一百英里已是最佳表現。

他們經過一個左方岔路，接著是一條右方岔路，鋪有柏油，但跟農業道路沒什麼差別。

李奇看到地平線上有個小點，一小抹陰影，棕色大地上依稀可見的黑白金三色。是普勒的巡邏車，在路肩等著，大約在一英里外，在他們三十六秒後會通過的地方。在那之前並沒有岔路，遠處右手邊有一小片雜樹林，左邊則有一棟老舊穀倉，年久失修導致屋頂凹陷，看上去灰撲撲的。

「看那裡。」索倫森說。

三十秒。

二十秒。

「抓緊了。」李奇說。

十五秒。

他牢握方向盤，鬆開油門的腳朝煞車一踩。車體前半猛然傾斜，索倫森被慣性往前拋，他則在同一時間奮力維持直線前進的軌道。道森和米契爾的車並沒有減速，不斷往前奔馳。距離普勒的車只剩一百碼了。五十碼，三十碼，這時李奇握方向盤的手大力一拽，車子開上右側路旁的沙地。道森與米契爾彷彿是彈弓射出的小石子，飛向他前方。他接著在沙地上急轉彎掉頭，注意到道森與米契爾的車子通過了普勒所在的位置，時速約七十英里。普勒打開警燈，鳴警笛，車子駛離路邊跟了上去。李奇完成掉頭，開回馬路上，一路狂飆南下到剛剛在他左手邊、如今在他右側的那個岔路口，轉彎，顛簸在凹凸不平的地面上，轉進一條車轍當中，最後停在屋頂凹陷的老舊穀倉後方。他下車，跑向殘破建築物的另一角，瞄向北方。

遠處空無一物，沒有道森和米契爾即將現身的跡象。沒那麼快，他們仍在他的視線範圍外，距離此地至少有一英里。他在心中計算時間與距離。目前他們正要減速、停車、準備掉頭、和普勒起口角、出示識別證、爭辯、吼叫、洩氣。

他們會被拖住。

之後他們會全速南下。他們已看到他在沙地上掉頭，一定會打算追回鎮上。

三分鐘，他估計。

或三分十秒吧。

他靜待。

接著他們出現了，就在整整三分鐘後。主要道路的遠處有個小點，由左方竄向右方，由北至南，時速差不多又回到一百英里了。真是令人過目難忘的一幕。肅穆的大轎車無比優雅，烤漆閃耀在濕潤的日光下，車身安穩地滑過柏油路面中央，車尾稍微壓低。李奇跑步經過古德曼的車，來到穀倉另一角繼續窺視。他瞄到火速南下的藍色Crown Victoria的車尾，十秒後它就變成了一個小點，二十秒後就消失了。

他呼出一口氣，走回車邊，坐進駕駛座，關上車門。雙手放上膝蓋，癱坐椅墊之中。四周安靜無聲，只有怠速引擎忠實的隆隆低鳴，以及承受高壓的零件逐漸冷卻時的喀嚓聲。

索倫森說：「你開車技術沒差到哪裡去。」

他說：「謝啦。」

「現在呢？」

「靜觀其變。」

「要去哪裡？」

「我猜這裡沒比其他地方差。」

她拉開黑色大皮包的拉鍊，取出古德曼的手機，安到儀表板的手機座上。它發出嗶一聲，代表開始充電。

接著電話鈴聲響了。

她探過去看來電顯示。

「是我的鑑識人員。」她說。

53

索倫森按下綠色按鈕，電話另一頭的聲響再次從汽車喇叭中傳出，詭異地清晰且饒富細節。索倫森說：「有什麼事情要向我報告嗎？」

一個男性嗓音說：「對，我們有一些初步成果了。」

他聽起來很累，有點上氣不接下氣。李奇猜他現在是邊走路邊講電話。在白色瓷磚地下室長時間工作是很不快的體驗，所以任務完成後他跌跌撞撞衝到戶外去呼吸新鮮空氣，曬曬太陽。深呼吸，眨眨眼，打幾個呵欠，伸懶腰。李奇可以想像那畫面。公家機關的雙開門，一小段水泥階梯，一個停車場，也許還有一些花盆和長椅。如果他是上一個世代的人，就會在這個時間點暫停片刻，點根菸取悅自己。

索倫森說：「說吧。」

對方說：「妳要聽實話？」

「你通常都說實話。」

「我無法保證兇手是在死者斷氣後才縱火。可能是，但也可能不是。疑似肋骨的部位有疑似傷痕的痕跡，我瞇眼看了一下，覺得可能是胸部槍傷。開那麼一槍可能就足以取她性命，因為子彈打在一般人的心臟所在位置。不過我在法院上不能這樣發言，我會被另一頭的傢伙笑。火焰造成遺體嚴重損傷，我沒辦法做外傷相關的判定。」

「那你的內心想法呢？」

「我目前的內心想法是，我想改行當髮型設計師，這是我這輩子看過最可怕的畫面。」

索倫森沉默了好一段時間，接著說：「還有嗎？」

「我的解剖工作還是按部就班來，第一步是查看骨盆帶。要判定這類遺體的性別只能看那個部位，而它保存得很完整，恥骨曾受到一層肥厚脂肪的妥善保護。」

李奇抬起頭來。杜馮索一點也不胖，她很瘦。

索倫森說：「然後呢？」

「我強烈懷疑遺體性別為男性。」

索倫森和她的鑑識人員深談了許多細節，李奇感覺像是上了一堂法醫人類學速成班。他還記得一些課堂上學來的用語和法則，修習那些課程一方面是基於工作需求，另一方面是基於興趣。骨盆有四個應注意之處，首先是腸骨寬度。腸骨是狀似蝴蝶翅膀的大塊骨頭，女性腸骨尾端外延程度超過男性，形狀也更接近搖籃，或掬水的雙手，與前脊的間隙更大；男性腸骨較窄、較緊，形狀略顯修長，討論它的感覺接近釣客站在河岸上比劃一英尺長的鱒魚。

第二，女性坐骨上的孔洞較小，而且是三角形的；男性坐骨上的孔洞較大、較圓。第三，女性恥骨弓角度永遠大於九十度，較為圓潤，男性恥骨弓角度恆小於九十度，較為尖銳。

第四點則是老生常談：女性坐骨的間隙足以讓嬰兒的頭部通過，男性坐骨則無法，差得遠了。

骨盆不會說謊，某性別的骨盆不可能被誤認為異性的。就算挖到一百萬年前的骨盆碎片，要辨別其性別也不是什麼難事。骨盆不太會被磨碎，因此可以靠它毫無困難地判定性別，沒有灰色地帶。直接劃下句點，感謝大家，晚安。這是李奇在課堂上學到的知識，而那個男性嗓音證實他沒記錯。

索倫森說：「所以那個人不是杜馮索。」

對方說：「沒錯，我為妳感到開心。不過這就是我唯一能提供的可靠消息了，死者是男性，除此之外的判斷都只是猜測。」

索倫森掛斷電話，轉頭對李奇說：「你早就知道了對吧？」

李奇說：「我懷疑過這個可能性。」

「為什麼？」

「只有這個前提成立，才能解釋歹徒帶走露西的原因。我猜杜馮索可能仍被囚禁在某處，可能嚇壞了，不願合作。讓她閉嘴的唯一方式就是把小孩帶到她身邊。」

「好安撫她？」

「或威脅她。」

「也就是說，目前她們兩個都有危險。」

「也許沒有。」李奇說：「也許她們高枕無憂。因為我還做了一些可能成立的結論，不過這些預測可能失準，可能變成超糗的發言。」

「死者是誰？金恩還是麥坤？還是我們根本沒聽過的人？」

「我認為是金恩。他有點胖，腰附近贅肉尤其多。如果死者是他，那我的理論就說得通。」

「你的理論到底是什麼？」

「我們下州際公路準備去加油時，麥坤說了一句話。」

「你說過了。他說：『你應該要信我才對。』」

「比那還早。他說要從那個出口下去，我質疑他的選擇，他就變得有點不耐煩，說負責發號施令的人是他。」

「也許是真的。那兩個傢伙當中一定有一個位階較高，我不太相信他們會進行民主的對話。」

「不過有些特定的詞彙會給人既定印象，妳不覺得嗎？負責？你們有負責辦案的探員，我們有負責東、負責西的軍官。責任是別人丟給你，交付給你的玩意兒，是從上層權力結構往下轉移的職權。」

「這看法非常主觀。」

「我認為一般歹徒會說『我才是老大』，或那一類的話。」

「所以你想說什麼？你認為麥坤當過兵？或者當過執法人員？」

李奇沒正面回應，接著說：「接著他又提到信任這件事，講得好像他真的值得信任、他有權這麼說。後來他朝我開槍，失手了。」

「那他可能沒當過軍人也沒當過執法人員，只是個槍法很爛的老兄。」

「也許他槍法很好。」

「但他跟你在一個房間內，你們距離多遠去了……八英尺？如果他槍法很好，怎麼可能在這麼短的距離內失手？」

「也許他是故意失手的。」

索倫森沒說話。

李奇說：「我當時真的沒多想什麼，只為保住一命感到開心。不過彈孔位置高得要命，比我頭頂還高一英尺，也許還不止。我記得我當時對汽車旅館老闆說：就算有兩個他疊在一起也不會被那發子彈打中，這話是誇張了點。槍口一定上揚了十度左右。更精準地說，比十一點多度還大一點。」

「都保住一條命了，就別胡思亂想了。」

「我是認真的，還有其他狀況。他移動自己的位置，擋住我的視線，讓我看不到車。」

「所以呢？」

「所以他其實是不要讓車上的人看到我，希望他們以為他搞定了一件事，其實不然。」

「他只是失手罷了，人有時候就是會失誤。」

「我認為他是故意的。」

「李奇，他殺了抽水站裡的那個男人，顯然也殺了自己的夥伴，將他活活燒死。他為什麼要故意射偏？你為什麼會成為特例？」

「只有一個方法可查出答案。」李奇說。

「什麼方法？」

「告訴我妳的手機號碼。」

「為什麼？」

「我之後會需要它。」

「我把手機留在杜馮索家了，還記得嗎？」

「妳得去拿回來，也要回去開自己的車。妳的好名聲會回來的，妳就要成為英雄了。」

54

李奇和索倫森互換座位，由索倫森開古德曼的車回鎮上。她的態度不慌不忙，速度不曾超過時速五十英里。他們經過了萬惡城市，經過空蕩蕩的豆子田，經過那排綿延四分之一英里的舊農作機器，經過更多的豆子田，然後在十字路口右轉，前進一百碼後停到抽水站旁。索倫森按了按古德曼的手機，叫出最近來電與語音留言的清單，找到道森的手機號碼後就撥了電話過去，對方可說是立刻就接起了電話。

他說：「古德曼警長嗎？」

索倫森說：「不，我是奧馬哈的索倫森。我用古德曼手機打電話給你的原因說來話長，不過我逮到你們在找的男人了，他現在在接受我的監管，你們隨時可以來接走他。」

「妳在哪？」

「舊抽水站。」

「我們兩分鐘後到。」

九十秒後，李奇打開車門說：「好，我準備好要拍特寫照了。」他下車來到寒冷的室外，穿過人行道，面對抽水站的水泥牆，以指尖碰觸粗糙的壁面。她往旁邊碎步移動一英尺，往前傾身，讓自己的重量壓到手上，就定位。索倫森站到他身後六英尺處，抽槍，雙手打直穩握，瞄準他背中央。

「看起來還不賴。」她說。

「感覺不太好。」他說。

「祝你好運了。」她說：「跟你混在一起的這段時間很有趣。」

「我們還沒玩完呢，希望再次見到妳。」

他們繼續擺著各自的姿勢，水泥牆面很冰。接著，李奇聽到輪胎壓上人行道的聲音了。那輛車停下，車門開啟。他轉過頭去看，發現是那輛藍色Crwon Victoria。道森與米契爾迅速下車，他們的大衣在風中搏動，手裡握槍，臉上漾著勝利的神情。他們和索倫森短暫交談了一會兒，祝賀她，讚賞她，感激她。他們說之後的事就交給他們了。李奇轉頭回來面壁，聽著索倫森走遠的腳步聲，古德曼那輛車的引擎發動聲，還有它駛離的聲音。

四周安靜下來了，只有他身後的呼吸聲以及席捲大地的風聲。

接著，道森或米契爾開口了：「轉過來。」

李奇樂於配合。他的指尖麻木，肩膀也開始痛了。他推了牆壁一把，利用後座力站挺，轉過身去。那兩個人都持槍對著他。他們就是他望出餐館窗戶所見的那兩個人，長相一模一樣：四十出頭歲，藍西裝，白襯衫，藍領帶，依舊有點衣衫不整，還是很累，還是滿臉通紅。也許比先前更累、臉更紅了一點，因為這段時間內他們又耗費一些力氣，當中最不堪回首的部分大概就是跟普勒對峙吧。開快車沒什麼好累的，應付蠢蛋就很傷神了。那句俗話是怎麼說的？**感覺像教米格魯說印度話**。

稍微高一些、瘦一些的那位說：「我叫道森，我的搭檔叫米契爾，希望你坐上我們的車。」

李奇說：「昨晚是我第一次見到金恩或麥坤，明白我的意思嗎？」

「明白，先生。你想攔便車結果攔到他們的車，我們完全接受這個說法，你駕駛偷來的警車逃逸也沒讓我們不爽，列斯特先生也不打算管他的傷勢了。」

「什麼傷？」

米契爾說：「你傷了他的腳，八成也傷了他的自尊。」

「所以大家都沒事囉？」

「完好無缺。」

「那你們為什麼要逮捕我？」

道森說：「我們沒要逮捕你，這不是正式的逮捕行動。」

「那你們就是要不正式地逮捕我囉？」

「最近的法令給我們許多權限，而我們有權使用它們。」

「但你不打算說是什麼樣的權限？」

「我們在偵辦的案子跟國家安全有關，你必須配合調查。上級要求我們將你的人身安全擺在第一位。」

「誰要對我不利？」

「你牽扯上了幾件事，但不自知。」

「所以你們其實是要幫我？」

道森說：「說對了。」

李奇上車了，坐的是後座。行動自如，沒被上手銬，也沒遭到任何形式的拘束，除了他們要求他繫上安全帶之外。他們說FBI的方針是確保駕駛與乘客安全，做到滴水不漏。他很確定這輛車的後門無法從車內開啟，不過他不在乎，他不打算跳車。

駕駛是米契爾，他先往東開回十字路口，再南下荒涼地帶。李奇看著窗外，想研究他們走的路線。郡級二線道南段的景觀跟北段差不多。沒有萬惡城市式的聚落，不過除此之外地形都很相近。休耕的冬季田地，零星幾棵樹，幾棟老舊穀倉，賣雜貨的臨時商店，堆著待售二手拖拉機輪胎的雜亂庭院。這裡甚至也有一排綿延四分之一英里長的農耕機器等待著第四手買家，就跟北方那些一樣破爛、生鏽，這裡的二手市場顯然供過於求。

「我們要去哪？」李奇覺得他遲早得問，乾脆就先問了，好保住自己的面子。

恍惚中的道森稍微挪動了一下身體：「你等等看就知道了。」

映入李奇眼簾的是內布拉斯加州最後一角，以及遼闊的堪薩斯州土地。車子跑了大約三百英里，前半段是從出發地點（靠近內布拉斯加州東西向州際公路）一路南下，開到堪薩斯州東西向州際公路。他們一過州界就把車停到某家麥當勞去，吃了一頓遲來的午餐。道森堅持要透過得來速點餐，就跟索倫森在愛荷華時一樣。李奇猜ＦＢＩ在這方面有規定，八成是某個委員會建議採取的做法。別讓犯人餓到，但也別讓他下車。他點了跟上次一樣的餐點，兩個起司漢堡、兩個蘋果派、一杯二十盎司咖啡。他進麥當勞就會依習慣行事。食物從米契爾那一側窗戶送進車內，米契爾再傳到肩後方給他，他相當自在地在後座吃了起來，車內甚至有杯架。他離開這圈子後，警車就跟文明世界越來越接軌了，不會錯的。

車子繼續奔馳在二線道上，他在剩餘的路途中小憩。他以小憩這個字形容自己非常中意的半睡半醒、意識朦朧狀態。就算他不特別喜歡這種狀態，他也難以避免陷入其中。他太累了，車內溫暖，椅墊舒適，行車平穩。道森和米契爾沒在聊天，一個字也沒吐出。他們也沒進行什麼三方對話，不過李奇也沒興趣就是了，他認為沉默是金。

車子到了州際公路後轉往東方，朝密蘇里州堪薩斯市前進。李奇對美國史有一番認識，堪薩斯市最早是在一八三一年成為美國人的殖民地，一八五三年正式被劃入美國行政區當中，當時人稱噴泉市或平原區的巴黎。他們有一支還不賴的棒球隊，一九八五年拿下世界大賽冠軍。喬治・布列特、法蘭克・懷特、布列特・賽本海根曾為他們效力。

區碼是八一六。

其人口數有很多種計算方式，地方宣傳者喜歡把計算範圍拉大，衝高數字。不過大多數人都同意：它的都會區人口約為一百五十萬。

55

這條州際公路的建築結構、外觀、規則跟它北方一百五十英里外的孿生兄弟如出一轍。又直、又寬、又平；出口數量同樣稀少，旁邊也立著同樣的藍色告示牌，有些是情報，有些是誘導的資訊。有些出口真的可指望，有些只是唬人的。藍色Crown Victoria平順奔馳著，引擎嗡嗡作響。道森和米契爾還是堅決不開口，李奇舒適地端坐在椅墊上，安全帶繫得他動彈不得。他看看路肩，又看看前方道路。東方天色越來越暗了，白晝即將落幕。太陽從燒毀的Impala那裡探出頭，如今即將沒入他身後遠處的地平線。

這時他感覺到車子在某個出口告示牌前稍微減速了，牌子上寫的地名他沒聽過。藍色告示牌上有加油站和餐廳情報，沒有旅館相關的，不過後者的匱乏發生在近期內。住宿情報欄位上一片空白，但有一抹空白特別新，是藍色油漆漆成的工整長方形，跟其他老舊藍漆的色澤有落差。原有的旅館可能破產了，也可能在進行公司重整，也可能是老媽子或老爹掛了，或兩個人都掛了。

也許還有其他更複雜的原因。

前方出口散發出的氣息介於「可指望」與「唬人」之間，不是不能選，但並不是很有吸引力。下面沒有立即可見的加油站招牌，沒有火紅色的速食餐廳外裝，不過那片逐漸昏暗的大地暗示著：翻過小坡或轉個彎可能就會抵達值得一探之處。

米契爾看了一眼後照鏡，打方向燈，又把車速放得更慢了一些。確保駕駛與乘客安全，做到滴水不漏。他鬆開油門，切向白線，和緩又順暢地駛入出口。他沒關掉方向燈，在坡道盡頭暫停，讓平面道路的車輛先通過，再右轉開上當地的二線道，再度南下，進入空曠的鄉間地帶，平原區的巴黎也許在一百英里外。

一英里後，他們經過了一家加油站。又過了一英里，這次他們經過一家無名餐館。最後一個藍色告示牌孤伶伶地立在路肩，上頭一片空白，只有兩抹新塗的油漆，水平、垂直方向各一。是一個短短的旅館名字和一個箭頭，最近才被蓋掉。

道路兩旁空空如也，只有冬眠的作物。就跟愛荷華州沒兩樣。小麥，蜀黍，向日葵，目前毫無作為，不過六個月後就會抽長到象眼的高度，因為它們的養分來自世界上最肥沃的草原表土。車子接著開了很長的一段路，沿途都沒看到什麼民宅。地平線逐漸暗去，僅存的農舍都落在它的彼端。

米契爾在寂寥的鄉間開了二十幾英里路後再度減速。李奇瞄向前方尋找光源，結果什麼也沒找到。接著道路左彎右拐穿過一小片光禿禿的樹林，下坡進入一個淺而寬的谷地。西方的最後一道昏暗餘暉照亮了一英里外的汽車旅館，看起來像是桌面上的模型。

占地面積普通大，中央有個獨立區塊（也許是辦公室與廚房的所在），還有其他建築物散落四周，每棟各有五、六個房間。建築物都很低矮，但很長，所有屋頂似乎都嵌了西班牙瓷磚，外牆似乎都塗了白色灰泥。附近有個沒加水的游泳池，一條水泥步道，停車場，草木不生的花圍。汽車旅館土地最外圍有一圈低矮的圍牆，僅有裝飾性功能，同樣塗了白色的灰泥。從一段距離外望去，它看起來像是個濱海度假村，不是邁阿密風，不是加州風，不是長島風，但感覺像是內陸居民作惡夢夢到的上述三者綜合版。

雖然剛剛那些路標上的字都被塗掉了，它看起來似乎仍在營業。辦公區域所在的主建築區亮著燈，其餘從屬建築也有四扇窗亮著。熱氣從疑似廚房排氣口的洞孔飄出。有兩輛車停在不同停車場內，都是轎車，外形長而扁，深色烤漆。是福特車，李奇心想，八成是Crown Victoria。

跟他搭的車子同款。

他說：「那就是我們的目的地嗎？」

米契爾安靜地開車，道森也沒接話。

李奇以為車子靠得越近，他就能把那個地方看得更清楚，掌握更多細節。結果不然，他辦不到，細節並沒有浮現，某物模糊了他的視野。不只是傍晚的昏暗，半英里外似乎有一團貼近地面的霧靄環繞著汽車旅館，力場般地包覆住它。

距離剩下四分之一英里時，他看出那是什麼了。

那是一道保全圍籬，約八或十英尺高，材質是細密的金屬網，全漆成黑色，頂端的尖刺網向內傾斜四十五度。低矮的灰泥牆怎麼彎，它就跟著怎麼拐，將整座汽車旅館團團包圍，兩道牆間隔十英尺。前者無害不足掛心，但後者彷彿是它的邪惡表親。

頂端的尖刺網向內傾斜。

它不是要把人擋在外頭，是不讓裡頭的人跑出來。

道森用手機打了一通電話，米契爾開到圍籬附近時，電動鐵門已敞開。車子駛入汽車旅館腹地，李奇轉身一看，發現那道門開始關上了。米契爾繼續沿著一條磨損嚴重、半徑不長的環形水泥車道前進，停在辦公室旁。他並沒有往後一倒，呼出一大口氣並伸伸懶腰，表現出「旅途總算劃下句點」的模樣。他沒熄火，沒打停車檔，腳仍放在煞車上。李奇鬆開安全帶，試著打開車門。他猜對了，從內側無法開門。

道森下車為他開門。他沒說什麼，只朝辦公室門抬了一下下巴。李奇鑽出車外站挺，迎向傍晚的寒風。道森回到車上，關門，駛離。車子安靜地從李奇身旁往前滑行，繞行完嚴重磨損的環形水泥車道，朝大門駛去。車子抵達門口前，大門就已經敞開了，因此它無須停頓，直接開到汽車旅館腹地外，頓了一秒後右轉開回二線道上，北上，折返來時路。大門關上了，速度不快也不慢，靜悄悄的。

李奇進入室內。他看過上百個汽車旅館辦公室，都長得差不多，這個也不例外。格局跟今天早上那家胖子汽車旅館神似：接待櫃檯、大廳家具、一張桌子（保有放咖啡壺和早點馬芬蛋糕的位置）。地上鋪了塑膠地墊，牆上掛著照片，燈具選用原則是以節省電費為優先，不管亮度夠不夠。

櫃檯後方站了一個慈母般的胖女人，她露出和善、好客的笑容。

她說：「李奇先生嗎？」

李奇說：「對。」

「我們等你等了好一段時間了。」

「是嗎？」

她點點頭，說：「我們有特大號床、大床、兩張單人床拼在一起的房間，不過我已經先幫你選大床房了。」

「是嗎？」李奇又說了一次。

女人再度點頭，說：「我認為大床房是最理想的，整體而言會給人較為寬敞的感覺，而且還有扶手椅等等有的沒的家具，大部分人最喜歡大床房。」

「大多數人？你們會有多少訪客？」

「喔，住房率蠻高的。」

他說：「我猜我住大床房就很好了，我只有一個人。」

「是。」她說：「我知道。」

她在一本登記簿上寫了幾個字，然後取下掛鉤上的鑰匙，說：「二十號房。很好找，跟著路標走就是了，路標晚上會打燈，一小時內開始供晚餐。」

李奇將鑰匙放進口袋，退回戶外。天就快全黑了。那女人說得沒錯，最近的照明燈照亮了一根插在地上、高度及膝的鐵杆，以及上頭的路標，他走向「十六到二十號房」所指的方位。這條水泥小徑的表面有刷紋，蜿蜒地繞行於空無一物的花圃中，最後帶他來到一棟低矮的側翼建築。這裡有五間房間，二十號位於最遠處。沒加水的游泳池離它不遠，游泳池後方是裝飾性的灰泥牆，再過去就是防人攀爬的圍籬。在這麼近的距離下，它顯得高聳、黝黑、尖銳。鐵絲網由扁平鋼片焊接而成，長方形網眼比郵票還小，手指伸不進去，要踩上去更是不可能。更何況一圈圈尖刺橫亙著整面牆的頂端，效果非常好。

李奇打開門鎖進門，果然看到一張大床和扶手椅。床上整齊地擺著兩疊衣物，是兩套一模一樣的衣服，藍色牛仔褲、藍襯衫、藍棉毛衣、白內衣、白內褲、藍襪。每件似乎都合穿，在短時間內要找到這些可不容易。

我們等你等了好一段時間了。

枕頭上有睡衣，廁所內有盥洗用品、肥皂、洗髮精、潤髮乳、刮鬍膏、某種乳液、止臭劑，也有牙膏、新的一般尺寸牙刷，裝在塑膠套裡。還有圓梳、扁平梳，也是全新的，裝在塑膠套裡。掛鉤上掛著一件浴袍，一個小袋子裡裝著一雙旅館拖鞋。架子上有各種毛巾，還有一塊浴毯。

就跟四季酒店沒兩樣。

只差房間內沒有電視，也沒有電話。

他再次鎖上房間，探索戶外。

大致上，整個汽車旅館的腹地接近長方形，不過有些地方會內凹，以增加趣味和視覺上的豐富度。刷紋水泥小徑繞來繞去，形成複雜的網絡，通往所有重要的據點，包括客房所在的五棟側翼建築、中央主建築、泳池、遠處角落的迷你高爾夫球場。加高的花圃散布各處，邊緣有更為低矮的灰泥牆。建築物、牆壁、花圃的縫隙與夾角當中鋪有碎石，大門與辦公室附近的環狀車道間也有幾條水泥小徑，它們構成的網絡較不複雜。再過去有五個停車區域，每區內各有五個停車格，靠近客房所在的側翼建築，主建築後方有個卸貨區。

有四間房間亮著燈，其中兩間靠近停定的車輛，另外兩間則否。停定的兩輛車是Crown Victoria，警用規格，行李廂上有針狀的天線。李奇從窗邊望進黑暗的車內，發現儀表板上有手機座，就跟索倫森的車一樣。

他在黑暗中站了一會兒，豎耳傾聽。什麼也沒聽到，四周死寂。沒有人車，沒有飛機飛過，只有夜晚的無邊黑暗包圍他。直覺和航位推測法告訴他：這裡是堪薩斯州，是托彼卡和威奇托之間的某點，八成接近中點位置，或稍微靠托彼卡，離高草草原自然保護區不遠。但如果只考慮實體證據，他要說自己在月之暗面也說得通。天空感覺沉甸甸的，雲層厚實，細密的鐵絲網後方空無一物。

他轉過身去，漫步折返，經過一扇亮著的窗戶，結果剛好跟走出十四號房的男人碰個正著。對方身材精瘦，感覺過著勉強餬口的生活，身高中等，不年輕也不老，臉上有許多皺紋和傷痕，感覺經常承受風吹日曬。

農夫，大約五十歲。

男人神秘兮兮地笑著說：「嗨。」

李奇說：「你就是那個證人。」

對方說：「哪個？」

跟沒磨的刀一樣鈍。

李奇說：「你看到了那輛紅車。」

「也許看到了，又或許沒看到。反正我們不該談論此事，就算跟其他當事人也不能聊，他們沒告訴你嗎？」

這位老兄穿著新牛仔褲、新藍色毛衣下穿著一件新襯衫，都跟李奇床上放的衣服一模一樣，不過尺寸較小。他的頭髮很乾淨，梳理過，鬍子也剛刮完，他看起來像是在度假。

李奇問：「你是什麼時候到的？」

對方說：「今天一大早。」

「道森和米契爾帶你來的嗎？還是其他人？」

「我不知道他們的名字，再說我們根本不該談論這些，他們沒告訴你嗎？」

「誰會告訴我？」

「沒人上門找你？」

「還沒。」

「你什麼時候到的？」

「剛到，沒幾分鐘。」

「那他們很快就會過去了。他們會去你的房間，告訴你一些規矩。」那老兄的腳在小徑上滑來滑去，似乎感到很不耐煩，好像想去哪卻被耽擱了。

李奇問：「你現在要去哪？」

那老兄說：「去餐廳啊，兄弟。我還會去哪？那裡有啤酒，牌子可多了。大瓶裝啤酒，冰涼好喝。你想想，一整天都不工作，還可以免費吃喝耶，有什麼比這還棒？」

李奇沒接話。

那老兄說：「你要來嗎？」

「晚點也許會吧。」

「別急。」那老兄說：「我打算灌個幾瓶，不過他們的存量多得很，不會那麼快喝光的，聽我說的準沒錯。」語畢，他急忙沿著蜿蜒的步道走遠。起先路標的燈光照亮他的腰部以下，一段時間他就消失到李奇的視野範圍外了。

李奇留在原地。十四號房。燈火通明的房間當中，有兩間的外頭沒停ＦＢＩ的車，其中一間就是它，另一間是五號房。他轉過身去往回走，經過六至十號房的那棟建築，繞過花圃，鑽過空隙來到下一個區域，朝最近的一扇門移動。五號房。他原本打算敲門，但沒那必要。距離剩下六英尺時，有人甩開了那扇門。一個小女孩衝到戶外，手舞足蹈，朝氣十足。她很瘦小，黑髮，膚色蒼白，大約十歲，興奮到整個人陶陶然的，臉上掛著燦爛的大笑容。接著她注意到昏暗天色中李奇的巨大身軀，整個人愣在原地，微笑轉變成困惑的表情，雙手摀住嘴，李奇現在只看得到她那雙大眼睛。

他說：「妳好，露西。」

56

杜馮索緊接著現身，肯定是聽到他的聲音了。她在走道上止步，房間內溫暖的燈光照亮她身後。她氣色不錯，看起來獲得了充分的休息，開心、寬心、放鬆。她穿著這地方發放的女版制式服裝：新的藍色牛仔褲、新的藍色女裝上衣，上頭罩著新的藍色毛衣，款式跟男版不太一樣，顏色較淺、較貼身、下襬較短。她已洗過頭、梳整過頭髮，神情開朗、目光炯炯。她的床上顯然也堆著一疊衣服，廁所裡也有盥洗用品。

我們等你好一段時間了。

她說：「露西，他是李奇先生，我跟他一起行動了一段時間。」

「妳好，露西。」李奇又說了一次。

那孩子說：「你打斷鼻子了。」

「正確的說法是，有人打斷了我的鼻子。」

「會痛嗎？」

「不怎麼痛了。」

杜馮索說：「露西正想去迷你高爾夫球場玩玩。」

「那裡太暗了。」李奇說：「我剛才去過。」

接收到新情報的孩子沉思了一會兒，露出嚴肅、深慮的表情：「那我可以去其他地方看看嗎？我應該還沒有把這裡逛完。」

「當然了。」她母親說：「去繞繞吧，看會有什麼發現。」那孩子於是蹦蹦跳跳地向小徑的另一頭移動，而杜馮索望向李奇說：「有那個圍籬在，我想她自己一個人四處晃也不會有危險，泳池也沒水。」

李奇說：「我們可以談談嗎？」

「談什麼？」

「昨晚和今天發生的事。」

「他們不准我們談。」

「別人說什麼，妳都總是照做嗎？」

「不，我不會，但如果牽涉到這種事情，我想我會配合。」

「哪種事情？」

「國家安全，我們不能向任何人提起任何經歷。」

「我和妳一起在車上。」

「我們一起坐了一段路，不是從頭到尾一起行動。」

「那妳能不能回答我的問題？這跟主動告訴我事情來龍去脈不一樣。」

「他們把你帶來這裡了，所以他們會告訴你發生了什麼事。」

李奇說：「我不認為他們真的知情。」

距離晚餐時間只剩半小時，杜馮索又非常緊張，因此他們移動到他們所能找到的最近的密室，也就是杜馮索的房間去。它的內裝跟李奇的房間一模一樣，但放的是兩張單人床，而非大床，另外兩張扶手椅也非常大，空間因此變得狹小。李奇坐到其中一張扶手椅上，杜馮索挪開另一張上頭的包包，也就是裝有阿斯匹靈的那一個。它看起來沉甸甸的，也許瓶裝水仍放在裡面。她把包包甩到床上，它彈了一下才靜止下來。她坐到扶手椅上。

他說：「妳原本以為上一家汽車旅館發生了什麼事？」

「我們不能討論這件事。」

「誰說的？」

「他們把話說得很清楚。我們是來這裡接受保護的，聊這件事會危及我們的人身安全。」

「為什麼會？」

「他們沒明說，只說我們跟我們無法理解的狀況牽扯上關係，帶我們過來是為了保護我們。我們正在接受隔離，就像陪審團成員，這跟愛國者法案有關。」

「隔離？鬼扯，妳是被監禁了，妳無法離開。」

「我不想離開，這裡頗好玩的。我已經一年沒休假了。」

「妳的工作怎麼辦？」

「他們說會擺平我老闆，也會跟露西的學校溝通，讓我們可以待在這裡。發生這種事，所有人都得同心協力才行。」

「他們得在這裡待多久？他們有沒有提到？」

「待到事情落幕。八成不會太久，但我希望至少有一個禮拜。」

李奇沒說話。

杜馮索說：「你鼻子的傷勢看起來比較沒那麼嚴重了。」

「是嗎？」李奇說，但他其實不想這樣回答，不想談論他的鼻子。不過他想，小小的閒聊也無傷大雅。會拖得比較久，帶來一些挫折，但比鬼吼鬼叫和戰鬥快多了。

杜馮索說：「原本真的很嚇人，我在車上盯著它看了好幾個小時，你清洗過傷口了？」

他點點頭。

她說：「事實上你清洗了全身上下，你沖了個澡對吧？」

「那並不是什麼稀奇的事。」

「呃，我有點懷疑。」

「我也買了新衣服。」

「你沒必要買，他們會給你新的，還說我們可以帶回家。想要的話兩套都可以帶走，還有盥洗用品。」

他問：「妳離開愛荷華州那家汽車旅館後，發生了什麼事？」

她沒回答。

他說：「妳知道發生了什麼事，他們也知道。讓我知道怎麼可能造成什麼傷害？我也在這個設施裡，去不了任何地方，不可能跟其他人談這件事。」

杜馮索思考了很長的一段時間，表情變得跟她女兒一樣嚴肅、深思熟慮。接著她聳聳肩說：「後來狀況蠻可怕的，我是說你和麥坤進汽車旅館後。我沒看到什麼畫面，他擋住了我的視線。不過閃光和槍響我都看到、聽到了。他跑了出來，而你人就不見了，我認為你死了，麥坤也說你死了。」

「是嗎？」

杜馮索點點頭：「金恩問麥坤有沒有打中你，麥坤說有，子彈打在你雙眼之間。他們就笑了一陣子。我好怕，以為他們會對我做一樣的事。你想想，我憑什麼覺得他們不會呢？我們對他們來說已經沒用處了。我開始尖叫，金恩就叫我閉嘴，我照做了，有夠悲哀。我心想，要是乖乖聽話，他就不會對我開槍。我在那一刻真的學到了一個道理：人為了延長壽命，什麼事情都做得出來，哪怕只能延長十幾秒。」

「之後呢？」

「車子繞了一段路，感覺像在田野間畫八字。某種原因讓他們選擇留在那附近。開車的人是金恩，他把車停在汽車旅館西方約十英里處。我以為一切都完了，我就要死在那裡了。結果他說他要先找找樂子，叫我脫掉上衣，就是他們幫我買的那件藍色衣服。我原本打算乖乖配合。就像我說的，人為了保命什麼事情都做得出來。金恩下車，坐到我身旁後座，有撲向我的意思。這時麥坤下車，開了我這側的車門，把我拖下車。金恩好像打算緊追我不放，結果麥坤朝他開槍。就這樣，拔槍，然後朝他開槍。」

「子彈擊中胸口？」

杜馮索點點頭：「直接打中心臟。」

「然後呢？」

「麥坤開始安撫我，說他是ＦＢＩ探員，只是混進歹徒之中當臥底，假裝是他們的同伴。」

「好。」李奇說：「他來做也會比我好，那可是苦差事。」

「我知道。」

「妳知道？」

「我是說，我看過類似情節的電影。」

「然後呢？」

「麥坤說他是朝你頭上開槍，所以你還活著，毫髮無傷。他還向我道歉，說他不得不在我面前擊斃金恩，他想不到其他救我的方法了，至少在當時已沒有其他可能性。他說他得在一定範圍內扮演好他的角色，但也不能讓狀況過度失控。」

「然後呢？」

「他打了幾通電話，然後把金恩拖到他上一個位置，也就是我原本坐的椅墊上，繫上安全帶，然後我們就開車離開了。我坐前座。我們把車停在東方約五英里外，接著有兩個人開車過來接我們。他們燒了我的車，說非這樣不可，因為那些壞蛋會懷疑麥坤湮滅證據，可能會進行調查。他們說會弄一輛新車給我，真是太好了，因為那輛舊車的傳動系統有問題。」

「新來的傢伙也是ＦＢＩ探員？」

「對，堪薩斯市來的，他們讓我看了識別證。麥坤是臥底，所以身上沒有識別證。」

「他們直接帶妳過來這裡？」

她點點頭。「我說如果露西不在這，我就不願意待下來，於是他們把她也接了過來。」

「麥坤去哪了？」

「他和我一起過來，然後立刻就離開了。他說他得回到該去的地方，得做些解釋，我想他會說你殺了金恩。」

「我？」

「他們討論時是這樣說的。他們讓一個陌生人上車，改變乘客人數，結果這個陌生人試圖搶劫，我想他會說你殺了金恩後逃走。」

「他們有沒有提到那批壞蛋是什麼樣的人？」

杜馮索搖搖頭。

「沒有，」她說：「不過他們似乎為那些壞人傷透腦筋。」

接著是晚餐時間，這次用餐經驗非常古怪。他們像個小家庭似地一起走向主建築，李奇與杜馮索肩並肩，露西在兩人之間輕快地蹦跳。餐廳是方形大空間，內有二十張桌子和八張椅子，全是耐用的松木家具，上頭塗了厚厚一層亮光漆，散發出高糖果漿似的光澤。李奇看過許多類似的空間，不過現在裡頭空蕩蕩的，只有那個證人獨自坐在角落一張桌邊，面前擺著三支啤酒空瓶，都是不同牌子的，彷彿是樹林的微縮模型。他正在喝第四瓶，此時將瓶子舉到空中，熱情地向他們打招呼。他開心極了，也許這也是他睽違數年的假期，又或者他根本沒放過假。

慈母般的櫃檯人員送了菜單過來。李奇心想，她會不會也是ＦＢＩ？最後認定她八成是。至少就目前而言，她接待的三位賓客都對這裡很滿意，但在他想像之中，其他負責管理此處的人一定都覺得壓力很大、煩躁不安，可見她可能有某種職權在握，才能自然地表現出耐心十足的模樣

菜單上有兩種選擇，起司漢堡或雞肉，大概都是直接從冷凍庫裡取出後微波送上桌的食物吧。ＦＢＩ探員大多是法學院或執法人員出身，不是餐館廚師。李奇選擇起司漢堡，他今天吃的第五個，杜馮索和她女兒也跟進。

餐點送上前，又有兩個人進入餐廳了。都是男性，都穿藍西裝、白襯衫、藍領帶，顯然是停在外頭的Crown Victoria的車主，住在這裡的探員，證人的保母。他們看起來戒心十足，神采奕奕，手腕幹練。

杜馮索說：「就是他們帶我過來的。」

露西說：「我也是他們帶過來的，從寶拉家。」

兩人掃視了房間一眼，然後直接朝李奇走來。站右邊的那一個說：「先生，能否請你今晚跟我們一起共進晚餐？我們感謝你的配合。」

李奇說：「為什麼？」

「我們需要自我介紹。」

「還有呢？」

「我們要告訴你一些規則。」

57

那兩個穿西裝的FBI探員帶李奇坐到一張四人桌去，位置剛好是那個證人的斜對角。李奇坐到角落的椅子上，背靠牆，房間內所有動靜盡收眼底。這麼做完全是出自習慣，沒有特定的原因。目前並沒有任何潛在的危險，這餐廳八成是全堪薩斯州最安全的地方。

探員入座了，分別坐在他左方和右方，故意坐得很近，手肘放到餐桌上。他們也許比麥坤或索倫森年輕一點，三十好幾，或剛好四十歲。不是菜鳥，但也不是老手。兩人的皮膚都很黝黑，身材結實，其中一個人禿頭的速度比較快。他們說他們叫貝爾和崔帕托尼，跟道森和米契爾是同事，合作關係密切。隸屬於同一個分區辦公室，工作內容相同。他們說他們已讀畢軍方那裡調來的李奇的檔案，對他瞭若指掌。

李奇完全沒回應。

頭已開始禿的那位叫貝爾，他問：「在這裡還開心嗎？」

李奇說：「我為什麼會開心？」

「為什麼不？」

「我發過誓要保護憲法，我猜你也發過誓。」

「所以呢？」

「未經司法程序，我的自由就遭到了剝奪。違反第五項增修條例，你們是幫兇之一。」

「這不是監獄。」

「我猜造圍籬的公司沒收到上頭那樣寫的備忘錄吧。」

「也就是說，你不開心？」

李奇說：「事實上我心情還不錯。我欣賞兩位，欣賞FBI，喜歡你們的思考方式，而且是情不自禁。你們在做壞事，但做的是好的壞事。你們把所有人都聚在一起，誰出了狀況其他人就是證人。你們大可把我們扔到與外界孤立的地方，對我們為所欲為，但你們辦不到，因為追根究柢說來，你們是站在好人這一邊的，我就是會這樣想，你們甚至還在這裡放了一個迷你高爾夫球場。你們是什麼時候買下這地方的？」

崔帕托尼說：「三年前。」

「堪薩斯市提議的？」

「對，沒錯。中部反恐小組推動的。」

「為什麼需要這樣一個地方？」

「因為越來越派得上用場。」

「什麼用場？」

「保護人身安全。」

「我認為這個地方是為了保護你們自己的安全而存在。」

「怎麼說？」

「我猜啦，只要你們的臥底行動出差錯，你就會把目擊證人帶到這裡來，不讓當地執法人員介入，於是所有問題都得不到解答。」

「你認為我們不該保障臥底探員的人身安全？」

「我認為他們應該要獲得所有助力。」

「所以呢？」

「我很好奇你們同時在執行的臥底計畫有多少個，這地方一次最多能收容五十個人，那可是一堆證人啊。」

「關於數量，我無法奉告。」

「這地方客滿過嗎？」

「沒有。」

「曾經沒半個人入住嗎？」

「沒有。」

「這三年內都不曾？那你們還真是活躍。」

「這是浩大的工程。」

李奇說：「好，告訴我規則吧。」

貝爾說：「有兩條。」

「考考我吧，我數得到二。」

「任務完成前，你必須一直待在這裡作客。規則就是這麼定，沒得商量。你不能跟這裡的其他客人討論你目擊的場面，也不得跟任何他人提起。透露一點點也不行，你不只現在得保密，將來也得永遠閉嘴，這規則也沒得商量。」

「就這樣？」

「這是為了你自己好，他們也看到你的長相了，Impala上的乘客只有一個站在正義這方。」

「金恩死了。」

「但他死前講過幾次電話，應該是在加油站的時候，通話時間跟刷卡時間一致。」

「你們竊聽了他的電話？」

「臥底可以帶給我們許多優勢。」

「他提到我時說了什麼？」

「他們有你的名字和外觀描述了，當你開始對圍籬打餿主意時，別忘了這個事實。」

「他們是誰？」

沒人回應。

「麥坤不會有事吧？」

「不用擔心他。」

「我就是會擔心。」

「我們已經策劃七個月了，他不能中途而廢。」

「我不擔心他中途而廢，我是擔心有人要對他不利，他今晚得向他們解釋這整件事。」

「我們不能討論這件事，別忘了規則。」

話題就這麼告了一個段落。貝爾往椅背靠，崔帕托尼也往後一靠，對話結束，食物也剛好在這時送上。李奇猜那個慈母般的櫃檯人員一直透過窺孔監看著他們，不然就是戴著耳機監聽。

杜馮索和她女兒早已用完餐離開了。李奇走出餐廳時，發現那個證人還在喝第七瓶酒的最後幾口。他沿著燈光照亮的小徑朝臨時住處前進，在寒風中停下腳步，仰望天空。沒星星也沒月亮，適合偷雞摸狗，不過這地方唯一的出口就是大門，而他不可能打開它。這裡也沒電話可用。

就在這時，證人踉蹌地走出餐廳，踏上水泥小徑。高度及膝的路標燈光照亮他的腿，李奇因此清楚看到他的腳步很不穩。他不只是爛醉而已，不過也還沒有跌倒在地。他踩著緩慢、力求精確的步伐，左，右，左，右，動作斷然，跨出的距離比尋常狀況下還要短。他低頭看著自己的腿，拚命集中精神。李奇往後退，直到自己的小腿進入燈照範圍內，無所遁形，他可不希望害那老兄心臟病發。

對方緩慢地前進，伸左腳，跨右腳，最後他看到李奇的腳，停了下來。沒大受衝擊，沒大吃一驚。

他咧出一個友善的笑容。

李奇說：「你看到那輛紅車時是不是也這麼醉？」

對方想了一下，然後說：「差不多。」

「誰找你問那輛紅車的事？」

「古德曼警長，還有ＦＢＩ的金髮小姐。」

「你跟他們說了什麼？」

「什麼都說了。」

「不，你沒有。」李奇說：「沒有目擊證人會把自己看到的一切全說出來。你一定有所保留，不確定的事、聽起來很蠢的話、不該做卻做出的行為，你就不會讓他們知道。」

「我那時在找我的貨車。」

「在哪？」

「我不記得了，所以我才在找它。」

「這一段你有沒有告訴他們？」

「他們沒問。」

「你原本打算醉醺醺地開車回家？」

「我家不遠，我知道要在哪裡轉彎。」

「然後呢？」

「我突然尿急，就停下來上了個廁所。」

「在哪？」

「舊抽水站後面，這段我也沒告訴他們。」

李奇點點頭。不該做卻做出的行為，隨地大小便和酒醉駕駛在美國各地都是違法行為。他說：「你並沒有真的看到他們，因為你在建築物後方。」

那老兄說：「不，我在很近的距離下看到了他們，那時我已經上完廁所了。拉好拉鍊，準備離開。」

「他們沒看到你？」

「我認為沒看到。當時很暗，我在一片影子裡。」

「你離他們多遠？」

「大約十英尺。」

李奇問：「你注意到什麼？」

「我告訴警長了，」他說：「也告訴那個金髮小姐了。」

「你只回答了他們的問題，回答問題跟報告發現是兩回事。」

「我不記得了。」

「專心想。」

他閉上眼睛，身體微微前後搖晃。他舉起一隻手，掌心朝外，彷彿此刻正扶著舊抽水站的外牆。他想藉助體感線索，希望回想起當時的狀況。

他說：「第一個人很著急，想搶先進去，他拉下了大衣拉鍊。」

「他們三個人原本就一起行動嗎？一起走過來的？」

「我不確定，但我覺得是，感覺就是那樣。第一個人似乎突然往前衝，另外兩個人也急忙跟上。」

「那兩個人穿著西裝外套對吧？」

「都沒穿大衣。」

「他們手上有沒有拿什麼東西？」

「沒有。」

「他們三人在裡頭的期間，你做了什麼？」

「我過馬路去了。」

「為什麼？」

「我得找我的車，我也不想留在那附近。」

「為什麼？」

「感覺不妙。」

「你是指穿西裝那兩個人怪怪的？」

「第一個人的口氣比較不好，穿著綠色大衣那個，我不喜歡他。」

李奇問：「你有沒有聽到什麼？」

那老兄說：「聽到一點點吼叫、大喊，感覺像在吵架。」

「穿西裝的男人回到戶外時，你人在哪裡？」

「馬路對面的人行道上。」

「還有什麼要告訴我的嗎？」

他說：「我實在不該跟你聊這個的，他們要我閉嘴。」他繞過李奇，邁出謹慎、精確得很刻意的步伐，沿著小徑遠去。李奇原本想跟上，但停下了腳步。因為他聽到某輛車滑過路面的微弱聲響，它也許還在四分之一英里外。他轉過身去，看到遠方模糊、渙散的光線在霧氣中彈跳著，直衝而來。

接著大門動起來了，速度不快也不慢，安靜無聲。

58

茱莉亞・索倫森顯然沒拿回她的電話。沒回去開自己的車，也沒洗刷汙名，她並沒有成為英雄。大門退到底之前，一輛閃亮的黑色Crown Victoria便從二線道上轉彎駛入汽車旅館腹地，繞行環狀車道，車頭燈燈光也跟著劃了一個大弧，車子最後停在主辦公室門邊。一個李奇沒見過的傢伙鑽出副駕駛座，然後打開後座車門，一語不發地朝辦公室門抬了一抬下巴，就跟道森一樣。

茱莉亞・索倫森下車，在原地站了一會兒。下方光線照射下，她顯得有些疲倦和挫敗，有點駝背。夜風吹開她的大衣，他發現她仍穿著那件新衣，但槍套裡空空如也，她已經交出她的武器了。

那男人關上她身後的車門，自己坐回副駕駛座。車子就這樣駛離了，把她拋在原地。大門再度敞開，車子開到門外，停頓一拍後右轉，開往來時的方向。

大門再度關上。李奇目送車子遠去，直到它的後車燈失去蹤影，微弱的引擎聲徹底沉寂，接著他轉過身來，望著索倫森。

她又站了一會兒才進入辦公室。李奇在腦海中計算了一下時間：慈母型櫃檯人員打招呼，微笑，歡迎，特大號床、大床、兩張單人床、扶手椅、地板空間、大多數人的喜好，和那類有的沒的，**我們等妳好一段時間了**。他猜要四分鐘。如果對話速度加快，時間也許還會更短。他猜這機率很高，因為她們兩個人都是探員。但也可能超過四分鐘，如果索倫森正在氣頭上，盛怒又忿恨地拋出問題的話。

結果她花了四分鐘整。她帶著一支鑰匙走出門外，露出放棄的表情。她瞄了一眼低矮路標的數字，朝李奇的方向走去。接著她在下一個岔路又確認了一次路標，轉入角度微偏的另一條小徑。

「茱莉亞。」李奇發出輕柔的呼喚。

她停下腳步，發出呼喊：「李奇？」

「我在這。」

她穿過小徑間的碎石子地，走向他。他問：「妳碰上什麼狀況了？」

她說：「我們不該交換情報。」

「不然會怎樣？會被關起來？」

「呃，我們不能在這裡說話，還有什麼地方可以去？」

他們去了李奇的房間。索倫森仔細打量了一下內裝，然後說：「這實在詭異透頂，這裡看起來就像普通的汽車旅館。」

李奇說：「它本來就是普通的汽車旅館，或者說曾經是。堪薩斯市分區辦公室三年前買下了這裡，我是聽他們說的，妳不知道這件事嗎？」

「完全沒聽說。有其他人在這裡嗎？」

李奇點點頭：「杜馮索和她女兒，還有那個目擊證人。安全無虞，事實上在這裡過得挺開心的。」

「被關在這裡還很開心？」

「探員給他們的說法是：他們在這裡接受隔離，就像陪審團成員。這是為了他們好，跟坐牢不一樣。他們都把這視為一個假期，這裡有迷你高爾夫球場和免費啤酒。」

「這合法嗎？」

「我不知道，我不是律師，但八成合法吧。只不過他們不該讓這種狀況合法，妳自己也知道這是怎麼一回事。」

「誰帶他們過來的？」她問：「被燒死在車內的人是誰？」

「死者是艾倫．金恩。」李奇說：「不過他是先遭到槍殺才葬身火窟，下手的人是麥坤，你們的臥底，任職於堪薩斯市。所以道森與米契爾才會直衝抽水站監督你們，把傷害降到最低。麥坤放火燒車後，ＦＢＩ的支援小組前來接走他和杜馮索。泥濘中的胎痕顯示有轎車來過，而他們開的正是ＦＢＩ的轎車，一樣是從堪薩斯市出發。麥坤跟他們一起過來，但馬上就離開了，他說他得回到崗位上，想也知道。」

「可憐的傢伙，他要承受的壓力可他媽大了，而且金恩死了耶，他要怎麼解釋？」

「我想難度會非常高。」

「但你說對了，他朝你開槍時故意射偏，子彈落在你頭上方。」

「但輪到要解決杜馮索時，他就無從做假了，只好幹掉金恩。」

「他是個好人，希望他沒事。」

「那妳碰上了什麼狀況？」李奇又問了一次。

索倫森坐到床上說：「我嗎？起先還可以，事實上還蠻順利的。我開車回杜馮索家拿回自己的電話，也改開自己的車，打了通電話給我的主管探員，說我成功制服了你，把你交給堪薩斯市的探員。結果他對我刮目相看，非常開心。但我無法放下這樁事不管，又問了幾個問題。他聽了不太開心，我看得出來。後來他在某個時間點上完全改變了態度，不再開心，一點欣喜的感覺都沒有，我聽他的嗓音就知道。」

「哪個時間點？」

「我鎖上古德曼那輛車前檢查了前座雜物箱，這只是我習慣的小動作。我不希望任何無人看管的武器被留在裡頭，再說，誰知道鄉下地方的警長會在雜物箱裡放什麼呢？結果裡頭只有一本筆記本和筆，我自然地拿起筆記本翻了翻，發現古德曼警長是一個做事非常踏實全面的人，他花了一整晚進行研究，也做了一些跟凱倫．杜馮索有關的筆記。我猜他認為資訊這種玩意兒就是多多益善，也認為我們若無法迅速救出人質，這些資料就有助於後續搜索工作，儘管我實在看不出會有什麼幫助。」

「然後呢？」

「裡頭記到的某件事讓我覺得很奇怪，所以我就向我的主管探員問起。不過我不是真的針對它追問，只是提了一下。但總而言之，我的主管一聽態度就變了。」

「什麼事？」

「我以為杜馮索長年住在那裡，或許不見得是務農家族的第四代之類的，但她給我定居很久的印象，我當然也以為露西是在那裡出生、長大。」

「她們不是嗎？」

「她們只在這裡住了七個月，鄰居說她離婚後才搬過來的。所以說，她離婚的時間點比我想得還要近很多。」

「我們甚至不確定她有沒有結過婚。」

「她有孩子。」

「不代表她就結過婚。」

「為什麼她可能沒結婚？」

「她自己承擔著一切，」李奇說：「應對得很好，感覺像是一直以來都不得不去扮演這個角色。而且她很聰明，照料男人會逼瘋她。」

「聰明的女人不該結婚嗎？」

「妳結婚了嗎？」

她沒回答，而是說：「我不在乎她當初是在夏威夷海灘舉辦婚禮、招待上千名賓客，還是在紐澤西的汽車旅館一夜情才生下那孩子。重點不在於她是單親媽媽，在於她是七個月前才搬來的單親媽媽。」

李奇說：「堪薩斯州的探員說他們這次任務是在七個月前展開的。」

「不可能。」

「他們何必說謊？」

「不，我的意思是杜馮索不可能跟這案子有關。怎麼可能扯得上關係？一定是巧合，不可能是別的，因為我們已經有一個巧合了。」

李奇說：「所以我們現在有兩個巧合？」

「這樣實在多過頭了。」

「第一個巧合是什麼？」

索倫森說：「你還記得艾倫・金恩的哥哥嗎？」

「彼得・金恩？那個火援？」

「我的夜班執勤人員顯然調查了他的背景，希望提供一點幫助。他跟錫爾老媽講完第一通電話就動起來了。調出車輛管理局、郵局、銀行、信用卡公司的資料，如果能神不知鬼不覺地調出電信公司的紀錄，我們就會動手；而我們通常辦得到，他今晚回報了結果。」

「有什麼結果？」

「彼得・金恩似乎離開丹佛，搬到堪薩斯市了。」

「什麼時候？」

「就在七個月前。」

59

李奇調整了一下坐姿，撥了撥頭髮後說：「艾倫・金恩說他哥沒在跟他聯絡。」

索倫森說：「艾倫・金恩住堪薩斯市嗎？」

「我認為是。」

「也許他不是。就算他是，他和他哥也可能從未碰過面，堪薩斯市相當大。」

「我知道。」李奇說：「都會區人口一百五十萬。」

「是嗎？」

「區碼是八一六。」

「好。」

李奇說：「也就是說，目前為止我們見證了三個巧合。杜馮索在七個月前搬到內布拉斯加州的窮鄉僻壤，彼得・金恩則在同一時間搬到密蘇里州堪薩斯市去，他哥可能住在那裡，也可能沒有；他們可能在那裡有過接觸，也可能沒有。你們的中部反恐小組也在同一時間決定啟動一個複雜的臥底任務，盯上的目標距離杜馮索那荒郊野外的新家很近。還有，你們的中部反恐小組根據地就在密蘇里州堪薩斯市。」

「不可能有三個巧合，太多了。」

「我同意。」李奇說：「基本上同意。不過這不是三個巧合，我們已經發現了兩個關鍵環節，而且是有證據支持的。」

「什麼證據？」

李奇探出身子，手放到床墊上按了按，測試它的柔軟度與凹陷度。

他說：「首先，彼得・金恩絕對是艾倫・金恩的哥哥。而艾倫・金恩絕對是壞蛋，因為臥底FBI探員認定有朝他心臟開槍、燒毀遺體的必要，妳不認為這就是壞蛋的基本定義嗎？」

「第二個關鍵環節呢？」

李奇說：「妳發現杜馮索七個月前才搬過來這裡，結果妳的主管探員就把妳送到這裡來了。這地方收容的是不小心和臥底任務扯上邊的人，可見杜馮索搬家是臥底任務的一環。」

「哪一環？」

「我們去問她吧。」

李奇在杜馮索房門前停下腳步，索倫森便上前輕敲門。他們等了感覺漫長的一分鐘才聽到門鏈喀啦喀啦響。門開了一小縫，房間內昏暗的光線流瀉而出。杜馮索低聲說：「哪位？」

李奇猜她女兒已經睡著了，所以她才輕聲細語。

索倫森說：「凱倫・杜馮索嗎？」

杜馮索輕聲說：「是。」

索倫森說：「我是ＦＢＩ奧馬哈分區辦公室的茱莉亞・索倫森，昨晚一直在搜尋妳。」

這時杜馮索相當不耐地噓了她一聲，一如李奇預期。因為她十歲的女兒已經睡了。她走出房間外，把杜馮索趕離門邊（李奇也料到了），一路移動到十英尺外，在那裡喧鬧也沒有吵醒小女孩的風險。

「抱歉，」索倫森：「我不是要煩妳們，只是想自我介紹，想確認妳安全無虞。」

「我很好。」杜馮索說。這時，李奇溜進她身後十多英尺外的房間內。

他進過房間一次，記得室內的配置，摸黑移動也不會出什麼差錯。房間內確實一片漆黑。廁所電燈開關上有一抹橘色微光，除此之外沒有任何燈亮著。黯淡的光線照亮了露西的身影，她睡在距離入口較遠的那張床上。側身，蜷縮，拉到下巴的被單裹著她的身體。她的頭髮披散在枕頭上，黑白相映襯。李奇發現杜馮索的包包放在另一張床上，較靠近門邊與扶手椅。他先前看到她從椅子上提起它，扔到床上，包包感覺沉甸甸的。床墊柔軟且會凹陷，不像彈簧墊，也不像鼓皮，但那包包還是彈了一下，彷彿還裝著瓶裝水。

他緩慢、安靜地走在地毯上，將包包帶到廁所，然後用單手在洗手台上、橘色微光正下方鋪好一條毛巾，然後再將袋子裡的東西全數倒出來。消弭雜音的手法，還算有效，但無法完全達到靜音效果。沒有鏗鏘巨響，但有許多高頻的咚咚聲。

他靜待片刻，豎耳傾聽。露西還在睡，呼吸低沉、安靜。

他翻找了一下毛巾上的東西：化妝品、圓梳、兩把塑膠梳子等等，應有盡有。瓶身修長的香水、兩條口香糖（都只剩半條）。一個錢包，裡頭裝著三美元，沒有信用卡，另有一張七個月前核發的內布拉斯加州駕照，上頭的住址就是李奇去過的那個地方，她今年四十一歲；指甲磨刀、還裝在紙套裡的牛排館送的牙籤、總額七十一分錢的硬幣、原子筆、掛著水晶吊飾的家門鑰匙。

他看到那包阿斯匹靈了，瓶裝水已不在包包內。並沒有什麼又大又重的物品，除了一本聖經，精裝書，英王詹姆斯欽定版，開本比百科全書小，比小說大，相當厚。封面使用深紅色的厚紙板，封底也是，書脊上的字母燙金，封面上也有燙金的「聖經」兩字。看起來不常使用，沒什麼人翻開它。

事實上，它根本翻不開。某種黃色液體讓書頁全都起縐、黏在一塊了，液體早已乾涸。可能是有什麼飲料漏到包包裡了，例如鳳梨汁，或橘子汁，或葡萄柚汁那類的含糖液體，裝在插著吸管的小鋁箔包或兒童用飲料杯裡，丟進包包時打翻了。

那為什麼要留著這本聖經？丟掉受損的聖經、買一本新的是禁忌嗎？李奇不知道，他不是神學家。

就書本而言，它相當重。

他試圖用指甲撥開封面與扉頁，結果根本辦不到，黏得死死的，膠著度非常均勻、一致。

李奇想像液體從吸管洞漏到鋁箔包外，或從兒童用飲料杯開口洩出、淹滿整個包包，均勻浸泡書頁的畫面。

根本不可能有這種事。

潑出來的果汁會留下不規則的汙漬，有可能會很大片，但不可能均勻覆蓋書頁，一定會有遺漏處。泡濕的地方會有味道，其餘部分則如往常。李奇看過那種狀態的書。水管結凍也好，沾染血跡也好，這些損傷都不會是均勻的。

他拿起杜馮索的梳子插進書頁之間，上下滑動，前挑後壓，挖出兩指寬的洞，接著將書放到洗手台上，書脊朝下，接著彎腰用指甲勾住凹陷處，往左右兩側施力。

紙頁撕裂了，書本落地、攤開。

從「出埃及記」到「猶太書」全被剃刀挖空了，量身打造出一個凹洞，做工精細。它接近長方形，長約七英寸，寬約六英寸，大概有兩英寸深。凹洞上下、前後已沒剩多少紙，因此才需要以黏膠黏出單薄但堅固的牆面，整本書就像是蓋子緊閉的珠寶盒。

只不過裡頭裝的不是珠寶。

凹槽的形狀、尺寸、弧度是為它目前的容納物量身打造的：一把葛拉克十九手槍、蘋果手機、手機充電器、一個極薄的識別證套。

葛拉克十九是大家熟知的葛拉克十七的精簡版，槍管長四英寸，較輕、體積小了一圈，公認為是比較適合女性使用的手槍。

好藏程度有口皆碑。

裡頭裝著十八發九釐米派拉貝倫彈，彈匣內有十七發，槍膛內有一發。葛拉克手槍並沒有手動保險，瞄準後開槍即可。

手機是關機狀態，正面是什麼也沒顯示的螢幕，背面是閃亮的黑殼，上頭有個被咬了一口的銀色蘋果。李奇不知道要怎麼開機。機身上應該會有個開機鈕，或同時按某幾個按鍵（有可能得持續個幾秒）就能開機。充電器是個白色的方塊，非常小，有插插座用的金屬片，另一頭是個樣式繁複的長方形插頭，中間有長長的白色電線。

識別證套是高級真皮製的。李奇打開它，發現裡頭有本小冊子。左邊那頁是彩色的盾牌雕紋，**司法部，聯邦調查局**。右邊那側是附照片的識別證，杜馮索的臉在上頭。頭上的日光燈使她蒼白的臉色泛青，但那確實是她。照片上有官方鋼印，又是**司法部，聯邦調查局**字樣橫跨整張卡片。

凱倫・杜馮索探員。

李奇重新調整好凹洞的內容物，闔上書頁，用力按壓封面，復原他挖出來的孔洞。他拿起書，緩慢、安靜地從熟睡的女孩身旁走過，穿過房門，朝兩位女性走去。她們仍擠在十英尺外。索倫森不著邊際地說著話，殺時間，杜馮索看起來有些惱怒、不耐，她們都聽到李奇的靴子磨過水泥地面的聲音了，同時轉頭面向他。

李奇舉起手中的聖經說：「我們來禱告吧。」

60

他們放露西一個人睡，杜馮索認為這裡夠安全。每個角落都與外界隔離，而且那個孩子不會在夜半醒來，恐慌、無所適從。他們前往索倫森的房間，九號房。它比李奇的房間近。索倫森還沒進去，她離開辦公室後只走了一小段路，準備去開房門時就被黑暗中的李奇叫住了。

她用鑰匙打開房門，三人一起入內。這房間的內部配置跟李奇自己的下榻處完全相同。兩張扶手椅，大床，兩疊摺得很整齊的衣物（女性版的，跟杜馮索現在穿的一樣）。浴室內肯定也有乳液、有的沒的液、毛巾。

杜馮索坐到扶手椅上，李奇把她的聖經遞還給她。她將書放到大腿上，以雙手按住。彷彿那是個皮包，而她怕被搶匪搶走。索倫森坐到床上，這是她的房間，她有權那麼做，李奇坐到第二張扶手椅上。

他說：「妳也知道，我有一百萬個問題想問。」

杜馮索說：「你害我們所有人落入麻煩的處境。你不該碰我的包包，這行為幾乎可以確定是違法的。」

李奇說：「別孩子氣了。」

索倫森看了一眼杜馮索，然後問：「抵達這裡時，他們沒搜妳身嗎？或在來的路上？」

杜馮索說：「不，他們沒搜。」

「也沒搜我身。」李奇說：「連摸半下都沒有。」

「那是非常嚴重的疏失。」索倫森說：「你們不覺得嗎？我以為堪薩斯市的人馬應該很擅長處理這些。」

杜馮索聳聳肩：「我扮演的是歹徒隨機擄走的無助受害者，因此他們搜身時跳過我並不令人意外。不過他們應該要搜李奇才是，他的身分定位一直不明。」

「堪薩斯市的人馬不知道妳是誰？」李奇問。

「他們當然不知道。」杜馮索說：「不然我就不會出現在他們該死的囚犯營裡了，不是嗎？」

「那妳是誰？」

「我不願意談這個。」

「金恩和麥坤是從州際公路南下過去的嗎?我是說去舊抽水站。」

「你為什麼想知道?」

「因為這顯然是關鍵事實。」

「不,他們是從堪薩斯州北上。」

「怎麼去的?」

「有人載他們過去。」

「他們去過那裡嗎?我是說那個十字路口。」

「有任何人去過嗎?」

「可見他們沒見過萬惡城市,對它一無所知,也不知道可以從那裡劫車。但他們還是過去了,為什麼?」

杜馮索沒回答。

李奇說:「因為妳是麥坤的緊急聯絡人,就這麼簡單。事情要是出差錯就可以找妳,不過妳不是堪薩斯市安插的臥底,因為他們不知道妳是誰,那派妳去的人到底是誰?」

杜馮索沒接話。

李奇說:「顯然是其他單位,某個位在食物鏈上層的傢伙,他才有辦法背著堪薩斯市運籌帷幄。我猜是胡佛大樓裡的人,穿西裝的老大哥,心中滿是憂慮。」

杜馮索一聲不吭。

李奇說:「這自然令人想問:他到底在擔心什麼?」

杜馮索說:「你以前真的是憲兵嗎?」

李奇沒接話。

索倫森說：「對，他是，我看過他的檔案了。領過六個動章，銀星、國防部優異服役、功績動章、士兵動章、銅星、紫心。」

「所有人都拿過動章，」李奇說：「不用過度解讀。」

杜馮索說：「堪薩斯市的人馬有個問題。」

李奇說：「什麼樣的問題？」

「表現差勁。」

「多差？」

「有人因他們而死。」

杜馮索從頭娓娓道來，一講就講了整整十分鐘。中區業務隨時都很繁忙，他們的轄區內有恐攻成效高的標的物，例如重要的民間公共設施、軍事建設，包括兵工廠。網路上隨時會有國內外恐怖分子放話說要動手，鎖定上述公共設施、軍事建設或兵工廠。大多數的計畫只是妄想、空泛的虛張聲勢或不切實際的空想——要是都那樣一定很棒，不過有些是真貨，數量也夠令人憂心了。因此堪薩斯市的探員決定先發制人，啟動一連串臥底任務，派出四個探員分別滲透四個恐怖分子組織。起先一切順利，彷彿是教科書上的範例，但接著就吃鱉了。每個任務都沒有取得情報，其中兩個還害死了臥底探員。

不過呢，可是呢，中區業務還是很繁忙，網路上的密謀不曾停歇。某天，一個新的討論方向冒了出來，他們不斷聊著某種液體的容積單位。加侖，幾百加侖，上千加侖，還時不時強調內布拉斯加州的地下水位有多高。沒有人知道他在說什麼，也沒有人能解讀出某種特定意圖。不過他們的討論日漸緊鑼密鼓，數萬加侖，數十萬加侖，百萬加侖，最後飆到幾千萬加侖。

於是他們啟動了第五個臥底任務。堪薩斯市派人偽裝成孤僻的反政府人士，聯絡那群新人，對方就要他加入、提供助力。他們針對他的背景問了一些問題，堪薩斯市就編了一些答案，表現出誠意。對方謹慎地拖了好一段時間，才答應要見這個異議分子，任務就這樣緩慢展開了。

但就在同一時間，胡佛大樓策劃了平行任務，感覺就像派間諜去盯間諜。他們假裝進行例行的上對下評量，最後建議堪薩斯市收一個中西部無人知曉的探員，方便臥底任務。理論上是要增加安全性、帶來額外保障，但實際上，胡佛大樓是要安插一個信得過的人到任務第一現場去。他們建議的人選是唐諾・麥坤探員，於聖地牙哥分區辦公室服務。

接著他們把華盛頓特區反恐小組總部的凱倫・杜馮索派過去當安全網兼第一線觀察員。他們偷偷把她調過去，而且讓她帶上所有東西，就像證人保護計畫那樣。她租了棟房子，找了份工作，她的孩子跟她一起過來，並上當地的學校。

「那可真是不得了。」索倫森說：「妳對這安排滿意嗎？」

「挺滿意的。」杜馮索說：「妳也知道我們的工作是怎麼一回事，上級要我們去哪，我們就去哪。我喜歡到處搬家，希望露西多多接觸這個世界的各種面貌。」

「她知道妳為什麼搬家嗎？」

「不是很清楚，只知道個大概。她知道我有槍，有徽章，但從來沒問過我問題，她習慣了。」

「但她有可能會洩妳的底，她在學校可能會亂說話。」

「說什麼？我媽咪有槍？內布拉斯加州的每個媽咪都有槍。還是說我媽媽是秘密探員？所有的小孩都會編那種故事，這在大人的預料範圍內。如果這小孩的母親其實是雞尾酒吧女服務生，每晚都得半裸腰部以上，大家更會想：難怪她要說謊。」

杜馮索接著交代後續發展。麥坤展開任務後不久便和對方聯絡上了，他步調緩慢、謹慎，取得信任，建立信譽。那股新勢力原來是中型白人組織跟中型中東人組織的結盟，雙方關係相當不穩定。他們自稱瓦迪阿，頭頭有自己的代號，但到目前為止麥坤還無法見上他一面，提出請求不斷遭拒，那些中東來的外國人據信是敘利亞人。

「他們的目的是什麼？」

「我們還不知道。」杜馮索說。

「這組織的種族構成真怪。」

「我也覺得。」

「麥坤沒問題吧？」

「那就要看你從哪個角度看了。你看到半杯水會想到『還有』還是『只剩』？目前我們的四個臥底已經被解決掉兩個了，因此就表面上來看，他存活的機率是百分之五十。」

「不妙。」

「所以穿西裝的老大哥心中才滿是憂慮。」

「而且麥坤原本還不需要向組織解釋金恩死因。」

「說得對。」

索倫森從櫃子裡拿出電熱水壺，到廁所裝水，煮了一些茶，以托盤端過來。李奇向她道謝，然後看著杜馮索問：「妳在車上為什麼要不斷眨眼？」

杜馮索接過她的茶，然後反問：「我騙過你了嗎？」

「我完全信了，以為妳是碰巧成為受害者。確實是英勇又機智，但是感覺是一般人等級，不是執法人員級。」

「我就是要你那樣想。麥坤當然知道我是誰，但金恩不知道，因此我得演給他看。事實上我得演一整晚，因為到最後我肯定會跟瓦迪阿或堪薩斯市FBI其中一方打照面。在那兩者面前，我不能透露身分。」

「明白了。我知道妳得演戲，但妳沒眨眼的必要。」

「我的目標是盡快下車，花的時間越少越好，有什麼方法我都願意用。所以我想，你也許可以幫我快速脫身，你看起來挺能幹的。我心想，你在途中也許會有機會出招，結果並沒有。所以我最後當然會跟堪薩斯市FBI碰頭，被他們帶來這邊，因為我演太好了，他們都以為我是路人。」

「昨晚到底發生了什麼事？」

「大部分都在你眼前上演了。」

「但不是全部，而且我也不明白那些狀況背後的意義。麥坤朝金恩心臟開槍後，又跟妳聊了一些什麼？這部分我也很感興趣，你們被人接走前起碼獨處了半小時。」

「接近四十分鐘。而且朝金恩心臟開槍的人不是麥坤，他是把槍遞到座位後方給我。我當初沒說真話，是因為我還在扮演無辜民眾，尖叫、哭喊也是我編出來的。」

「所以說，昨晚到底發生了什麼事？」

「你說呢？」

李奇聳聳肩。

「我沒頭緒。」他說：「但我認為金恩和麥坤身上都沒帶刀，刀子太大了，放不進西裝外套口袋，他們手上也都沒拿東西。我想他們其中一人可以把刀子綁在前臂上，但機率不是很高。我猜刀子是另外一個人帶的，而且他一直想找機會用刀，因為他走進小屋時並沒有拉上大衣拉鍊。」

「你跟證人談過了。」

「我敢說他一定會否認。為了免費啤酒，他規矩得很。」

杜馮索說：「恐怖攻擊總是由多方勢力一起策劃執行的。金恩與麥坤代表瓦迪阿去見另一個組織的代表，八成是為了資金籌措，或尋求其他合作方式，也可能是為了後勤或補給，那原本應該是鞏固雙方交情的會面。原訂計畫是金恩和麥坤搭車過去，再讓新來的傢伙載他們去他的總部，就像在跳求偶舞那樣。結果事情馬上出了差錯，新來的傢伙對他們鬼吼鬼叫，還抽刀，想對他們不利，麥坤卸除了他的武器。」

「而且在過程中弄斷了他的手。」

「是嗎？」

索倫森說：「那是法醫告訴我們的，在今天的午餐時間。」

李奇說：「然後呢？」

杜馮索說：「然後麥坤在自衛過程中殺害了對方，幾乎可說是反射性地出手。」

「鬼扯。」李奇說：「麥坤殺對方是為了封口。他都開始鬼吼鬼叫了，誰知道接下來會說出什麼？那傢伙有可能以聖地牙哥為根據地，看過麥坤進出ＦＢＩ大樓，而麥坤不希望金恩聽到這番話。」

「那是自衛殺人。」

「他手法俐落嗎？」

「你是以手法俐不俐落當作正當性的標準嗎？」

「如果陪審團票數接近，手法會成為關鍵。」

「我不知道他手法多俐落。」

「我知道，」索倫森說：「我看過遺體，他的手法相當俐落。他在對方額頭上水平劃了一刀，蒙蔽其視線，再由下往上捅了肋骨一刀。一，二，了事。」

「滿意了嗎？」杜馮索問。

「手法有點老派。」李奇說：「不覺得嗎？以前大家會覺得額頭那刀很酷，甚至可用浮誇形容，但完全沒必要性。直接把第二步當作第一招也行。如果你直接把九英寸長的刀刃完全埋入某人的體內，他就算兩眼視力二點零又能怎樣？」

「總之那是自衛殺人。」

「我同意，我沒要反駁，是或不是都沒差。後來怎麼了？」

「他們開始逃亡。他們不喜歡那輛紅車，認為它會被當地警方或歹徒鎖定，或同時遭到雙方追殺。麥坤知道我在哪裡，一直都掌握著我的行蹤，他開車北上前往萬惡城市，但裝作不知該何去何從的模樣。他『發現』我的雪佛蘭，金恩也立刻表示那輛車很適合下手。」

「但他們沒偷它。」

「他們打不開。那是最新型號的車，有各種保全機制。他們觸發了警報器。我從女廁往外看時，他們就只是站在原地。所以我想，如果我裝作下班準備回家，他們就會持槍威脅我交出車鑰匙，我原本預期的是這種狀況。麥坤後來說他也是，頂多敲我的頭一下吧。但金恩的想法跟我們不一樣，他不想留下證人，於是決定劫車，帶雞尾酒吧女服務生一起上路，於是我就開始演了。」

「麥坤認識小屋裡的那個人嗎？」

「不，他說他從來沒見過對方。」

「可見妳也不知道他是誰。妳不像我們，不分日夜隨時會收到新情報，堪薩斯市的人馬也不會告訴妳，因為他們認為妳是路人。」

「告訴我什麼？」

索倫森說：「就我們所知，死者是中情局工作站的主管。」

杜馮索沉默了一會兒，然後開口說：「我需要上級指示。」她打開聖經，取出手機和充電器，插好電，按下某按鈕整整兩秒。螢幕亮起了，立刻有個簡訊跳了出來，全都是大寫字母。

「緊急狀況。」她讀出字句：「麥坤從雷達上消失了。」

61

杜馮索打了手機裡儲存的某個秘密號碼，更新了最新狀況。「麥坤從雷達上消失」只是譬喻性的說法，實際上是他的衛星定位訊號從電腦螢幕上消失了。他身上有兩塊晶片，一片在手機裡，另一片縫在皮帶背面。過去七個月以來，他的一舉一動都在他們的掌握中，但一小時前訊號停止閃動，消失了。而且是兩個都消失，間隔僅有數秒。兩個晶片同時故障的機率微乎其微，根本不用納入考慮，麥坤出事了。

李奇問：「電腦最後顯示的所在地是？」

杜馮索說：「老地方。」

「在哪？」

「瓦迪阿的巢穴。」

「在哪？」

「堪薩斯市附近。」

李奇問：「你們的人馬有什麼計畫嗎？」

杜馮索說：「我們不會讓堪薩斯市參與行動，這是很久以前就決定好的方針。從這一刻起，他們就被擋在局外了，因為他們不可能幫助我們解決問題。過往紀錄顯示，問題八成是他們造成的。」

「那你們到底有什麼計畫？」

「直接派寬提科的特警隊過去。」

「什麼時候？」

「我們會快速部署。」

「多快？」

「八小時內抵達堪薩斯市。」

「那叫快？」

「美國國土遼闊，要安排的事情很多。」

「八小時實在太久了。」

「我知道。」

「但我們人在這，我們三個。堪薩斯市就在一百英里外，兩個小時車程，不是八小時。」

他們沒討論該如何行動，不過李奇也不覺得他們會就是了。一個臥底探員失聯了，而他猜FBI不成文規定的數量起碼有陸軍的一半。臥底是世界上最艱難的工作，你得讓場上的人知道他有人看顧、一有麻煩就會有人立刻支援，這樣他才撐得下去。

他們給彼此三分鐘準備時間。李奇不需要那麼久，因為他並沒有卸下行李。他的牙刷還在口袋裡，隨時可以上路。杜馮索花時間寫了一張紙條給露西，索倫森花時間脫下褲裝，換上房間裡的免費新衣，她說她覺得今晚可能比較適合穿丹寧布料。

接著大家定在原地片刻，感受暴風雨前的寧靜。杜馮索直盯著李奇說：「別忘了，瓦迪阿知道你的名字和外貌。」

李奇說：「我知道。」

「我們幾乎可以確定麥坤會說你是殺害金恩的兇手，這也別忘了。」

「妳是我老媽嗎？不用擔心我。」

此時他們手中只有一樣武器，那就是杜馮索聖經裡的葛拉克十九手槍。她右手拿槍，左手拿著打開的皮夾，隨時可以出示，手機在她的褲子口袋裡。他們首先拜訪崔帕托尼的房間。他房間的燈還亮著，杜馮索敲門後，他在幾秒鐘內便上前應門。他看到她的識別證後大為困惑，彷彿腳下的土地突然崩解了。她不是雞尾酒吧女服務生，不是無辜受害者，不再是了。她的識別證顯然比他的高級，顯示她位於食物鏈更上層，像撲克牌裡的A。可能是因為核發者是胡佛大樓，不是地區辦公室。李奇其實並不懂兩者之間的微妙差異，不過崔帕托尼立刻就接受了新規則，他抓起西裝外套，沒問任何問題就匆忙地把所有人都帶到貝爾那裡去。

貝爾的反應比較大，簡直想跟他們吵起來了。他的自尊心顯然比較強。起先狀況沒什麼差別：他房間燈還亮著，應門速度很快，對面前的識別證大感意外。接著他就開始爭辯了，說他沒接到消息，沒人為他做簡報。杜馮索不在他的指揮系統內，她跟他不過是同位階的探員，不管她是不是來自胡佛大樓，她都不能對他發號施令。

他們拿他沒轍，他還是保持高高在上的態度。

杜馮索因而落入艱難的處境，她無法讓這傢伙配合母船行動，胡佛大樓也不會幫她撐腰，至少沒這麼快。那些穿西裝的老大哥太謹慎了，不可能同意讓兩個女探員和一個平民在大半夜帶一頭大猩猩進行半吊子的遠足。風險太大，不利條件過多，創意過頭了。因此她只能依靠自己的說服力了，站在探員對探員的平等立場，面對面談，結果沒效。

李奇於是揍了那傢伙一拳。不怎麼大力，左手輕捶對方太陽神經叢一下罷了，沒什麼大不了。打到他稍微彎腰，李奇就能輕輕鬆鬆將他雙手扣在身後，讓索倫森取走他肩槍套中的手槍、皮帶上的備用彈匣、一邊口袋中的手機、另一邊口袋中的車鑰匙。崔帕托尼自願交出那四樣東西，動作迅速又欣然。

李奇要貝爾坐到其中一張扶手椅上，崔帕托尼則坐到另一張上。

杜馮索說：「你們的任務就是待在這裡，盡你們的義務。你們還有兩個客人，其中一個是我的女兒，我希望你們保障她的人身安全，善待她。」

沒人回應。

李奇說：「你們的勤務用武器被搶走了。對我以前的單位來說，這真的是非常嚴重的疏失，我敢說對你們來說也差不多。乖乖照我們的話做，就不會有人知道這件事。如果你們擋我們的路，我就讓全天下知道，你們會成為一大笑柄。被兩個女人搶劫耶？大家都會把你們當哏，連抓狗的工作都不派給你們。」

他們沒回應，但李奇感覺得到，他們已經屈服了。

他們查看了兩輛車，選擇油比較多的那輛，貝爾的車。杜馮索駕駛，索倫森坐在副駕駛座，李奇垮坐在後座。車子前進一百碼後，他們碰上了那名慈母型的女性，她的態度跟崔帕托尼相近，跟貝爾不同。她答應要照顧好露西，他們一要求她開大門，她就按下了控制鈕。杜馮索、索倫森、李奇坐回貝爾的車上，車子駛離了，繞行那個圓環，沿著水泥車道前進，穿出大門。

他們右轉，北上朝州際公路前進。

後方大門再度關上了。

一輛車，三支手機，一把葛拉克十九，兩把葛拉克十七，八十八發九毫米子彈。

準備萬全了。

62

在四面八方黑壓壓的農路上急馳二十多英里路可不容易，所以他們沿途都沒說話，直到車子上了四葉型匝道、轉入東向公路後才打破沉默。貝爾的車跑得筆直又穩，就像索倫森的車，也像那台Impala。安靜，滑順，不會爆胎，速度接近時速一百英里也沒影響。了不起，李奇心想。

杜馮索問：「中情局工作站主管的工作到底是什麼？」

李奇說：「負責管一個外國區域。那老兄會在該地最大的大使館工作，定居在附近，處理叛國者，指揮為美國工作的當地探員。」

接著他說：「也許不是老兄，是大姐。」

杜馮索問：「中情局工作站主管當中有女性嗎？」

「我不知道，我是軍人。」

「你們有沒有女性高層人員？」

「幸運女神眷顧的話就碰得到。」

「為美國工作的當地探員，是什麼樣的人？」

「典型的那種人。黑函、賄賂、意識形態讓那些外國人選擇叛國，效忠我們，工作站主管時不時就會跟那些人當中的重要人物會面。」

「怎麼碰面？」

「就跟電影裡演的一樣。約在偏僻的咖啡館、後巷、市區公園，或在電話亭的置物架上留東西。」

「為什麼要碰面？」

「收到黑函的人要再聽一次威脅，收賄者要他們的錢，理論家需要安撫，而工作站主管需要情蒐。」

「他們多常碰面？」

「也許一週一次，也許一個月一次，視每個探員自己的需求而定。」

「其他時間他們就偽裝成商務處專員？」

「或文化處專員，或其他聽起來沒什麼工作可做的人員。」

「他們是去俄羅斯、中東、巴基斯坦那類的地方工作對吧？」

「我誠心希望是。」李奇說。

「那樣子的人為什麼會跑到內布拉斯加州來，還試圖殺死ＦＢＩ探員？」

索倫森說：「他會說阿拉伯文。也許瓦迪阿當中的某個敘利亞人原本是他的探員，在當地幫他工作。也許他們的關係並不是過去式，也許他們約碰面是為了發生在海外的某個狀況。結果沒有半個敘利亞人過去，可能那個中情局的人就起疑了，你想想，對他來說，他自己人馬以外的人全是壞蛋對吧？」

「不過中情局並不能在美國境內活動，這是不被允許的。」

「呃，也許那是極機密行動，也許他們想收拾掉那傢伙，因為他們有些恩怨沒了結，這些事他們不會告訴我們的。」

杜馮索說：「但那老兄看得出來的人是麥坤，不是他的敘利亞好兄弟對吧？難道說，他解決不了該解決的人，宰掉其他人充數也沒關係？中情局網站上有那樣寫嗎？我漏看了嗎？」

李奇說：「他們沒要解決任何人，這種事不會派工作站主管去做。他們有專門的部署，叫打手，要派也是派他們過去。打手不會帶童軍刀，會帶完全不一樣的刀子，出完全不一樣的招，讓我們無法辨識死者身分。至少指紋、臉孔、牙齒都會被毀掉。」

索倫森說：「好，這只是例行性會面，沒什麼戲劇性，那個中情局主管是要交代事情給探員。」

「但他的探員沒出現。他為什麼不鬼扯幾句抽身就好，何必抽刀？」

「也許他不擅長鬼扯。」

「他是中情局工作站主管，沒人比他還會鬼扯。」

「也許他在別的地方得知了麥坤這個人的存在。」

「麥坤不認識他。」

「認識未必是雙向的。也就是說，那老兄也許知道麥坤是ＦＢＩ探員，這時發現他參與了恐怖分子組織。我猜大多數人在這情況下都會認定他是叛徒，不會先想到臥底這概念。」

「所以說，這只是一次無心之過？搞錯對方身分了？」

「有些事情的真相比表象單純多了。」

李奇點點頭：「我知道。」

杜馮索說：「但中情局工作站的主管又為什麼要偽裝成跟團旅行的遊客呢？我們剛剛說的這些都無法提供解釋。別忘了，金恩和麥坤是被派去見他啊。」

「也許他也是臥底。」索倫森說。

「中情局不能在美國境內活動。」

「時代變了，凱倫。」

「兩個臥底任務同時在同一個地點展開？發生這種事的機率會有多高？」

「不會太高。」李奇說：「但也不見得機率很小，只要有兩個人同時對同一個饒富趣味之物產生興趣就夠了。」

「他們會叫工作站的主管去臥底嗎？」

「有可能。他在本土沒沒無名，有相關技能，習慣那種生活方式，會說對方的語言。至於帳面紀錄嘛，只要寫成調職中就好了。」

杜馮索說：「如果他們殺了我的人，我一定會燒了他們的老窩，為什麼我們還沒有接到他們那裡的消息？」

「你們可能已經接到了。」李奇說：「不過不是傳到具體的某個人員耳中。目前可能是攤在華盛頓某密室的桌上，兩個叼雪茄、穿西裝的年老白人正在討論它。」

李奇腦海中的時鐘以及里程表顯示他們可以相當寬裕地達成目標：在兩個小時內趕到堪薩斯市去。開車時間只要一小時四十分鐘，或頂多四十五分鐘。不過最後可能得多繞一小段路就是了，歹徒的藏身處不可能落在公路用路人心目中的市中心，李奇並不覺得他們會在鬧區旅館大廳會面。

「據點在郊區。」杜馮索彷彿會讀心術：「堪薩斯市南區，偏東。」

「離市區有多遠？」

「大概有十二英里。」

一小時五十分鐘，他心想，出旅館大門後抵達對方大門所需時間。

他說：「地段如何？」

「體面，人口稠密。」

「真怪。」

「相當怪。」

「但我想選得還不錯。」

杜馮索對著方向盤點點頭：「瓦迪阿比我們看過的大多數組織都還要聰明。」

每四十秒過去，他們與平原區巴黎的距離就拉近一英里。索倫森問：「妳對彼得・金恩了解多深？」

杜馮索說：「妳是從哪聽到那名字的？」

「李奇從艾倫・金恩口中聽來的。」

杜馮索透過後照鏡瞄了李奇一眼，點點頭。

「是，」她說：「我還記得。後來他還說溜嘴，提到他居住地的人口數是一百五十萬，之後又馬上宣稱自己住在內布拉斯加、當時已開了三小時的車，儘管油槽是滿的，瓶裝水仍是冰的。」

索倫森說：「我們知道彼得・金恩在七個月前從丹佛搬到堪薩斯市。」

「你們知道太多了。」

「他搬家是巧合嗎？」

「執法人員的世界裡沒有巧合這種事，你們自己也知道。」

「他是警察還是探員？」

「他為什麼會是？」

「我只是想做些對他有利的假設，不為什麼，他為國家效忠過。」

「很遺憾，彼得・金恩不是警察也不是探員。」

「他跟瓦迪阿有往來嗎？」

「我們認為有。」

「走得多近？」

「我們認為他是組織領導人。」

「了解。」

「因為他們的組織結構表當中只有幾處空白，職位不明的人物也只剩幾個。其中一格空白是領導者，其中一個角色不明的人名叫彼得・金恩，因此將兩者連結在一塊是相當合邏輯的推論。」

「儘管他有個不相往來的哥哥在當組織幹部？」

「他不會跟任何組織中有地位的人直接往來。如果他真的是領袖，那就肯定不會。這些小團體就是這樣運作的——領袖只跟他信賴的副手商量事情，那些副手頂多只有兩、三個人。接著就是一個環節對一個環節傳令，彼此界線劃得很清楚，以策安全。」

「就算是那樣，感覺還是很怪。」

杜馮索點點頭：「麥坤把艾倫・金恩這個人摸得很透徹，知道他們兩兄弟之間確實有股詭異的洶湧暗潮。艾倫是弟弟，非常依賴他哥，總是要徵求他的同意，對他的想法很執著。我猜這就是他昨晚提到彼得的原因吧，他根本沒必要那麼做。兩人之間顯然有不為外人所知的情結，這影響他們二十多年。彼得認為艾倫應該要為某件事負責，某種失誤、背叛或恥辱，因此艾倫隨時都得在他跟前表現出好的一面。而麥坤總覺得彼得想要艾倫一直這樣下去，像是某種贖罪方式。冷酷的愛，但無疑地是愛，你知道親情是怎麼一回事，俗話不是說血濃於水嗎？就我們對彼得的認識來研判，他應該會為艾倫之死震怒。」

「這可能就是麥坤倒大楣的原因。他不是在其他日子出事，就剛剛好是今晚。」

杜馮索點點頭。

「沒錯。」她說：「我們只能祈禱他成功說服彼得，讓彼得覺得真兇是李奇，而他當時無力阻止慘劇。」

平坦的東西向州際公路沉靜地貫穿堪薩斯州，並在抵達市區前的十英里內生出複雜的節枝，銜接環城快速道路、高速公路等等。杜馮索轉向南方，繼續開在堪薩斯這頭，接著轉往東方開上一條新編號的聯邦公路，以時速九十英里的車速行駛於超車道上，就這樣進入密蘇里州，以利斯薩米特的路標為指引。不過他們在抵達該地前便轉彎北上，往瑞鎮前進。他們也不是要去那裡。城鎮還沒映入眼簾，他們就又轉了一次彎，往西北方前進，來到拼布似綿延好幾英畝的郊區地帶。它坐落在一大片空地後方，李奇認為那空地應該是個大公園。白天風光明媚，不過到了晚上，它只會化為一個大黑洞。杜馮索已開始放慢車速，繃緊神經，推進安靜無聲的車體，讓它猶疑地過彎、暫停，輕快地穿過亮處，並在暗處再度放慢速度，彷彿不確定目的地在何方，或害怕抵達終點。

李奇問：「妳去過那嗎？」

她說：「除了麥坤之外，沒人去過。現在派人去就太躁進了，目前這任務仍在『靜觀其變』的階段，不過所有檔案我都收到了一份副本，我知道他們總部的地址，也用谷歌地圖確認過房屋的外觀，因此我知道周遭環境大致的模樣。」

它的周遭環境是尋常又單純美國郊區，這點是可以確定的。道路左右兩側有市政府鋪設的水泥人行道，上頭長著青苔，有些部分還被下方竄生的樹根頂起，偶爾立著幾根市政府的消防栓。一棟棟房屋閃過李奇眼前，間距相等，外觀大多很樸素，有些是小屋，少部分是大宅，所有建築物都沉睡在黑暗中。側牆大部分是白色的，有些漆成其他顏色，大多數是平房，寬度遠超過高度。有些房子頂樓加蓋房間，所以屋簷上有楣窗。所有房子都有信箱、沿屋基種植的景觀植物、草地、車道。大多數屋子前方都停著車子，至少停一、兩台，有時會有三台。有些房子前方有小朋友丟在那的兒童用腳踏車，上頭已被露水沾濕，或者足球門、曲棍球門。一些房子前方有旗杆，懸掛的美國國旗垂在沉靜的夜晚空氣中，化為一道灰影。

「跟我的期待有些落差。」李奇說。

「我不就說了嗎？」杜馮索說：「在體面、人口稠密的地區。」

「敘利亞人在這裡不會很顯眼嗎？」

「白皮膚的人自稱是義大利人，黑皮膚的人自稱是印度人，來自次大陸區。你也知道，就德里、孟買那一類的地方。大多數人分不清的，他們說他們在城裡的科技公司上班。」這時她放慢車速，靠邊停車了。「好，我想我們現在在兩條街外，你打算怎麼做？」

李奇出過突襲臨檢的任務，不只一次，但大概也不到二十次。他通常跟分為好幾小隊的大票憲兵一起行動，有些人走後門，有些人正面攻堅，有些人帶著大批武器留守在裝甲車上，所有人都佩帶無線電。他們所在之處通常都會有封鎖線封鎖，將所有非武裝人員請出場，旁邊通常也會有一小票醫務人員待命。他現在覺得自己的裝備嚴重不足，腹背受敵。

他說：「我們可以縱火，這招的效果通常都不錯。他們遲早會奪門而出，不過麥坤現在可能已被綁在某處，或關在某處，或以其他方式被限制行動。因此我們最好派一個人走地下室入口，如果有地下室的話。第二個人走前門，第三個人走後門，妳們的槍法如何？」

「還不賴。」杜馮索回答。

「還不差。」索倫森說。

「好，妳們持槍前進，朝我和麥坤之外的任何移動物體開槍。朝頭部開槍最妥當，瞄準臉中央。子彈省著點用，別連開兩槍，我們會有四秒鐘左右的優勢，不能讓我們的行動發展成圍城戰。」

杜馮索說：「你不想試試誘敵戰術嗎？我可以假裝迷路之類的，從正門進去。」

「不行，」李奇說：「因為他們朝妳的腦袋開槍後，索倫森和我就得靠自己把事情辦完了。」

「你出過這種任務嗎？」

「妳沒有嗎？」

「沒有，這完全是特警隊份內的工作。」

「機率是百分之五十。」李奇說：「我是說，喜劇收場的機率，根據我個人經驗。」

「也許我們應該要在寬提科待命。」

「我們至少去瞄個一眼吧。」

他們安靜、鬼祟地鑽出貝爾的車子，槍握在手中。他們是這一帶唯一在移動的物體，深藍色衣料在月光下幾乎完全看不見，他們排成一排走在人行道上，本能地拉開六到八英尺的間距，從一個路口出發，走到下一個路口，橫越第一個街區。他們過馬路時毫不猶豫，此時此地，被罕見疾病的病毒纏身還比被車撞的機率來得高。他們接著橫越第二個街區，不過在快到路口時放慢了腳步，稍微湊近彼此，似乎感覺到有商量事情的必要。杜馮索說他知道那棟房子在空照圖上的位置，因為她用電腦查過。地圖是二維的，她說她要是知道它在三次元世界中的模樣該有多好。事情能否順利全取決於那個街區的側面樣貌，也就是人類視點看到的模樣，不是衛星攝影機的觀點。

他們在轉角止步，杜馮索瞄了一眼他們右手邊的街道。路面稍微上坡，接著又降下去，從這角度望去可看到頭幾棟房子，其餘的就看不到了。

「就是這裡。」杜馮索說。

「哪一間？」

「小坡另一頭的左邊第二間。」

「妳確定？我們還看不到它。」

「我看過衛星拍的照片，」她說：「鄰近地形、房屋前方路況、轉角我都確認過了。我知道是這條路沒錯，這個轉角沒消防栓，其餘的都有。我是這樣記的：『沒有消防栓』（without a fire hydrant）是W開頭，瓦迪阿（Wadiah）也是W開頭。」

李奇環顧四周，沒看到消防栓。

「幹得好。」他說。

索倫森說如果那房子有地下室，她自願從那裡進去。如果沒有，她就從房屋側面找扇窗子，破窗而入，李奇認為可行。派人走第三條路雖然有助於攻堅行動，但不會產生什麼決定性的效益。最危險的入侵路線當然是從正門，而最有效的當然是從後門，真正的選項只有這兩個，冒險與報酬。

他說：「我走後門。」

杜馮索說：「那我就走前門。」

「不過別說妳迷路了，直接朝他們臉開槍，讓他們連說嗨都免了。」

「我們應該要讓索倫森先走一步，我是說如果有地下室門的話，從那裡進去得花比較久的時間。」

「我們會的，」李奇說：「先到那裡再說。」

接著他們一起快步前進，轉入右手邊那條街道。

63

他們離開人行道，走上馬路，浪費時間找樹當掩護並沒有意義。李奇發現他們距離小坡頂端剩七英尺時止步，並叫住其他兩人。從這裡開始，他和索倫森將會沿著一個又一個後院移動，杜馮索會在待命好一段時間再獨自前進。她讓他們先走是因為他們得從旁邊繞路，路況又較差。柵欄、樹籬、狗，也許甚至還有鐵絲網。這裡畢竟是密蘇里州，聖路易斯的南方金屬線公司曾經是世界上最大的鐵絲網非法製造商，三分錢一磅，夠用了。

不過杜馮索的選擇一定是最危險的，這不會變。他們一定會派人站哨，盯住前門，後門就不一定會有人守著了。行動最容易曝光的人是她，曝光後就要看他們的猜忌心有多重了。而在這當下可能會很重，他們會視她為無辜的路人，還是把所有外來者都視為威脅？

結果沒有鐵絲網，也沒有狗。郊區的寵物太嬌生慣養了，晚上不會睡在戶外。這裡的院子營造出高級感，所以不會架設鐵絲網，不過確實有些樹籬和圍欄。有些圍欄很高，有些樹籬上有尖刺。不過要翻過去不成問題，索倫森翻圍籬的動作比李奇還俐落，至於長尖刺的樹籬，只要倒退走就能鑽過，便宜的丹寧布是很堅固的。

很難判斷他們何時才會抵達小坡坡頂，因為他們走在機器整過地的後院草坪上，穿梭於分階分層的庭院造景之中。不過天空中的月亮灑下微弱的光芒，李奇望向房屋之間的空隙便能看到電線。當他看到淺淺的倒V時，就認定自己已抵達了坡頂。

小坡另一頭的左邊第二間。

索倫森找到它了。她演默劇似地以手勢比出一、二，然後指著二那間，彷彿在說：**那就是我們的目標**。李奇點點頭，兩人繼續前進，移動到他們所在庭院的邊緣，翻過釘有防兔鐵絲網的尖籬，進到下一個庭院，也就是目標建築的隔壁人家的院子。裡頭塞滿東西：瓦斯烤肉爐、草地椅、各色各樣的車子，包括小朋友跨坐其上、靠踩踏板或電動馬達前進的那種，其中一部的造型像是網球鞋。李奇停下腳步，看了看那棟房子。大概有三間臥室，其中兩間住滿小孩。牆壁很薄，僅由壁板和石板構成，要開槍最好朝另外一邊，除非另一邊是一家孤兒院。

他們繼續前進，來到最後一道圍籬邊，望著他們的目標。

那是一棟兩層樓的房子。

寬度只有鄰近房子的一半，高度是兩倍，側牆是暗紅色的。廚房似乎占據屋後方所有空間，那麼前方大概會有一條中央走道，兩側都是房間。還會有一道樓梯，二樓大概會有四間房間。說實在這間屋子跟其他屋子大小差不多，只是一分為二，然後疊起來。

不妙，非常不妙。根據李奇的經驗，兩層樓的房子比平房難搞八倍。

索倫森困惑地看著他。

他眨了眨眼，左眼。

他們翻過圍籬，進入目的地的後院。這裡幾乎沒在照料。草皮蔓生，沒有花圃，沒有樹，沒有造景性質的植物。沒有烤爐、椅子、玩具。

不過這裡有道地下室門。

大大地敞開。

是造型很傳統的那種地下室門。模壓金屬板，長約五英尺，寬約四英尺，從中央一分為二，左右雙開，與地面間的夾角非常小，其上緣緊抵著房屋地基，比地基底部高出約一點五英尺，門內有一小段粗木階梯。

地下室內黯淡無光。李奇左右移動，看來看去都沒發現屋內有哪個房間點著燈，只有一樓左側某扇小毛玻璃窗內透出微光。大概是洗手間吧，裡面可能有人。這是最糟的狀況：每個房間內都睡著四名左右的狂徒，其中一名醒著，人在廁所。

餐廳、客廳，樓上可能有四個房間。

糟透了，對手可能有二十四個人。

他走向索倫森，而她在眼睛下方比了個V，然後再用那兩根手指頭比了比地下室門：**我要下去探一探**。他點點頭，而她緩慢、謹慎地跨出腳步，把身體重量放到階梯外緣，這樣比較不容易發出嘎吱聲。踩上水泥地後，她低頭繼續前進，消失到屋內深處。

李奇在原地等待。四十秒過去了，接著整整一分鐘過去了。

索倫森再度現身，低頭跨到梯級下方的水泥地，在月光下顯得有些氣喘吁吁，不過她對他點了點頭，**沒問題，沒有敵人**。李奇指了指她，再拍拍自己左腕，點了一下自己的耳朵。**聽到**

我們在門邊發出的聲音，妳再行動。

索倫森再度消失到屋內了。

李奇不斷退後，直到他能夠透過房屋之間的空隙看到正門前的馬路。杜馮索正在那裡的暗處待命，倚著一棵行道樹，完全跟周遭環境融為一體。他揮揮手，而她從樹旁退開，比了個手勢：怎麼了？雙手捧著杯狀，舉到肩膀附近，手肘內縮。他誇張地聳聳肩：我不確定。她豎起拇指，往側面一指：對還是不對？

他豎起拇指。

對。

她點點頭，深吸一口氣，將雙手手掌攤向他（槍掛在手上），豎直每一根手指：十秒。

接著她收起一根手指：九。

又一根：八。

接著她側身衝向前門，身影消失在李奇的視線範圍內。李奇有樣學樣，衝向後門。

七，六，五，四。

三。

二。

一。

杜馮索數得比李奇快，他腳還在半空中就聽到前門發出敲擊聲，似乎是葛拉克手槍的槍托敲在鐵片上。前門是鐵門，經過強化，以策安全。不知道後門的防堵力有多強？他心想。

結果不怎麼強。

他不斷加速奔跑，然後在最後一小段路出招：以靴子的鞋跟猛踹門把上方一英寸處。門砰一聲向內甩，李奇來到了廚房之中。速度有點快，不過沒什麼大礙，跨過某個小障礙物就沒事了。前門還在砰砰響。廚房內氣溫很低，空蕩蕩的。最近還有人使用過，不過目前空無一人。李奇走進走廊，準備迎接想去應門的歹徒，準備朝他背後開槍。

走廊上空無一人。

敲門聲持續著，非常響亮，連死者都會被吵醒。李奇繼續潛行，雙手打得筆直，緊握手槍，屁股上方的軀幹不斷左甩、右擺，像是在跳瘋狂的迪斯可。攻堅曳步舞。左方有間餐廳，裡頭堆滿各種東西和家具，但沒有人在。

右方有間客廳。

堆滿各種東西和家具。

但沒有人在。

走廊上還有兩道門，其中一道的下方有光透出。毛玻璃窗，廁所，可能有人在。李奇跨出一大步，舉起另一隻腳朝門鎖一踹。結果那個鎖並沒有比廚房門鎖堅固，門砰地一聲開了，李奇倒退幾步，食指緊扣扳機。

廁所裡沒人。

燈亮著，但沒人在裡頭。

就在這時，索倫森從走廊上的另一道門進入屋內，葛拉克手槍舉在身前。

「別開槍，」李奇說：「是我。」

他看到她身後通往地下室的樓梯了。沒人在，空空如也。

一樓安全無虞。

他說：「讓杜馮索進門吧，我上樓看看。」

他開始爬樓梯，這是他最不喜歡的狀況。他討厭樓梯，大家都討厭。走在樓梯上，一切的一切都與你作對，包括地心引力。你的敵人站在高處，視野較佳。對方埋伏的可能性也有無限多種。你的頭會率先進入他們的視野之中，這點也非常稱他們的意。

很不妙，不過李奇走在這段樓梯上的心情相當愉快，因為此刻他已確定屋內空無一人。他有攻堅經驗，知道這棟房子的感覺不太對，沒有生氣，沉寂又安靜。似乎沒人在。

結果確實沒人。

二樓有四個附更衣間的房間，兩間廁所。李奇全搜了一遍。他的上半身再次左甩右擺，像個軍事風芭蕾舞者，轉啊轉的。應該要有人幫他配樂才對，記得製造突如起來的交響樂式高潮。

所有的臥室、衣櫃、廁所內都是空的。

有垃圾、床鋪、衣服、家具。

但就是沒有人。

一樓安全無虞。

二樓安全無虞。

沒人在家。

他們三人心中都有一個小小的聲音說：這是個好結果。人性使然。鬆口氣，反高潮，光榮的和平。不過李奇、索倫森、杜馮索在中央走道碰頭時，都只表現出內心的沮喪。如果麥坤不在這，他一定在其他條件一樣差，甚至更糟的地方。他們是在匆忙之中帶著他撤離的。

「他們一定在某處設了一個更大的據點。」李奇說：「一定有。你們認定他們是兩個中型組織結盟成的團體，那不用說別的，光這個地方的大小就不對了，太小了。這地方只是個落腳處，或兵營，或訪客住宿處之類的額外設施。」

「有可能是個秘密聯絡地址。」

「麥坤住在這裡。」杜馮索說：「我們相當確定這點。他親口告訴過我們，我們也有七個月來的衛星定位系統資料作為佐證。」

李奇在走廊上來回走動，打開他經過的所有電燈開關。餐廳、客廳的燈亮了，廚房也亮了。他說：「開始搜查吧。如果他們定時在兩個地點之間往返，一定會留下一些痕跡，再怎麼清也不可能清到完全乾淨。」

而他們顯然清得相當乾淨，手法非常俐落，但又有別於一般風格。屋內還是有相當程度的混亂：水槽裡有沒洗的盤子、床沒整理、沙發墊沒塞好、舊報紙沒清掉、垃圾沒帶走。有沒洗的馬克杯、沒倒的菸灰缸、沒摺好收起來的衣服，房客走得很急。

不過他們設定了優先處理順序，帶走非常多東西。他們收拾的工夫全花在那上頭了。信、文件、鈔票、文書人員、官員，這些東西都沒有留下痕跡。沒名字，沒有大張或小張紙，沒有紙片、字條、隨手塗鴉、留言。不過李奇也不認為自己會找到一張藏寶圖就是了，他們總不會用亮紅色墨水在某張地圖上畫一個箭頭，寫「我們的總部」吧。不過大多數人還是會有所遺漏，漏掉一些瑣碎的小東西。過路費收據、火柴盒、電影票，可能會被丟在垃圾桶、牆角、沙發墊下方。而這些人並沒有遺留這類東西，相當了不起。謹慎，一絲不苟，戒心十足，考慮周到。顯然非常有紀律，而且是每天都很有紀律，不是三天打魚兩天曬網，保障安全的措施做得很好。想要有所突破，就得靠他們的無心失誤了。

這時索倫森在廚房發出呼喚。

無心失誤來了。

64

索倫森在廚房流理臺上排出七個大麥當勞紙盒，裝外帶食物的。紙袋有使用痕跡，沾了汙漬，皺巴巴的。索倫森已經把裡頭裝的東西全倒出來了，包括飲料杯、奶昔杯、裝漢堡的紙盒、收據，還有發黃的生菜、變糊的洋蔥末、醬汁乾掉結塊的番茄醬包。

索倫森說：「他們很喜歡麥當勞。」

「喜歡麥當勞不是罪過。」李奇說：「我也喜歡麥當勞。」

「把這當成B計畫還不賴。」杜馮索說：「我們丟著他們不管，他們五年內就會心臟病發身亡了。」

「他們很喜歡麥當勞。」索倫森又說了一遍：「所以我猜，他們幾乎每天都會派一個跑腿小弟到最近的得來速去買個幾袋食物回來，我敢說這附近就有一家得來速，開車不用五分鐘就能到。」

「我們畢竟是在美國啊。」杜馮索說。

「他們有可能會吃上癮，所以進駐到另一個據點時，還是會去找最近的得來速。也許每隔一陣子，他們就得從A移動到B，這時就會到A附近的得來速買東西，好在路上吃。有時他們也得從B移動到A，所以也會到B附近的得來速買東西吃。」

「原本分屬兩地的垃圾就會混在一起。」李奇說。

索倫森點點頭。

「正是。」她說：「你買一份漢堡、薯條和汽水在車上吃，但比方說，你可能喝不完飲料，抵達目的地後就將整袋食物帶進屋內，在這間廚房吃完。然後把垃圾丟進垃圾桶。很講究衛生，但壞消息是，你會將兩個無關的地理區域連結在一起。」

李奇問：「收據透露了什麼？」

「其中六張來自同一個地方，第七張來自不同地方。」

「什麼地方？」

「我不知道，上面沒有地址，只有一個代碼。」

索倫森無法透過她的分區辦公室追查。她的分區辦公室目前仍以為她被安置在堪薩斯市的汽車旅館內，基於中區反恐小組的要求。因此她利用崔帕托尼的手機上網，查到一支麥當勞的公關部門電話。她並不樂觀，因為任何混蛋都可能用手機打電話過去說自己正跟ＦＢＩ的人在一起。她猜對方一定會不斷搪塞，整個過程將會冗長而乏味。

李奇接著問杜馮索：「麥坤的衛星定位是怎麼紀錄的？」

「以截圖的方式。」她說：「地圖上會顯示光點與線段，可選擇時間單位，例如一週、一天、一小時，要多長都可以。」

「可以選七個月嗎？」

「我想沒理由不行。」

「你們需要查看時，要如何取得資料？」

「會請辦公室寄到我的電子郵件信箱，有必要時我傳到我的電話上。」

「我們得看一下。」

「他們現在認為我躲在那家汽車旅館。」

「沒關係，妳不讓他們知道妳人在哪裡，只要說妳什麼都沒得做，悶到快瘋了，想提供一些幫助。妳想了一個假設，想要驗證看看，妳找點事做總比坐在那裡發呆好，如果事情有進展，妳就可以立刻歸隊，就這樣跟他們說吧。」

「什麼假設？」

「不重要，跳過別說，討資料就是了。」

杜馮索撥打電話，而索倫森的電話第二度被轉給其他人。

到此刻為止，他們已經活動接近兩個半小時了。李奇猜寬提科的準備工作已進行了好一段時間，他不確定ＦＢＩ的特警隊會如何運作，也許他們有預先安排的卡車可以載他們到安德魯空軍基地，又或者他們有直升機可搭，又或者他們所有裝備都永久儲放在安德魯空軍基地，隨時可以上路。接著他們會長途往西飛行，距離遠超過一千英里。他猜他們大概會搭空軍的C-17運輸機，他認為ＦＢＩ自己不太可能有重型噴射機。接著大概會降落在堪薩斯市市立機場，位於此地西北方，又或者會挑南方二十英里外的理查茲・蓋博空軍基地，如果它還在營運的話。他不確定它還在不在，光是他退伍前最後一段時間內就有許多基地遭到關閉了。這是所有美國軍事組織都面臨的問題。如果理查茲・蓋博已廢棄不用，那麼唯一的替代選項就是東方六十英里外的懷特曼空軍基地了。接著他們會出動更多卡車、直升機，然後是令人痛苦萬分的戰術規劃，最後才採取實際行動。

八小時。美國國土遼闊，要安排的事情很多。

他們會依照麥坤的所在位置挑選降落機場。索倫森仍在講電話，試圖在迷宮的公司組織構成當中尋找出口。杜馮索瞪著自己的手機，用意志力催促電子郵件現形。李奇猜他們最後不會有什麼成果，頂多就是引導寬提科小隊前往正確的目的地。像是斥候，或扮演彼得・金恩的角色。

總比什麼都沒做好。

索倫森搶先收到她的情報，儘管那不是什麼大不了的消息。麥當勞的核心組織並沒有明白地表示拒絕配合，沒有遮遮掩掩或陷入混亂，就只是感到困惑，而且有些辦事不力，讓她聽了很多次等候音樂；她遵照指示打給某人沒接通，某人回撥也沒打通，就這樣一來一往地撲空。最後電話被轉到一個低薪員工的手中，他在瓦迪阿成員疑似利用過的經銷店工作，負責料理漢堡。他八成是用牆上的話機在跟她通話，鋪磁磚空間內的迴音與生薯條掉進熱油的聲音都傳到了話筒中，她問那位服務生人在哪裡。

「我在廚房。」那個男孩子回覆。

「不，我是要問你們餐廳在哪裡。」

那男孩沒回答，彷彿不知道該從何說起。索倫森覺得自己似乎聽到對方咬下唇的聲音，以為他準備說：我們餐廳在櫃檯另一頭，呃，就是那個嘛，廚房的對面。

她問：「你們家的地址是？」

他說：「我家的地址？」

「不，餐廳的地址。」

「我不知道，我沒寄過任何東西過來。」

「它的位置在哪裡？」

「餐廳的？」

「對，餐廳的位置。」

「過蕾西的店就到了，不可能漏看。」

「蕾西的店在哪？」

「過德士古加油站就到了。」

「在哪一條路上？」

「就在六十五號國道上。」

「你們那個城鎮的名字是？」

「我不認為它有名字。」

「非建制地區？」

「我不知道那是什麼。」

「好，離你們最近的有名字的城鎮叫什麼？」

「大城鎮？」

「你可以從大城鎮開始說起。」

就在這時，有人發出大吼。大概是經理吧，索倫森心想，對方說打掃時間到了。那男孩說：「女士，我得走了。」然後就掛斷了電話。

索倫森把手機放到廚房流理臺上。李奇對她投以詢問的眼神，她便回答：「六十五號國道上，靠近一間店叫蕾西的店，過德士古加油站就會看到。」

李奇沒說話。

索倫森回頭操作手機，叫出一張地圖，然後以指尖做出捏、推、滑等動作，弄了老半天，臉垮了一路。她說：「真是太棒了，六十五號國道由南到北貫穿全州，從愛荷華延伸到阿肯色，全長將近三百英里。」

「有蕾西的店的影子嗎？」

「這是地圖，不是商家訊息頁。蕾西的店八成是某種小賣店，或釣餌店，或酒吧。」不過她還是鍥而不捨，繼續在網路上搜尋。她用蕾西的店和堪薩斯市當關鍵字，結果什麼也沒找到。接著她輸入蕾西的店和密蘇里州。

她說：「那是小型的連鎖食品連鎖雜貨店。」

她再度點了一下手機螢幕，連結到新的頁面去，手機的反應很慢。接著新的網站跳出來了，她又開始滑、捏、推，然後說：「六十五號國道上有三家分店，彼此間距約二十英里，排成一個弧，全都差不多在堪薩斯市的六十英里外。」

車程兩小時四十分鐘。

「有進度了。」李奇說。

這時杜馮索的手機發出叮一聲，收到一封新電子郵件了。

65

麥坤七個月來的活動紀錄呈現在灰階的衛星影像上，拍攝範圍遍及五個彼此相鄰的中部州：堪薩斯，內布拉斯加，愛荷華，伊利諾，密蘇里，土地總面積超過三十四萬平方英里，居住人口超過兩千六百萬。

麥坤在這片土地以及人群之中移動的軌跡是以琥珀色線段標記的，他最近一次遠足是從堪薩斯移動到內布拉斯加，再移動到愛荷華，然後回到堪薩斯州，這些足跡在地圖上顯示成一個不甚平整的微小長方形。上頭也有其他蛛網般往外延伸的線段，但不多，代表他沒做什麼長途移動。他的活動範圍大多集中在堪薩斯市內，琥珀色線段在那一段地圖內擠成一團，看起來像是瘋狂的塗鴉，幾乎形成了一個面。線段不斷重疊之處非常明亮，某些點看起來像是螢幕上燒破的洞。

李奇問：「可以拉近嗎？」

杜馮索用兩根手指在螢幕上一推，動作跟索倫森如出一轍。她把那團瘋狂的塗鴉移到螢幕中央，將它放大，接著再拉近一些，最後又移到中央。那團塊變成了糾結的網絡，原本明亮的線段不再重疊，亮度也下降了些。

不過還是有兩個點依舊熾亮，沒受影響。它們代表兩個地點，麥坤大概分別造訪過幾百次。兩個地點之間有一道光河，代表他曾在兩點之間不斷往返，大約也有個數百次。其中一個點位在另一個的西南方，以鐘面來比喻的話，一個位在七點，一個位在兩點。

「那一定就是據點A與據點B了。」李奇說：「沒有其他可能了。」

索倫森再度用手機叫出地圖，然後把它放到杜馮索的手機旁邊。她放大、調整地圖位置，直到兩份地圖上的州界接上——原本筆直的堪薩斯州與密蘇里州州界在那一帶突然偏離軌道，沿著密蘇里河河岸前進。她說：「好，據點A基本上就在這條街上，也就是這棟房子，當然了。」接著她同時將兩支手機上的地圖往東北方拉，兩根食指短促地進行連續位移，動作精準又細膩。她說：「據點B非常靠近最北邊的蕾西的店。」

六十英里路，得穿過迷宮般的郊區，行駛在黑暗的鄉間道路上。

所需時間兩小時五十分鐘。

現在這時間出發可能還得再加一個小時。

甚至不止。

「我們走吧。」李奇說。

貝爾的車有衛星導航系統，對他們幫助相當大。索倫森看著手機唸出最北方那家蕾西的店的地址，杜馮索則把它輸進系統中。接著她啟動警燈，開車上路。警笛大響，極速奔馳。沒必要偷偷摸摸了，至少在據點A附近低調也沒意義，到據點B之後又是另一回事了。她說車子抵達那裡之後，她會負責應對。

曾追蹤麥坤的那顆衛星引導他們的車走出迷宮般的郊區，幾乎只花了一眨眼的工夫。高科技得一分，李奇心想。電子迴路中冰冷、僵硬的演算法要他們轉進李奇認定的錯誤方向，或要他們開上景致呆板的街道，李奇看了只覺得它一定通往死巷。結果他們接著右轉進原本被擋住的右方岔路，或極短的左方岔路，然後他們就開上環城快速道路的其中一個匝道了，飆六英里後切換到七十號州際公路往東走，繞行密蘇里州獨立市南端。那是哈瑞・S・杜魯門的故鄉，而杜魯門是李奇最欣賞的一任美國總統。高速公路筆直又無行車，要飆到時速一百英里很簡單。李奇開始感到樂觀了，他們花費的總交通時間將會是五十分鐘，這是件好事。就算寬提科的部隊已在空中（他們肯定已搭上飛機了吧），他們還是有一大段路得走。

他們在前不著村、後不著店的路段轉進一條小岔路，下了高速公路，不過李奇此時已開始信任導航系統了。他盯著箭頭和灰線，看著鋸齒狀的六十五號公路在他們北方延展開，通向一個叫馬歇爾的城鎮。路會長這樣應該有它的歷史性原因吧。導航系統正帶著他們走捷徑，經過知名的南北戰爭古戰場後，他們就會銜接上六十五號公路了。李奇對美國歷史略有研究，知道這戰場曾上演歷時九小時的砲戰。戰爭之王，以及觀測員，還有殘酷的燃燒彈。南軍砲手以火焰幫砲彈加熱，指望它們釀成火災，他們穿的褲子上有紅條紋。

車窗外的月光照亮道路兩側，許多牲畜在鐵絲圍起的柵欄內擠來擠去。旁邊有一道門、水槽，還有一個巨大的飼料輸送管，上頭以防水布蓋住，並壓了舊輪胎。

「又回到農業區了。」索倫森說：「難道我們會跑到一片田裡嗎？」

「田地是個合理的選項。」李奇說：「他們可以找個偏僻、有穀倉建築物的地方，就可以放車、儲放東西，也許也會讓人住。住宿處可能會有好幾個，我不知道兩個中型組織加起來到底會有多少人。」

「不會太多。」杜馮索說：「沒必要找那麼多人。六個人就算中型組織了，上限大概是十五或二十吧，所以他們大概會有十二到四十人。」

「夠多了。」索倫森說：「你不覺得嗎？」

李奇沒說話。他們有八十八發子彈，而他在軍中最後讀到的一份相關數據報告顯示：一名步兵平均要擊發一萬五千發子彈才能取走一名敵軍的性命。也就是說，他們需要六十萬發子彈才能幹掉四十個敵人，不是八十八發。要不然，就只能指望他們比平均水準的步兵還要聰穎了。

六十五號公路的路況有點差。全長三百英里，貫穿全州，不過在他看來跟一般鄉間道路沒什麼差別。或許寬了點、路面或許平整了些，但除此之外沒什麼好說嘴的。車子開上一座高架鐵橋，轉眼間就越過了壯麗的密蘇里河。這就是六十五號公路唯一有趣的路段了。過橋後，公路不斷在黑暗中往北延伸，兩旁景致毫無特色，不算直線前進，但也沒有偏移多大的角度。這時索倫森說：「好，目的地大約在我們北方十英里外。我不知道麥當勞的那個小鬼是站在哪個方向報路，我們到底會先看到德士古加油站、蕾西的店，然後抵達麥當勞，還是先看到麥當勞。」

杜馮索關掉警燈，五分鐘後放慢車速，又過兩英里後關掉所有燈。周遭的世界立刻化為深藍色的霧濛，瑟縮到車旁。前方沒有德士古加油站的招牌，也沒有超市窗戶透出的亮光。沒有紅色霓虹燈，沒有金色拱門。

「繼續前進。」索倫森說。

杜馮索讓車子緩慢往前移動，時速大約二十英里，沒表面上看來那麼困難。缺乏光照的路中央黃線化為淺灰色線段，她還是可循線前進。車前方的路況還是看得到一些，範圍確實不廣，但要以時速二十英里前進不成問題，用跑的都比較快。

還是沒看到德士古、蕾西的店、麥當勞，或麥當勞、蕾西的店、德士古，視實際狀況而定。李奇不斷左顧右盼，但截至目前為止只看得到田。黑暗、平坦、空蕩蕩的田地，沒什麼可看之處。不過他也不認為他們的目的地前方會立個「抵達州際公路前最後一個恐怖分子藏身處」霓虹招牌就是了。不過十二到四十人聚集之處一定會有些蛛絲馬跡可循：也許是某塊歪斜門板的縫隙裡透出來的光線、哨兵留下的菸蒂、上鎖車輛的儀表板警示燈發出的微光，或是某個失眠者在看電視，結果簾子沒拉好，使藍光漏了出來。

但他什麼也沒看到。

杜馮索說：「我們一定是找錯地方了。」

索倫森說：「不，是這條路沒錯，蕾西的店應該就在正前方。」

「這些地圖一定不會出錯嗎？」

「政府的衛星導航系統總是精確無誤，據點B就在正前方。」

李奇說：「那就留個紀錄吧。妳得跟寬提科的人談談，說最佳降落地點是懷特曼空軍基地。」

「你是說，我們要是行動失敗，而我成為唯一倖存者的話，我就該跟寬提科談談？」

「我們的行動顯然會帶來幾種結果。」

「而我剛剛說的是其中一種？」

「是兩種。我們的行動可能會失敗，可能會全軍覆沒。」

66

速食餐廳、食品雜貨店、加油站聚在一起肯定會燈火通明，所以他們預期在一英里外就會看到一點微光。結果他們幾乎要通過麥當勞前才注意到它的存在。它已經打烊了，蕾西的店、德士古加油站也是。

李奇希望高速公路的商家資訊欄上沒放這幾家店的情報，不然那個出口就會變成經典的「誘人上當的出口」。加油站像一艘幽靈船，徹底無光，只見地面上有奇形怪狀的暗影矗立著。食品雜貨店是一團肅穆的灰影，大得像一座小丘，只不過屋頂尖尖的。麥當勞的黃紅兩色霓虹燈以及店內螢光燈管沒亮，看起來不過是另一個以天空為背景的A字形剪影。若說它是其他做小生意、入夜後就打烊的店家，旁人也會信。

「我剛剛講電話時聽到經理在後面大吼。」索倫森說：「說什麼打掃時間到了，我猜他們在準備打烊前就會掃地吧。」

李奇說：「據點B在哪裡？」

索倫森又把兩支手機擺在一起了，這次以州際公路為兩者比例尺的校正工具，讓該接起來的線接起來，調整好大小。她吸了一口氣，然後說：「如果食品雜貨店網站的地圖是正確的，那據點B就在我們西北方一英里外。」

「在田裡。」李奇說。

「那是一間農舍。」杜馮索說：「我就知道會是。」

他們把車停在蕾西的店前方的停車場，一次占據三個停車格。他們繞過巨大暗影般的建築物，來到背面來。目前只是為了偵查，很單純。嚴格來說，是初步調查。立刻就發動攻擊的話，等於是過度信賴雜貨店網站地圖的精確度。別的不提，光是網站上用來標示店家所在地的符號就橫跨一英里了。

李奇看過貝爾車上衛星導航系統顯示的六十五號公路，它嚴格來說是南北向道路。於是他先讓自己跟馬路平行，面向原本的行車方向，再往自己的左手邊旋轉四十五度，並往前一指：「西北方是那個方向，妳們看到什麼了嗎？」

「沒看到什麼」是他們一致的意見。真實無誤，不過其他方向也同樣沒什麼好看的。然而，正北方和正西方的黑比其他方向的還要濃密，令人覺得西北方真的有某樣東西，肉眼看不到，但確實存在。他們瞪大眼睛看，隨後放鬆，讓視線失焦，別過頭去，試著用眼角餘光瞄。什麼都沒看到，但那空無彷彿有實體。

李奇說：「妳能不能用一下谷歌地圖？」

索倫森說：「這裡手機訊號不太好。」

他們於是回到貝爾車上，李奇開始操作衛星導航系統，不斷放大比例尺，直到所有小路都顯示在螢幕上，然後再將螢幕往右滑，讓他們所在位置左側的地圖進到螢幕中央。

蕾西的店後方的空地被四條路包住，分別是右側的六十五號國道及左側一條與國道平行的小徑，上方則是一條東西向的二線道，下方還有一條。像是一個空格，接近正方形，但並不是，嚴格來說是平行四邊形，因為頂端和底部那兩條路都有點由右向左斜。不是大到哪裡去的空格，但也不小。衛星定位系統的確切比例尺難以掌握，不過那空格的邊長最短是一英里，最長則是兩英里。李奇說：「這片土地的大小介於六百四十英畝到兩千五百六十英畝之間，以單一田地來說會不會太大？」

索倫森說：「美國境內有超過兩百萬塊田地，耕作面積將近十億英畝，每塊田的平均面積是五百英畝，數據這玩意兒很實用。」

「但平均只是平均吧？有老爹、大媽耕作五到十英畝的田地，也有人耕作的田地是兩千五百英畝大。」

「也許是牧場，或種工業用玉米的田。」

「這裡有牲畜，我剛剛看到腳印了。」

「你認為這是一塊田？」

「頂多五塊。」李奇說：「要將它們巡一遍不會花太多時間。」

杜馮索的手機響了。是秘密手機，藏在聖經裡那支。它設成靜音模式，但對李奇來說並不怎麼安靜，那小馬達不知道是什麼鬼玩意兒，產生的震動就像齒科電鑽一樣咿咿嗚嗚的。杜馮索接起電話，聽對方講了好一段時間後，說了幾次「好的」就掛了電話。

「我上司。」她說：「打來針對我的理論提供了一個新的關鍵因素，他們懷疑我的看法不怎麼符合事實。」

「什麼理論？」

「我宣稱我正在驗證的理論，你要我別向他們交代的理論。得靠它才取得衛星定位系統的紀錄。」

「什麼新因素？」

「現在國務院發言人否認抽水站裡的死者跟他們有關。他們說他就只是個路人，絕對不是領事館官員或任何形式的雇員。連講兩次『絕對不是』，搗起耳朵啦啦啦。」

「但鑑識人員幫他採了指紋，他的資料已經登錄好了。」

「可理解的錯誤，那個領域的法醫鑑識人員總是先求有再求好。」

「鬼扯。」索倫森說：「我的手下可高明了。」

「我知道他們很高明。」

「所以呢？」

「所以這可能是國務院的危機處理手法，先求有再求好。」

李奇點點頭：「他們為什麼不乾脆在報紙上刊廣告就好了？他們這樣根本就是在證明那傢伙幫中情局工作。」

「對我們來說是此地無銀三百兩，但我們早就知道他的身分了。但他們這樣說，其他人就能一夜好眠。」

「或者說，他們是想規避法律責任？宣稱他不是中情局的人，就可以否認中情局在美國境內有活動。」

「所有人都知道他們在美國境內活動，他們老早就放棄遮遮掩掩了。」

「那他們等於也證明了其他事情。這傢伙不只是中情局的人馬，而且還背叛了中情局。不是臥底，是客座演出，不然中情局為什麼不認他？」

「你認為中情局工作站主管可能是雙面間諜？」

「雙面對他們來說還不是問題，不過三面就有難度了。」

「中情局的內賊與瓦迪阿的人碰面談話，我想到就不自在。」

「沒談到。」李奇說：「你們的人馬一下子就拿刀宰了他，沒讓他開口。」

「他們碰過面，一定有。至少相處了幾分鐘，我們認為他們三個人是一起走到水泥小屋去的。」

第一個人似乎突然往前衝，另外兩個人也急忙跟上。

「大概吧。」李奇說。

「所以他們一定聊過。」

「可能吧。」

「我想知道他們談了什麼。」

「問麥坤吧，等我們找到他之後。」

「告訴我那個文字遊戲的答案吧，要怎麼說整整一分鐘的話，都不用到含『a』的字彙？」

「妳希望我在妳心中留下的印象跟這個文字遊戲結合在一起啊？」

「我進酒吧打賭時可以贏個幾次。」

「那是我跟艾倫・金恩玩的遊戲。」

「我都聽到了。」

「晚點再說吧。」李奇說：「等我們找到麥坤後，他也會想聽的。」

「他當時在睡覺。」

「我懷疑他從頭到尾都沒睡過。」

「你剛剛說田地是幾英畝去了？」

「英畝數不重要，重要的是建築物，我們一看到正確的目標就會知道了。」

走了整整十分鐘、六百碼後，他們就看到了。

67

他們在食品雜貨店後方，也就是剛剛站過的位置整隊，讓自己對齊馬路，以它為參照點，然後像剛剛那樣左轉四十五度。李奇又看了麥坤的衛星定位系統紀錄最後一眼。將比例放到最大後，會發現那些軌跡的尾端有點倒勾，看起來像是一個顛倒的丁字，顯然田地頂端的東西向二線道上有個汽車出入口。麥坤曾走六十五號公路北上，經過麥當勞、蕾西的店、德士古加油站後左轉，然後再左轉切進一條車道上。次數非常多，多到在紀錄照片上灼燒出證據。明亮的軌跡終點幾乎落在平行四邊形的對角線上，靠近中點。悲觀一點看，距離可能是二開根號除以二英里，樂觀一點看可能是八開根號除以二英里。將近一千三百碼，或將近兩千五百碼。步行時間二十分鐘，或四十分鐘，或介於兩者之間。他們準備從建築物後方逼進，走四十五度角。還不賴，絕對比走正面或走正後方來得好，但略遜於從側面逼近。一棟房子若有無窗、無門的牆面，肯定會落在側面；有些側牆上也只會有妝點門面的窗子，上頭可能會裝毛玻璃，窗子另一頭可能是盥洗室或廁所，就跟六十英里外那些郊區房子一樣。

他們在膽識容許範圍內盡可能水平散開，杜馮索走左邊，索倫森走右路，李奇走中間，同時看得到兩人，但也看得很勉強，另外兩人看不到彼此。杜馮索率先出發，幾分鐘後索倫森也走入田地，李奇最後上路。三個目標，水平和前後距離都拉得很開，穿著黑衣，置身夜色之中。也許並沒有比平均水準的步兵高明，但也沒蠢到哪裡去。

他們腳踩著難纏的泥土，翻攪使它們變得凹凸不平、極不穩定，有些部分又黏又滑。大概是動物糞便吧，李奇心想，不過他還是聞不到任何味道。他想像地平線上有一個點，並緊盯著它，好讓自己保持直線前進。他的右手握著貝爾的葛拉克手槍，垂在身側。他還稍微看得到杜馮索，在遙遠的左前方。她就只是一道依稀可見的人影。不過她前進的態勢很不賴，步伐小，朝氣十足，非常細心。索倫森的身影也變得比較清楚了，她並沒有在非常遙遠的地方。她的膚色比杜馮索稍稍蒼白一些，金髮，不是黑髮。月亮偶爾會露面，不過它仍掛在低空，也不怎麼明亮。

他們相當安全。

至少目前很安全。

泥地拖慢了他們的移動速度。李奇修正預估時間：不是二十或四十分鐘，而是半小時到六十分鐘。叫人洩氣，但不是什麼大災難。寬提科的人馬仍在三萬五千英尺高空，八成在西維吉尼亞上空某處，還要幾個小時的時間才會到場。他舉步維艱地前行，腳步不時打滑。

接著他放慢速度了，因為他前方的空無當中似乎有東西浮現了。不是真的有物體映入他眼中，只是一種感覺。有某物存在，但它還在視線範圍外，大概不是遙遠的小農舍，而是更大的建築物。也許是個大穀倉，材質為鐵皮或波狀鐵片，漆成黑色，比夜色還黑的黑。

他左方的杜馮索也放慢速度了，她也感覺到了那玩意兒的存在。而他右方的索倫森微調了行進方向，略朝他這裡偏過來。杜馮索也照做了，本能要他們別獨力面對前方事物。

李奇繼續前進，瞪著正前方，什麼也沒看到。他的視力沒比別人差，沒戴過眼鏡，在昏暗光線下也能閱讀。黑夜之中，人類理應能看到一英里外的燭光，也許甚至能看到更多景象。眼球適應黑暗的初步過程應該會在四秒內發生，瞳孔應該會放大，而且是放到最大，接著視網膜上的化學物質會在接下來的數分鐘之內產生作用，感覺就像轉動音量控制鈕。不過李奇什麼都看不到，感覺就像失明了似的。不過他的「看不到」比較接近另一種版本的「看到」，前方確實有東西。

微風吹來，他的褲子啪啪作響，四周空氣彷彿突然變冷了。他右前方的索倫森停下來等他，杜馮索的軌道持續偏向他。他們準備放棄分散隊形，聚成一個顯眼的攻擊目標。爛戰術。一分鐘後他們碰頭了，三個人在田中央會合，彷彿重回最初在蕾西的店後方卸貨區就定位那一刻。

「事有蹊蹺。」索倫森低聲說：「前頭有個很大的形體。」

「什麼形體？」李奇問，也許她的視力比他還好。

「感覺像是一大片空無，空中開了一個洞。」

「不過位置很低。」杜馮索說。微風再度吹來，她打了個哆嗦。「先看高處，看天空，視線再慢慢往下移，就會看到一條邊界，一種黑跟另一種黑的交界。」

李奇望向天空。他們正前方的西北方天空布滿濃密的烏雲，完全無光，而他們後方遠處的天空則有一片較稀薄的灰色雲氣。黯淡月光從雲隙灑下，範圍不大，不過那裡有風。也許隙縫會被吹得更大一些，又也許將會完全闔上。

他再次轉身面對前方，先盯著高空再將視線往下挪，尋找杜馮索所說的交界處。他努力瞪視，但看不到那條界線。

他問：「位置多低？」

「比地平線高，但沒高多少。」

「我連地平線都看不到。」

「我真的看得到，不是用想像的。」

「我相信妳不是。我認為我們得把隊形調整得緊密一點，妳們有這打算嗎？」

「有。」杜馮索說。

索倫森點點頭，金色髮絲在黑暗中搖曳。

他們開始前進，彼此距離很近。十碼、二十碼。

目視前方。

什麼也沒看到。

三十碼。

就在這時，他們看到了。也許是因為距離拉近的緣故，也可能是因為風吹走雲朵，讓更多月光照亮大地，又或許以上皆是。

那不是一間農舍。

68

它看起來像是一艘倒扣的戰船，翻覆擱淺。黝黑，堅硬，某些部分圓潤得詭異。長而低矮，往深處延伸，長寬大約都有幾百英尺，高四十英尺。跟蕾西的店大小差不多，不過蓋得比較紮實。蕾西的店坐落於廉價、斤斤計較的商業建築當中，感覺強風大雨一來就會垮掉，其他相似的建築物也差不多。

不過田中的這棟建築物看起來可以抵禦炸彈。從低伏在大地上的模樣來看，它的水泥牆可能有好幾英尺厚。牆壁與屋頂的交會處形成圓弧，顯示其高強度。牆角是圓的，牆面上沒有窗戶也沒有門，屋頂邊緣似乎有一圈高度及腰的欄杆，鋼管架成的。

他們繼續前進。走四十碼後，視野總算變好了。李奇轉身一看，發現他們後方的風正在囓咬雲隙，月亮露臉了。這是好事，也是壞事，他希望落在地面上的光再多一點，但不能多太多，不然他們可能會有麻煩。

他再度面向前方，那棟建築物開始向他揭開自身的細節。它不是黑的，不全是。另有深棕色，以及深綠色，是暗沉的不反光漆，在牆面上塗了厚厚一層，形成不規則且巨大的橫撇、尖刺、利刃圖樣。

迷彩。

美國陸軍樣式。如果李奇沒記錯的話，它早在一九六〇年代便有人在使用了。

杜馮索低聲說：「那是什麼？」

「我不確定。」李奇說：「顯然是某種廢棄軍事設施。圍籬被拆掉了，某個農夫的耕作面積因此多了一百英畝左右。我不知道它原本的用途，一看就知道砲彈炸不掉。有可能是對空導彈儲放點，也有可能是彈藥工廠，那麼厚的水泥就是為了避免內部爆炸波及外界，而不是要防範外部轟炸。我得看到大門才能更確定，飛彈儲放點的門很大，供運輸車進出，彈藥工廠的門會比較小。」

「什麼時候廢棄的？」

「這是非常古老的迷彩圖樣，可見五十年來都沒有人幫它重新上漆。也許是越戰後就廢棄不用了，這麼說來是彈藥工廠的機率可能比較高。戰爭結束後就不需要那麼多子彈或砲彈殼了，不過我們也會稍微削減飛彈存量，所以它仍可能是儲放點。」

「為什麼它還在？」

「這些設施無法拆除。要怎麼拆？它們能承受的衝擊力遠高過拆房子用的鐵球。」

「要怎麼取得這種設施的使用權？」

「也許他們是用買的，只要有進帳機會，國防部都會開開心心地收錢。也可能是非法占領，沒人會巡這種地方，至少現在不會了，沒那麼多人力。這種設施太多了，都是用妳們爺爺的稅金蓋出來的。」

「它很大。」

「我看得出來。妳要不要修正一下對方人數規模的估計？不只四十人，就算四百人也塞得進去。」

「四千人也不成問題。」

「麥坤沒給你們一個數字嗎？」

「數恐怖分子人頭就跟打移動標靶一樣難，他從來沒碰過所有成員同時在場，我還是猜最多只有幾十個人。」

「那他們肯定可以在裡頭盡情打滾吧。」

「我們接下來要怎麼辦？」

「小心應對。」

「從哪裡開始著手？」

李奇瞄了她一眼，又瞥向索倫森。你得讓場上的人知道他有人看顧、一有麻煩就會有人立刻支援，這樣他才撐得下去。他們覺得八小時實在長得可笑才決定採取行動，至今也將近四小時過去了。四小時算「立刻」嗎？差得遠了。

那等八小時真的有那麼糟嗎？

他說：「聰明人都知道他們戒備一定很森嚴，我們得從四面八方仔細研究一下。」

「那得花上好幾個小時。」

「那就花吧。」

「你的意思是，我們應該要等寬提科的人馬到場。」

「這是個選項。」

「但不是個好選項。」杜馮索說：「對唐・麥坤而言尤其不好。」

「我同意。」

「那麼蠢蛋就會在準備不足的情況下發動攻擊囉？這是我們的選項嗎？」

「應該稱之為半吊子的準備工作。」

「老實說，我們連稍微做準備都稱不上吧？」

「我們有傢伙，」李奇說：「而且還醒著，他們就未必了。」

索倫森說：「如果我們現在不做點什麼，那之後做什麼都沒意義。這就是我們的處境對吧？這也是戰場上的典型處境對吧？你們沒針對這種狀況受訓嗎？」

「我受過各種訓練，幾乎都以歷史課起頭。過去蘇聯有許多大型飛彈，而我們眼前的建築物是以它們為假想敵，我們手上拿著三把手槍。」

「如果你是間諜，你會希望我們怎麼做？」

「我完全支持救麥坤。」

杜馮索：「只是不打算跟我們一起救？」

「有些事我完全不需要向自己人提，因為那些都寫在職務描述裡了。」

「哪些事？」

「妳可能會丟掉性命或殘廢。」

「有沒有可以降低風險，又不用花上好幾個小時的方法？」

「有，有這種方法。」李奇說。

他們花了七分鐘討論所有可能性。擬訂計畫沒有意義，雙方一旦交火，任何計畫都會泡湯。這種事向來如此。不過在這情況下，他們也擬不出任何計畫就是了。因為根本沒有情報供他們判斷。

他們轉身背對建築物，在地上坐成一排。可能會這樣，可能會那樣。他們通過了一些簡便原則，訂立了一些基本程序。關於靠近水泥牆面的風險，李奇的評估是樂觀的。飛彈庫和彈藥工廠都不需要槍砲眼，想自己鑽也鑽不出來，用飛彈鑽也辦不到。因此建築物的表面並沒有布滿槍口，從遠處逼近是很安全的。抵達水泥牆邊後，他們還有很多事情得擔心。屋頂上應該會有哨兵，就站在鐵欄杆後方的走道上或跑道上。不過人數不會太多，而且都沒受過考驗，這是李奇的經驗。哨兵有時候是相當棘手的，小兵也會立大功。

他們講到沒話講了，叫人彆扭的沉默降臨。在這種情況下，ＦＢＩ當然會有玩笑可開，軍人肯定也有。不過圈內笑話終究是圈內笑話，無法翻譯給異文化受眾。所以他們三個人都沒說笑，就只是站在原地沉默不語。接著他們轉過身去，走到一段距離外就定位，望向前方黑暗，鎖定各自的目標。

「準備好了嗎？」李奇說。

索倫森說：「可以上路了。」

杜馮索說：「好了。」

「記住，速度和方向都要保持住，都不能有差錯。走吧。」

他們起身。

開始前進。

一切都很順利，直到索倫森頭部中槍。

69

李奇聽到的槍響是反轉的，這是音速、他離索倫森夠近、離建築物夠遠所致。他先聽到子彈打中目標的潮濕撞擊聲，下一個瞬間才聽到子彈以超音速劃破空氣，劈啪，最後才是幾百碼外步槍發出的轟然一響。那時他已臥倒在地。他聽到第一個聲音就往地上一撲了，且早在落地前就有了一些初步結論。他並沒有沿著某條思路前進，思緒在他腦中一閃而過時，內涵已然完整：對方用的是狙擊槍，八成是M一四或規格相當的槍，大概裝的是點三零八子彈。對方的槍沒裝夜視鏡，不然應該會本能地朝他開第一槍。因此索倫森會被發現，單純是因為她的膚色在月光下很白，皮膚和髮色都比他或杜馮索稍稍顯眼一點。

本能驅使下，他在一瞬間就掌握了這些情報。他也知道索倫森已經死了，而且十分篤定。那種聲音他是不會認錯的，他聽過，那是子彈打在腦袋上的聲音。一穿，二穿，射入，射出。一六八喱的小鐵塊以秒速兩千六百英尺以上的速度飛行，挾帶能量超過兩千六百英尺／磅。從四百碼外飛來，下墜幅度超過二十六英寸，像是落入好球帶的曲球。

她不可能活命。

連僥倖的空間都沒有。

他靜待。

對方並沒有開第二槍。

他挪動雙手，讓皮膚沾滿泥土，正面、反面都沒放過。接著再抓一把土抹到臉上。

他轉頭張望。

看不到杜馮索的身影。

是件好事，代表她也臥倒在某處，頭低低的，敵人看不到。他望向另一頭，看到泥土地上隱約有微光，小小一片又蒼白。索倫森的手，左手還是右手視她倒臥的姿勢而定。

他知道對方不會回應，但還是輕聲呼喚：「茱莉亞？」

沒人回應。

「杜馮索？凱倫？妳在嗎？」

黑暗中，一個氣喘吁吁的嗓音回覆：「李奇？你中彈了嗎？」

他說：「索倫森中彈了。」

「傷勢很嚴重嗎？」

「比嚴重還嚴重。」他開始匍匐前進，手肘膝蓋並用，壓低頭部位置。腦部後方區塊告訴他：他看起來一定像床單上的小蟲那樣顯眼。前方區塊則說：並不會，如果敵人看得到他，他早就死了。他冒著形跡曝光的風險以單眼瞥了前方一下，然後稍微修正前進的軌道，停在土中白光的旁邊，一隻手臂長的距離之外。他伸手找到了索倫森的手，還是溫暖的。他找到了她的手腕，以兩根手指一按。

妳可能會丟掉性命或殘廢。

我不需要你護著我。

沒有脈搏，只有鬆垮、濕冷的肌膚觸感。活人身上有肉眼無法察知的上千股肌肉張力，但她身上蕩然無存。他又向她爬近一碼，循著手臂摸上她的肩膀、脖子。

沒有脈搏。

濕滑的血液與凝膠狀的腦部組織使她的脖子變得濕滑，頭骨碎片則使它帶有沙沙的觸感。她的下巴還在，鼻子也在，原本蔚藍、曾流露喜色與疑惑的眼珠也還在。不過眼睛以上就什麼也不剩了。子彈打在她額頭正中央，轟掉了她的頭頂。頭髮等部位都沒了，頭皮應該垂在頭的某側，藕斷絲連，他以前看過死法相同的屍體。

他又摸了一次她的脖子。

沒有脈搏。

他把手伸到泥土地上抹一抹，然後開始摸找她的手槍。找不到。它可能掉在任何位置，無從找起。黑色聚碳酸酯槍身，融入深邃的夜色。他放棄找槍，手再度找到她的肩膀，往下滑到腰際，探入毛衣下方挪動一番，取出她皮帶上的備用彈匣。衣服的棉料，以及下方的肉體，介於柔軟與堅硬之間。他趴下，把彈匣塞到口袋裡，接著手肘、膝蓋並用，匍匐倒退，螃蟹般轉身，爬向杜馮索的所在位置。路途遙遠，大約有三十到五十碼。

杜馮索低聲說：「她死了嗎？」

他說：「當場畢命。」

兩人沉默了許久，許久。

接著杜馮索開口了：「媽的，我真的很欣賞她。」

「我也是。」李奇說。

「她是聯邦調查局的頂尖人才。」

她的嗓音中有失控的成分。

「屎事就是會發生，」李奇說：「熬過去就好。」

「軍人面對這種事，都採取你這樣的反應嗎？」

「不然你們ＦＢＩ的人都怎麼反應？」

她沒回話。

接著問：「那我們現在該怎麼辦？」

「妳應該要回到車上。」李奇說：「一路都要壓低身子。打電話給寬提科，向他們報告最新狀況。記得告訴他們，懷特曼空軍基地是他們最理想的降落地點。也許妳也應該要打電話到奧馬哈分區辦公室去，她的主管探員叫東尼・裴瑞，我跟他講過一次電話。我認為夜間值班探員是她朋友，因此傳遞訊息時要婉轉一點。也要告知她的鑑識人員，他應該要親耳聽到消息才對。」

「你不跟我一起回去嗎？」

「不，」李奇說：「我要去揪出那個狙擊手。」

「你不可能一個人行動。」

「妳不能跟我一起來，妳有孩子。」

「我不能讓你自己行動，我命令你撤退。」

「我不會聽命的。」

「讓寬提科的人處理。」

「麥坤沒辦法撐那麼久。」

「你會丟掉性命的，裡頭可能有上百個人。」

「妳說只有兩打。」

「一樣危險。兩打男人，受過專業訓練。」

「現在我們就要知道他們的訓練有多紮實了，他們在高中球賽或許表現不錯，但打不打得到大聯盟速球呢？我們等著瞧。」

「他們搞不好窮凶惡極。」

「他們不知道什麼叫『窮凶惡極』，之後就會知道了。」

「我不能讓你去，你不可能活下來的，我還不如現在一槍打死你。」
「妳不能阻止我，我是平民。」
「因此麥坤和索倫森的事與你無關，讓我們自己解決。」
「我原本也想，」李奇說：「不過我還沒聽到特警隊那架飛機的引擎聲。」
「他們快到了。」
「他們在俄亥俄州上空，或甚至印第安那州上空。那不叫近。」
「如果你也中槍，那對事情有什麼幫助？」
「沒幫助，但我搞不好不會中槍。」
「可能的結局有好幾個對吧？」
「是，」他說：「有好幾個。」
「『不中槍』絕不會是其中一個。」
「是，」他又說了一次：「妳說得對。」
「那你為什麼要去？」
「因為我欣賞索倫森，非常欣賞。她把我當普通人看待，非常親切。」
「那就去參加追思會，寫篇文章寄到報社去，募款幫她立一座雕像，你不用幫她上戰場。」
「戰場給我更高的成功機率。」
「哪方面的成功機率？」
「我今晚活下來的機率會比較高。」
「為什麼會比較高？如果你跟我回去，絕對可以保住性命。」

「不。」李奇說：「我要是跟妳回去，我絕對會羞愧而死。」

他們不再交談，不再爭辯，不再你一言我一語，兩人之間只有尷尬的沉默。在這種情況下，FBI當然會有玩笑可開，軍人肯定也有。不過圈內笑話終究是圈內笑話，所以李奇或杜馮索都沒說笑。杜馮索盯著他的臉看，除此以外什麼也沒做。他想不透原因，他臉上沾滿泥土，搞不好還有牛屎，也許鼻子聞不到味道對他反而好。

杜馮索說：「祝你好運。」

接著她手肘、膝蓋並用，匍匐後退，接著螃蟹似地轉身折返來時路，以蕾西的店為目標。李奇目送她離開，直到她消失在視野之外。他又等了一分鐘，以免她毀約跑回來，李奇知道她有這個意思。不過她沒回來，八成是因為想到露西吧。**妳有孩子**，兩人一來一往談了非常久，他說的話當中只有這句她沒反駁。

他又等了一分鐘，再次確認她沒回來才轉身面朝另一個方向，朝那團黑暗爬過去。

70

西點軍校有戰術、戰略相關課程，授課時數長達數百個小時，基本上李奇相當認真聽講。不過在實戰時，他比較喜歡仰賴自己的一套方法，它基本上完全以敵方為關注焦點，不斷思考己方如何又如何沒有意義。他本來就知道自己不怎麼有能耐，也知道自己有很多弱點。敵方狀態才是關鍵，他們的力量有多強大？

嗯，他們槍法很準，或者說，至少其中一個人槍法了得，這顯而易見。在漆黑夜色中射穿四百碼外目標對象頭部不算神技，但也證明他有兩把刷子了。

不過除此之外，他們沒什麼能耐。而且會有顯著的弱點，主要因為恐懼所致。他們太習慣保密和胡思亂想了，所以觀念一天到晚在變。比方說，李奇現在敢打賭一件事：他們準備做出兩個爛決策。一，他們可能會高估他行動的層級。他們現在會認為原本跟索倫森一起行動的人都撤退了，不然就是會繞到另一頭，換個角度進攻，新路線與舊路線的夾角將是九十度或更大。他們會把那傢伙假裝要進攻的可能性納入考慮，一會兒過後就認定對方正是希望自己這樣想。因此他們會決定將注意力放在其他三個方向，而不是舊攻擊路線上。對他們來說，來自南方的攻擊行動已宣告失敗。他們當然還是會佈署一、兩個人提防敵襲，但不會派最精良的手下。大多數時間他們只會伸長脖子張望，等待真正的攻擊行動。

因此呢，爛決策之二，他們會派一小組人馬到安全無虞、敵方鎩羽而歸的方位去，把索倫森的屍體運走。因為他們為她的真實身分感到憂慮，也因為他們不能任她倒在那裡，那不是他們的土地。某個農夫的祖父在很久很久以前把地交給國防部，多年後那個祖父的孫子把地拿回來，自己耕作。他跟任何農夫一樣，每天一大早就下田。因此為了保密，他們得把屍體移走，而且動作要很快很快。疑心病患等不了那麼久，五或十分鐘後就會出動了，李奇心想。他們會從北側的其中一扇大門出來，大概會是兩個人，開車直接過來。

停車位置將會在李奇挖好、準備把自己埋進去的地洞的十英尺外。

結果他們花了八分鐘，行動模式跟李奇預測的一模一樣。一輛皮卡車從北方繞過來，路線跟麥坤在衛星定位系統上留下的倒丁字相同，只是幅度較窄。那是一輛灰色的貨車，也許是底漆吧。在月光下很難看清楚，但它確實存在。不是雙排座車，是普通的皮卡車。它筆直地朝他的方向駛來，顛簸於泥土地上，沒開任何燈，保密至上，疑神疑鬼。架駛座內一片黑暗，掩於影子之中，什麼也看不到。不過裡頭至少會坐兩個人，頂多三個；兩個的可能性較高。

貨車減速了，有兩位老兄把頭探出窗外尋找目標。此時索倫森的黑髮已在臉上糾結成一團，但裸露在外的白色肌膚面積仍夠大，可以當他們的嚮導。她在蒼白的月色下仍然發出微光。他們確認了她的位置，緩慢開完最後二十碼，然後稍微倒車，讓車尾門湊近她。他們一起下車，原地站了一會兒。

只來了兩個人，不是三個，駕駛座內的車頂燈證實了這點。

沒帶武器。手上什麼也沒拿，也沒把什麼東西甩到背上。

他們朝她走去。

李奇不迷信，不太吃精神世界那套，也不在意古早年代的禁忌。但他還是把「他們有沒有亂碰她」看得很重。

他們踩著小碎步晃過來晃過去，似乎有些傷腦筋，所有組織當中被交付任務的小卒都會散發出這種氣息。李奇猜他們是敘利亞人，但他們膚色白，也疑似是義大利人。看起來有點發育不良，矮小而結實，脖子很細。

他們就定位，雙腳已踩穩。他們沒說話，因為沒必要。想也知道他們該做什麼，施力方法自明，幾何問題單純。左邊的人做一半的工，右邊的人做另一半。帶得走的部分他們會盡可能帶走，剩下的就交給破曉時出來活動的鳥兒了。

他們彎了她的膝蓋。

後方的土地便開了一個大洞，有如民間故事的劇情。駭人的巨大形影從中竄出，身上掛著一條沙土和軟泥的瀑布。他跨出一大步，右拳轟向左方那小卒的頸後方。這記下鉤拳又重又兇狠，彷彿以指節鑿了一根鐵軌釘到對方體內，送出最強的衝擊力道後，它順著慣性優雅地往下強壓，掃過對方膝蓋後立刻又往上一甩，走的是原來的路徑，動作彷彿是在抽搐。接著那巨大身影腰一扭，手肘砸向右方那小卒的喉嚨。

接著李奇跪到第一個小卒的胸口上，用兩根手指捏住他的鼻子，再用另一隻手的手掌摀住他的嘴。

沒掙扎，已經斷氣了。

第二個人掙扎了一下，但沒多久。

李奇朝泥土上抹了抹手，走向皮卡車。

71

他們的槍放在皮卡車內，就丟在椅墊上。兩把柯爾特衝鋒槍，外加帆布背帶。基本上規格跟M一六步槍差不多，不過槍身較短，裝填九毫米帕拉貝倫彈。美國製，每分鐘可擊射九百發子彈，使用二十發彈匣，射擊模式可選自動連射、三連發或單發。李奇不怎麼喜歡這款槍，美國從來不曾真正打入衝鋒槍市場，產品說服力不足。歐洲提供更好的選項，例如斯泰爾或黑克勒－科赫。順帶一提，這問題拿去問三角洲部隊或寬提科最準。現在在飛機上的特警人員不會配備柯爾特，他媽的絕對不會。

不過有總比沒有好。李奇察看了一下槍枝，確認他們裝有子彈，功能似乎也都正常。他關上副駕駛座門，繞到駕駛座那頭，將椅墊往後調，坐上車。引擎怠速中。這是一輛福特車，沒什麼花俏之處。他把兩邊車窗都放下來，葛拉克手槍塞到右大腿下方，兩把柯爾特衝鋒槍都堆到副駕駛座去。

準備萬全了。

他數到三便打前進檔，車子緩慢地往前滑行。他剛剛步行時覺得腳下的泥土地不斷攪動、凹凸不平、變幻莫測，結果在上頭開車的感覺也差不多。車體震顫、橫移，顛簸於僵硬、負重的懸吊系統彈簧上。他沿著皮卡車原先的行進路徑前進，基本上是一條直線，延伸到建築物遠端角落。朝它逼近的途中，它在他眼中幾乎都還是保持著漆黑、毫無細節的模樣，不過他越是靠近，它向他揭露的面向還是會增加一些。接著突然間，它現出了全貌，就在他的窗外。感覺好像開車經過停靠在碼頭內的遠洋船。水泥灌澆外體，裡頭肯定有粗鋼筋強化，形狀由臨時板模鑄造而出。上頭有東一塊、西一塊木紋，永遠被保留在水泥牆表面上。頂端的弧度是靠踩踏木板塑造出來的，遠看圓滑，近看非常粗蠻、斷續，有些水泥未乾時就被擠出木板夾縫。整棟建築物彷彿布滿尚未織完的縫線，迷彩漆塗得很厚，刷痕密織如網，並不井然有序。不過當年評比上迷彩漆技巧時，講究的是遠看的圖樣好不好，不是近看夠不夠細膩。

他減速，深吸一口氣，轉方向盤過彎，建築物的北側首度映入他眼簾。那是一片水泥牆，上頭有三個巨大的突起，像是矮胖的半圓水泥隧道，彼此平行，都很筆直，長約一百英尺，像是拉長的圓頂小屋入口。防空襲用。隧道兩端都會有防爆門，不會兩扇同時開啟。貨車穿過第一道門後得在裡頭暫停一段時間，接受某種意義的隔離。接著第一道門會關上，第二道門會開啟，貨車再繼續前進；外出程序則相反，建築物內部永遠不會接觸到外來的爆炸衝擊波。

這是飛彈儲放點，李奇心想。冷戰時期產物，只要軍方有那個念頭，他們就可以在任何時間、任何地點蓋任何設施。事實上，他們連不想要的東西都會拿到。

第一個問題：這三個隧道出入口現在有沒有在使用？

很容易就能找到答案，輪胎痕在月光下相當清晰。軟土上有兩條車轍，一進一出，根本是高速公路了。

李奇繼續過彎，輪胎紋劃出的弧度相當大，感覺很從容。接著他駛進其他車輛壓出的車轍當中，朝大門前進。門關著，外頭有個比隧道口還要寬的門框，像是飛機機庫用的那種。裝大鐵輪的大門將沿著軌道滑行，左右對開，如劇院簾幕般。

怎麼讓它開？車上沒無線電，門附近沒有監視攝影機，沒有感應器可以觸動，沒有通話鍵，沒有對講機。李奇緩慢地往前開，不知該如何是好，眼前的大門在他看來像是高聳的鐵壁。他看到屋頂欄杆後方的哨兵了，總共有五個人，以肩帶背著長長的槍，望著不近也不遠的地方，看起來相當散漫。站哨是費力又無趣的工作，一般愛好冒險者不會自願扛下。不刺激，零魅力。

李奇停車了，皮卡車的護柵距離大門只剩一碼。

門開了。

門板之間裂開一小條縫，接著分別往左右兩側退開，發出巨大的刮磨聲。驅動門板的裝置發出貨車引擎高速運轉時的嗡嗡聲，整個裝置肯定重達好幾百噸，防爆，畢竟軍方要什麼就會有什麼。縫隙越拉越大了，兩英尺，三英尺。隧道內出現昏暗的光線。低瓦數燈泡，裝在鐵絲燈罩內，自天花板垂下。李奇挖出大腿下方的葛拉克手槍，握好，手低垂在車外之人的視線範圍外。門縫達到七英尺寬時，大門停住了，剛好可供乘用車通行。李奇深吸一口氣，數到三左手便握上方向盤，輕踩油門，車子緩緩駛入建築物內。

他看到四樣事物：有個老兄站在車子附近，對方以及第一道大門旁邊有個紅色大按鈕；另外有個老兄站在一百英尺外，對方以及第二道大門旁另有一個紅色大按鈕。

他稍早給杜馮索的建議是：**直接朝他們的臉開槍，讓他們連說嗨都免了。**

於是他直接朝最近的老兄開槍，雖然說理論上不是打在對方的臉上。他把葛拉克手槍舉得稍微高一些，在他額頭中央開了一個孔，位置跟索倫森的中槍部位差不多。

省子彈，別用二連發模式。這方針還過得去，擺得平第一個人。對方穿著某種寬鬆的綠色制服，腰帶上別著有蓋的大槍套，裡頭有把手槍。完全不像李奇看過的任何軍事組織裝備，比較像民間工藝品。

李奇再次抬頭。第二個人太遠了，手槍打不到一百英尺外的目標。他於是下車，按下紅色按鈕，身後那道巨大門扉又開始緩緩關閉了。他靜觀其變，對方也靜觀其變。雙方的距離一百英尺，手槍派不上用場。因此李奇回到車上，扣上安全帶。重踩油門，車子飛快加速，朝對方直衝而去。那人愣了關鍵性的一秒鐘，接著手忙腳亂地掏挖有蓋的大槍套，最後放棄，拔腿就跑。從原本站的門邊退開，因為要迅速打開是不可能的，那不是逃生艙。機關反應速度太慢了，對方寧願往隧道裡逃，把希望賭在那裡，太蠢了，完全沒進行戰略性思考，沒從敵方思考架構出發。只打算左閃右躲，衝到牆邊貼著，認為任何駕駛都不會冒著撞毀車輛的風險衝向水泥牆。

李奇繼續往前開，左手控制方向盤。

當然了，對方一定會不斷做假動作，一下往這撲，一下往那竄，最後自己平貼到牆上，像鬥牛士一般，認為李奇會在撞上他之前轉彎。

大錯特錯。

李奇以時速三十英里左右的速度直接撞上他，無情地任貨車前端重壓水泥牆。先是車頭轟向他膝蓋與腰之間，擠爛他的身體，接著受迫的引擎蓋如手風琴般聚攏，李奇再也見不到他驚恐的表情了。安全帶緊勒住被慣性往前拋的李奇，擋風玻璃碎裂，後車輪一度騰空又重重摔下，李奇也被猛力甩向椅墊。各種煙霧和熱氣都冒出來了。碰撞聲短促但響亮，在水泥隧道內製造出殘暴的回音。金屬破裂、擠壓，玻璃碎開，零件解體，大概是保險桿吧？李奇心想，還有大燈座、輪圈蓋之類的玩意兒。

隧道內又安靜了下來。李奇在原地坐了一秒，他猜沒什麼聲響會傳到第二道門的另一頭，搞不好其他人什麼也聽不到。這些門設計上是為了防範一億噸級的原子彈，一發九毫米子彈發出的「啪」一聲和車子撞毀的聲音算不了什麼。

他頂開變形的車門，爬出殘骸，繞到僅存的一小截引擎蓋旁。第二個敵人幾乎被攔腰截斷，身上的每個傷口都鮮血泉湧。頭髮和皮膚都是黑色，肯定是外國人。可是所有人身上都流著紅色的血液，當然是了，事實擺在眼前。李奇免除了他的苦難，靠一發子彈，近距離射擊，打在他的耳後。毫無必要地耗費了一顆子彈，但好風度是需要代價的。

撞擊的力道將柯爾特衝鋒槍甩到副駕駛座底部，彎折、卡在一塊。李奇把每個部位調正，兩把槍分別甩到左右兩肩上。接著取出已短少兩發子彈的葛拉克手槍彈匣，換上索倫森腰帶上的那一個，差兩發子彈差很多。

接著他走到隧道另一頭，按下紅色大按鈕。

72

李奇聽到疑似起動馬達尖鳴，噗噗，接著兩具貨車馬達開始運作了，第二道門開始滑行。徒步站在近處等門開完全是另一種體驗，引擎又大又吵，像是麥克貨車或彼得比爾特貨車用的那種。巨型門扉無比厚實，本身看起來就像建築物。

還有，徒步站在近處看，門的移動速度似乎顯得比較快，不過也可能是錯覺。原理不難理解：門縫一下子就能拉到行人可以通過的寬度，之後還要一大段時間才會有車輛通行的空間，一切都是相對性的。再過十秒後，他就可以粉墨登場了。

大柴油引擎高速運轉，縫隙又增寬了兩英尺。

二點五英尺。

李奇舉起葛拉克手槍。

走進門縫內。

裡頭沒人。

李奇來到空無一人的車庫，這大約是邊長四十英尺的正方形空間。一輛老舊、淒涼的皮卡車停在角落，灰底漆，前輪胎沒氣導致車身往前斜，不過它也算是一輛車。撇開它不算，整個地方空空如也，油漬一路延伸到對面牆邊。那道牆是最近才加裝的膠合板牆，不過側牆與天花板都是原本的水泥面。事實上側牆與天花板看起來幾乎沒兩樣，像是一段隧道，跟入口那段完全銜接上。寬四十英尺，長八成有四百英尺，只是被新隔牆截斷了。

扣掉李奇進來的那道門不算，車庫總共有三個出口。正前方膠合板牆上就有一道門，原本就存在的左右兩側水泥牆上各有一道門，它們所在位置的隧道弧線被厚厚一道水泥門框填成了直線，門框本身看起來也像隧道似的。李奇想像形式複雜的木頭模板，神經兮兮地檢視它的國防部工程師，以及水泥凝固前它所承受的巨大壓力。

右側那道門被封住了。

上頭蓋著一張透明塑膠布，四周貼滿大力膠帶，感覺像是用了一整捲的量。

目的不明。

不過李奇的座右銘是猶疑不定就左轉，因此他走向另一邊，穿過左側那道舊有的門。老舊的門板本身很牢固，外貼一層已然褪色的薄板，在五十年前八成是非常了不得的工夫吧，算是某種新穎、神奇的材料。門把是普通的金屬把手，不過又粗又沉，光這麼一個零件的造價恐怕就要一千美元。

李奇轉動粗大的金屬手把，推開門，進入兩道原有的牆面與新牆面隔出的方形房間。感覺像是某種工作人員房間，裡頭放著幾張低矮好坐的椅子。有個男人坐在椅子上，不是麥坤。他準備起身，李奇三兩下就讓他坐回去了。他是軀幹中彈，不是頭部。瞄準身體比較妥當，面積較大，沒必要讓敵人即刻腦死，這狀況跟先前不一樣，他的手指並沒有按在飛彈發射鈕上。

工作人員休息室內有第二道門。李奇拿葛拉克手槍死命指著它，直到他確定沒有人會過來支援。接著他繼續前進，穿過第二道門，來到建築物身處的一條狹長走廊上。它往他右手邊延伸，長四百英尺以上。他逐漸搞懂這建築物的配置了。建築物內部有三個平行的狹長空間，如三根雪茄並置，分別對應三道入口。當年裝滿飛彈，後來遭到淨空，徒留三個回音嘹亮的庫房。如今遭到膠合板殖民、分割。狹長中央走道，左側房間，右側房間——如此配置重複三次。真是諷刺，歷史總是一再重演，現代國防部利用建築物的方式跟這如出一轍。自二次世界大戰起，軍隊規模不斷擴充，慌亂地扒找資源，找出可用的設施是第一優先，哪怕是不適合的地點他們也照樣鑽進去。

壞消息是，這裡的房間變得比原來多。每個狹長空間內可能有四十個隔間，總數為一百二十上下。寬提科的人抵達時他絕對還沒搜完，這會帶給他麻煩。他們早在抵達前就會接到杜馮索的電話，她會叫他們降落到懷特曼機場去，然後全副武裝北上，準備大幹一票，雙方交火的場面一定會很慘烈。

更壞的消息是，膠合板的隔音效果並不佳。也就是說，剛剛那聲槍響已傳遍設施內三分之一的空間。因此李奇決定折返原路，穿過工作人員休息室，經過矮椅上的遺體，回到車庫。馬達驅動的巨大門扉依舊開著，有如拉開的簾幕。門的另一頭是一百英尺長的入口隧道，撞毀的皮卡車與兩具遺體還在裡頭。李奇找到了內側的控制鈕，按下。起動馬達唉了一聲，大柴油引擎開始運轉，門開始闔上。聲音震耳欲聾，這正是李奇希望的效果。在有選擇的前提下，他希望自己的後方受到充分保護，並以巨大的聲響警告試圖潛入的援軍（如果有的話）。

接著他走向車庫深處，試著打開膠合板上的那道門。門開了，後方是一條狹長的中央走道，就跟剛剛那條沒兩樣。左側有房間，右側也有房間。中央庫房，就跟剛剛那個庫房一樣隔了一大堆木板。有些門上有藍點，剪成圓形再貼上的塑膠片，左手邊第二道門和右手邊第二道門上都有貼，且放眼所見，每三道門就會有一道有貼。

李奇看了一下身後，發現那道門上有兩個藍點。

他豎耳傾聽，沒聽到任何動靜，深吸一口氣後邁步前進。來到第二道門前，賣店買來的便宜貨，鉻把手細細的，上頭的藍點與視線等高。

他轉動細長的鉻把手，推開門。門後的房間不小，空蕩蕩的，沒人也沒家具，只有打從一開始就存在的事物：水泥牆上的門。它長得跟他剛剛看到的那兩道一樣，以形式複雜的板模鑄出，自己就長得像一條隧道，門板上有褪色的老舊貼片、沉甸甸的金屬門把。顯然藍點代表穿過水泥牆的通道，透過它可從這側移動到另一側，是庫房與庫房間的捷徑，給大忙人走的。車庫門上有兩個藍點，因為它同時可通往左側與右側。橫向移動的通道有助改善移動效率。如今是如此，飛彈擺滿地的當年肯定也是。工作人員如果得一路走到外頭再折回另一個庫房，就太浪費時間了。增加橫向通道當然是較佳的選擇，也許每六十英尺就會有一個，某個拿寫字夾板的傢伙老早就會想通這點，而建築師就得坐到製圖桌前拿起鉛筆，靠對數計算尺與猜測來計算載重係數。

李奇人在右邊那排的房間內，眼前這扇通往另一庫房的門就跟他在車庫內看到的右側門一樣，上頭蓋著塑膠布，布的四周貼滿大力膠帶，貼得密密麻麻。

目的不明。

他自己的口袋裡有兩把汽車旅館鑰匙，一把來自胖男人經營的愛荷華州汽車旅館，另一把來自FBI的堪薩斯州隔離所。胖男人那把比較銳利，打鑰匙時沒把末端的尖突磨到平整。也許那把鑰匙是後來重打的，某個客人把原本的鑰匙裝在口袋裡沒拿出來，直接就回家了，又或許那個胖男人的營運方針是「盡可能找便宜的廠商」。

李奇將塑膠布壓在褪色的老貼板上，以鑰匙尖端刮劃。門上的突起不斷彈飛鑰匙，鑰匙則在塑膠布上留下長條狀與圓形的擦痕。圓形擦痕不斷變薄、變鬆，第二回合的刮磨於是割出了一個破孔。他將鑰匙尖端伸進洞內，不斷往下鋸。割得開的地方就割，割不開的位置就又拉又撕，製造出三英寸長的切口後就把鑰匙放回口袋，雙手手指塞入洞中往兩側拉。

塑膠布非常堅固，磅數很高，不是薄如衛生紙、畫家拿來當作罩布那種。比較像是收縮膜。他看過別人拚了命想拆開收縮膜的模樣，超市應該要在義式香腸的貨架旁邊賣彈簧刀才對。開口裂到十二英寸後，布表面就不再緊繃了，割不動。他得再重新割一條縫才行。剛剛的經驗給了他新的靈感，他改變方針，有節奏地輪替割與拉這兩個動作，不割時就用嘴啣住鑰匙。最後他總算完成了，裂縫幾乎從塑膠布頂延伸到底部。彎曲又歪斜，不過開口夠大，他要擠過去不成問題。

他把手伸到洞內轉動沉甸甸的金屬把手，然後以指尖開門板。另一頭什麼也沒有，只有一片黑暗，以及寒冷的空氣，微弱的回音顯示空間內部非常寬敞、且有堅硬的壁面。

他側身擠進塑膠布上的裂縫。葛拉克手槍打頭陣，接著是他的右腳、右肩、低頭鑽過去，然後把左手、左腳也拖過來。他靠觸覺和直覺定位門板四周的鑄模門框，關上門，找電燈開關。他知道裡頭一定有開關，古早年代那些坐製圖桌、拿尖鉛筆的建築師的思考很週到，光是電路設計圖就是一整捆紙了。

他找到牆上的電路管線了。金屬管，上頭塗的漆很厚，觸感冰涼，布滿灰塵。他循著管線前進，最後摸到一個方形金屬盒，邊長四英寸，正面有個小凹陷，裡頭有個冰冷的銅鈕。

他打開電燈。

73

第三個庫房並沒有以膠合板隔開，維持原本的狀態。那是個隧道，形狀接近半圓，寬四十英尺，長約四百英尺。空間邊緣的牆面只比人高一些，圓頂天花板的頂端約三十英尺高。完全由水泥構成，跟外面一樣是灌模的。東一塊、西一塊木紋，踩木板型塑出的弧度，從板模中溢出的水泥化為牆面上的突脊與縫線。表面沒塗漆，但已不再粗糙。耐心靜待數十年後，它變得圓潤、黯淡、蒙塵，遠端的牆面無窗無門，近處的牆面有一道防爆門，構造跟李奇在中央庫房接觸過的那道門相同。

裡頭不是空的。

空間中央停著一長列體積龐大的平板拖車，頭尾相對。沒有拖拉機的部分，只有拖車，一部接一部，像是塞車的高速公路。每輛車長約五十英尺，寬約十二英尺，總共有八輛。後方有四個承載輪軸，前方有兩個巨大的懸吊臂，前半截角度陡峭，後半截則以較淺的角度往前伸，有如巨大的昆蟲觸角，準備與拖拉機連結。

車子全都漆成了褐色，沙漠迷彩的底漆。李奇對它們的來歷一清二楚：陸軍HET的零件，重裝運輸車（Heavy Equipment Transporter）。這拖車的型號是M七四七，對應的拖拉機型號是M七四六，兩者的製造商都是威斯康辛州的豪士科集團，都參與過一九九一年的波灣戰爭，實戰經驗顯示它們都不夠耐操。當年的任務是運送艾布蘭主力戰車。戰車是打仗用的，不是從A地移動到B地的交通工具。它行走在道路上會毀壞路面，履帶也會受損，徒增維修間隔時數。因此陸軍才需要戰車運輸車。不過艾布蘭主力戰車重達六十噸，對HET造成的磨損相當嚴重，因此軍方又重新設計了運輸車。舊世代的硬體就被貶到其他地方去，負責較輕量的任務。

不過這裡的拖車並沒有輕鬆到哪裡去。

八輛拖車上都堆滿兩個瓶狀容器或大桶子或箱子，顯然是用來裝某種液體用的，不過真的很大，數以萬計加侖，每個容器的體積都相當於四輛大眾汽車疊起來的方塊，跟小坪數房間一樣大。捲、折、液壓、焊接金屬片而成，看起來像個矮胖的瓶子，四周有保護架，兩者密接得很好，看不出交界。整體而言，它們看起來就像圓角的方塊，長、寬、高約為十二英尺，某些部位經過強化，更為牢固、耐用。金屬看起來又厚又結實，也許多加了一層礦物塗料。算是有革新了。

不過不是最近的革新，因為庫房內的所有事物都不是最近新增的。所有東西上都積了厚厚一層灰塵。大容器、平板拖車、水泥地板上都有，灰濛、幽魅、無人碰過。拖車下方的輪胎大部分都已消氣癱軟，有些完全沒風。蛛網東一張、西一張，整個地方看起來像考古現場。他感覺像是闖入了法老陵墓，成為五千年來見證此場面的第一人。

或許是二十年來第一人吧。物證就在眼前，各種年代久遠的器材，灰塵，脆裂的橡膠，凝滯的空氣，寒冷。他相信這些拖車二十年前就被放進這裡了，而且這份信念有絕對充足的理由。

拖拉機當時就卸除了，所以它們後來再也沒被移動過。軍方在這裡築起牆壁，拋下它們，把它們忘得一乾二淨。

八輛平板拖車，十六個容器，六十四部大眾汽車堆起來的體積。金屬漆成亮黃色，但灰塵與歲月使它褪色了一些。它的每一面都以模板印了一個不怎麼大的標記，尺寸只比棒球大一些。這標記最初是一九四六年加州大學放射實驗室裡的一群聰明鬼的素描草圖。他們手上時間夠多，還設計了一個符號，象徵出原子釋放出的產物，大多數人以為它是三個粗大的螺旋槳葉片，黑圖黃底。

核廢料。

74

李奇關燈，擠進塑膠布上的裂縫，回到空蕩蕩的那個房間，走到對面打開門，踏入走廊。他看到三個人，全都是男性，背對他逐漸走遠，還一邊聊天，手中捧著一疊三孔活頁夾。他們穿襯衫，黑褲，手中沒有武器，麥坤不在其中。

李奇選擇放過他們，如果要對他們下手，付出的代價會比收穫多。製造出的噪音太響亮了，而且沒有任何必要性。他們打開走廊遠端的藍點門，顯然是要橫向移動到第一庫房去。往前數去的第四個點，進去一個房間，再折返到另一個房間之類的。感覺就像在地圖網格上移動，也有幾分像在五角大廈內繞。

他們是從李奇左前方的某個房間裡冒出來的。那道門現在開著，但先前並沒有。李奇深吸一口氣，數到三，往前走了三十英尺。那是間辦公室，長約二十英尺，寬約十七英尺，一面水泥牆，三面膠合板牆。牆邊堆滿架子，室內放滿桌子，兩者上頭都堆滿紙。鬆散的紙山，有的是用釘書機釘起來，有的用橡皮筋，有的裝在活頁夾內。上頭寫滿數字，六位、七位、八位數字，一點也不有趣，零吸引力，就只是加減乘除用的材料。上頭也確實有計算的痕跡，所有紙張都像帳簿紙。

當年沒電腦。

全記在紙上。

走廊上響起越來越多腳步聲了。

李奇豎耳傾聽。聽到一扇門開啟，又關上。沒別的聲響了，於是他退回走廊上。他推測：如果麥坤遭到囚禁，那他人一定在建築物深處。有可能在四百英尺外，遠離外界。在第一或第二庫房內，搜索路線將變得萬分複雜。長長的中央走道是死亡陷阱，行走在其中根本無處可躲，只能逃向標有藍點的門，不過那些門數量並不多。再說，一直擔心橫向逃生管道暢通與否，就無法義無反顧地前進了。

這也是戰場上的典型處境對吧？你們沒針對這種狀況受訓嗎？

並沒有，他不知道沒有人力、軍械、直升機、無線電、支援火力的情況下該怎麼辦，這些東西他一樣也沒有。

他查看了對面的房間。又一間辦公室，長二十英尺，寬十七英尺，架子、辦公桌、文件、數字。密密麻麻的數字。六位、七位、八位數，加減乘除的材料。全都經過細心紀錄、整理成帳目。他又查看了隔壁房間，還是長得一樣，桌子，架子，紙張，數字。他折返原路，朝第一個房間移動，兩側有門那一個。

走廊傳來更多腳步聲了。

他退回房間，關上門。

現在走廊上的腳步聲非常密集。

有人在奔跑。

在喊叫。

他讓葛拉克手槍領頭鑽入塑膠布上的裂縫，帶上門。

兩點間最近的距離是直線。李奇匆忙地從庫房頭直奔庫房尾，全程四百英尺，經過一輛棄置的拖車、巨大而不祥的容器。他的腳步揚起灰塵，彷彿踩在薄薄的一層雪上。這是他鼻梁斷裂以來首次為自己的傷勢感到慶幸，要不是鼻腔內結滿了痂，他一定會瘋狂打噴嚏。

最後一道原先就建好的門距離隧道底十英尺，剛好對準最後一個黃色容器，也正好對準放射線符號。李奇打開門，取出胖男人汽車旅館的鑰匙，奮力在塑膠布上開出一條通道。割，扯，割，扯。從這個方向比較容易，因為他可以將塑膠布往另一頭房間撐，維持表面的緊繃。門的另一頭什麼也沒有。建築設計師把它蓋成一間房間，但現在的用途比較接近客廳。他站在門邊傾聽走廊上的聲響。有些動靜，不過是從遠處傳來的，混亂與困惑的表徵。他們正十萬火急地搜索據點內部，由深處往外移動，逐漸遠離他。他落在前線的後頭，建築物深處，遠離外界。

他打開門，瞄了一眼。他左方幾百英尺外的一群人正逐一搜索每個房間，人數大約有五個，重複進門、退出的步驟，離他越來越遠。

對面的門上有個藍點。裡頭肯定空蕩蕩的，外表看起來像房間，但功能像是門廊。因此李奇從走廊對面的隔壁間開始搜起，房門上沒有藍點。他緩慢、安靜地潛行過去，打開門。又是辦公室、架子、桌子、紙張，有人坐在桌邊。李奇朝他的頭開了一槍。槍響劃破室內寂靜，震耳欲聾，膠合板幾乎沒有隔音效果。李奇退回門邊，偷瞄一眼。幾百英尺外那五個搜查者愣在原地，身體朝向前方，視線往後飄。李奇將葛拉克手槍放到口袋裡，卸下肩膀上的其中一支柯爾特衝鋒槍，調成自動射擊模式，舉起，盯著槍管。扣下扳機，力抗因後座力抬升的槍口。以分速九百發的速率擊出二十發子彈，總時間不到一點五秒，順得像裁縫機。那五個男人全倒地了，大概死了三個，一個負傷，另一個陷入恐慌狀態。不過他也沒在計分就是了，他老早就知道自己的得分比較高，至少目前是。

他丟下空槍，卸下另一把柯爾特衝鋒槍，心想：**差不多該去第一庫房晃晃了，要讓他們猜個沒完才行。**他低頭溜回有藍點的門邊，開門，進房。這裡被建成房間，似乎是當成客廳使用。

不過裡面不是空的。

有一段樓梯。

金屬梯，梯級很陡，像是戰艦上會有的那種。它通往屋頂水泥中開鑿出的垂直甬道，甬道頂端有個方形鐵蓋，體積很大，上頭有懸臂、彈簧、旋式鎖輪，像是潛水艇內的那種。它關著，李奇猜外頭是設計成圓頂狀的，爆炸衝擊波來襲時會使它關得更緊。

透過一系列複雜的齒輪運作，有幾根鐵栓會插入鐵蓋外緣的固定溝槽。鎖輪目前在未上鎖的位置，顯而易見。所有鐵栓都沒有嵌入溝槽內，他們關上鐵蓋想必是為了防止下方燈火外漏，以保有夜間視力和隱匿性。不過他們沒上鎖，這樣才能回到室內，常理推斷出的結論。

聰明的做法是：爬上樓梯，轉動鎖輪，讓外頭的人永遠待在那裡。李奇就能在不受阻撓的情況下繼續進行室內活動。

但那個狙擊手就在上面。手拿M一四步槍，彈匣內少了一發子彈，臉上八成掛著一個大大的賊笑。

李奇關掉客廳電燈，在黑暗中等了四秒，讓瞳孔擴大，接著又等了一分鐘，讓眼球表面的化學物質產生作用。接著他憑觸覺找出扶手位置，開始攀爬。

75

李奇爬到梯子頂端在黑暗中摸索，並利用視覺殘象當作指引。他猜那個鐵蓋可能重達數噸。如果它具備鋼鐵與水泥巧妙拼湊成的三明治結構，那還會更重。後者機率很高，因為要防輻射。當年的建築師都受過很全面的相關教育，講師可能是加州大學的頂尖學者，設計出的結構就算能防爆，事後若會洩漏伽瑪射線就沒意義了。不過沒有任何人可以站在梯子上推動好幾噸的重物，可見它的一部分重量會被彈簧抵銷。換句話說，認真一推應該就會開了。

他伸手去推。

鐵蓋移動了兩英寸，彈簧隨之迸發低沉的咚嗡與嘎吱聲。

很響亮。

他稍待片刻。

鐵蓋的三面露出一圈不怎麼黑的黑色。他猜哨兵會站在欄杆旁，所以有四分之三的人馬現在離他很遠，屋頂面積大如洋基球場，只有靠南側的哨兵離他較近。

他又推了一下，這次更加用力。

鐵蓋又抬升了一英尺。

發出更多咚嗡與嘎吱聲。

沒人反應。

他又推了一下，鐵蓋一路開到底，與屋頂形成九十度夾角，像扇門似的。他抬頭一看，看到一小方密蘇里州的天空。鐵蓋的鉸鏈裝在北側，樓梯靠東側。也就是說他爬上屋頂時，前方、後方、身體右側都毫無防備。

所以他得盡快爬出甬洞外，但這並不容易。過程中絕對不可能將手指扣在扳機上，任務中最危險的一刻，每個任務都一定會碰上。他痛恨樓梯，痛恨頭部率先暴露在危險區域的狀況。

他用右手虎口鉗住柯爾特衝鋒槍，左手不斷往上方梯級甩。最後他讓衝鋒槍伸到屋頂上，右手指節抵住地面，大猩猩似的。腰一扭，左手掌也按上水泥地了。

他深吸一口氣，數到三，竄上屋頂。

蹲低身子，高舉柯爾特衝鋒槍，掃視四周，並激烈地左甩右擺，又開始跳攻堅曳步舞了。

他的位置靠近南側屋頂邊緣，他們進攻失敗的東南方路徑就在他左斜前方。那裡沒人。他右手邊是西側，有個孤伶伶的身影站在遠方的欄杆邊，望著其他方向。他轉向北方，發現那裡有五個人，盯著貝爾的衛星定位系統顯示的二線道。他們認為索倫森的越野行動只是誘餌，敵方會從道路那裡發動真正的攻勢。

過度臆測，神經兮兮。

他將第二把柯爾特衝鋒槍調成單發射擊模式，移動到直立的鐵蓋後方，獲得一定程度的庇護。從西方與北方看去，他的身體有四分之三都被擋住了。他的左手肘撐到鐵蓋上，瞄準西方那傢伙。距離大約有兩百英尺，用任何步槍都能輕易擊中目標，用任何型號的黑克勒－科赫衝鋒槍也沒問題。在近至中距離下，它們通常都跟步槍一樣好用。柯爾特效果不明，但比葛拉克手槍好。用手槍射擊兩百英尺外的目標？意思跟交叉手指祈禱差不多。

李奇的遠距槍法相當好，曾在射擊競賽中勝出。不過現在的狀況是另一回事，他得同時注意兩樣事物：他的目標，以及七十度角、三百英尺外那五個傢伙聽到槍響後的反應。他得目睹他們的剪影轉向聲音來源的那一刻，得辨識出M一四步槍的形狀，他要知道當中哪一個人是狙擊手。

因為狙擊手是他下一個要幹掉的人。

他正眼望向西方的哨兵，呼氣，淨空肺部。保持冷靜、沉穩、冷靜，沉穩。他感覺得到自己的心跳，但投向前方的視線並沒有偏移，他準備好了。

他逐漸加大指尖的力道，順暢，微幅，無間斷。肉體施壓金屬，金屬再施壓金屬，他感覺到扳機即將扣下了。

槍枝擊出子彈。

閃光耀眼，聲音響亮。

正中紅心。

西方那傢伙抖了一下就摔落到建築物下方了。

北方那五個傢伙轉過身來。

狙擊手是中間那個人，左邊數來第三個，右邊數去也是第三。李奇看到他手中的M一四步槍了。從側面延伸到他前方的斜槍托跟著他一同轉身，那形狀對李奇來說非常眼熟，長四十七英寸，胡桃木在月色下發出昏暗的反光。雙方之間的距離幾乎有四百英尺。李奇緩慢、悠哉地沿著立起的鐵蓋移動，一點也不著急。他瞄準，吸氣，吐氣，吐氣，再吐氣，二度開火。

失手了。

不過沒招來什麼災禍。子彈稍微往左、往下偏，擊中了狙擊手隔壁那個人的喉嚨低處。

李奇稍微往順時鐘方向挪動槍口，修正偏移，再度開火。但這時另外四個人都已經動起來了。九毫米派拉貝倫彈要花三分之一秒才能擊發到四百英尺外，而三分之一秒已足夠讓他們移動到別處去。

失手了。

沒人中彈。

槍膛內還剩一發子彈，彈匣內有十七發。李奇動了一下大拇指，將射擊模式調整為三連發。使用B等級武器時，李奇最愛搭配三連發模式，求量，不求質。子彈隨機排列出的小三角形射向敵人，感覺就像拿三腳凳砸對方。他大略地往右瞄準，開火。

右手邊的傢伙倒地了。

還有三個人沒斷氣，分別是剛剛左邊數來第一、第三、第四個敵人，他們全都蹲下回擊了。除了狙擊手外，其他人的彈道都歪得很誇張。M一四的點三零八子彈落在他近處，但也沒到差之毫釐的程度。這代表那狙擊手在全無壓力的狀況下表現得還可以，但緊要關頭拿不出世界頂尖級的水準。李奇猜他們可以在他的墓碑上刻下這段墓誌銘：**對付黑夜中無反抗能力的女人很有一套，但其他場合就不怎麼樣了。**

李奇再度朝第三、第四號敵人開槍，也就是狙擊手和他隔壁的人。把兩者當成一個目標，三連發。

四號敵人倒地了。

狙擊手沒事。

還剩兩個人沒斷氣。

李奇的槍膛內有一發子彈，彈匣內有十一發。外加葛拉克手槍以及兩個被用彈匣，其中一個裝滿子彈，另一個短少兩發。有必要時，他可以把葛拉克手槍的子彈裝到柯爾特衝鋒槍內。兩者用的都是九毫米派拉貝倫彈，神奇的標準化。他不知道那兩個倖存者手上還剩多少子彈。拿M一四步槍的傢伙很有可能在用二十發彈匣，另外一個傢伙手上拿的可能是任何槍。他們可能會打持久戰，近距離內你來我往，在彼此的視線範圍內纏鬥。打肉搏戰的步兵才是真正的戰爭之王，李奇最喜歡粗魯的扭打了。

第一和第三號敵人仍蹲在地上，兩人並沒有靠得很近。李奇蓋上鐵蓋，趴到它後方，調回單發射擊模式。他讓身體貼合鐵蓋的圓頂，調整出一個舒適的姿勢。狙擊手開槍了，這次表現又更好。子彈打到鐵蓋，「鏘」一聲彈開，反作用力極大，它搞不好一路飛到蕾西的店去了。

李奇動也不動地趴著，冷靜，沉著，且自在。

他開火反擊了。

子彈打到了狙擊手。

打在左側極低位置，他心想。也許打中臀部了吧，不過是皮肉之傷，不足以致命，但肯定能對敵人造成干擾。他別過身去，趴下，射擊面積變小了。另一個傢伙也有樣學樣，趴下後開始連續開火，有掩護射擊的意味。那只會對隔壁州的人帶來威脅，不過那傢伙至少也表現出某種義氣了。李奇悠哉地瞄準對方的槍口火焰，然後稍微往右上方偏移。子彈似乎固定會偏移，因此他做了修正。他試圖閃過水泥，直接朝那傢伙的臉開槍。四周太暗了，他不知道自己到底有沒有得手，可以確定的是對方已停止開火。也許他只是要重新裝填子彈，或打個盹。不過它看起來一動也不動。就在這時，大約六百碼外的遠處有輛車從二線道左端開往右端去，大燈刺眼。燈光瞬間從後方打亮李奇等人所在的場景，李奇於是在那短暫一秒鐘內得到結論：那敵人已永遠不會再起身了，他倒臥的姿勢很不自然。

李奇稍微移動準星，回頭瞄準受傷的狙擊手。槍膛內有一發子彈，彈匣內有九發。十次射擊機會，靜止的目標，位於四百英尺外。他同樣將槍口往右上移動，修正偏移的彈道，再次開槍。再一槍，又一槍，他感覺自己擊中目標了，但無法確定，對方沒有回擊。剛剛開在二線道那輛車折返了，可能是迷路，也可能是因為聽到槍響起了警覺。對方大概不是警察，車子沒發出紅藍兩色燈光。任何有理智的警察也不會往返槍戰前線。那團光球再度照亮李奇所在位置一秒，讓他看到柔和、模糊的畫面，狙擊手沒在動，他似乎弓著背，低頭，無生氣。

李奇再度開槍，然後再一槍。

槍膛內有一發子彈，彈匣內剩四發。他已經取得他所需的所有視覺情報了，就算再開一千次槍也無法更確定對方狀況。他離開鐵蓋圓頂後方，開始朝北方匍匐前進。靠手指和腳趾，緩慢、煎熬地在水泥地上移動。前方沒有反應，沒有子彈飛來。李奇沒開槍，沒必要讓槍口焰洩漏自己的所在位置。

他在一百五十英尺外停住，頓了一下下，評估、衡量現況。對方還是沒有動靜，弓背、低頭的身影模糊。接著同一輛車又回來了，第三度經過這裡。同樣明亮的光球橫移著，李奇開始有點為對方身分感到憂心了，好管閒事的鄰居有可能帶給他麻煩。在開放空間射擊九毫米子彈不會發出巨響，但聲音還是會傳到一段距離外。車燈燈光揭露的畫面沒有改變，對方沒有動靜，沒顯示出生命跡象，有可能是陷阱。

李奇繼續往前爬，緩慢，自若。如果有新玩家想加入戰局，他會聽到鐵蓋發出的聲音。彈簧的聲音非常響亮，他爬上梯子時，哨兵們一定也聽到了，不過當時他們還不知道敵人已潛入建築物內。也許他們以為那是加派來的人力，提高警戒層級，或有人要送咖啡跟三明治給他們吃，這方面他們倒是不夠神經兮兮。

李奇在五十英尺外再度停住。前方沒有動靜，一片沉寂。剩下的路他起身用走的，他發現五道弓起的身影，幾乎在黑暗中排成一直線。五個男人，其中四個死了，狙擊手還在呼吸。他肯定中了三到四槍，但還活著。真幸運。

但沒走狗屎運。

李奇踢開M一四步槍，把柯爾特衝鋒槍甩回肩上，抓住狙擊手的腰帶，將他一路拖到欄杆邊。另一隻手抓住他大衣衣領，將他整個人抬起來，往下一扔。那傢伙撞上弧形水泥牆後彈開，墜落到四十英尺下方的地面上。

但打不打得到大聯盟速球呢？我們等著瞧。

三振出局呢，老兄。

李奇轉身慢跑四百英尺，回到圓頂鐵蓋旁。掀蓋，摸黑踩梯級往下移動。

76

杜馮索說敵人人數不超過兩打。如果她的看法正確，那麼敵軍目前還剩九個人，九人當中也許有一人負傷，就是走廊上搜查小隊的其中一個成員。他跌得蠻重的，不只是重力所致，幾乎可確定他打不了仗了，所以李奇的對手還剩八個。不怎麼妙，但原本還可能更慘。敵軍折損率頗高，至少就目前而言。李奇打開藍點門，瞄了一眼走廊。

沒人。

他開始搜索每一間房間，由建築物後方往前找，不斷看到同樣的場景：辦公桌、架子、紙張。沒有人在。他花了將近十分鐘才將第二庫房搜完，走車庫繞到第一庫房去，重新開始地毯式搜索。這次由建築物前方往深處移動。

桌子，架子，紙張。

沒人。

第一間沒人，第二、第三、第四、第五間房間也沒人。他猜他們全都聚到遙遠後方的角落了，人多力量大，採取守勢。除非他們故意想玩貓捉老鼠的遊戲，不斷移動到他不在的庫房去。機率不高，但有這個可能性。

左側第三個房間被改造得像是廚房，有烤爐、冰箱、洗手台。抽屜內裝滿刀叉、湯匙，食物架。對面的房間式餐廳，裡頭有擱板桌和長凳。再過去是寢室，宿舍風格，總共三間，每間放著八張上下鋪，還有額外的兩間只有一張床。有隱私，但不花梢。那兩張床只是普通的鐵架床，床單簡陋，被子寒酸。再過去是洗手間和馬桶，然後是更多辦公室。桌子，架子，紙張。

看來他們的實際人數跟杜馮索的說法相去不遠，這裡的住宿空間最多只能容納二十六人。超過兩打，但沒超過多少，麥坤理論上占去了其中一個名額。

因此還有九個敵人尚未解決，他們就在建築物內的某處。

八個才對，因為隔壁房間有一個傢伙正在辦公桌前忘我地工作著。李奇拿葛拉克手槍移動到近距離，朝他胸口開了一槍。接著變成七個，因為槍聲驚擾了另外一個傢伙，他在走廊上奔跑逃命，被李奇從背後開槍擊倒。

接著一切又回歸平靜了，到處都沒有聲音。儘管李奇開槍後聽力有點受影響，但四周還是安靜過頭了。李奇搜的下一間房間是空無一人，再下一間也是。他已來到庫房的中點，還是二十個房間，兩側各十間。藍點門還有三道，全都通往中央庫房。外表看起來像房間，但功能像是門廊。因此實際上的目標還剩十七個。進展緩慢。寬提科的人馬八成已經到伊利諾州空域了，可能正在呼叫聖路易斯航空交通管制中心，取得降落許可，安排飛往懷特曼空軍基地的路線。

下一個房間空無一人。

桌子，架子，紙張。

沒人影。

右手邊的下一間房間內就有人了，唐・麥坤。

他被綁在椅子上，一邊眼睛瘀青，臉頰上的割傷滲著血。他身穿品質粗劣的黑色牛仔衣，看起來像是囚服。皮帶不在身上，衛星定位晶片也就不在身上。

椅子後方有個男人。

男人拿槍指著麥坤的頭。

那人是艾倫・金恩。

活生生的血肉之軀。

他復活了。

77

但事實上他並不是艾倫・金恩。他跟金恩長相相同，但有微妙的差異。年紀大一些些，感覺更冷酷，身高也許高了半英寸，體重輕一至二磅，除此之外像是一個模子印出來的。

「彼得・金恩。」李奇說。

「別過來，」金恩說：「不然我就斃了你的人。」

李奇說：「他不是我的人。」

彼得・金恩拿的是貝瑞塔M九手槍，美軍制式手槍，李奇個人認為它比葛拉克好用。它的槍口緊抵著麥坤右耳後方的凹陷處，那個位置太危險了，因此李奇的首要任務是：讓貝瑞塔手槍離開那裡。

彼得・金恩說：「我要你把武器放到地上。」

「我就猜你會那麼要求，」李奇說：「但我不會照做。」

「我會斃了你的人。」

「他不是我的人，我已經說過了。」

「對我來說沒差別，反正我就是會開槍。」

李奇舉槍，並說：「動手啊，你開槍後我也會開槍。你扣下你的扳機，我就扣下我的。有一件事是確定的，那就是我會活著走出這房間，你不會。差別就只在於麥坤會跟我一起出去，或跟你一起留下。你明白對吧？你以前在哪個單位？前線觀測員？」

金恩點點頭。

李奇說：「那你跟真正有能耐的士兵混過夠長的時間，對短期戰術有基本的了解。」

「你不可能棄他於不顧，你克服了一大堆問題才找到他。」

「我當然認為能帶走他是最好的，但這不會左右我的立場選擇。」

「你是誰？」

「我不過是個攔便車的路人。」

「麥坤宣稱你殺了我弟。」

首要任務：讓貝瑞塔手槍離開那裡。

「是那個女人殺了你弟。」李奇說：「那個雞尾酒吧女服務生，雖然說那根本不是正面火拚，你弟是一灘沒用的豬油。」

金恩沒說話。

李奇說：「我敢說他身上的火一定燒得很旺，那麼多脂肪耶，最後一定變得像烤肉架上的羊小排。」

金恩沒說話。

李奇說：「如果換做是你，大概也差不多吧。你沒比他瘦多少，是基因的關係嗎？你媽也是又胖又醜嗎？」

沒反應。

完全沒有。

「再說你為什麼在意你弟的死活？」李奇說：「聽說你們已經斷絕往來了。我大概可以理解，他肯定讓你失望透頂過。他做了什麼？一天到晚尿床？性騷擾你們家的狗？」

金恩沒回答。

李奇問：「哪個品種的狗？牠有沒有吠？」

貝瑞塔手槍沒移開。

僵局。

「說吧。」李奇說：「我想了解你的想法，想知道你們兩個之間發生了什麼事，想知道你為什麼整整二十年都不鳥他。因為我也有個哥哥，但很不幸，他已經死了。我們兩個過去都很忙，但有時間就會聊聊。我們相處得很好，度過許多愉快的時光。對方有需要時，我們就會陪伴對方。我從來沒害他丟臉，他也從來沒害我丟臉。」

沉默籠罩這個房間。一面水泥牆、三面膠合板牆拼成的房間，裡頭的聲響效果悶悶的，有點詭異。

金恩說：「那是二十幾年前的事了。」

「什麼事？」

「艾倫是個孬種。」

「怎麼說？」

「半路逃跑，丟下某人。」

「丟下你？」

「他最好的朋友。」

「他們做了什麼？到賣酒商店偷竊？」

「他們做了什麼不重要。」金恩說：「艾倫脫身了，但他的朋友沒有。」

「換作是你，你才不會那樣做，是吧？」

「我不會。」

「因為你是個男子漢。」

「你說得對。」金恩說。

「那你就拿出你的男子氣概來面對我。」李奇說：「把你抵在麥坤耳朵後方的槍口移開，我們數到三就朝彼此開槍。」

「怎麼，你是說像決鬥那樣嗎？」

「你愛怎麼稱呼就怎麼稱呼，反正別再拿無辜的人當盾牌了，那是娘娘腔的招數。」

「他不無辜，他是聯邦探員。」

「他被綁在椅子上，你可以等等再回去收拾他。」

「你認為你會輸？」

「最後的結果有兩種，這兩個可能性我們都應該要考慮到。」

金恩沒回話。

「娘娘腔。」李奇說。

「數到三對吧？」

「如果你數得到三的話。」

「然後就開槍？」

「我們其中一個會開槍。」

「拿槍那隻手要垂到大腿旁，你先。」

「你先。」

「數到三，」金恩說：「一起收手，同時收，然後再數到三，開槍。」

李奇盯著對方眼睛看，沒什麼可疑之處。

「我接受。」他說。

金恩說：「一。」

李奇靜候。

金恩說：「二。」

李奇靜候。

金恩說：「三。」

李奇放低槍口，手自然地垂在身側。

金恩也照做了。

麥坤鬆了一口氣，身體重心往旁邊一偏。

李奇盯著金恩的眼睛。

金恩吸了一口氣，然後說；「好。」

李奇說：「我準備好了，就等你。」

「數到三對吧？」

「數吧。」

金恩說：「一。」

擬定戰略時，敵方的思考模式是真正的關鍵。李奇看待任何事都胸有成竹，如今也非常確定金恩會在數到二時開槍，他有百分之百的把握。第一次數到三只是一個誘餌，具備安撫性質。一，二，三，放下槍。它設下了一個節奏，一個前例，讓敵人對下一次數數有同樣的預期，建立信任。這都是有原因的。金恩都設想好了，他有他的計畫，這一切全寫在他眼底了，他是個聰明人。

但還不夠聰明。

他沒進行戰略性思考，沒從敵方的思考架構出發。

金恩數到一，李奇立刻就舉起葛拉克手槍轟他的臉。

78

之後狀況變得更艱難，沒變得簡單。第一，李奇無法幫椅子上的麥坤鬆綁。綁在他身上的線又細又緊，繩結硬得像石頭。第二，聚集在某個房間內的倖存者總算搞清楚狀況了。他們肯定已聽到近在咫尺的槍響。既然金恩沒有耀武揚威地走出房門，他們立刻就策劃了蹩腳版的卡斯特最後一戰，不然就是計畫逃亡。不管是前者還是後者，李奇他們都會碰到活人擋路。眾人聚集到走廊上的聲音傳入他耳中，還有扳動滑套的喀喀聲。是自動武器，對方已做好檢查工作，準備開火。他聽到著急、模糊的會談，位置距離門邊不遠，半英文半阿拉伯文。

他問：「是說，瓦迪阿到底是什麼意思？」

麥坤說：「保管。」

「我想也是。」

「你會說阿拉伯文？」

「不成句。」

「你沒有刀子嗎？」

「我有一根牙刷。」

「於事無補。」

「對付牙菌斑很有效。」

「想辦法讓我離開這該死的椅子就是了。」

「我在試了。」

線太堅固了，扯不斷。是某種複合材質，也許是棉與尼龍緊密捻成的，寬約四分之一英寸。八成受過各種伸張、負重測試。

李奇說：「我有一把鑰匙。」

麥坤說：「老天，我又不是被手銬銬上。」

李奇掏出胖男人汽車旅館的鑰匙，以邊緣粗糙的尖端切割麥坤右手下方的繩子。切斷了幾根纖維，也許有兩、三根吧。或一萬根。李奇說：「盡可能把繩子繃緊一點。你是ＦＢＩ吧？想像你繃越緊，退休金就拿越多。」

麥坤的肩膀和二頭肌隆起，繩結變得跟鋼鐵一樣硬。李奇開始割它，不是來回鋸，而是用挑的。這把鑰匙只有單一運動方向會有切割效果，不過確實有進展。門外人聲鼎沸，分為兩派：疑惑加疑問，堅定與鼓舞。李奇支持疑慮派，不過只會再支持一小段時間。麥坤將繩子維持得很緊繃。纖維不斷迸裂、受損，起先只有一丁點，後來是一些，接著斷了許多。八分之一英寸，接著斷裂了大半，最後藕斷絲連，麥坤的右手總算掙脫了。

李奇從地上撿起金恩的貝瑞塔手槍，交給麥坤的右手。麥坤說：「你肩膀上的那把柯爾特衝鋒槍會是比較好的選項，這裡的走道頗長。」

李奇說：「裡頭只剩五發子彈，我打算把它當成棍子用。」他開始割麥坤左手腕的繩子，又挑又割，繃緊的纖維不斷迸裂。麥坤說：「你可以重新填彈。」

李奇說：「沒時間，我們不會希望他們趁我們沒防備時攻擊。」

「葛拉克手槍內有幾發？」

「十三。」

「運氣真不好。」

「是啊。」李奇停下割繩子的動作，換上裝滿子彈的彈匣，就是他在堪薩斯州汽車旅館內從貝爾手上拿走的那一個，感覺那好像是一百萬年前的事了。喀，喀，交到麥坤手中。速度並沒有像某些愛現鬼那麼迅雷不及掩耳，但也沒超過一點五秒。他又開始割了，走廊上依舊人聲鼎沸。

李奇說：「你知道這個組織究竟有幾個成員嗎？」

麥坤說：「今晚有二十四個人，不包括我。」

「那就只剩六個了。」

「只剩六個？老天啊。」

「我在這裡待了至少二十分鐘。」

「你到底是誰？」

「一個攔便車的人。」

「呃，總而言之，幹得好啊。」

「你在這裡有沒有自己的房間？」

「沒有，那是彼得・金恩和老大的房間。」

「我以為彼得・金恩就是老大。」

「不，他是老二。」

「那誰是老大？」

「我不知道，我沒見過他。」

「他現在在哪？」

「我不知道。」

門開了，坐在椅子上的麥坤開了一槍，一道黑色人影往後倒。李奇跨大步向前踹門，門關上了。他說：「剩五個了。」

麥坤說：「如果是你，你會怎麼處理？」

「如果我是他們嗎？打開走廊上的每一道門，每個人都移動到離我們最近的五道藍點門後方。我們看到他們之前，他們就會先看到我們，我們哪裡都去不了。」

「那正是我擔心的狀況。」

「他們有這麼聰明嗎？」

「我不知道。」麥坤說：「他們有些時候腦袋頗靈光。」

「我確實有這種感覺。」

「怎麼說？你知道他們在打什麼主意嗎？」

李奇說：「我想我大概猜出大半了。」

「所以你明白我們一定得完好無缺地取回這棟建築物對吧？」

「是你們，不包括我，我非做不可的事是前往維吉尼亞州。」

「維吉尼亞州有什麼？」

「很多東西，很重要的一個州。人口第十二多，ＧＤＰ排行第十三高。」

麥坤的左手也掙脫了。李奇把柯爾特衝鋒槍交給他，然後蹲下來開始割他腳的繩結。蹲在他後方，不是前方。

腳踝上的繩結處理得比較慢。牢固的纖維發揮了拋光輪的功能，鑰匙變得越來越平整了，不妙。因此李奇調整了他的方法，用尖端最後的一段毛口刮拉繩結，然後把ＦＢＩ的堪薩斯州汽車旅館的鑰匙當作尖鐵，戳爛繩結。方法不同，速度較慢，但一次可瓦解一小段。五分鐘後，麥坤的雙手與一隻腳就可活動自如了。再過五分鐘，他就完全擺脫那把椅子了。他的手腕拖著受損的繩子，手環似的。左手拿柯爾特衝鋒槍，右手拿彼得・金恩的貝瑞塔手槍，準備上路了。離他們最近的馬達驅動大門大約在兩百英尺外，再過去那一道在三百英尺外。宜人的夜晚空氣，以及安全保障就在那道門的另一頭。

「準備好了嗎？」李奇說。

麥坤點點頭。

李奇打開通往走廊的門。

79

他們的逃亡行動立刻就吃癟了，那三百英尺路彷彿有三千英里長。五個倖存的敵人採取聰明的戰略，走廊上左右兩側所有房門都開著。不管李奇和麥坤往哪個方向走，都可能遭到房內埋伏者開槍，也可能平安無事。無可預測，跟買樂透沒兩樣。

五個敵人，三十九道門（這數字不包括他們剛剛已經過的那幾道）。步兵面對此情境的標準戰術是：一面前進一面斜滾手榴彈到每個房間內，或使用反坦克武器炸穿膠合板牆。但他們沒有手榴彈也沒有反坦克武器，只有兩把手槍和幾乎已無彈藥的衝鋒槍。

問題大了。

李奇說：「我們得分散敵人注意力。」

麥坤說：「怎麼做？」

「我們可以放火。」

「絕對不行，我們得把這些文件保存下來。」

「反正我也沒火柴，想放火還得試著溜回廚房用火爐，那還不如試圖逃出去。」

「我們應該要做橫向移動，第三庫房暢行無阻。」

「選扇門吧。」李奇說，他看不到半個藍點，所有門扉都開向房間內側。他知道藍點門共有六個，從外面看上去像是房間，但功能像是門廊。敵人有五個，因此有一道門是暢通的。成功率百分之十六，或更精準地說：百分之十六點六，六無限循環。

「背靠背移動？」麥坤問。

「誰打頭陣？」李奇問。

「並沒有什麼差別。」

「也許有。」李奇說，他並不把希望寄託在百分之十六的機率上。他們鑽入橫向移動的門廊時很有可能會遇到伏兵，五人當中的某一人，雙方交戰會驚動另外四人。如果他們展開逃亡，那面向後方的人得承擔大部分的苦差事。如果四個倖存者採取聰明的戰略主動打造一個橫向的環，伏兵相鄰，像包抄戰術那樣，那麼打頭陣的人負荷最大。

「你帶頭。」李奇說。

麥坤跨到走廊上，李奇隨後跟進，然後開始倒退移動。兩人動作一致地緩慢、安靜、謹慎，背對背，幾乎快貼在一起，實則不然。從此刻起，信任就是最大的關鍵了。李奇非常想轉頭看，且知道麥坤也一定很想，但兩個人都沒真的轉頭。每個人負責一百八十度，不多也不少。他們移動了二十英尺，來到一左一右相對的兩扇門附近。麥坤放慢腳步，深吸一口氣，兩扇門都開著。

上頭沒有藍點。

房間內沒人。

他們繼續前進。

又移動了二十英尺。

又來到一左一右相對的兩扇門前。

他們的腦袋不是普通的靈光。

兩間房間內都有人。

李奇和麥坤立刻旋轉九十度，前者朝右方房間開槍，後者朝左方。接著走廊盡頭有一個人跨出房間，另一端盡頭也有一個人照做。李奇與麥坤因而遭受四面夾擊。這不是譬喻，前後左右都有子彈飛來。李奇擊中了他前方房間內的傢伙，對方倒地了。麥坤縮頭跟李奇一起衝進中彈者的房間內，甩上門。他們彎腰站在一塊，氣喘吁吁。

「你有沒有中彈？」李奇問。

「沒有。」麥坤說。

那是好消息，其餘的都是壞消息。他們面前有一道防爆水泥牆，可能有十英尺厚，而他們左右手邊及身後的膠合板隔間牆只有一點五英寸厚。沒門鎖的廉價薄門板外站著四個敵人，對他們的位置瞭若指掌。

李奇說：「他們甚至不用進來，隔著牆板或門板開槍就行了。」

「我知道。」麥坤說。

對方確實照做了，而且是即刻行動。第一發子彈從門板射進來，在木料上打出一個醜陋的疤。彈道側偏，差一英寸。第二發子彈穿牆而來。膠合板比較堅固，但也沒堅固多少。子彈穿破牆板，裂成碎鐵片，其中一塊擊中李奇手背。宏觀來看沒什麼大不了的，不過傷口開始血流如注。他跨步到破孔旁，用力將葛拉克手槍的槍口抵上去，開了一槍、兩槍還以顏色，而且射擊角度都不同。麥坤也移動到門邊有樣學樣，李奇聽到一串腳步聲遠去。

暫時脫困，但說到底依舊陷於僵局。

李奇高高抬腳，踹向側牆板，動作就像意圖破門而入的消防員。牆壁裂開了，稍微往內縮。他猜他們踢到最後可以踢破牆，但這麼做沒有意義。移動到其他庫房的舊通道入口，所有藍點都不在這一側。緩慢又嘈雜地從一個老鼠籠移動到另一個老鼠籠，絕對無法為他們帶來任何好處。

不妙。

接著狀況又惡化了。

依稀可聞的柴油引擎咆哮傳遍建築物的各個角落。外門，也就是一百英尺長的入口隧道遠端的那道門開啟了。李奇想像密封狀態解除、大柴油引擎隆隆作響，雙開門沿著軌道嘎吱退開的場面。門縫緩慢地拉大，毫不間斷。寬提科的人馬不可能這麼早到，他們一定還在空中。希望他們已經到達密蘇里了，也許離懷特曼空軍基地已不遠，也許此刻正要放下降落機輪。不過懷特曼空軍基地在六十英里外，他們抵達後還有許多複雜的準備工作要做，還得把人運過來。

可見來者不是援兵。

敵軍人數變多了。

他說：「他們搬救兵了。」

麥坤點點頭，不發一語。

李奇說：「你認為有多少人？」

「可能有十幾個，甚至上百個。他們有個聯絡網，現在每個組織的活動都是跟其他單位共同籌劃進行的。」

李奇說：「好。」

「我真的很抱歉。」麥坤說：「感謝你試圖為我做的一切。」

兩人握了握手，無聲、彆扭地在待在木板隔出的房間內。麥坤的手腕上仍拖著磨斷的細繩，李奇受傷那隻手血淋淋的。

柴油引擎又發出噪音了。外門關閉，內門開啟。舊時代的保全電路依舊運作中。

麥坤說：「我猜他們會直接把援軍帶過來。」

李奇點點頭。「我們至少不要坐以待斃，想點事給他們忙。」

「第三庫房就是我們該去的地方，他們在那裡會比較不想開槍。」

李奇又點了點頭。平板拖車，巨大的黃色容器，輻射符號。他說：「不管發生什麼事，都不要為我停下腳步，其中一個人脫困總比兩個人都掛點好。」

麥坤說：「你也不要想救我。」

「我先走。我往左，移動到另一個庫房去，你往右。」

「你要拿回柯爾特衝鋒槍嗎？」

「你留著。它的彈道會持續往左下偏，別忘了。」李奇拆掉葛拉克手槍上彈藥短少的彈匣，換上新的。槍膛內有一顆子彈，彈匣內有十七顆，銅表面上沾了一些血，感覺還蠻搭的。某個老人說生命的意義在於它有結束的一天。說得對，這無可避免。沒有人可以永遠活下去。李奇的理性面一直知道自己有天會死，所有人都會死，但他的感性面從未真正設想過自己的死，沒有想像過自己會在何時何地喪命，沒那麼具體。

他笑了。

他說：「數到三？」

麥坤點點頭。

他說：「一。」

柴油引擎聲更響亮了，內門開啟。

麥坤說：「二。」

李奇走向子彈轟裂的門檻。

麥坤說：「三。」

李奇全速衝出門外，跨過最終心理障礙來到走廊上，意志冷如冰，漫不經心。他認為自己已經死了，就跟他爸媽、他哥一樣。他完全無所求，只希望多帶兩、三個人一起上路。他左方某個傢伙聽到聲音，竄到走廊上來，結果中了李奇的槍。三連發，胸，胸，頭。慣性使對方繼續往前撲，橫越狹窄的走道，栽到有藍點門的房間內。接著李奇穿過一道舊門，來到另一個膠合板牆隔出的房間。裡頭空無一人，身後槍聲不絕。他接著穿出房間，來到中央庫房的長廊。右側有道人影朝他跑來，同時擊發子彈。他移動到下一個藍點房去，腳步聲緊跟在後。接著他的戲就唱完了，終於畫下了一個徹底、完全、決定性的句點：他前方的舊門被塑膠布封上，而他的葛拉克手槍卡彈了，無法擊發。

也許是彈匣內的某個彈簧疲乏了，或是彈殼上黏膩的血液造成故障。

世界變得無比安靜。

他緩慢地轉過身去，背靠上塑膠布封住的門。兩個人拿槍指著他，一個白皮膚，一個黑皮膚。奇怪的種族構成。他們肩併肩站在門口。最後兩個倖存者，全都找上了他。也好，這代表麥坤可以自由逃亡，至少目前可以。

他們用的槍是史密斯威森二二一三，不鏽鋼槍身，正是麥坤在胖男人汽車旅館用的武器。顯然是瓦迪阿的標準配備，也許是大量採購來的，享受折扣價。槍管長三英寸，彈匣內有八發點二二長步槍邊緣發火彈。不過這次它的槍口並沒有瞄準高處，位置一點也不高：他的胸膛正中央。

白人露出微笑。

阿拉伯人也露出微笑。

白人閉上一隻眼睛，瞄準目標。

阿拉伯人也閉上了一隻眼睛。

李奇的兩隻眼睛都睜著。

他們扣住扳機的手指繃緊了。

四下安靜無聲。李奇衷心希望麥坤順利逃脫。進入車庫，躲進淒涼的老貨車內，援軍不知情地從你身旁經過。你按下按鈕，關上門，然後拔腿狂奔。

他們的食指繃得更緊了。

觸底了。

接著是兩聲槍響。距離非常近，非常刺耳。有點粗劣的齊射，像是鬆散的二連發。白人跪下了，接著往前倒下，臉著地。阿拉伯人往側面癱倒，他的臉整個消失了，巨大的穿出傷口取而代之，穿入傷位於後腦勺。

原本被兩人擋住的嬌小身影突然現形了。她仍站著，手中持槍。

是凱倫．杜馮索。

80

杜馮索直接把貝爾的Crown Victoria開進來，停在車庫。麥坤已經坐在副駕駛座了。杜馮索說李奇在屋頂上看到的車就是她開的，大燈耀眼、來回行駛於二線道上那輛。起先她只是想提供一些精神上的鼓勵，但隨後發現逆光照明可能對他很有幫助，因此她才來回開了三次。他在屋頂上發出的槍口焰，她都看到了。她放下窗戶，聽到了槍聲。隨後她等了好一段時間，等到受不了就找到了進入建築物的方法。

李奇說：「謝啦。」

她說：「不客氣。」

她從後車廂拿出急救箱，ＦＢＩ配給的。她說每輛無標誌車都有一個，標準作業，基本方針。她幫他清理手上的傷口，然後包紮。兩人上車，她倒車掉頭，開入入口隧道。李奇又下車一次，按下紅色按鈕，內門開始關閉，外門開啟。舊時代的保全電路依舊運作中。接著他們駛出隧道，來到甜美的夜風中，顛簸於泥土地上（國防部當年闢出的通道已被農夫的孫子解體了）。車子開上二線道，右轉再右轉，接著停到蕾西的店前方的停車場，斜斜地占據三個停車格，這裡正是他們的起點。

李奇問她：「妳知道寬提科那批人的預定抵達時間嗎？」

她說：「他們耽擱到了，還要大約三小時才會到。」

「妳能不能載我回環型匝道？」

「什麼時候？」

「現在。」

「為什麼？」

「我想去維吉尼亞州。」

「寬提科的人會想跟你談談的。」

「我沒時間跟他們談。」

「他們需要知道你知道的事。」

「我什麼都不知道。」

「這就是你的官方立場嗎？」

「我的官方立場一向如此。」

「那非官方立場呢？」

「一樣，我什麼都不知道。」

「鬼扯。」麥坤對她說：「他說他都想通了。」

「我不相信。」杜馮索說：「連我都還沒把所有事情串起來，至少還是有些點想不通。我當然也看到核廢料了，所以我猜他們打算襲擊某處，可能就快採取行動了，目標可能是內布拉斯加州的地下蓄水層。」

「不可能，」李奇說：「那些拖車哪裡都去不了。現在不行，近期內不能，未來也沒有任何機會。它們擺在那裡二十年了，輪胎都爛了，我敢打賭輪軸也完全生鏽了，陸軍工兵部隊得花整整一年才有辦法把那幾輛車弄到隧道外。」

「不然這些東西為什麼會在這裡？這不是建來儲放那些東西的設施。」

「這些東西總是得找地方放，沒人希望它們放在自家後院。當初八成只打算暫時安置，但一直都沒想到最終處置方法，所以乾脆就忘了它們，眼不見為淨。」

「如果這些東西運不走，瓦迪阿又為什麼想要？運不走就用不了。」

「他們永遠不會拿來用。嚴格來說，這些只是櫥窗擺飾，展示用的。」

「怎麼說？」

「我不會再說下去了。」李奇說：「寬提科會說這些是我不該知道的事，會試圖把我弄進堪薩斯州的汽車旅館，讓我下半輩子都待在那。我會發瘋，大家也都會有麻煩。」

「那就私下跟我們說。」杜馮索說：「我們不會說出去。」

李奇不發一語。

「你欠我一次。」杜馮索說。

「我說完妳就載我到環型匝道去？」

「一言為定。」

「那是一種『非意圖後果』。」李奇說。

「什麼樣的後果？」

「那是一間銀行。」李奇說。

「瓦迪阿是一個金融組織。」李奇說：「美國封鎖恐怖分子金流的成績相當好，範圍擴及全球。歹徒無法把錢移走，也無法存放在任何地方，所以他們得發明替代方案，一個平行的系統。我猜有好幾個企業家注意到這個賺錢的機會，有些是美國人，有些是敘利亞人。瓦迪阿是阿拉伯語的保管，也代表一種伊斯蘭銀行帳戶。你放錢進去，他們就幫你保管好。」

「這棟建築物裡有錢？」杜馮索問：「在哪？」

「任何銀行裡都沒有錢。妳的銀行裡沒有，我的也沒有。他們抽屜裡有幾張鈔票，除此之外就沒了。大部分的金錢只是純理論的存在，都紀錄在電腦內，整個系統由信賴與信任支撐。有些銀行會在樓下的金庫裡放金子，讓自己看起來很像一回事。就那個囉，暗示他們有很多資本準備金，紐約的聯邦銀行或諾克斯堡的國國庫都會那樣做。」

「核廢料？」杜馮索說：「那就是資本準備金？就等於是諾克斯堡裡的金子？你的意思是這樣嗎？」

「正是。」李奇說：「它們就放在那，支撐著他們的金流系統。這是他們發明的。他們不用美金或英鎊或日圓交易。還記得他們的線上對話內容嗎？他們的對話中不斷出現加侖，因為那就是他們的金錢單位。他們用加侖做買賣，這炸彈值一百加侖，那炸彈值五百加侖。瓦迪阿將這些交易紀錄下來，接受存款、履行支付、將某帳戶結存移動到其他帳戶，透過手續費營利，就跟其他銀行一樣。不過他們不用電腦，因為我們能駭進電腦系統。所有帳目都在紙上，所以麥坤才不許我燒掉這地方，你們需要上頭的姓名與地址，它們根本就構成一本恐怖分子百科全書。」

杜馮索望向麥坤：「他說的都是真的嗎？」

麥坤說：「只有一個小錯誤。」

「什麼錯誤？」

「容器內什麼也沒裝，完全無害。造好後完全沒用過，是冗餘設備。所以才被丟到這裡來，冗餘設備收到冗餘設施內。」

「瓦迪阿知道裡頭是空的嗎？」

「當然。」麥坤說：「不過他們永遠不會向客戶承認就是了。」

杜馮索的臉上浮現笑意，不過只有短暫的一瞬間。

「我的夢想實現了。」她說：「我剛剛開槍斃了幾個陰險的銀行家。」

杜馮索再度發動引擎，緩慢地往南開。李奇垮坐後座，杜馮索和麥坤在前座聊公事。兩名探員評估這次任務，衡量收穫，所有細節都談了一次，包括內部觀察與外部觀察。她向他提到索倫森，兩人都認為她的喪生是這次任務唯一的損失，撇開這不算，任務成果相當令人滿意。甚至可說是相當不凡，大得分。挖掘到寶貴的情報，也瓦解了一個複雜的系統。接著麥坤告訴她，唯一還沒解決的小問題是老大身分不明。他們先前認為彼得・金恩是領導人，但實則不然。杜馮索眨了眨眼，把車停到荒郊野外的寂寞公路邊。

她說：「我打電話給寬提科叫他們降落到懷特曼空軍基地時，對方給了我一些情報。國務院又聯絡我們了，不過這次找我們的不是公關人員，情報應該不假。」

「他們怎麼說？」

「他們沒有列斯特・L・小列斯特這個人，從來不曾雇用過這號人物，也沒聽過他的名號。」

「中情局呢？」

「一樣，從來沒聽過他的名號。我們也相信他們的說法，因為他們所有能打的牌都打出來了，想平息舊抽水站風波就只能指望我們。」

「他是誰？」

「他曾經在巴基斯坦活動，足跡遍及全中東，不過不是他指派工作給探員，他只是負責跑腿，他投靠了敵方，是瓦迪阿派進蘭利的間諜。」

杜馮索駛離路邊，繼續南下。

麥坤說：「他為什麼要攻擊我們？」

「他是衝著你來的，他知道你是誰。堪薩斯市的資訊安全管理做得很差，中情局又一直盯著我們的一舉一動。他們知道我們在瓦迪阿當中安插了一個內奸，而瓦迪阿派到中情局內的間諜知情後向組織回報，他們的老大就叫他解決你。所以他約你到荒郊野外，進行毫無意義的會面。就這麼簡單。」

「你幹得很好。」後座的李奇說：「反應很快，知情者一定認為對方會得手。」

麥坤說：「謝啦。」

「不過劃額頭有點老派就是了。」

「那只是順其自然。我抓住他的手一折，握住刀子，結果刀刃停在相當高的位置。我看了心想：他媽的劃個一刀有什麼不好？向舊時代致個意。」

他們在六十五號國道轉東的路段下交流道，開上狹窄的農路，準備走捷徑回到州際公路去。他們經過了南北戰爭古戰場，這裡曾上演整整九小時的砲戰，美國人轟美國人。前座的麥坤轉頭問李奇：「還有最後一件事。」

李奇說：「什麼？」

「要如何連續說話一分鐘，但不用到含『a』的字彙。」

杜馮索問：「你當時不是在睡覺嗎？」

麥坤說：「我七個多月沒睡了。」

李奇說：「很簡單，你只要開始數數就行了。一，二，三，四，五，六，一直數下去，你要數到一百零一（a hundred and one）才會碰到『a』。就算數超快，一分鐘內也頂多只能數到九十九左右。」

杜馮索放慢車速，停到草皮參差不齊的路肩旁。沒人說話。在這種情況下，FBI當然會有玩笑可開，軍人肯定也有。不過圈內笑話終究是圈內笑話，所以他們三個人都安靜了整整一分鐘。接著李奇下車走遠，完全沒回頭。他經過了第一個匝道，開上去可抵達西方的獨立市和堪薩斯市。他沒止步，過橋來到往東的匝道前，一腳踩在路肩，另一腳跨到車道上，伸出大拇指，盡可能擠出一個友善的微笑。

退役憲兵傑克·李奇從大雪紛飛的南達科塔回到維吉尼亞東北部的華盛頓特區附近。目的地是他先前所屬單位一一〇特調組，那棟老舊的石材建築過去幾乎可稱為他的家。

李奇去見新指揮官蘇珊·塔娜本人，因為他只在電話中聽過她溫暖又迷人的聲音。然而辦公室裡的人卻不是塔娜，李奇更聽到兩個駭人的消息。一個可能給他帶來嚴重刑責，另一個則牽涉到私人問題。

一旦遭到威脅，他只能逃命或正面迎擊。

李奇選擇奮戰，他的目標是找到塔娜並洗清罪嫌，更糟的是，軍方、聯邦調查局、華盛頓警方和四名身分不明的刺客還緊追在後……

國家圖書館出版品預行編目資料

全面通緝 / 李查德 Lee Child 著 ; 黃鴻硯譯. --
初版. -- 臺北市 : 皇冠, 2016 7民105].　面; 公
分. --(皇冠叢書; 第4563種) (李查德作品 ; 17)
譯自 : A Wanted Man
ISBN 978-957-33-3244-2(平裝)

873.57　　　　　　　　　105010013

皇冠叢書第4563種
李查德作品17

全面通緝

A Wanted Man

作　　者—李查德
譯　　者—黃鴻硯
發 行 人—平雲
出版發行—皇冠文化出版有限公司
台北市敦化北路120巷50號
電話◎02-27168888
郵撥帳號◎15261516號
皇冠出版社(香港)有限公司
香港上環文咸東街50號寶恒商業中心
23樓2301-3室
電話◎2529-1778　傳真◎2527-0904
總 編 輯—龔橞甄
責任主編—許婷婷
責任編輯—平　靜
美術設計—嚴昱琳
著作完成日期—2012年
初版一刷日期—2016年7月

法律顧問—王惠光律師

讀者服務傳真專線◎02-27150507
電腦編號◎509017
ISBN◎ 978-957-33-3244-2
Printed in Taiwan
本書定價◎新台幣380元/港幣127元